D1726514

Решад Нури Гюнтекин

# Королек
## птичка певчая

**МИР КНИГИ**

УДК 821.21/22
ББК 84(5Тур)
Г 99

**Reşat Nuri Güntekin**
**ÇALIKUŞU**

This book is published with the arrangements
of **ONK AGENCY** LTD.
(Настоящая Книга издана в соответствии с контрактом
с **ONK AGENCY** LTD.)

**Гюнтекин, Решад Нури**
Г 99   Королек — птичка певчая /Пер. с тур. И.А. Печенева. — М.:
ЗАО «Мир Книги Ритейл», 2013. — 400 с.

После смерти родителей юная Феридэ воспитывается в доме
своей тетки вместе с ее сыном Кямраном. Повзрослев, Феридэ
влюбляется в кузена, но тщательно скрывает свои чувства.
Довольно скоро выясняется, что Кямран также неравнодушен к
девушке. Молодые назначают дату свадьбы. Но неожиданно
Феридэ узнает, что у Кямрана есть другая. В отчаянии девушка
бежит из дому, чтобы никогда туда не возвращаться. Она еще не
догадывается, какие потрясения ждут ее впереди и какие
интриги будут разыгрываться у нее за спиной...

ББК 84(5Тур)

ISBN 978-5-501-00352-1

Решад Нури Гюнтекин

# Королек
## птичка певчая

# Часть первая

*Б..., сентябрь 19... г.*

Я училась в четвертом классе. Мне было лет двенадцать. Как-то раз учительница французского языка сестра Алекси дала нам задание.

— Постарайтесь описать ваши первые детские впечатления, — сказала она. — Интересно, что вы вспомните? Это хорошая гимнастика для воображения!

Насколько я себя помню, я всегда была ужасной проказницей, болтуньей. В конце концов воспитательницам надоели мои проделки, и меня посадили отдельно от всех за маленькую одноместную парту в углу класса.

Директриса сделала внушение:

— Пока не перестанешь болтать, мешать своим подружкам, пока не научишься вести себя примерно на уроках, будешь сидеть отдельно, вот здесь — в ссылке.

Справа от меня тянулся к потолку деревянный столб, мой серьезный, безмолвный, долговязый сосед. Он часто вводил меня в искушение, поэтому был вынужден стоически переносить все царапины и порезы, которыми награждал его мой перочинный ножик.

Слева — узкое высокое окно, всегда прикрытое наружными ставнями. Мне казалось, его назначение — создавать прохладу и полумрак, неизбежные атрибуты монастырского воспитания. Я сделала важное открытие. Стоило прижаться грудью к парте, чуть-чуть приподнять голову, и сквозь щель в ставнях можно было увидеть клочок неба, ветку зеленой акации, одинокое окно да решетку балкона. По правде говоря, картина не очень интересная. Окно никогда не открывалось, а на балконной решетке почти всегда висели маленький детский матрасик и одеяльце. Но я была рада и этому.

На уроках я опускала голову на сплетенные под подбородком пальцы, в такой позе учителя находили мое лицо весьма одухотворенным, а когда я поднимала глаза к небу, настоящему голубому небу, которое проглядывало сквозь щель в ставнях, они радовались еще больше, думая, что я уже начала исправляться. Обманывая так своих воспитательниц, я испытывала удивительное наслаждение, я мстила им. Мне казалось, что там, за окном, они прячут от нас жизнь.

Пояснив, как надо писать, сестра Алекси предоставила нас самим себе.

Первые ученицы класса — украшение передних парт — тотчас принялись за работу. Я не сидела рядом с ними, не заглядывала через плечо в их тетради, но я точно знала, о чем они пишут. Это была поэтическая ложь примерно такого содержания:

«Первое, что я помню в жизни, — это златокудрая нежная головка дорогой мамочки, склоненная над моей маленькой кроваткой, и ее голубые, небесного цвета глазки, обращенные ко мне с улыбкой и любовью...»

На самом же деле бедные мамочки, кроме золотистого и небесно-голубого, могли быть обладательницами и других цветов, однако эти два были для них обязательны, а для нас, учениц-soeurs*, такой стиль считался законом.

Что касается меня, то я была совсем другим ребенком. Матери я лишилась очень рано, о ней у меня сохранились самые смутные воспоминания. Одно несомненно: у нее не было златокудрых волос и небесно-голубых глаз. Но все равно никакая сила на свете не могла заставить меня подменить в памяти подлинный образ матери каким-нибудь другим.

Я сидела и ломала голову. О чем писать? Часы с кукушкой, висевшие под изображением святой Девы Марии, ни на минуту не замедляли своего бега, а мне все никак не удавалось сдвинуться с места.

---

* Сестры (*фр.*), здесь: воспитательницы во французском католическом пансионе.

Я развязывала ленту на голове, теребила волосы, опуская пряди на лоб, на глаза. В руке у меня была ручка. Я мусолила ее, грызла, водила ею по зубам.

Как известно, философы, поэты имеют привычку почесывать во время работы нос, скрести подбородок. Вот так и у меня; грызть ручку, напускать на глаза волосы — признак крайней задумчивости, глубокого размышления.

К счастью, подобные случаи были редки. К счастью? Да! Иначе жизнь походила бы на спутанный клубок, который так же трудно распутывается, как и сюжеты наших сказок о Чаршамба-карысы и Оджак-анасы.

Прошли годы. И вот сейчас, в чужом городе, в незнакомой гостинице, я одна в комнате и пишу в дневнике все, что могу вспомнить. Пишу только для того, чтобы победить ночь, которая, кажется, длится вечность! И опять, как в далеком детстве, я тереблю свои волосы, опускаю прядь на глаза.

Как родилась эта привычка? Мне кажется, в детстве я была слишком беспечным, чересчур легкомысленным ребенком, который бурно реагировал на все проявления жизни, бросаясь в ее объятия. Вслед за этим неизменно наступали разочарования. Вот тогда-то, стараясь остаться наедине с собой, со своими мыслями, я пыталась сделать из своих волос покрывало, отгородиться им от всего мира.

Что касается привычки грызть ручку, точно вертел с шашлыком, этого, откровенно говоря, я объяснить не могу. Помню только, что от чернил губы у меня постоянно были фиолетового цвета. Однажды (я была уже довольно взрослой девочкой) меня пришли навестить в пансион. Я вышла на свидание с намалеванными под носом усами, а когда мне сказали об этом, чуть не сгорела от стыда.

О чем я рассказывала?.. Да... Сестра Алекси дала нам задание: вспомнить свои первые впечатления в жизни, написать сочинение. Никогда не забуду: несмотря на все мои старания, я смогла написать только следующее:

«Мне кажется, я родилась в озере, как рыба. Не могу сказать, что я совсем не помню своей матери. Помню также отца, кормилицу, нашего денщика Хюсейна. Помню черного коротколапого пса, который гонялся за мной по улице. Помню, как однажды я воровала из корзины виноград и меня ужалила в палец пчела. Помню, у меня болели глаза и мне их закапывали красным лекарством. Помню наш приезд в Стамбул с любимым Хюсейном. Помню многое другое. Но не это — мои первые впечатления, все это было гораздо позже.

Совсем-совсем давно, мне помнится, я барахталась нагишом в своем любимом озере среди огромных листьев. Озеро не имело ни конца, ни края и походило на море. По нему плавали громадные листья, оно было со всех сторон окружено деревьями... Вы спросите, как может озеро с листьями на поверхности и высокими деревьями вокруг походить на море? Клянусь, я не обманываю. Я сама, как и вы, удивляюсь этому. Но это так... Что поделаешь?..»

Когда потом мое сочинение читали в классе, все девочки поворачивались ко мне и громко смеялись. Бедной сестре Алекси с трудом удалось успокоить их и добиться тишины в классе.


А ведь предстань теперь передо мной сестра Алекси, похожая на обуглившуюся жердь, в своем черном платье с ослепительно белым воротничком, с бескровным прыщеватым лицом в обрамлении капюшона, напоминающего женскую чадру, откинутую на лоб, с губами, красными, как гранатовый цветок, — предстань она теперь передо мной и задай тот же самый вопрос, я, наверно, не смогла бы ответить иначе, чем тогда на уроке французского языка, и опять стала бы доказывать, что родилась, как рыба, в озере.

Уже позже я узнала, что это озеро находится в районе Мосула, возле маленькой деревушки, название которой я всегда забываю; и мое бескрайное, безбрежное море — не что иное, как крохотная лужица, остатки пересохшей реки, с несколькими деревцами на берегу.


Отец мой служил тогда в Мосуле. Мне было года два с половиной. Стояло знойное лето. В городе невозможно было оставаться. Отцу пришлось отправить нас с матерью в деревню. Сам он каждое утро верхом уезжал в Мосул, а вечером после захода солнца возвращался.

Мать настолько тяжело болела, что не могла присматривать за мной. Долгое время я была предоставлена самой себе и ползала с утра до вечера по пустым комнатам.

Наконец в соседней деревушке нашли одинокую женщину-арабку по имени Фатма, у которой недавно умер ребенок. Фатма стала моей кормилицей, отдав мне любовь и нежность материнского сердца.

Я росла как все дети этого пустынного края. Фатма, привязав меня, точно куль, за спину, таскала под знойным солнцем, взбиралась со мной на вершины финиковых пальм.

Как раз в то время мы перебрались в деревушку, о которой я уже говорила. Каждое утро, захватив с собой какую-нибудь еду, Фатма уносила меня в рощицу и голышом сажала в воду. До самого вечера мы возились, барахтались с ней в озере, распевали песни и тут же подкреплялись едой. Когда нам хотелось спать, мы сооружали из песка подушки и засыпали в обнимку, прижавшись друг к другу. Тела наши были в воде, а головы на берегу.

Я так привыкла к этой «водяной» жизни, что, когда мы вернулись в Мосул, я почувствовала себя рыбой, которую вытащили из воды. Я без конца капризничала, была возбуждена или, сбросив с себя одежду, постоянно выскакивала на улицу нагишом.

Лицо и руки Фатмы были разукрашены татуировкой. Я так привыкла к этому, что женщины без татуировки казались мне даже безобразными.

Первым большим горем в моей жизни была разлука с Фатмой.

Переезжая из города в город, мы наконец добрались до Кербелы. Мне исполнилось четыре года. В этом возрасте уже почти все понимаешь.

Фатме улыбнулось счастье, она вышла замуж. Как сейчас помню день, когда она вновь стала новобрачной: какие-то женщины, казавшиеся мне удивительными красавицами, так как на лице у них была татуировка, как у Фатмы, передают меня из рук в руки и наконец усаживают рядом с кормилицей. Помню, как мы едим, хватая руками угощения с больших круглых подносов, которые ставили прямо на пол. Голова моя гудит от звона бубнов и грохота

9

медных барабанов, похожих на кувшины для воды. В конце концов усталость берет свое, и я засыпаю прямо на коленях у своей кормилицы.

Не знаю, была ли жива святая наша матерь Фатма*, когда ее сына, имама Хюсейна**, убили в Кербеле; но даже если бедная женщина и дожила до того черного дня, все равно, я думаю, ее стенания были ничто по сравнению с теми воплями, которые испускала я на следующий день после свадебного пира, проснувшись на руках у какой-то незнакомой женщины.

Словом, сдается мне, Кербела со времен своего основания не была свидетелем столь бурного проявления человеческого горя. И когда у меня от крика пропал голос, я, как взрослая, объявила голодовку.

Тоску по моей кормилице помог мне забыть спустя много месяцев кавалерийский солдат по имени Хюсейн. Во время учебных занятий он свалился с лошади и стал инвалидом. Отец взял его к себе денщиком.

Хюсейн был чудаковатый малый. Он быстро привязался ко мне, я же на его любовь отвечала вначале непростительным вероломством. Мы не спали с ним вместе, как с Фатмой, но каждое утро, открыв глаза с первыми петухами, я вскакивала и стремглав бросалась в комнату Хюсейна, садилась верхом ему на грудь, как на лошадь, и пальцами открывала веки.

Прежде Фатма ходила со мной в сад, водила в поле. А теперь Хюсейн приучил меня к казарме, к солдатскому быту. Этот огромный длинноусый человек обладал удивительной способностью и искусством придумывать всевозможные игры. И вся прелесть заключалась в том, что большинство этих игр напоминало опасные приключения, от которых сердце уходило в пятки. Например, Хю-

---

* Ф а т м а (*арабск.* Фатима) — дочь пророка Мухаммеда, жена имама Али, двоюродного брата пророка и четвертого халифа. После смерти Мухаммеда (632 г.) борьба за власть в арабском халифате шла между потомками пророка, сыновьями и племянниками имама Али, и Халифом Язидом из династии Омейядов.

** Х ю с е й н — сын Фатмы и Али, погиб в битве при Кербеле в 680 году, окруженный войсками Язида. В Кербеле находится гробница Хюсейна — место паломничества мусульман.

сейн бросал меня вверх, словно я резиновый мячик, и ловил у самой земли. Или же он сажал меня к себе на папаху и, придерживая за ноги, прыгал; затем быстро вертелся на одном месте. Волосы у меня лохматились, в глазах рябило, захватывало дыхание, я визжала и захлебывалась от восторга. Подобного наслаждения я больше никогда не испытывала в жизни!

Конечно, не обходилось и без несчастных случаев. Но у нас с Хюсейном был твердый уговор: если во время игры мне доставалось, я не должна была плакать и жаловаться на него. Я, как взрослая, научилась хранить тайну. Дело не столько в моей честности, просто я боялась, что Хюсейн перестанет со мной играть.

В детстве меня называли задирой. Кажется, это соответствовало действительности. Играя с детьми, я всегда кого-нибудь обижала, доводила до слез. Очевидно, эта черта была следствием игр, которым меня научил Хюсейн. От него же я унаследовала еще одно качество: не падать духом в трудную минуту, встречать беду с улыбкой.

Иногда в казарме Хюсейн заставлял анатолийских солдат играть на сазе*, а сам сажал меня на голову, точно я была кувшином, и исполнял какие-то странные танцы.

Одно время мы с Хюсейном занимались «конокрадством». В отсутствие отца он тайком уводил из конюшни его лошадь, сажал меня впереди себя на седло, и мы часами ездили по степи. Однако нашим развлечениям скоро пришел конец. Не могу точно утверждать, но, кажется, повар выдал нас отцу. Бедный Хюсейн получил две оплеухи и больше никогда не осмеливался подойти к лошади.

Говорят, настоящая любовь не бывает без драки и крика. Мы с Хюсейном ссорились на дню раз по пяти.

У меня была своеобразная манера дуться. Я забивалась в угол, садилась на пол и отворачивалась к стенке. Хюсейн сначала, казалось, не обращал на меня внимания, потом, сжалившись, подхватывал меня на руки, подбрасывал вверх, заставляя оглушительно визжать. Я еще

---

* С а з — восточный музыкальный инструмент.

некоторое время капризничала на руках у Хюсейна, ломалась, потом наконец соглашалась поцеловать его в щеку. Так мы мирились.

Наша дружба с Хюсейном продолжалась два года. Но те годы совсем не похожи на теперешние. Они были такие долгие, такие бесконечные!

Может, нехорошо, что, вспоминая свое детство, я все время говорю про Фатму и Хюсейна?

Мой отец был кавалерийский офицер, майор. Звали его Низамеддин. Вскоре после женитьбы на моей матери его перевели в Диарбекир. Мы уехали из Стамбула и больше туда не вернулись. Из Диарбекира отца перевели в Мосул, из Мосула в Ханекин, оттуда в Багдад, затем в Кербелу*. Ни в одном из этих городов мы не жили больше года.

Все говорят, я очень похожа на мать. У меня есть фотография, где отец и мать сняты в первый год после свадьбы. Действительно, я — ее копия. Вот только здоровьем несчастная женщина никак не походила на меня. Болезненная от природы, она не могла привыкнуть к суровому климату гор и зною пустынь, ей было трудно переносить переезды. Кроме того, я думаю, она была чем-то тяжело больна. Вся замужняя жизнь бедной мамы прошла в том, что она старалась скрыть свой недуг. Понятно: она очень любила отца и боялась, что ее насильно разлучат с ним.

Отца отсылали все дальше и дальше от Стамбула. Каждый раз перед дорогой он говорил маме:

— Поезжай ты на сезон, ну хоть месяца на два, к матери. Бедная старушка... Она, верно, так соскучилась по тебе!..

Но мать только сердилась:

— Разве у нас был такой уговор?.. Мы же собирались вместе вернуться в Стамбул!..

Когда разговор заходил о ее болезни, она протестовала:

— Ничего у меня не болит. Устала немного. Погода переменилась, поэтому... Пройдет...

Она скрывала от отца свою тоску по родному Стамбулу. Но возможно ли было это скрыть?

---

* Д и а р б е к и р — город в Турции; М о с у л, Б а г д а д, К е р б е л а — города в Ираке, которые до Первой мировой войны входили в состав Османской империи.

Стоило ей вздремнуть хотя бы на минутку, проснувшись, она уже начинала рассказывать бесконечный сон про наш особняк и рощу в Календере, о водах Босфора. Какая, надо думать, тоска гложет сердце человека, если он в несколько минут умудряется видеть такие длинные сны. Не так ли?

Моя бабка не раз обращалась в военное министерство, ходила к большим начальникам, плакала, умоляла, но все ее хлопоты о переводе отца в Стамбул не дали никаких результатов.

Неожиданно болезнь матери обострилась. Отец решил везти ее в Стамбул, подал рапорт об отпуске и, не дожидаясь ответа, двинулся в путь.

Хорошо помню наш переезд через пустыню на верблюдах в махфе*.

Когда мы добрались до Бейрута и увидели море, матери стало как будто полегче. Мы остановились у знакомых. Мать сажала меня к себе на кровать, расчесывала волосы, прижималась головой к моей груди и плакала, глядя на мои грязные руки и платьице без единой пуговицы.

Дня через два ей стало лучше, она смогла встать, даже вынула из сундука новые платья, принарядилась. Вечером мы спустились вниз встречать отца.

Отец остался жить в моей памяти как суровый солдат, строгий, немного дикий. Но никогда не забуду, как он обрадовался, увидев мать на ногах, как он плакал, схватив ее за руки, словно ребенка, который только начинает ходить.

Это был последний вечер, когда мы были вместе. На следующий день мать нашли у открытого сундука мертвой, с кровавой пеной на губах. Голова ее покоилась на узелке с бельем.

Шестилетний ребенок должен понимать уже многое. Но я почему-то оставалась спокойной, словно ничего не замечала.

В доме, где мы поселились, было много обитателей. Помню, я каждый день дралась с ребятишками в большом саду. Помню, как мы с Хюсейном бродили по улицам

---

* М а х ф е — крытые сиденья по бокам верблюда.

города, по набережной, заходили во дворы мечетей, любовались куполообразными крышами.

Мать похоронили на чужбине. Отцу уже незачем было ехать в Стамбул. Видно, ему также не очень хотелось встречаться с моей бабушкой и многочисленными тетушками. Однако он счел своим долгом отправить к ним меня. Возможно, он решил, что жизнь среди солдат в казармах не слишком подходяща для взрослой девочки.

В Стамбул меня отвез наш денщик Хюсейн.

Представьте себе роскошный пароход и маленькую девочку на руках у плохо одетого солдата-араба. Кто знает, какой жалкой и смешной казалась эта картина со стороны. Но сама я была страшно счастлива оттого, что совершаю путешествие с Хюсейном, а не с кем-нибудь другим.

Наша дача стояла на берегу моря. В роще за домом был каменный бассейн, украшенный статуей, изображавшей нагого мальчика с отбитыми по плечи руками.

В первые дни нашего приезда эта почерневшая от солнца и сырости изуродованная фигурка казалась мне маленьким арабчонком-калекой.

Кажется, стояла осень, так как зеленоватая вода бассейна была покрыта красными листьями. Разглядывая их, я заметила на дне несколько золотых рыбок. И тогда я прямо в новых ботинках и шелковом платье, которое бабушка накануне так старательно разгладила, прыгнула в бассейн.

Роща моментально огласилась дикими криками. Не успела я опомниться, как тетушки вытащили меня, подхватили на руки, начали переодевать. Они бранили меня и целовали одновременно.

Эти крики и причитания сильно напугали меня, и отныне я уже не осмеливалась лезть в бассейн, а только ложилась животом на край, обсыпанный галькой, и свешивала вниз голову.

В один из дней я опять лежала на краю бассейна и наблюдала за рыбками. Позади меня на садовой скамье сидела бабушка в своем неизменном черном чаршафе*. Возле нее, поджав под себя ноги, как во время намаза,

---

\* Ч а р ш а ф — головное покрывало мусульманских женщин.

примостился Хюсейн. Они тихо о чем-то говорили, поглядывая в мою сторону. Надо полагать, разговаривали они по-турецки, так как я не понимала ни слова. Интонация их голосов, их непонятные взгляды заставили меня насторожиться. Я, как зайчонок, навострила уши и уже не видела золотых рыбок, сбившихся вокруг крошек бублика, который я разжевала и бросила в бассейн. Я смотрела на отражение бабушки и Хюсейна в зеленоватой воде. Хюсейн смотрел на меня и вытирал глаза огромным платком.

Порой у детей не по годам развита необыкновенная интуиция. Я заподозрила неладное: меня хотят разлучить с Хюсейном. Почему?.. Я была слишком мала, чтобы разбираться в подобных тонкостях. Однако я чувствовала, что эта разлука является таким же неотвратимым несчастьем, как наступление тьмы, когда приходит ее час, как потоки дождя в ненастный день.

В ту ночь я неожиданно проснулась. Моя маленькая кроватка стояла рядом с бабушкиной. Ночник под красным колпаком у нашего изголовья потух. Комната была залита лунным светом, который проникал сквозь окна. Спать не хотелось. Меня душила невыносимая обида. Приподнявшись на локтях, я смотрела некоторое время на бабушку. Убедившись, что она спит, я осторожно сползла с кровати и на цыпочках выскользнула из комнаты.

Я не боялась темноты, как многие мои сверстники, не боялась ходить ночью одна. Когда деревянные ступеньки лестницы, по которым я спускалась, начинали скрипеть у меня под ногами, я останавливалась с замирающим сердцем и пережидала. Моя осторожность могла сделать честь любому взрослому человеку.

Наконец я добралась до передней. Дверь оказалась на запоре. Но меня выручило окошко рядом с дверью, ведущей в сад. Оно было распахнуто. Выскочить через него в сад для меня было минутным делом.

Хюсейн спал в сторожке садовника в конце сада. Я побежала прямо туда. Длинный подол белой ночной рубашки путался у меня в ногах. Войдя в сторожку, я забралась на кровать к Хюсейну.

У Хюсейна был очень крепкий сон. Я узнала об этом, еще когда мы жили в Арабистане*. Разбудить его по утрам было нелегким делом. Чтобы заставить его наконец открыть глаза, приходилось садиться верхом ему на грудь, словно на лошадь, тянуть за длинные усы, как за поводья, и при этом оглушительно кричать.

Однако в ту ночь я побоялась будить Хюсейна. Я была уверена, что, проснувшись, он не позволит мне, как прежде, лежать у себя под боком, возьмет на руки и, не обращая внимания на мои мольбы, отнесет к бабушке.

А у меня было одно желание: провести последнюю ночь перед разлукой рядом с Хюсейном.

У нас в семье до сих пор еще вспоминают о моей проделке.

Под утро бабушка проснулась и увидела мою кровать пустой. Старушка чуть не сошла с ума. Через несколько минут весь дом был поднят на ноги. Зажгли лампы, свечи, обыскали сад, берег моря, обшарили все: чердак, улицы, сарай, где хранились лодки, дно бассейна. В колодец для поливки огородов на соседнем пустыре опускали фонарь.

Наконец бабушка, вспомнив про Хюсейна, бросилась в садовую сторожку, где и нашла меня спящей на груди у солдата.

У меня хорошо сохранился в памяти день нашего расставания. Это была настоящая трагедия. Сейчас я смеюсь... Никогда в жизни я так не унижалась, так не заискивала перед взрослыми, как в тот день. Хюсейн сидел у дверей на корточках и, не стесняясь, плакал. Слезы текли по его длинным усам. Выкрикивая заклинания, которым я научилась от нищих арабов в Багдаде и Сирии, я целовала полы бабушкиного и теткиных платьев, умоляла не разлучать нас.

Романисты любят так изображать людей в горе: опущенные плечи, угасший взор, неподвижность и безмолвие — словом, жалкие, немощные существа.

У меня же все было как раз наоборот. Стоит со мной приключиться беде, как глаза мои начинают сверкать, лицо становится веселым, движения резкими, я шучу и про-

---

*А р а б и с т а н — арабские провинции Османской империи.

казничаю, от хохота теряю рассудок, словно мне все нипочем на этом свете. Язык мой болтает без устали, я готова совершить любые глупости. И все это потому, как мне кажется, что для человека, неспособного поведать о своем горе первому встречному или даже кому-нибудь близкому, так жить легче.

Помню, что, расставшись с Хюсейном, я вела себя именно таким образом. Невозможно описать всех моих буйных шалостей. Я словно взбесилась. Ну и досталось же от меня моим маленьким родичам, которых взрослые приводили специально развлекать меня.

Однако я очень скоро перестала тосковать по своему Хюсейну — беспечность, достойная всяческого осуждения. Не знаю, но, может, я действительно была на него обижена. Стоило кому-нибудь упомянуть в моем присутствии его имя, как я начинала морщиться, бранить его на ломаном турецком языке, который только что начала усваивать: «Хюсейн плохой... Хюсейн нехороший...» — и плевать на пол.

Тем не менее коробка фиников, присланная мне беднягой «плохим и нехорошим» Хюсейном тотчас по прибытии в Бейрут, как будто несколько смягчила мой гнев. С тоской я смотрела, как коробка пустеет, и все-таки в один присест уплела все финики. К счастью, остались косточки, которыми я потом забавлялась много недель. Часть их я перемешала с большими разноцветными бусами, которые обычно вешают на шею мулов от сглаза, и нанизала все это на нитку. У меня получилось замечательное ожерелье, похожее на те, какие носят людоеды.

Оставшиеся косточки я повтыкала в землю в разных местах сада и много месяцев подряд каждое утро поливала их из маленького ведерка, ожидая появления финикового леса.

Трудно приходилось моей бедной бабушке. Со мной действительно было невозможно совладать. Я просыпалась очень рано, на рассвете, шумела и бесилась до позднего вечера, пока не валилась замертво от усталости.

Как только умолкал мой голос, всех охватывало беспокойство. Это означало, что я или обрезала себе руку и втихомолку пытаюсь остановить кровь, или упала откуда-нибудь и корчусь от боли, стараясь не кричать, или же совершаю очередное преступление: отпиливаю у стульев ножки, перекрашиваю чехлы от тюфяков и т. д.

Я взбиралась на верхушки деревьев и мастерила из тряпок и щепок птичьи гнезда, лазила на крышу и бросала в трубу камень, чтобы попугать повара.

Иногда к нам в особняк приезжал доктор. Однажды я вскочила в пустой фаэтон, оставленный доктором у ворот, хлестнула лошадей кнутом и пустила их вскачь. В другой раз я приволокла на берег моря большое корыто для стирки, спустила его на воду и поплыла по волнам.

Не знаю, как в других семьях, но у нас считалось грехом поднимать руку на сироту. Если я совершала какой-нибудь очень тяжкий проступок, меня наказывали: брали за руку, отводили в комнату и запирали там.

У нас был очень странный родственник, которому дети дали прозвище «бородатый дядя». Так вот этот самый бородатый дядя называл мои руки «решеткой святых»*. Они всегда были у меня в синяках, порезах, ссадинах, постоянно обмотаны тряпочными бинтами, как у женщин, красящих ногти хной.

Со своими сверстниками я никогда не ладила. Меня боялись даже дети, которые были намного старше. Если же вдруг в моем сердце вспыхивала любовь, что случалось очень редко, то предмету моей страсти это сулило одни неприятности. Я не научилась любить обычной человеческой любовью и относиться с нежностью к приятному мне существу. Я бросалась на объект своей любви как волчонок, царапала и кусала его, словом, обращалась так грубо, что человек терялся.

Среди моих маленьких родственников был только один, в присутствии которого я испытывала непонятную робость и смущение, — это сын моей тетки Бесимэ Кямран. Впрочем, было бы не совсем правильно называть его ребенком. Во-первых, Кямран был намного старше меня,

---

* В Турции существовал обычай: на ограду усыпальницы или гробницы, где похоронен «святой», приходящие на поклонение женщины вешают шелковые нитки или тряпочные ленты, загадывая при этом желание.

а во-вторых, это был очень послушный, очень серьезный мальчик. Он не любил играть с детьми, всегда в одиночестве бродил по берегу моря, засунув руки в карманы, или читал под деревом книжку. У него были русые вьющиеся волосы и нежное белое личико. Мне почему-то казалось, что если ухватить его зубами за ухо и взглянуть вблизи в эти мраморные щеки, то увидишь в них, как в зеркале, свое отражение.

И все-таки, несмотря на робость перед Кямраном, у меня однажды произошла неприятность даже с ним. Случилось мне раз таскать с берега моря обломки скалы в плетеной корзине. И вот камень каким-то образом вывалился из корзины и ударил Кямрана по ноге. То ли камень был очень тяжел, то ли нога моего кузена слишком хрупкой, но вопль, последовавший вслед за этим, невероятно испугал меня. С проворством мартышки я вскарабкалась на громадную чинару, которая росла в нашем саду. Ни брань, ни угрозы, ни мольбы не могли заставить меня спуститься вниз. Наконец садовнику приказали снять меня с дерева. Но по мере того как он поднимался, я лезла все выше к самой макушке. Бедняга понял, что, если погоня будет продолжаться, я не остановлюсь, заберусь на такие тонкие ветки, которые не выдержат меня, и произойдет несчастье. Садовник спустился вниз. А я до самых сумерек просидела на ветке дерева, словно птица.

Моя бедная бабушка лишилась из-за меня покоя и сна. Ну и доставалось же несчастной старушке! Иногда по утрам ее будила моя возня, она вставала усталая и разбитая. Бабушка хватала меня за плечи и трясла, причитая и вспоминая мою бедную маму: «Ах дочь моя, ты покинула нас и оставила мне на голову это чудовище!.. Это в мои-то годы!..»

Но я знаю точно: предстань перед ней в этот момент моя покойная мать и спроси: «Кого ты предпочтешь: это чудовище или меня?..» — бабушка, несомненно, выбрала бы внучку, отказавшись от дочери.

Конечно, болезненной старушке было тяжело вставать каждое утро усталой, не отдохнув от вчерашнего дня. Однако не надо забывать, что еще горше просыпаться в одиночестве, хотя бы и отдохнув за ночь, скорбеть душой об ушедших, предаваясь грустным воспоминаниям.

Словом, я уверена, несмотря на все неприятности, которые я причиняла домашним, бабушка была счастлива со мной, я стала утешением для нее.

Мне было девять лет, когда мы потеряли бабушку. Отец случайно в это время находился в Стамбуле, его переводили из Триполи в Албанию. В Стамбуле он мог задержаться только на неделю.

Смерть бабушки поставила отца в очень затруднительное положение. Не мог же холостой офицер таскать за собой в бесконечных скитаниях девятилетнюю дочь. Оставить же меня на попечении теток ему почему-то не хотелось. Возможно, он боялся, что я попаду в положение нахлебницы.

И тогда отец придумал следующее.

Однажды утром он взял меня за руку, и мы вышли из дому, добрались до пристани, сели на пароход и приехали в Стамбул. У Галатского моста мы сели в фаэтон, который долго возил нас по каким-то холмам, мимо многочисленных базарчиков. Наконец мы очутились у дверей большого каменного здания. Это была так называемая «школа сестер», которая готовила мне заключение на десять лет.

Нас провели в мрачную комнату рядом с прихожей. Портьеры на окнах были спущены, наружные ставни плотно прикрыты.

Очевидно, все было заранее оговорено и согласовано. Через минуту в комнату вошла женщина в черном платье. Она наклонилась ко мне, и поля ее белого головного убора, словно крылья какой-то диковинной птицы, коснулись моих волос. Женщина заглянула мне в лицо, погладила по щеке.

Помню, день моего появления в пансионе тоже ознаменовался происшествием.

В то время как отец разговаривал с сестрой-директрисой, я бродила по комнате, все разглядывала, всюду совала свой нос. Мое внимание привлекла пестро разрисованная ваза, мне захотелось потрогать рисунки рукой. В конце концов ваза упала на пол и разлетелась вдребезги.

Отец, звякнув саблей, вскочил со стула, поймал меня за руку. Трудно передать, как он был огорчен и сконфужен.

Что касается сестры-директрисы, хозяйки разбитой вазы, то она, напротив, весело улыбнулась и замахала руками, стараясь успокоить отца.

Ах, сколько мне предстояло разбить в пансионе еще всякого добра, кроме этой злополучной вазы! Короче, мои домашние проказы продолжались и там. Наши сестры-воспитательницы или действительно обладали ангельским терпением, или просто симпатизировали мне. Иначе я не понимаю, как они могли прощать все мои выходки.

Я без умолку болтала на уроках, разгуливала по классу. Спокойно спускаться и подниматься по лестнице, как это делали другие девочки, было не по мне. Я должна была сначала переждать, куда-нибудь спрятавшись, пока спустятся все мои подруги, после этого вскакивала на перила верхом и молниеносно слетала вниз. Наверх же я взбиралась так. Складывала ноги вместе, солдатиком, и прыгала сразу через несколько ступенек.

У нас в саду стояло старое сухое дерево. При всяком удобном случае я взбиралась на него и скакала с ветки на ветку, не обращая внимания на угрозы наставниц. Наблюдая как-то за моими гимнастическими упражнениями, одна из сестер воскликнула:

— Господи, что за ребенок?! Ведь это не человек, а воробей, королек — чалыкушу*.

И с того дня мое настоящее имя было словно забыто. Все называли меня только Чалыкушу.

Не знаю, как это случилось, но мои домашние тоже потом начали звать меня по прозвищу. А мое подлинное имя, Феридэ, сделалось официальным и употреблялось очень редко, точно праздничный наряд.

Имя Чалыкушу нравилось мне, оно даже выручало меня. Стоило кому-нибудь пожаловаться на мои проделки, я только пожимала плечами, как бы говоря: «Я тут ни при чем... Что вы хотите от Чалыкушу?..»

К нам в школу приходил аббат в очках, с маленькой козьей бородкой. Как-то раз ножницами для рукоделия

---

* Ч а л ы к у ш у — буквально: кустарниковая птица, королек, из семейства воробьиных.

я выстригла у себя клок волос и прилепила его клеем на подбородок. Когда священник смотрел в мою сторону, я прикрывала подбородок руками, но стоило ему отвернуться, как я тотчас открывала лицо, мотала головой из стороны в сторону, подражая нашему аббату. Класс умирал со смеху. Аббат никак не мог понять причину нашего веселья, выходил из себя, даже бранился.

Я случайно повернулась к окну, выходящему в коридор, и вдруг увидела, что за мной из коридора наблюдает сестра-директриса.

Я растерялась, но, как вы думаете, что я сделала? Прижалась грудью к парте, приложила палец к губам, словно подавая знак молчать, затем послала ей воздушный поцелуй.

Сестра-директриса была главной в пансионе. Все, даже самые престарелые воспитательницы, боготворили ее. Несмотря на свое высокое положение, строгая дама улыбнулась, ее позабавила моя смелость. Ведь я приглашала ее стать соучастницей моей проделки. Мне показалось, будто директриса боится, что, войдя в класс, ей не удастся сохранить серьезный вид. Она только погрозила мне пальцем и скрылась в коридорном полумраке.

Однажды сестра-директриса поймала меня на месте преступления. Дело было в столовой. Я складывала объедки в корзину для бумаг, принесенную тайком из класса.

Строгим голосом директриса подозвала меня:

— Подойди сюда, Феридэ. Объясни мне, что ты делаешь.

Я не видела ничего дурного в моем занятии, взглянула прямо в глаза директрисе и спросила:

— Разве кормить собак — это плохо, ma sœur?

— Каких собак?.. Зачем кормить?..

— Собак... На пустыре... Ах, ma sœur, знали бы вы, как они радуются, завидев меня! Вчера вечером псы встретили меня на самом углу. Как они начали крутиться вокруг меня!.. Я им говорю: «Потерпите... Что с вами?.. Пока не придем на пустырь, ничего не дам...» Но злюки ни за что не хотели понимать человеческого языка. Они чуть не свалили меня на землю. Ну и я заупрямилась. Зажала корзину между ног. Они меня едва не разорвали. На мое счастье, мимо проходил продавец бубликов. Он спас меня.

Директриса слушала, пристально глядя мне в глаза.

— Хорошо, но как ты вышла из пансиона?

— Перелезла через забор возле прачечной... — не задумываясь ответила я.

— Да как ты осмелилась?! — ужаснулась директриса, хватаясь руками за голову, словно услышала страшное известие.

— Не волнуйтесь, ma sœur, забор очень низенький. А потом, что же вы хотите?.. Разве я могу выйти через калитку... Неужели привратник выпустит меня?.. Правда, однажды мне удалось его обмануть. Я сказала: «Тебя зовет ma sœur Тереза». Так и убежала. Только, прошу вас, не выдавайте меня. Ведь это очень опасно, если псы будут голодными!

Странные существа наши сестры. Соверши я подобное в какой-нибудь другой школе, меня посадили бы в карцер или еще как-нибудь наказали.

Директриса опустилась передо мной на корточки, и мы оказались с ней лицом к лицу.

— Покровительствовать животным очень похвально! Но непослушание?! Это очень плохо! Оставь мне эту корзину. Я отошлю объедки с привратником.

Мне кажется, никто в жизни не любил меня так, как эта женщина.

Подобные воспитательные методы действовали на меня тогда не больше, чем легкий ветерок на скалу. Вряд ли они могли повлиять на мой буйный, необузданный характер. Но со временем атмосфера пансиона, уклад жизни, созданный сестрами, помимо моей воли проникали в мою душу, оставляя неизгладимые следы, вызывая во мне чувство нежности и сострадания.

Да, я была действительно очень странной и сумасбродной девочкой. Я хорошо изучила слабости наших воспитательниц и изобретала всевозможные пытки, зная, кого как надо изводить.

Например, у нас была старая, крайне набожная учительница музыки — сестра Матильда. Так вот, когда она со слезами на глазах усердно молилась перед изображением святой Девы Марии, я показывала на мух, которые кружились в воздухе, и говорила, стараясь уязвить бедную старушку:

— Ma soeur, нашу дорогую Пресвятую Мать посетили ангелы...

Одна из наших воспитательниц, дама крайне раздражительная и капризная, слыла страшной чистюлей. Поэтому всякий раз, проходя мимо нее, я энергично встряхивала ученической ручкой, словно досадуя, что она плохо пишет, и белоснежный воротник несчастной женщины покрывался чернильными кляксами.

Другая наша молоденькая воспитательница до смерти боялась насекомых. В какой-то книге мне попался цветной рисунок скорпиона. Я аккуратно вырезала его ножницами, затем поймала в столовой большого слепня и приклеила ему на спину этот рисунок. На вечерних занятиях я под каким-то предлогом подошла к нашей воспитательнице и подбросила «скорпиона» на кафедру.

Пока я отвлекала воспитательницу разговором, слепень начал двигаться. И вдруг бедная женщина увидела при свете керосиновой лампы, как страшный скорпион, потрясая клешнями и хвостом, ползет прямо на нее. Она испустила дикий вопль, схватила линейку, лежавшую рядом, и одним махом пригвоздила слепня к кафедре. После этого прислонилась спиной к стене, закрыла лицо руками и на мгновение лишилась чувств.

В ту ночь я долго не могла заснуть, ворочаясь в постели с боку на бок.

Мне было уже двенадцать лет, и я успела усвоить кое-какие понятия стыда и совестливости. Я мучилась, вспоминая проделку с воспитательницей. На этот раз мой проступок был не из тех, которые проходят безнаказанно. Я чувствовала: утром меня непременно вызовут на допрос и что-то будет!..

Во сне я несколько раз видела сестру-директрису. Ее сердитое лицо с широко раскрытыми глазами надвигалось на меня, она что-то кричала.

На следующий день первый урок прошел без происшествий. В конце второго дверь приоткрылась, вошла одна из сестер. Она что-то шепнула учительнице, затем жестом пригласила меня последовать за ней. Какой ужас!.. Не оглядываясь по сторонам, вобрав голову в плечи и прикусив язык, я поплелась к выходу. Девочки за моей спиной хихикали, учительница легонько стучала линейкой по кафедре, призывая класс к спокойствию.

Минуту спустя я уже стояла в кабинете сестры-директрисы. Но, удивительно, ее лицо нисколько не походило на то, которое я видела во сне. Мне даже вдруг показалось, что это не я, а она напроказила, придумав шутку с оводом-скорпионом, и довела воспитательницу до обморока.

Лицо сестры-директрисы было печальное, губы дрожали. Она взяла меня за руку и чуть притянула к себе, словно собиралась обнять, затем отпустила мою руку и сказала:

— Феридэ, дитя мое. Мне надо тебе что-то сообщить... Неприятное известие. Твой папа как будто немного болен... Я говорю «немного», но, кажется, он очень болен...

Сестра-директриса комкала в руках какое-то письмо. Видно, ей трудно было договорить до конца. Вдруг воспитательница, которая привела меня из класса, закрыла лицо платком и выбежала из комнаты.

Тогда я все поняла. Мне хотелось что-то сказать, но у меня, как и у сестры-директрисы, отнялся язык. Отвернувшись, я посмотрела через открытое окно на деревья. Меж ветвей, залитых солнечным светом, стремительно проносились ласточки.

Неожиданно мной овладела какая-то непонятная резвость.

— Мне все ясно, ma sœur... — сказала я. — Не огорчайтесь. Что поделаешь? Все мы умрем.

Директриса прижала мою голову к груди и долго не отпускала.

Вскоре в пансион прибыли мои тетки, хотя в этот день посещения не полагались. Они просили разрешить им забрать меня домой. Но я наотрез отказалась, сославшись на предстоящие экзамены. Однако эти экзамены не помешали мне в тот день буйствовать больше, чем обычно. Дело дошло до того, что на вечерних занятиях у меня поднялась температура. Скрестив руки на парте, я положила на них голову, как это делают лентяи, да так и заснула, даже не поужинав.

Летние каникулы я провела в Козъятагы на даче у тетки Бесимэ.

Здешние дети были для меня неподходящей компанией. Двоюродная сестра Неджмие, молчаливая болезненная девочка, не слезала с колен матери. Она как две капли воды походила на своего старшего брата Кямрана.

К счастью, по соседству жило много переселенцев с Балкан. Их дети собирались у нас в саду каждый день. Я верховодила этими ребятами, бесилась вместе с ними до позднего вечера.

Но мои бедные товарищи пришлись не ко двору и были вскоре изгнаны из особняка нашим садовником.

Однако ребята не очень обиделись на такое обхождение. Они были негордые и по-прежнему приходили и похищали меня из особняка. Мы целый день бродяжничали по полям, лазили через заборы в сады, воровали фрукты.

Домой я возвращалась в сумерках. Лицо мое было сожжено солнцем. Израненными руками я старалась прикрыть дыры на платье. Завидев меня, тетка Бесимэ приходила в неистовство; она без конца ставила мне в пример Неджмие, которая только и делала, что зевала, раскрывая свой розовый ротик, потряхивая копной блестящих волос, и поэтому была похожа на глупую и ленивую кошку. Мало того, тетка постоянно твердила мне о воспитанности, вежливости, деликатности, начитанности и еще бог знает каких качествах и достоинствах братца Кямрана.

Ну ладно, Неджмие... всего-навсего теплая, мягкая, зябкая кошка, выросшая на коленях у матери. В душе я и не могла отрицать, что девушки должны быть именно такими. Но вот Кямран. Великовозрастный Кямран!.. Ему шел двадцатый год. Над тонкими губами, похожими на серп луны, уже появились реденькие усы. Он носил шелковые чулки и замшевые туфли, в которых его крошечные, словно девичьи, ножки казались еще меньше. Когда Кямран шел, стройный стан его сгибался, точно тонкая, гибкая ветвь. Из расстегнутого ворота шелковой рубашки выглядывала длинная белая шея. Нет, это была какая-то девица, а не мужчина. Ах, как он меня раздражал! Я просто выходила из себя, когда наши родственники или соседи наперебой расхваливали его добродетели.

Сколько раз, помнится мне, пробегая мимо, я толкала его, делая вид, что споткнулась. Сколько книг я у него изорвала! Чего только я не придумывала, чтобы сцепиться с ним! Как я молила в душе: «Ну оживись хоть немного, Божий раб! Девчонка! Ну возрази, сделай что-нибудь мне наперекор! И тогда я, как кошка, кинусь на тебя, заставлю валяться в пыли... Вырву твои волосы, выцарапаю зеленые змеиные очи!..»

Вспоминая, как он корчился от боли в тот день, когда я ушибла ему ногу камнем, я дрожала, радуясь и ненавидя.

Но Кямран считал себя уже взрослым мужчиной, смотрел на меня свысока и говорил, нагло, презрительно улыбаясь:

— До каких пор будет продолжаться это ребячество, Феридэ?

«Хорошо, а до каких пор ты будешь таким слюнтяем? Когда ты перестанешь жеманиться и кокетничать, как девица на смотринах?..»

Конечно, этого я не говорила вслух. Тринадцатилетняя девочка не будет надоедать молодому человеку, если ее грубость постоянно наталкивается на холодную вежливость. Часто, боясь, как бы у меня с губ невольно не сорвались какие-нибудь грубые слова, я зажимала рот рукой и бежала в глубь сада, чтобы в укромном уголке вволю отругать Кямрана.

Однажды в дождливый день на нижнем этаже особняка собрались женщины и заспорили о модах. Тут же был и Кямран.

Внимательно прислушиваясь к разговору, я сидела в углу и, скосив глаза и высунув язык, зашивала порванный рукав блузки.

Женщины попросили Кямрана высказать свое мнение о зимних туалетах, которые они заказали.

Я не выдержала и громко расхохоталась.

— Чего смеешься? — спросил мой кузен.

— Так. Пришло кое-что в голову...

— Что именно?

— Не скажу.

— Ну не кривляйся. Впрочем, ты болтушка, все равно не вытерпишь, скажешь!

— Ну что ж, тогда не гневайся. Ты так увлекся разговором о туалетах, что я подумала: Аллах по ошибке создал тебя мужчиной. Совсем как девчонка! Да и годы тебе надо сбросить. За тринадцатилетнюю сойдешь.

— Ну а дальше что?

— Дальше вот что... Я тут зашиваю какой-то пустяк и то исколола себе все пальцы. Значит, я — парень. И мне лет двадцать — двадцать два.

— Ну а дальше?

— Дальше? Дальше я, по воле Аллаха, по решению пророка, женилась бы на тебе. Вот и делу конец.

Стены комнаты задрожали от дружного смеха. Я подняла голову: все глаза были устремлены на меня.

— Но это и сейчас возможно, Феридэ, — зло пошутил кто-то из гостей.

Я недоуменно вытаращила глаза.

— Каким образом?

— Как каким образом?.. Выйдешь замуж за Кямрана. Он будет заведовать твоими туалетами, штопать дыры. А ты будешь заниматься делами.

Я вспыхнула, вскочила с места. Больше всего я была сердита на себя. Красноречие мое вдруг иссякло. Вот что значит неопытность в искусстве пустословия. Да еще эта предательская заплатка на рукаве совсем меня замучила.

Тем не менее я нашла в себе силы броситься в контрнаступление.

— Что ж, вполне возможно, — сказала я, — но, думаю, Кямран-бею придется худо. Не дай Аллах, дома начнется драка... Что станет с моим кузеном? Кажется, все помнят, что было, когда я ушибла камнем его нежные ножки.

В комнате опять раздался взрыв смеха. Сохраняя серьезность, я направилась к себе, но на пороге обернулась и сказала:

— Прошу прощения. Девочке, которой не исполнилось четырнадцать, говорить такие вещи не пристало. Вы уж извините.

Стуча каблуками по деревянным ступенькам лестницы, хлопая дверьми, я добежала до своей комнаты и бросилась на кровать.

Внизу продолжали хохотать. Кто знает, может, они смеялись надо мной. Но ничего, я не останусь в долгу!

Мне кажется, было бы неплохо выйти замуж за Кямрана. Время шло, мы взрослели, и случай сразиться с ним все больше и больше отдалялся. Кроме замужества, пожалуй, не было другой возможности свести с Кямраном счеты, выместить на нем свою злобу.

Первые три месяца после летних каникул наш пансион напоминал вулкан, в недрах которого кипят и бурлят страсти. Разрядка наступала только к экзаменам.

Дело в том, что весной на Пасху мои подружки, исповедующие католичество, совершали свое первое причастие. В длинных белых шелковых платьях, в газовых, как у новобрачных, покрывалах они шли в церковь обручаться с пророком Иисусом.

Храм был ярко освещен огнями свечей. Звучал орган. В воздухе плыли звуки религиозных гимнов. Повсюду был разлит запах весенних цветов. Его перебивал терпкий аромат ладана и алоэ. Сколько было прелести в этом обряде обручения! И как жаль, что сразу же после Пасхи, вырвавшись на каникулы, неверные девушки тотчас изменяли своему нареченному, голубоглазому Иисусу с восковым личиком, обманывали его с первым встречным мужчиной, а иногда и не с одним.

Возвращаясь после каникул в пансион, мои подружки привозили в своих чемоданах умело спрятанные записки, фотокарточки, сувениры в виде засушенных цветочков и многое другое. Мне было известно, о чем они шептались, разгуливая в обнимку парочками по саду. Нетрудно было догадаться, что под цветными раззолоченными открытками с изображением Христа и ангелочков, которые дарили обычно самым невинным и набожным девушкам, прятались фотографии молодых людей. В укромном уголке сада можно было часто видеть шепчущихся учениц пансиона; там подружки поверяли свои сердечные тайны, чтобы никто, даже летающие вокруг букашки, не могли услышать их признаний. В эти осенние месяцы девушки ходили не иначе, как в обнимку, тесно прижавшись друг к другу.

Лишь я, несчастная, вечно была одна в саду и в классе. В моем присутствии девочки вели себя очень сдержанно и осторожно. Они избегали меня больше, чем сестер. Спросите почему? Потому что, как говорил друг нашего дома «бородатый дядя», я была болтлива. Если, например, я замечала, что какая-нибудь воспитанница обменивается с молодым человеком цветком через садовую решетку, то кричала об этом на весь сад, словно глашатай. И все это потому, что подобные истории меня ужасно раздражали.

Не забуду, как однажды зимним вечером мы готовили в классе уроки. Моя подруга Мишель, очень способная девочка, получив разрешение сестры сесть на заднюю парту, объясняла нерадивой ученице урок по римской истории. Неожиданно гробовую тишину класса нарушили частые всхлипывания. Воспитательница подняла голову, спросила:

— В чем дело, Мишель? Ты плачешь?

Мишель закрыла руками мокрое от слез лицо.

Вместо нее ответила я:

— Мишель взволнована поражением карфагенян, потому и плачет.

В классе раздался хохот.

Словом, мои подружки были правы, не принимая меня в свою компанию. Не очень-то приятно находиться в стороне, видеть, что к тебе относятся как к легкомысленной девчонке, хотя я была уже совсем взрослой. Мне шел пятнадцатый год — возраст, в котором наши матери становились невестами, а бабки бегали к колодцу заветных желаний в Эйюбе* и в тревоге молились: «Господи, помоги! Засиживаемся дома!»

Ростом я не вышла, но тело мое уже сформировалось и было развито не по летам. У меня был удивительный цвет лица, казалось, все краски природы переливались, светились на моем лбу, щеках, губах.

Наш «бородатый дядя» при встрече брал меня за руку, тащил к окну и, уставившись своими близорукими глазами, внимательно разглядывал, приговаривая:

---

* Э й ю б — район Стамбула, славился кладбищем, где находилась могила Абу-Эйюба-Ансари — сподвижника пророка Мухаммеда.

— Ах, девочка, ну что за лицо у тебя! Какие краски! Такие не поблекнут!

«Господи, — думала я, глядя на себя в зеркало, — разве такой должна быть девушка?! Фигура похожа на волчок, а лицо словно раскрашено кистью художника». И мне казалось, будто я рассматриваю куклу на витрине универсального магазина. Потешаясь над собой, я высовывала язык, косила глазами...

Больше всего я любила пасхальные каникулы. Когда я приезжала в Козъятагы, чтобы провести там эти две недели, черешни, растущие в большом саду сплошной стеной вдоль забора, были густо усыпаны спелыми ягодами.

Ах, как я любила черешню! В течение пятнадцати дней я, как воробей, питалась почти одной черешней и не возвращалась в пансион до тех пор, пока не уничтожала последние ягоды, оставшиеся на самых макушках деревьев.

И вот однажды под вечер я опять сидела на верхушке дерева. Уписывая за обе щеки черешню, я развлекалась тем, что щелчком выстреливала косточки на улицу за забор. И надо же было, чтобы косточка ударила по носу проходившего мимо старичка соседа. Сначала старичок ничего не понял, растерянно глянул по сторонам. Ему никак не приходило в голову поднять глаза.

Сиди я тихо и не подай голоса, возможно, он так и не заметил бы меня, решив, что какая-то птица пролетала мимо и уронила случайно косточку. Но я не выдержала и, несмотря на испуг и смущение, расхохоталась. Старичок поднял голову и увидел, что верхом на суку сидит здоровая девица и нагло хохочет. Брови его гневно зашевелились.

— Браво, ханым\*, браво, дочь моя! — воскликнул он. — Не пристало, скажу тебе, такой великовозрастной девушке проказничать!

В ту минуту мне хотелось провалиться сквозь землю. Представляю, какие краски выступали на моем и без того цветущем лице. Рискуя свалиться с дерева, я сложила руки на груди, прижала их к своей школьной кофте и, склонив голову, сказала:

---

\* Х а н ы м (ханым-эфенди) — дама, госпожа, сударыня.

— Простите, бей-эфенди*, честное слово, нечаянно... Право, моя рассеянность...

Трюк с подобной невинной позой был уже много раз проверен и испытан. Я заимствовала ее у сестер и набожных учениц, когда они молились Деве Марии и Иисусу Христу. Судя по тому, что такая поза вполне устраивала и Пресвятую Мать, и ее Сына уже много веков, старичка она подавно должна была растрогать.

Я не ошиблась, сосед попался на удочку. Лицемерное раскаяние, умелая дрожь в моем голосе ввели его в заблуждение. Он смягчился и счел необходимым сказать мне что-нибудь приятное.

— А не думаете ли вы, ханым, — улыбнулся он, — что подобная рассеянность может повредить такой взрослой симпатичной девушке?

Я прекрасно понимала, что старичок хочет пошутить со мной, однако широко раскрыла глаза и удивленно спросила:

— Это почему же, эфендим?

Заслонившись рукой от солнца, старик пристально смотрел мне в лицо, продолжая улыбаться:

— А вдруг я буду колебаться: годитесь ли вы в невесты моему сыну?

— О, тут я застрахована, бей-эфенди, — засмеялась я в ответ. — Вы бы не выбрали меня, даже если бы считали очень воспитанной девушкой.

— Почему вы так думаете?

— Что там по деревьям лазить и бросаться косточками?.. У меня есть куда более тяжкие грехи. Прежде всего я небогата, а, как я слышала, небогатые девушки не в почете. Потом, я не обладаю красотой. На мой взгляд, это куда более существенный недостаток, чем бедность.

Мои слова окончательно развеселили пожилого господина.

— Неужели вы некрасивы, дочь моя? — спросил он.

— Вы можете говорить что угодно, — запротестовала я, — но я-то знаю себя. Разве такой должна быть девушка?

---

* Б е й - э ф е н д и (а также э ф е н д и или э ф е н д и м) — господин, сударь.

О, девушка должна быть высокой, светловолосой, голубоглазой или даже зеленоглазой...

Видимо, этот старичок был некогда шаловлив. Он как-то странно посмотрел на меня и сказал дрогнувшим голосом:

— Ах, мое бедное дитя, вы еще слишком малы, чтобы оценить себя и понимать, что такое красота. Ну да что там... А скажите-ка мне, как вас зовут?

— Чалыкушу.

— Это что за имя?

— Простите, так меня прозвали в пансионе... А вообще меня зовут Феридэ. Кругленькое, неизящное имя, как я сама.

— Феридэ-ханым. Уверяю, у вас такое же красивое имя, как и вы сами. Если бы мне удалось найти такую невесту моему сыну!

Не знаю, мне почему-то нравилось болтать с этим человеком, обладающим благородными манерами и приятным голосом.

— В таком случае нам еще представится возможность закидать молодых черешневыми косточками, — сказала я.

— Конечно, конечно... Несомненно!

— А теперь позвольте угостить вас черешней. Вы должны непременно попробовать ее, чтобы доказать, что простили меня. Одну минуту... — И я принялась прыгать с ветки на ветку, как белка.

Старичок сосед пришел в ужас. Заслонив глаза руками, он завопил:

— Господи, ветки трещат... Я еще буду виноват... Упадете, Феридэ-ханым...

Не обращая внимания на причитания старика, я отвечала:

— Не бойтесь. Я привыкла падать. Вот если б мы действительно породнились, вы увидели бы у меня шрам на виске. Он дополняет мои прелести.

— Ах, дочь моя, вы упадете!

— Все, эфендим, все... Вот только как передать вам ягоды? Придумала, эфендим.

Вытащив из кармана передника носовой платок, я завязала в него черешни.

— Насчет платка не беспокойтесь... Он совсем чистый... Я еще не успела вытереть им нос... А теперь ловите, смотрите не уроните на землю. Раз... Два... Три...

Старичок сосед с неожиданным проворством поймал узелок.

— Большое спасибо, дочь моя! — сказал он. — Только как теперь вернуть вам платок?

— Ничего... Пусть это будет моим подарком.

— Ну зачем же?

— А почему?.. Это даже очень хорошо... И знаете, в чем дело?.. Через несколько дней я возвращусь в пансион. А у нас там принято, чтобы девушки на каникулах заводили романы с молодыми людьми и потом, когда начнутся занятия, рассказывали об этом друг другу. У меня еще ничего подобного не было, и подружки ни во что меня не ставят. Подтрунивать надо мной открыто они боятся, но за спиной, я знаю, посмеиваются. На этот раз я тоже кое-что придумала... Вернусь в пансион, буду ходить задумчивая, опустив голову, точно у меня заветная тайна, буду грустно улыбаться. Девушки скажут: «Чалыкушу, с тобой что-то стряслось!» А я им небрежно: «Да нет... Что со мной может случиться?..» Они, конечно, не поверят, станут допытываться. Вот тогда я и скажу: «Ну ладно... Только поклянитесь, что никому не расскажете». И сочиню какую-нибудь небылицу.

— Ну, например?

— Знакомство с вами поможет мне. Я скажу подружкам так: «Мы флиртовали с высоким светловолосым мужчиной, переглядывались с ним через решетку забора». Разумеется, я не скажу, что у вас седые волосы. Впрочем, в детстве, наверно, вы были блондином... О, я хорошо знаю своих подружек. Они спросят: «О чем же вы разговаривали?» Я отвечу, подтвердив слова клятвой: «Он сказал, что считает меня красивой». Что я подарила вам в платке черешню, рассказывать не стоит. Скажу лучше — розу... Впрочем, нет. Розы в платках не преподносятся. Скажу просто, что подарила вам на память свой платок, вот и все.

Пять минут назад мы чуть было не поссорились со старичком соседом, а сейчас весело смеялись и на прощание помахали даже друг другу рукой.

Тем же летом моя страсть лазить по деревьям привела еще к одной истории.

Сияла лунная августовская ночь. В особняке было полным-полно гостей, среди которых выделялась молодая вдова по имени Нериман, изредка оказывавшая нам честь своим посещением. Ее визиты всегда являлись большим событием для нашего дома. Все восхищались этой женщиной, начиная от моих тетушек, которым никто на свете не нравился, кроме них самих, и кончая глуповатыми горничными.

Муж Нериман (говорили, что она его очень любила) умер год назад. Поэтому вдова была всегда в черном. Но мне почему-то казалось, что, если бы черный цвет не шел так к ее белокурой головке, траур давно бы кончился и все эти черные одеяния были бы выброшены на свалку.

Нериман заигрывала и со мной, точно с собакой или кошкой. Но у меня как-то не лежала к ней душа, и отношения между нами были очень натянутые. Все ее знаки внимания я принимала весьма холодно.

Хотя отношение к ней не изменилось и по сей день, однако я вынуждена признать, что Нериман была дьявольски красива. Больше всего меня бесило в ней чрезмерное кокетство. Только в обществе женщин она немного успокаивалась. Но стоило появиться какому-нибудь мужчине, как лицо ее, голос, смех, взгляд — в общем, все менялось. Словом, моим школьным подругам, привыкшим действовать исподтишка, было далеко до этой особы.

Боже, какую безутешную вдову начинала разыгрывать Нериман, когда разговор заходил о ее муже, как лицемерно причитала она: «Ах, для меня жизнь уже кончилась!..» Все во мне переворачивалось от злости, когда она ломала эту комедию, и я говорила себе: «Погоди, вот приглянется тебе кто-нибудь, посмотрим, как ты будешь вести себя!..»

В доме у нас не было сверстников Нериман. Неженка Неджмие не могла идти в счет. Тетушки были в летах, головы их давно поседели, они только сплетничали о знакомых, других тем для разговоров не было.

В таком случае, в таком случае!..

Кажется, я начала догадываться, почему этой Нериман вдруг полюбился наш особняк. Очевидно, она наметила своей жертвой моего глуповатого кузена. Чтобы выйти замуж?.. Не думаю. Смеет ли вдова, которой уже под тридцать, мечтать о замужестве с двадцатилетним юнцом? Какой позор! Впрочем, если бы она даже и решилась на подобный поступок, неужто мои хитрые тетушки допустили б, чтобы ребенок попал в когти этого коршуна в юбке?

В таком случае, в таком случае!..

Да что там — в таком случае. Счастливая вдовушка решила развлечься с моим кузеном, пока судьба не улыбнется ей и не пошлет солидного жениха, который будет исполнять все ее прихоти.

Я назвала Кямрана глуповатым, но это от злости. В действительности же это был коварный желтый скорпион, да еще из той породы, которые незаметно подкрадываются и больно жалят. Разговаривая с Нериман, он всегда словно что-то недосказывал, и это не могло ускользнуть от моего внимания.

Играла ли я с детьми, прыгала ли через веревочку, гадала ли на картах, лежа на полу, я всегда следила за ними.

Мой кузен уже был накануне того, чтобы очутиться у нее в когтях. Когда порой я делала вид, будто ничего не замечаю, и проходила мимо, они замолкали или же меняли тему разговора.

«Пусть делают что хотят, тебе-то что?» — скажете вы. Что мне? Допустим, Кямран мой враг, но все-таки он — мой кузен... Могла ли я безразлично относиться к тому, как какая-то неизвестно откуда появившаяся особа хочет совратить его? О чем я рассказывала?.. Да, итак, была лунная августовская ночь. Гости сидели на веранде, залитой светом большой керосиновой лампы — кстати, совсем ненужным, — и весело болтали.

Звонкий музыкальный смех Нериман раздражал меня, поэтому я ушла в глубь сада под тень деревьев.

В самом конце сада, у забора, отделяющего нас от соседей, стояла старая развесистая чинара. Дерево давно уже перестало давать плоды, но я любила его за величественный вид, часто взбиралась на него, лазила по могучим веткам, где можно было сидеть, как на диване, или даже ходить без опаски.

В этот вечер я вскарабкалась довольно высоко и примостилась на ветке. Вдруг до меня донесся легкий звук шагов, затем приглушенный смех. Я напрягла зрение... И как вы думаете, что я увидела?.. Прямо к старой чинаре шел мой кузен, впереди него шагала счастливая вдовушка.

Я сразу насторожилась, точно рыбак, заметивший, что к крючку приближается рыба. Как я боялась, что ветка, на которой я сижу, затрещит! Напрасный страх! Молодые люди были так заняты самими собой, что, казалось, застучи я на вершине дерева в барабан, они, наверно, не обратили бы внимания.

Нериман шла впереди. Кямран, как невольник-араб, следовал за ней шагах в четырех. Перелезть через забор, чтобы продолжать путь, они не могли, поэтому остановились под чинарой, на которой я сидела.

Идите, мои милые, идите, дорогие!.. Вас ко мне послал Аллах. Мы с вами скоро увидимся. Я сделаю все для того, чтобы эта прекрасная лунная ночь запомнилась вам навеки!

Вдруг совсем рядом застрекотал кузнечик, заглушая слова, которые говорил мой кузен счастливой вдовушке. Я чуть с ума не сошла от досады. Мне хотелось крикнуть: «Негодяй, чего боишься?.. Здесь никого нет! Говори громче!..»

Мне удалось услышать только несколько слов Кямрана: «Нериман... Милая... Ангел мой...» Меня охватила дрожь. Ах, как я боялась выдать себя, как я боялась, что они услышат шорох листвы!..

Изредка до меня доносились и слова Нериман-ханым: «Прошу вас, Кямран-бей...»

Наконец голоса смолкли. Нериман осторожно подошла к забору, встала на цыпочки, заглянула в соседский сад, словно хотела убедиться, что за ними никто не наблюдает, затем обернулась к Кямрану, который, кажется, не знал, как ему вести себя дальше.

Вдруг вижу: мой кузен раскинул руки и шагнул к Нериман. Сердце мое забилось еще сильнее... «Наконец-то Кямран образумился! — подумала я. — Сейчас он залепит пощечину этой скверной женщине». Ах, сделай он это, я, наверно, заплакала бы, спрыгнула с дерева и помирилась с ним навеки. Но это чудовище и не думало бить Нериман. С неожиданной для его тощих белых девичьих рук силой он схватил молодую женщину за плечи, затем за кисти рук. Короткая борьба, объятие... В лунном свете, который пробивался сквозь густую листву чинары, мне было видно, как смешались их волосы.

Господи, какой ужас!.. Какой кошмар!.. Минуту назад я собиралась сыграть с ними злую шутку, а сейчас меня всю трясло, я обливалась холодным потом, боясь, что они меня заметят... Как бы я хотела стать в этот момент птицей, взлететь в небо, раствориться в лучах луны и не видеть больше людей этого мира!

Хотя я зажимала рот руками, из горла у меня вырвался какой-то звук. Очевидно, это был вопль. Однако он тут же превратился в хохот, стоило мне увидеть, какое действие произвел мой крик на молодых людей. Ах, видели бы вы испуг и растерянность этих бессовестных!..

Несколько минут назад счастливая вдовушка шла сюда, едва касаясь ногами земли, скользя, словно прозрачный лунный луч, а сейчас она мчалась от чинары сломя голову, не разбирая дороги, натыкаясь на стволы деревьев.

Мой кузен последовал было ее примеру, но, пробежав несколько шагов, вдруг остановился и конфузливо поплелся назад.

Я продолжала хохотать, так как просто не знала, что мне еще делать. Кямран, подобно коварному персонажу из знаменитой басни «Ворона и лиса», принялся обхаживать дерево.

Наконец, поборов смущение и отбросив стыдливость, он обратился ко мне:

— Феридэ, дорогая, спустись-ка пониже.

Я перестала смеяться, серьезно спросила:

— С какой стати?

— Так... Хочу с тобой поговорить.

— Нам не о чем с вами разговаривать. Не мешайте мне.

— Феридэ, брось шутить!

— Шутить?! Какие могут быть шутки?

— Ну это уже слишком! Если ты не хочешь спуститься вниз, тогда я могу подняться к тебе.

Не ослышалась ли я? Если на дороге попадалась крохотная лужа, мой кузен хватался за голову; а прежде чем решиться перепрыгнуть через эту лужу, он раз десять примерялся, переводя взгляд с ботинок на воду. Перед тем как сесть, он пальчиками подтягивал вверх штанины. Как же тут было не развеселиться, услышав, что мой нежный, избалованный кузен собирается лезть на дерево?!

Но в этот вечер Кямран действительно озверел. Ухватившись руками за нижний сук, он вскарабкался на него и собрался лезть еще выше.

На миг я представила, как вот сейчас, ночью, встречусь с ним лицом к лицу на этом дереве. Я чуть не сошла с ума. Это было бы ужасно! Увидеть вблизи его зеленые глаза... Да я вцепилась бы в него, и мы превратились бы в хищных птиц, бьющихся между ветвей не на жизнь, а на смерть. Выцарапав ему глаза, я непременно швырнула бы его на землю или бросилась бы сама. Но в следующую минуту я подумала, что так поступать не следует. Перегнувшись с ветки, я приказала:

— Стойте!.. Ни с места!..

Кямран не обратил внимания на мои слова, даже не удостоил меня ответом. Встав ногами на ветку, он высматривал наверху следующее удобное местечко.

— Стойте! — решительно повторила я. — Не то будет хуже!.. Вы ведь знаете, что я — Чалыкушу... Деревья — это мое царство, и я не переношу, когда кто-нибудь вторгается в него.

— Какой странный разговор, Феридэ...

Действительно, разговор был очень странным.

Мне пришлось невольно взять шутливый тон. Приготовившись лезть еще выше, если Кямран не остановится, я сказала:

— Вам известно, что я вас просто обожаю! Поэтому будет очень неприятно, если мне вас придется спустить с дерева. Весьма печально, когда молодой человек, читавший пять минут назад любовные стишки, начинает вдруг кричать не своим голосом: «Помогите, помогите!..»

Слово «помогите» я произнесла, громко смеясь и подражая голосу Кямрана.

— Сейчас мы встретимся! — воскликнул Кямран, не обращая внимания на мои угрозы и продолжая карабкаться вверх по веткам. Страх сделал его смелым и проворным.

Казалось, мы играли на дереве в горелки. Кямран приближался, а я лезла все выше и выше, ветви становились все тоньше и тоньше... Внезапно я подумала, что можно спрыгнуть на забор и убежать. Но я рисковала сломать себе руку или ногу. Тогда не мой кузен, а я сама плакала бы и стонала.

Однако ни за что на свете мне не хотелось встречаться с Кямраном на дереве. Пришлось пойти на хитрость.

— А нельзя ли узнать, — спросила я, — почему это вам так хочется поговорить со мной?

Маневр удался. Кямран сразу же остановился и серьезно сказал:

— Мы с тобой шутим, Феридэ, а вопрос очень серьезный. Я боюсь тебя.

— Вот как? Чего же тебе бояться?

— Боюсь, будешь болтать.

— Разве это не то, что я делаю каждый день?

— Боюсь, что на этот раз твоя болтовня будет не совсем обычной.

— А что чрезвычайного произошло сегодня вечером?

Кямран устал, выбился из сил. Не заботясь уже больше о наглаженных брюках, он сел на ветку. Вид у него был подавленный, унылый, но он все еще пытался шутить.

Мне не было жалко Кямрана, просто я не могла его больше видеть и хотела как можно скорее остаться одна.

— Успокойся. Поверь мне, бояться нечего. Ступай сейчас же к гостям. Неудобно.

— Ты даешь слово, Феридэ? Даешь клятву?

— Да, и слово, и клятву. Что хочешь.

— Могу ли я верить?

— Мне кажется, надо поверить. Я уже не ребенок.

— Феридэ...

— Да и откуда мне знать, чего ты боишься? Что я могу разболтать? Я сижу одна на дереве.

— Не знаю, но я почему-то не верю...

— Говорят тебе! Я уже выросла и стала совсем взрослой. Значит, надо верить. Ступайте, мой дорогой кузен, не

волнуйтесь, есть вещи, которые видит ребенок, но молоденькая девушка ничего не заметит. Идите и успокойтесь.

Испуг Кямрана, кажется, сменился удивлением, он
непременно хотел меня увидеть и упрямо тянул голову
вверх.

— Ты как-то совсем по-новому говоришь, Феридэ... —
сказал он.

Боясь, что мы так и не кончим разговора, я закричала, притворно гневаясь:

— Ну довольно... Будешь тянуть — возьму слово назад.
Решай сам.

Угроза подействовала на Кямрана. Медленно, неуверенно ища ветки ногами, он спустился с дерева и, стесняясь идти в ту сторону, куда убежала Нериман, зашагал
вниз по саду.

После этого происшествия счастливая вдовушка перестала появляться у нас в доме. Что касается Кямрана,
то, я чувствовала, он побаивается меня. Всякий раз,
возвращаясь из Стамбула, он привозил мне подарки: то
разрисованный японский зонтик, то шелковый платок
или шелковые чулки, то туалетное зеркало сердечком
или изящную сумочку. Все эти безделушки больше предназначались взрослой девушке, чем проказливой девчонке.

В чем же был смысл этих подношений? Не иначе, он
хотел задобрить Чалыкушу, зажать ей рот, чтобы она никому ничего не разболтала!

Я была уже в том возрасте, когда мысль, что тебя помнят, не забывают, доставляет удовольствие. Да и красивые вещи мне очень нравились. Но мне почему-то не хотелось, чтобы Кямран или кто-нибудь другой знал, что я
придаю значение этим подаркам. Если в пыль падал мой
зонтик, разукрашенный бамбуковыми домиками и косо-
глазыми японками, я не спешила его поднимать, и тогда
одна из моих тетушек выговаривала мне:

— Ах, Феридэ, вот как ты ценишь подарки, которые
тебе делают!

Среди подношений Кямрана была сумочка из мягкой
блестящей кожи. Невозможно передать, какое наслаждение

мне доставляло гладить ее рукой, но однажды я сделала вид, будто хочу набить ее сочными ягодами. Ну и крик подняли мои тетушки!..

Была бы я похитрее, то, наверно, еще долго пользовалась бы испугом Кямрана и выманивала у него всякие безделушки.

Я очень любила подаренные им вещички, но иногда мне хотелось разорвать их, растерзать, швырнуть под ноги и топтать, топтать в исступлении. Мое отвращение, моя неприязнь к кузену не ослабевали.

Если в прежние годы приближающийся отъезд в пансион вызывал во мне грусть, то на этот раз я, наоборот, с нетерпением ждала момента, когда расстанусь со своими родственниками.

В первый же воскресный день после возобновления занятий нас повезли на прогулку к Кяатхане*. Сестры не любили долгие прогулки по улицам, но в этот вечер мы почему-то задержались до темноты.

Я плелась в самом хвосте. Вдруг смотрю, вокруг никого нет. Не понимаю, как я умудрилась так отстать и меня никто не хватился. Сестры, наверное, думали, что я, как обычно, иду впереди всех. Неожиданно возле меня вырос чей-то силуэт. Присмотрелась: это Мишель.

— Чалыкушу! Ты?! — удивилась она. — Почему так медленно плетешься? Почему одна?

Я показала на свою правую ногу, перевязанную у щиколотки платком.

— Разве ты не знаешь? Когда мы играли, я упала и разбила ногу.

Мишель была славная девушка. Ей стало жаль меня, она предложила:

— Хочешь, помогу тебе?

— Уж не собираешься ли ты предоставить в мое распоряжение свою спину?

— Конечно, нет. Это невозможно. Но я могу взять тебя под руку. Что ты скажешь? Нет, нет, по-другому... Поло-

---

* К я а т х а н е — речка и название района в окрестностях Стамбула.

жи мне свою руку на плечо. Держись крепче, я обниму тебя за талию. Так тебе будет легче. Ну как? Меньше болит?

Я послушалась Мишель — действительно, идти стало легче.

— Спасибо, Мишель, — улыбнулась я. — Ты замечательный товарищ!

Немного погодя Мишель сказала:

— А знаешь, Феридэ, что подумают наши девочки, увидев, как мы идем?

— Что?

— Они скажут: «Феридэ тоже влюбилась и делится с Мишель своими секретами».

Я остановилась.

— Ты это серьезно говоришь?

— Ну да...

— В таком случае отпусти меня. Немедленно!

Я сказала это повелительным тоном командира, отдающего приказ.

— Ах большая глупышка! — засмеялась Мишель, не отпуская моей талии. — Неужели ты не понимаешь шуток?

— Глупышка? Это почему же?

— Неужто девочки не знают тебя?

— Что ты хочешь этим сказать?

— Да ведь все знают, что у тебя не может быть романов. Виданное ли дело — любовная интрижка у Чалыкушу!

— Это почему же? Вы считаете меня некрасивой?

— Нет, почему некрасивой? Ты очень даже хорошенькая. Но ты ведь... глуповата... и неисправимо наивна.

— Ты действительно так думаешь обо мне?

— Не я одна, все так думают. Девочки говорят: «В любовных делах Чалыкушу настоящая gourde...»

В турецком языке я не блистала. Но французское слово gourde мне было знакомо: «фляга», «кувшин», «баклажка», — словом, во всех значениях вещь, малопоэтическая. К тому же нельзя сказать, чтобы моя плотная, приземистая фигура чем-то не напоминала один из подобных сосудов. Какой ужас, если вдобавок к Чалыкушу мне прилепят еще и прозвище gourde! Надо во что бы то ни стало спасать свою честь.

И тут я положила голову на плече Мишель — манера, заимствованная от моих подруг, — потом, бросив на нее многозначительный взгляд, печально улыбнулась.

— Ну что ж, можете так думать...

Мишель остановилась и изумленно глянула на меня.

— Это говоришь ты, Феридэ?!

— Да, к сожалению, это так, — кивнула я и глубоко вздохнула, чтобы моя ложь выглядела более правдоподобной.

Теперь Мишель от удивления даже перекрестилась.

— Это прекрасно, чудесно, Феридэ! Но только очень жаль, я никак не могу тебе поверить!

Бедняжка Мишель была такой страстной почитательницей любовных историй, что ей доставляло удовольствие быть даже просто свидетелем сердечных переживаний других. Но, увы, я так мало еще сказала, что она не решилась мне поверить и открыто выразить свою радость.

Впрочем, я, кажется, зашла в своих признаниях слишком далеко. Отступать было бы просто нечестно.

— Да, Мишель, — подтвердила я, — я тоже люблю!..

— Всего-навсего только любишь, Чалыкушу?

— Ну разумеется, не без взаимности, grande gourde.

Итак, я возвратила Мишель прозвище gourde, которым она меня только что наградила, да еще в превосходной степени, и ей не пришло в голову возразить: «Это ты gourde. Это твое прозвище».

Стоит начать лгать, как сразу же удается еще больше расположить к себе человека. Вот чудо! Теперь Мишель поддерживала меня за талию еще нежнее.

— Расскажи, Феридэ... Расскажи, как это было. Выходит, и ты тоже... Правда, любить — это чудесно, не так ли?

— Конечно, чудесно...

— А кто он? Он очень красив, этот юноша, которого ты любишь?

— Очень красив.

— Где ты с ним встретилась? Как вы познакомились?

Я не отвечала.

— Ну... не скрывай.

Я прямо из кожи лезла, чтобы не скрывать. «Ах, что придумать? Что сказать?» Но мне ничего не приходило в голову. Нужен возлюбленный, который существует на самом деле, чтобы поразить всех моих подруг. А ведь так трудно, так невероятно трудно найти... хотя бы даже просто в воображении!

— Ну, Феридэ, не тяни. А то я всем скажу, что ты пошутила со мной.

Мне сразу стало не по себе. Пошутила? Не дай господи! Тогда прозовут не только «фляжкой» или «кувшином»! Я тут же решила: «Надо срочно сочинить любовную историю, от которой бы у Мишель дух захватило».

Как вы думаете, кого я представила Мишель в качестве своего возлюбленного?.. Кямрана!

— У нас роман с кузеном... — сказала я.

— Это тот светловолосый юноша, которого я видела год назад у нас в прихожей?

— Ну да.

— Ах, он такой красивый!

Я вам уже сказала, что Мишель была помешана на любовных историях. За все время Кямран навестил меня в пансионе раза два-три. Очевидно, Мишель почуяла присутствие в пансионе молодого человека, как кошка мясо, и тайком подсматривала за нами, когда мы болтали в прихожей. Как странно, не правда ли?

На небе зажглись звезды. Стояла осень, но было тепло. Казалось, что в воздухе пахнет нескошенной травой.

Я всем телом навалилась на Мишель, моя щека была крепко прижата к ее щеке. Я принялась рассказывать ей историю своей несуществующей любви:

— Была ночь, еще более прекрасная, чем эта. Мы покинули нашу шумную компанию, которая осталась у дома. Я шла впереди, мой кузен сзади... Он говорил мне красивые слова. Сейчас я не в состоянии повторять их, просто не хочу... Оглушительно трещали кузнечики. Мы шли и шли... Аллеи, по которым мы проходили, были залиты лунным светом. Потом мы оказались в тени деревьев, затем снова под светом луны, чтобы через минуту опять погрузиться в темноту.

— Господи, какой у вас большой сад, Феридэ! — вставила нетерпеливая Мишель.

Я испугалась: «Может, у меня получается неестественно?»

— Не такой уж он большой. Просто мы не торопились, — продолжала я. — Наконец мы очутились... в конце сада у забора, отделяющего нас от соседей, где растет огромная чинара. Дойдя до нее, мы остановились. Я привстала на цыпочки и сделала вид, будто смотрю через забор. Мой кузен нерешительно потирал руки, словно хотел что-то сделать и не мог осмелиться...

— Но ведь ты смотрела в соседский сад! Как ты могла все это заметить?

— На забор падала тень кузена, мне было все видно.

Очевидно, я неплохо вошла в роль: тело мое вздрагивало, голос прерывался, на глаза набегали слезы.

— Ну а дальше, Феридэ, дальше...

— Потом вдруг кузен схватил меня за руки.

— Ах, как чудесно! Дальше...

— Дальше? Откуда я знаю...

— Боже, ты остановилась на самом интересном месте!

— Потом вдруг на дереве закричала какая-то птица, гадкая, отвратительная птица... Мы испугались и убежали.

Я не смогла сдержать слез, припала к груди Мишель и разрыдалась.

Неизвестно, сколько бы я так плакала, но, к счастью, наше исчезновение было замечено. Послышались крики девочек, нас разыскивали.

Мишель откликнулась:

— Идем!.. Мы не можем быстро!.. У Чалыкушу болит нога!

— Ты правильно сказала, Мишель. И я плачу именно поэтому. Теперь мы можем пойти быстрее.

В ту ночь я ревела и в постели, когда все уже спали. Только теперь слезы уже не нужны были для роли, просто я сердилась на себя. Допустим, мне надо было солгать, чтобы доказать подружкам, что я не gourde. Но неужели на свете нет других имен? Почему я заговорила о своем кузене, о Кямране, которого я ненавидела больше всего в жизни? Я поклялась, что завтра утром, как только проснусь, возьму Мишель за руку, отведу ее в сторонку и скажу, что мой любовный рассказ — выдумка.

Но, увы, проснувшись на другое утро, я почувствовала, что от моего стыда и гнева не осталось и следа.

Так я и не осмелилась сказать правду Мишель, которая теперь смотрела на меня совсем другими глазами и относилась как к больному ребенку.

Постепенно эта легенда стала известна всем. Правда, Мишель, видимо, строго наказывала хранить тайну, так как в глаза мне никто ничего не говорил. Но по взглядам девочек, по их смеху я понимала, что они хотят сказать. Это наполняло меня удивительной гордостью. Мне пришлось даже отказаться от болтовни и проказ. Теперь в глазах подружек я стала молодой девушкой, влюбленной в кузена. В этой роли мне никак не подходило прыгать, точно кукла на веревочке, проказничать и беситься.

Но, как говорится, от самой себя не убежишь. Когда по вечерам на последней перемене я брала Мишель под руку и продолжала шепотом выдумывать все новые и новые небылицы, я иногда снова становилась похожей на бесенка.

Однажды мы опять возвращались с прогулки.

Мишель в тот день почему-то не ходила с нами. Она встретила меня у ворот, схватила за руку и стремительно потащила в глубь сада.

— У меня для тебя новость, — сказала она. — Она тебя обрадует и огорчит.

Лицо мое выразило недоумение.

— Сегодня в пансион приходил твой блондин-кузен.

Я была поражена.

— Разумеется, он хотел повидаться с тобой. Ах, если б и ты осталась!..

Я не могла поверить. Разве Кямран пришел бы в пансион, не будь на то какой-нибудь важной причины? Наверное, Мишель ошиблась.

Однако я не высказала Мишель этих сомнений и, сделав вид, будто верю, сказала:

— Что же, вполне естественно. Молодой человек пришел повидать девушку, за которой ухаживает.

— Как, наверное, досадно, что тебя не было, да?

— Разумеется.

Мишель погладила меня по щеке.

— Но ведь он опять придет, раз любит...

— Несомненно.

В тот же вечер сестра Матильда вызвала меня и передала две разрисованные коробки конфет, перевязанные серебряной тесьмой.

— Это принес твой кузен, — сказала она.

Я не любила сестру Матильду, но в эту минуту с трудом удержала себя, чтобы не броситься ей на шею и не расцеловать в обе щеки.

Значит, Мишель не ошиблась: Кямран действительно приходил в пансион. Если среди воспитанниц еще и оставались такие, которые сомневались в достоверности моей сказки, то теперь, увидев эти две коробки, они должны были подумать иначе. Как чудесно!..

В одной коробке были разноцветные конфеты с ликером, в другой — шоколад в позолоченных бумажках. Случись это полгода назад, я утаила бы сладости даже от самых близких подружек. Но в этот вечер, когда мы готовили в классе уроки, мои коробки ходили по рукам. Каждая девочка брала одну, две или три конфетки, кому сколько совесть позволяла.

Некоторые девочки издали делали мне многозначительные знаки. Я же, изображая смущение, отворачивалась в сторону, улыбалась. Как чудесно!..

Возвращая мне назад коробки, в которых, к сожалению, уже виднелось позолоченное дно, Мишель зашептала:

— Феридэ, представь, будто эти конфеты преподнесли тебе по случаю обручения.

Моя сказка обошлась мне слишком дорого. Но что поделать?

Прошло три дня.

Шел урок географии. Я трудилась над цветной картой для экзаменов. Рисовать красками мне всегда было трудно; от неловкости я без конца путала краски, пачкала себе руки и губы.

И вот, когда я была занята этой мазней, вошла дочь привратника и сказала, что в прихожей сидит мой кузен, который хочет меня видеть. Помню, я растерянно огляделась по сторонам, обернулась к воспитательнице, не зная, как поступить.

— Ну, что ты ждешь, Феридэ? — сказала она. — Оставь карту на месте. Иди повидайся с гостем.

Оставить карту нетрудно. Но с каким лицом я выйду к Кямрану?

Девочка, рядом с которой я сидела, смеясь, протянула мне маленькое зеркальце. На лицо, особенно на рот, страшно было смотреть. На уроках, где приходилось писать, я вечно совала ручку в рот, теперь же, во время рисования, мусолила кисть, поэтому губы мои пестрели желтыми, красными и даже фиолетовыми пятнами. Что предпринять? Оттереть платком, а тем более смыть водой с мылом сейчас невозможно, только еще больше размажешь краски.

Дело было, конечно, не в Кямране. Ему я могла показаться в любом виде. Но перед подругами, которые, узнав, кто пришел, уже ехидно посмеивались, я должна была изображать влюбленную девицу или даже невесту. Ах, будь она неладна, вся эта комедия!

Проходя по коридору, я взглянула в зеркало. Боже мой, что делать? Будь я одна в эту минуту, здесь, перед дверью в прихожую, я никогда бы не осмелилась туда войти. Но, увы, вокруг были посторонние, которые могли иначе истолковать мои действия.

Итак, делать нечего. Я с силой толкнула дверь и бурей влетела в прихожую. Кямран стоял у окна. Подойти к нему сразу?.. Но тогда надо что-то сделать — например, обменяться рукопожатиями. А ведь так можно испачкать чистенькие и нежные ручки кузена.

Я опять увидела на столе два пакета, перевязанные серебряной тесьмой. Нетрудно было догадаться, что они предназначались мне. У меня не оставалось иного выхода, как превратить все в очередной фарс и раскрашенные руки и губы объяснить обычным моим детским сумасбродством. Приподняв подол черного передника, я сделала перед коробками самый изысканный, глубокий реверанс. Потом, предусмотрительно вытерев пальцы о подол, я послала коробкам несколько воздушных поцелуев и утерла при этом лишний раз свои размалеванные губы.

Кямран, улыбаясь, подошел ко мне. Я принялась его благодарить:

— Какая трогательная забота, Кямран-бей-эфенди... Хотя шоколад и конфеты с ликером являются в какой-то степени платой за мое молчание, однако меня уже мучают угрызения совести... В чем дело?.. Всего несколько дней назад вы приносили мне сладости. Очевидно, и в этих коробках я найду то же самое. Поистине невозможно описать их прелесть! По мере того как они тают во рту человека, тает и его сердце...

— На этот раз, — сказал Кямран, — вы увидите нечто более ценное, Феридэ.

С наигранным волнением и нетерпением я развязала пакет, который мне протянул Кямран. Там оказались две книги в позолоченных переплетах наподобие детских сказок с картинками, какие дарят маленьким детям на Рождество. Очевидно, кузен по какой-то непонятной для меня причине решил подшутить надо мной. Если он только ради этого решил сюда прийти, право, это уже нехорошо.

Я не выдержала и дала ему нагоняй. Я говорила суровым тоном, который никак не вязался с моими размалеванными губами:

— За каждый из ваших подарков следует благодарить. Но позвольте сделать небольшое замечание. Несколько лет назад вы были ребенком. Правда, всем своим важным и серьезным видом вы походили на взрослого, однако все-таки оставались ребенком. Не так ли? Слава Аллаху, вы мужаете с каждым годом, превращаясь в молодого человека, похожего на героя из романов с картинками. Но почему вы думаете, что я все это время должна топтаться на месте?

Кямран сделал большие глаза.

— Простите, Феридэ, я вас не понял.

— Тут нет ничего непонятного. Выходит, вы растете, а я по-прежнему остаюсь младенцем, читающим сказки из «Золотой библиотеки», ребенком, которого никак не признают достойным обращения как с пятнадцатилетней девушкой?

Кямран все так же недоуменно смотрел на меня.

— Я опять ничего не понял, Феридэ!

Я сделала жест, выражающий удивление такой непонятливостью, скривила губы, но, откровенно говоря, сама уже не понимала, что я хотела сказать. Я раскаивалась в своих словах и искала, как бы избежать дальнейшего объяснения.

Нервным движением я разорвала тесьму на второй коробке. В ней были конфеты с ликером.

Кямран поклонился почти официально.

— Я счастлив услышать лично от вас, Феридэ, что с вами уже следует обращаться как со взрослой девушкой. Не вижу необходимости извиняться за книги, конфеты вам доказывают, что книги — всего-навсего шутка. Уж если б я действительно хотел подарить вам книгу, то постарался бы принести один из тех романов, о которых вы только что упомянули.

Безусловно, Кямран шутил. Но если это даже и так, мне все равно было очень приятно, что он говорит со мной таким тоном, в таких выражениях.

Чтобы избавить себя от необходимости отвечать, я сложила руки, как на молитве, и изобразила крайнее восхищение. Когда Кямран кончил говорить, я глянула ему в лицо, тряхнула головой, чтобы убрать упавшие на глаза волосы, и сказала:

— Я не слушала, о чем вы говорили. Конфеты настолько восхитительны, что... увидев их, я сейчас же все вам простила. Вот и все!.. Я очень благодарна вам, Кямран.

Кажется, мое признание в том, что я не слушала его, огорчило Кямрана, однако он решил почему-то не показывать этого и, вздохнув, с притворной мрачностью сказал:

— Ну что ж! Раз детские подарки уже не годятся, будем дарить вам серьезные вещи, как взрослым людям.

Я сделала вид, будто всецело поглощена сладостями, восторженно смотрела на коробку, словно то была шкатулка с драгоценностями, доставала оттуда конфеты, раскладывала их и болтала без умолку.

— Уничтожать конфеты — это тоже искусство, Кямран, — говорила я. — И честь открытия этого искусства принадлежит вашей покорной слуге. Смотри... Ты, например, не видишь никакой разницы в том, если съешь вот эту желтенькую после красной. Не так ли? Но тогда все будет испорчено! Красненькая чересчур сладкая, да и мятная к тому же. Если ты съешь ее раньше, то не почувствуешь тонкого вкуса и божественного аромата желтой. Ах, мои дорогие конфетки!..

Взяв одну, я поднесла ее к губам и принялась ласково разговаривать с ней, словно это был крошечный птенчик.

Мой кузен протянул руку:

— Дай мне ее, Феридэ.

Я недоуменно посмотрела на Кямрана.

— Что это значит?

— Я съем...

— Кажется, я напрасно открыла коробку при тебе. Что же это будет, если ты начнешь сам есть то, что принес мне?

— Дай мне только одну, вот эту.

Действительно, что это могло означать? Человек не брезгует конфетой, которая была почти у меня во рту!

Кажется, я растерялась... Неожиданно мой кузен протянул руку, пытаясь выхватить конфету. Но я оказалась проворнее, спрятала руку и показала язык.

— Прежде я что-то не замечала у вас такого проворства, — пошутила я. — Где вы этому научились? Смотрите, сейчас я вам продемонстрирую, как надо лакомиться такими чудесными конфетами, тогда и отнимайте!

Запрокинув голову, я высунула язык и положила на него конфету. Конфета во рту таяла, а я покачивала головой и жестами (язык-то у меня был занят) рассказывала Кямрану о ее божественной сладости.

Мой кузен так странно, так растерянно смотрел мне в рот, что я не выдержала и рассмеялась, но тут же взяв себя в руки, серьезно сказала, протягивая коробку Кямрану:

— Ну, можно считать, что вы научились. Разрешаю вам взять одну.

Кямран, и шутя и гневаясь, оттолкнул коробку.

— Не хочу. Пусть все будут твои.

— И за это тоже большое спасибо!

Кажется, нам уже не о чем было разговаривать. Справившись, как этого требовал этикет, о домашних и передав всем приветы, я сунула коробку под мышку и уже собиралась выйти, но вдруг из соседней комнаты донесся легкий шум. Я так и замерла, превратившись в слух.

Стукнула дверь в комнате, где хранились наши учебные таблицы и карты. Потом я услышала, как одна из этих таблиц упала на пол. За стеклянной дверью началась какая-то мышиная возня...

Незаметно для кузена я бросила взгляд на дверь, и что же я увидела?! На матовом стекле огромная тень головы. Я тотчас смекнула, в чем дело. Это была Мишель. Очевидно, сказав глупой сестре, будто ей нужна какая-то карта, она пробралась в эту комнату и начала подсматривать за нами.

Тень исчезла. Теперь я была уверена, что Мишель подглядывает в замочную скважину. Что мне было делать? Считая нас влюбленными, она, конечно, ждала чего-то необычайного. Если она увидит, что, прощаясь с кузеном, я скажу обычное: «Ну, счастливо, привет домашним!» — то все тотчас же поймет, а потом, поймав в коридоре, взлохматит мои волосы и скажет со смехом: «Так ты мне сказки рассказывала, да?»

Страх перед разоблачением заставил меня пойти на вероломство. Это было нехорошо, но раз уж я начала играть роль, следовало продолжать ее до конца.

Как и большинство моих подруг, Мишель не знала турецкого языка. Поэтому не важно, о чем мы будем говорить: достаточно того, чтобы наши голоса, жесты создавали впечатление влюбленной пары.

— Ах, чуть не забыла! — неожиданно сказала я Кямрану. — Внук кормилицы еще дома?

Это был сирота, который уже несколько лет жил у нас.

Кямран удивился.

— Конечно, дома... Куда же он денется?

— Ну конечно... Я знаю... Впрочем... Как знать... Я так люблю этого ребенка, что...

Кузен улыбнулся.

— Не понимаю, откуда такая любовь? Ты, кажется, даже не смотрела на бедняжку.

Сделав неопределенный жест, я ответила:

— Ну и что с того, что не смотрела? Разве это доказывает, что я не люблю его? Какой абсурд! Напротив, я безумно люблю мальчика! Так люблю!..

Слово «люблю» я произносила с тем особым чувством, склонив голову, прижимая руки к груди, как это сделала бы актриса, играя «Даму с камелиями». Краем глаза я все время следила за стеклянной дверью. Если Мишель знала хоть шесть слов по-турецки, то три из них были: «любить», «любовь», «люблю». Впрочем, я могла ошибиться в своем предположении. Но тогда моей подружке ничего не стоило заглянуть в словарь или спросить знающих турецкий язык, и она тут же узнала бы, какой «ужасный» смысл таят в себе слова: «Так люблю...»

Однако мне надо было думать не только о Мишель, но еще и о наших отношениях с Кямраном; и вот тут-то я, кажется, терпела поражение. Мои слова и жесты страшно рассмешили кузена.

— Что с тобой, Феридэ? — удивлялся он. — Откуда в тебе такая нежность?

Не важно, откуда появились эти чувства. Сейчас не время было философствовать.

— Что поделаешь? Это так. Люблю — и все! — сказала я с прежним жаром. — Обещай мне, как только приедешь домой, ты этому бедному младенцу, этому малышу передай на память... Сувенир... Ну, сам понимаешь, сувенир d'amour*.

Ах как мне хотелось в присутствии Мишель дать Кямрану какую-нибудь безделушку для внучонка кормилицы! Но, как назло, в кармане у меня не было ничего, кроме бумажного катышка, которым я собиралась запустить в престарелую сестру, всегда дремавшую на вечерних занятиях. И тогда безвыходное положение вдохновило меня на нечто большее. Словно желая заключить Кямрана в свои объятия, я схватила его за руки.

— Ты должен обнять за меня этого малыша и много, много раз поцеловать его. Понимаешь? Обещаешь мне это?

Мы были почти в объятиях друг друга. Я чувствовала его дыхание. Мой бедный неосведомленный кузен не мог понять этой бури чувств и пребывал в страшной растерянности. Роль была сыграна великолепно. Можно было опускать занавес. Я отпустила руки Кямрана и, задыхаясь, выскочила из комнаты. Я ждала, что Мишель догонит меня в коридоре, бросится на шею. Однако ничего не случилось. Я не услышала за собой шагов и остановилась, потом ти-

_____

* То есть на память о любви.

хонько подошла к комнате, где хранились наши карты, и прислушалась. Изнутри не доносилось ни звука. Я не вытерпела и толкнула дверь. Кого же я увидала?! Это был старый брат Ксавье, который иногда приходил к нам давать уроки музыки. Он стоял на скамейке, согнув в коленях старческие ноги, и искал в верхнем ящике шкафа нотные тетради.

Ах, будь он неладен! Принять старикашку за Мишель!.. Только опозорилась перед Кямраном!

Я чувствовала, что лицо мое пылает огнем, как во время приступа лихорадки. Вместо того чтобы вернуться в класс, я вышла в сад, подошла к источнику и сунула голову под струю воды.

Мало того, что я вся пылала, тело мое охватывала какая-то странная дрожь. Вода стекала по волосам, по лицу, проникая за рубашку, а я стояла и думала:

«Если уже игра в любовь заставляет человека так гореть и трепетать, так какова же сама любовь?!»


В этот год Кямран часто приходил ко мне в пансион, так часто, что всякий раз, когда в классе открывалась дверь, сердце мое начинало учащенно биться, словно это опять пришли за мной из прихожей. Можно сказать, что шоколада, печенья и пирожных, которые мне преподносил Кямран, хватало на весь класс.

Моя подружка по классу Мари Пырлантаджиян, знаменитая не только прилежанием, но и своим обжорством, разгрызая большими белыми зубами мои конфеты, говорила с нескрываемой завистью и восхищением:

— Как, наверно, любит тебя твой поклонник, если он приносит такие вкусные вещи!

Вместе с тем вся эта история начала мне уже надоедать. Меня часто мучило угрызение совести: подарки Кямрана — это была плата болтливой девчонке за молчание, а я выдавала их подружкам за знаки внимания. Как это было нечестно! Да и почему Кямран так зачастил в пансион? Всякий раз у него была какая-нибудь причина: «Шел проведать больного товарища, который живет тут неподалеку...» Или: «Хотел послушать музыку в саду Таксим...»

Как-то во время очередного визита он сказал, хотя я его ни о чем не спрашивала:

— Был в Нишанташи у старого приятеля отца. Отец его очень любил.

Не удержавшись, я кинулась в атаку:

— Как его звать? Чем он занимается? По какому адресу живет?

Мой кузен растерялся. Нападение было так неожиданно, что он не успел даже выдумать имя и адрес. Покраснев, смущенно улыбаясь, он хотел было обмануть меня словами:

— Зачем тебе это знать? Для чего тебе? Какое странное любопытство!

Я вела себя так, будто вопрос был очень важный.

— Хорошо же. Я спрошу об этом у тети на той неделе.

Кямран сделался совсем пунцовым.

— Прошу тебя, — взмолился он, — не говори об этом маме. Она не хочет, чтобы мы встречались.

Коварный скорпион, вечно ты будешь меня обманывать!.. Я знаю, что ты собой представляешь! Рассердившись, я вскочила с кресла и сунула в карманы передника руки, которые он пытался схватить.

— Если вы считаете, что меня интересуют друзья вашего отца или ваши собственные друзья, вы ошибаетесь. — Я выпалила это совершенно неожиданно, ни с того ни с сего, и вышла.

После этого случая всякий раз, когда Кямран появлялся в пансионе, я под разными предлогами не выходила к нему. Коробки, которые он продолжал приносить, я открывала в саду или классе и тут же отдавала на разграбление подругам, даже не притронувшись к ним.

Все было ясно. Несомненно, счастливая вдовушка жила где-нибудь недалеко от пансиона. Они договорились еще в ту ночь... Мой кузен часто хаживал к ней в гости, а на обратном пути заглядывал в пансион.

Какое мне дело до их нравственности?! Но меня бесило, что я стала игрушкой в их руках. Всякий раз, когда я думала об этом, меня бросало в жар, и я кусала губы, чтобы не заплакать от злости.

Было, конечно, очень просто узнать, где живет Нериман, спросив об этом дома. Но я не представляла себе, как можно произнести вслух имя этой женщины.

Однажды в воскресенье я гостила дома. Кто-то обратился к Неджмие:

— Ты знаешь, два дня назад я получила письмо от Нериман. Кажется, она очень счастлива...

В этот момент я собиралась выйти из комнаты, чтобы искупать в бассейне маленького пуделя. Услышав это известие, я остановилась у порога, присела на корточки и осторожно выпустила собачонку на пол. Расспрашивать о счастливой вдовушке я, конечно, не стала бы, но никто не мог запретить моим ушам слушать.

— Нериман очень довольна мужем. Ах, если бы бедняжка хоть на этот раз оказалась счастливой! — продолжала гостья.

А Неджмие, как глупое эхо под куполом бани, повторила:

— Да, да, пусть хоть в этот раз будет счастлива, бедняжка!

На этом разговор прекратился. Неожиданно все выяснилось само собой.

Я спросила шутливо:

— Ханым-эфенди вторично вышла замуж?

— Какая ханым-эфенди?

— Та, от которой вы получили письмо. Нериман-ханым.

Неджмие ответила мне за гостью:

— Как, разве ты не знала? Давно... Нериман вышла замуж за инженера. Вот уже полгода они с мужем в Измире.

Тут я сама пропела, как молитву:

— Ах, пусть бедняжка хоть на этот раз будет счастлива! — подхватила собачонку на руки и выскочила из дома.

Но к бассейну я уже не пошла, а помчалась по саду, не разбирая дороги.

В то же лето я совершила небольшое путешествие в Текирдаг*. Как известно, Аллах очень щедро наградил меня тетками. Так вот, одна из них жила в Текирдаге. Ее супруг Азиз-бей много лет служил там мутесаррифом**. У них

---

* Т е к и р д а г — город в европейской части Турции, на берегу Мраморного моря.
** М у т е с а р р и ф — начальник округа.

была дочь Мюжгян. Среди многочисленных двоюродных братьев и сестер я, кажется, любила ее больше всех.

Мюжгян была очень некрасива, но для меня это не имело никакого значения. Я была младше всего на три года, но с детства привыкла считать Мюжгян совсем взрослой. И теперь, хоть разница в летах проявлялась все меньше, мое отношение к ней не изменилось, и я по-прежнему величала ее абла*.

Мюжгян-абла была моей полной противоположностью. Насколько я считалась сумасбродной и озорной, настолько она слыла серьезной и вдумчивой. Вдобавок ко всему она была крайне деспотична. Можно сказать, что только она могла заставить меня сделать все, что ей захочется. Даже если наставления ее обижали меня или я упрямилась, не считаясь с ее желаниями, в конечном счете мне всегда приходилось уступать. Почему? Не знаю. Наверно, потому, что познавший несчастье любви всегда превращается в пленника.

Обычно раз в два-три года Мюжгян вместе с матерью приезжала в Стамбул и гостила у нас или у других теток по нескольку недель.

Но в то лето мне прислали из Текирдага почти официальное приглашение. Тетка Айше писала сестре: «На вас я не рассчитываю, но Феридэ мы ждем в эти каникулы непременно, хотя бы на два месяца. Я ведь тоже ей как-никак тетя. Если Феридэ не приедет, и дядя Азиз, и я, и Мюжгян — мы все очень обидимся».

Такирдаг казался тетке Бесимэ и Неджмие краем света. Они щурились, словно смотрели на далекие звезды, и твердили:

— Виданное ли это дело? Возможно ли?

— Если вы разрешите, я буду иметь честь доказать вам, что невозможного не бывает, — отвечала я, склоняясь перед ними с шутливой почтительностью.

Многие из моих подруг на летние каникулы уезжали куда-нибудь вместе с родителями и потом страшно хвастались перед другими девочками. Выходит, и мне представлялся подобный случай.

_____

* А б л а — старшая сестра.

А хорошо бы к прошлогодней сказке о возлюбленном в этом году прибавить еще рассказ о путешествии! Как хотелось мне, взяв в руки портфель, самостоятельно, подобно американским девицам, о которых мы читали в романах, подняться одной на борт парохода. Но какими воплями встретили тетки мое желание! Они ни за что не соглашались отправить меня в Текирдаг без провожатого. Мало того, они испортили мне настроение всякими обидными наставлениями: «В темноте не свешивайся с палубы... ни с кем не разговаривай... Не бегай как сумасшедшая по пароходным трапам...» Можно подумать, что у старенького, величиной с калошу, пароходишка, курсирующего до Текирдага, были стометровые трапы, как у трансатлантического гиганта.

С Мюжгян мы не виделись два года. За это время она сильно выросла и превратилась в настоящую даму. Мне было даже страшновато с ней разговаривать. И все-таки мы очень быстро подружились опять.

У тетки Айше и Мюжгян было много знакомых. Поэтому каждый день нас приглашали куда-нибудь в гости, то в город, то на дачу. Мне все время твердили, что я уже совсем взрослая и нехорошо, если меня станут стыдить за легкомысленное поведение. Вот и приходилось теперь внимательно следить за своими поступками. Говорить комплименты незнакомым дамам, стараться серьезно и деликатно отвечать на их вопросы — как это было похоже на детскую игру «в гости»! Но, честно сказать, я даже испытывала некоторую гордость от общения со взрослыми.

Все эти приемы меня, конечно, развлекали, но больше всего я любила часы, когда мы с Мюжгян оставались одни. Дом дяди Азиза стоял на обрыве, недалеко от моря. В первое время Мюжгян-абла приходила в ужас, видя, как я спускаюсь с обрыва, который в некоторых местах был похож на отвесную стену, пыталась запретить мне это, но потом привыкла. Мы часами валялись с ней на песке, швыряли с берега плоские камешки и глядели, как они скользят, подпрыгивают по водной глади, или же уходили далеко-далеко по берегу моря.

Море в это время года красивое, тихое, но скучное. Случалось, на нем часами нельзя было увидеть парус или хотя бы тоненькую струйку дыма. Особенно к вечеру водяной простор как бы еще больше раздавался, казался совсем пустынным и навевал тоску.

Однажды, сговорившись заранее, мы с Мюжгян направились к мысу, который виднелся вдали. У нас был план: добраться до залива по ту сторону скал, образующих мыс. Но, как назло, начался прилив, и берег залило водой. Не оставалось ничего другого, как разуться и пойти по воде. Я даже обрадовалась этой необходимости. Но как быть с такой взрослой барышней, как Мюжгян?

Я знала, что ее ни за что не заставишь снять чулки и туфли, поэтому предложила:

— Хочешь, Мюжгян-абла, я перенесу тебя на спине?

— Сумасшедшая девчонка, разве ты сможешь поднять взрослого человека! — запротестовала Мюжгян.

Бедная Мюжгян считала, что если она старше меня и выше ростом, то у меня не хватит силенок поднять ее. Тогда я незаметно подкралась к ней.

— Посмотрим, попытаемся. Выйдет замечательно! — воскликнула я, подхватила ее на руки и двинулась в воду.

Мюжгян сначала подумала, что я только пробую силы. Она весело протестовала, пытаясь освободиться:

— Ты с ума сошла! Отпусти! Все равно не донесешь!

Но, увидев, что я уже шлепаю босыми ногами по воде, Мюжгян совсем обезумела.

— Ты легче пушинки, абла, — успокаивала я. — Будешь дергаться — свалимся в воду, плохо нам придется. Веди себя спокойно, страшного ничего не случится.

Бедная девушка смертельно побледнела, вцепилась в мои волосы, зажмурила глаза, стиснула зубы, точно боялась, что одно произнесенное слово нарушит равновесие и мы упадем.

Вода доходила мне всего лишь до колен, а несчастная Мюжгян жмурилась, боялась пошевельнуться, словно мы шагали над пропастью.

Что же мы увидели, обогнув мыс?

У лодки, вытащенной на берег, сидели за едой три рыбака и смотрели на нас.

Мюжгян неожиданно испугалась, до боли стиснула мне руки и зашептала:

— Что ты натворила, Феридэ? Что теперь делать?

— Да ведь это рыбаки, не людоеды, — засмеялась я в ответ.

Все же наше положение было действительно щекотливым. Особенно у меня. С голыми до колен ногами, с чулками в руках, я никак не была подготовлена к встрече с людьми.

Мюжгян уже готова была кинуться бежать, словно тонконогий паучок от швабры. Мне стало стыдно за нее, но я не подала виду и принялась болтать с рыбаками.

Я спросила, почему вода в этот день затопила берег, поинтересовалась, в какие часы и где они ловят рыбу. Словом, это были пустяковые вопросы, только для того, чтобы что-то сказать.

Двое из рыбаков были молодыми парнями лет по двадцати — двадцати пяти, третий — бородатый старик.

Парни казались смущенными. Старик отвечал за всех. Однако ясно было, что он, как и я, испытывает неловкость.

Он спросил, кто я. Замявшись немного, я ответила:

— Меня звать Марика. Я приехала из Стамбула погостить у своего дяди-купца... — и пошла прочь.

Мюжгян вцепилась мне в руку и потащила назад.

— Да накажет тебя Аллах, — причитала она, — зачем ты обманула?

— А что такое я сказала? Тетушки в Стамбуле строго наказывали мне: «Не болтай лишнего... Не мели чепухи... В тех краях все люди сплетники...» Вот я и ответила, чтобы рыбаки не сказали: «Ну и мусульманская девица! Не то что лицо, даже ноги открыты».

Словом, эта трусиха Мюжгян сделала из мухи слона.


Вечером, когда мы с Мюжгян гуляли под руку, я заметила, что невдалеке от нас кружит верхом молоденький кавалерийский офицер. Можно было подумать, что он здесь, как на плацу, дрессирует лошадь. Неужели для конных прогулок мало места в степи? Однако он продолжал ездить взад и вперед, а поравнявшись с нами, бросал на нас такие выразительные взгляды, что, казалось, вот-вот остановит лошадь и заговорит.

Когда наконец он чуть ли не в десятый раз проехал у нас под носом, гарцуя на своем скакуне так лихо, что нам пришлось даже отступить за деревья, я легонько кашлянула и, улыбнувшись, сказала:

— Все ясно, Мюжгян-абла!

Мюжгян глянула на меня удивленно:

— Что ты этим хочешь сказать, Феридэ?

— Хочу сказать, что мы уже не дети, как прежде, абла. Здорово же вы флиртуете с господином офицером.

Мюжгян засмеялась:

— Я?.. Сумасшедшая девчонка...

— А что может случиться, если вы снизойдете до того, чтобы поболтать с ним немного по-приятельски?

— Ты думаешь, офицер гарцует из-за меня?

— Надо быть глупой, чтобы не видеть этого.

Мюжгян опять улыбнулась, на этот раз в глазах ее мелькнуло что-то похожее на страдание.

— Дитя мое, — вздохнула она, — я ведь не из тех, за которыми увиваются... Это он из-за тебя крутится вокруг нас.

— Что ты говоришь, абла! — воскликнула я, широко раскрыв глаза.

— Да, да, из-за тебя. Я видела его и до твоего приезда. Но тогда он проезжал мимо, не отличая меня вот от этих придорожных деревьев. Он проезжал и больше не возвращался.

В тот же вечер после ужина мы вышли с Мюжгян из дома и молча двинулись к морю.

— У тебя какое-то горе, Феридэ? — нарушила наконец молчание Мюжгян. — Ты молчишь, тебя не слышно...

— У меня не выходит из головы чепуха, которую ты мне сказала днем. Мне грустно, — помедлив, ответила я.

— Почему? В чем дело? — удивилась Мюжгян.

— Ты сказала: «Я не из тех, за которыми увиваются!»

Мюжгян тихо засмеялась:

— Хорошо, но тебе-то что?

Глаза мои наполнились слезами, я схватила кузину за руки и глухим голосом спросила:

— Разве ты некрасива, абла?

Мюжгян опять улыбнулась, щелкнула меня легонько по щеке и сказала:

— Я, конечно, не урод, но и не красавица, давай считать — обыкновенная и не будем больше спорить об этом. Что касается тебя... Знаешь, ты стала просто изумительной!

Я притянула Мюжгян за плечи к себе, коснулась носом ее носа, словно собираясь поцеловать, и шепнула:

— Давай и про меня скажем, что я обыкновенная... И на этом покончим.

Мы подошли к обрыву. Я принялась подбирать с земли камни и швырять в море. Мюжгян последовала моему примеру, у бедняжки ничего не получалось, слишком слабы были руки.

Брошенный мной камень на миг исчезал в воздухе, затем падал в воду, разбрызгивая во все стороны сотни сверкающих звезд. А камни Мюжгян едва долетали до обрыва и стукались о гальку, издавая какой-то смешной звук, или же зарывались в прибрежный песок. Нас это ужасно забавляло. Казалось бы, залитое лунным светом море должно было вдохновлять нас, двух молодых девушек, отнюдь не на шалости. Но что поделаешь, все было наоборот. Вскоре Мюжгян устала и села на большой камень. Я опустилась на землю у ее ног.

Мюжгян расспрашивала меня о школьных подругах. Я поведала ей несколько историй, связанных с Мишель. Потом как-то само собой начала рассказывать историю моей выдуманной любви.

Зачем меня дернуло это сделать? Была ли это просто потребность поболтать?.. Не знаю. Я несколько раз пыталась остановиться, чувствуя, что говорю вздор, но не могла. В общем, я рассказала, как обманула своих подружек сказкой про белого бычка. В пансионе мне приходилось прикидываться страдающей — уж такую я себе придумала роль, — но и теперь мне тоже вдруг становилось грустно, хотя для этого не было никаких оснований. Голос мой как-то затухал, на глаза навертывались слезы... Я старалась не смотреть в лицо Мюжгян, теребила подол ее платья или же клала голову ей на колени и все время смотрела вдаль, на море...

Сначала я хотела скрыть от Мюжгян героя этой сказки, но потом проговорилась.

Мюжгян слушала молча, только поглаживала рукой мои волосы.

— Конечно, выдать моим подружкам ложь за правду, а вымысел за действительность очень стыдно... — закончила я свой рассказ.

И как вы думаете, что мне на это ответила Мюжгян?

— Моя бедная Феридэ, — сказала она, — ты и в самом деле любишь Кямрана.

Я с криком кинулась на Мюжгян, повалила ее на сухую траву и принялась что было силы трясти.

— Что ты сказала, абла? Что ты сказала?! Я?.. Этого коварного желтого скорпиона?..

Мюжгян отбивалась и, задыхаясь, старалась вырваться.

— Пусти меня... Платье порвешь... Увидит кто-нибудь... Стыд-то какой! Отпусти, ради Аллаха! — умоляла она.

— Ты должна непременно взять свои слова обратно!

— Непременно возьму, сделаю все, что хочешь, только отпусти.

— Нет, не для того, чтобы не обидеть меня, без обмана...

— Хорошо. Не для того, чтобы не обидеть... Без обмана... По-настоящему... — Мюжгян поднялась, поправила платье. — А ты и в самом деле сумасшедшая, Феридэ, — засмеялась она.

Я сидела на земле и дрожала.

— Как ты можешь так клеветать на меня! Побойся Аллаха, абла! Ведь я еще ребенок! — И слезы ручьем хлынули у меня из глаз.


В эту ночь у меня начался сильный жар. Я никак не могла заснуть, бредила, металась по кровати, точно рыба, попавшая в сеть.

К счастью, ночи были короткие. До самого рассвета Мюжгян не отходила от меня.

Я испытывала к себе отвращение, смешанное с непреодолимым страхом. Казалось, во мне что-то изменилось. Я без конца всхлипывала, прижимаясь к Мюжгян, и повторяла, как капризный ребенок:

— Зачем ты так сказала, абла?

Мюжгян отмалчивалась, видимо, боялась подвергнуться новому нападению; она положила мою голову к себе на колени, гладила волосы, стараясь успокоить меня. Но под утро Мюжгян так разнервничалась, что не выдержала, взбунтовалась и как следует пробрала меня:

— Сумасшедшая, разве любить стыдно? Светопреставления-то не случилось! И если в будущем ничего не произойдет — вы поженитесь. Вот и все... Теперь спи, я рядом. Мне твое хныканье надоело.

И тут-то я спасовала. У меня уже не было сил сопротивляться такому неожиданному натиску. Я сдалась, как коза из детской сказки, которая всю ночь в горах сражалась с волком, но под утро все-таки угодила ему в пасть.

Уже сквозь сон я услышала, как Мюжгян опять повторила ласковым голосом:

— Наверно, и он к тебе неравнодушен.

Но у меня уже не было сил возмущаться, я уснула.


На следующий день нас пригласили в усадьбу одного из местных богачей.

Кажется, за всю свою жизнь я еще никогда так не веселилась и в то же время никогда так не безумствовала, как в тот день.

Предоставив тетке и Мюжгян сплетничать у бассейна со взрослыми, я во главе младших обитателей усадьбы как угорелая носилась по саду, сметая все на своем пути. Я не побоялась даже попробовать вскарабкаться, правда безуспешно, на неоседланную лошадь. Когда я попадалась на глаза тетке и Мюжгян, они делали мне отчаянные знаки. Я прекрасно понимала, что они хотят сказать, но притворялась, будто до меня не доходит смысл этих жестов, и вновь исчезала среди деревьев.

Конечно, неприлично здоровой, как кобыла (деликатное и любимое выражение моих теток), пятнадцатилетней девице проказничать среди слуг и работников усадьбы, носиться растрепанной, с непокрытой головой и оголенными ногами... Я это и сама хорошо понимала, но никак не могла заставить себя внять голосу разума.

Улучив момент, когда Мюжгян осталась одна, я схватила ее за руку.

— Неужто тебе интересно с этими манерными, как армянская невеста, барышнями? Пойдем поиграем с нами!

Мюжгян даже рассердилась:

— Ты меня всю ночь терзала до утра! Удивительное существо! Прямо чудовище какое-то! В каком ты состоянии была этой ночью, Феридэ! Двух часов не поспала, вскочила ни свет ни заря; неужели ты не чувствуешь ни капли усталости? Щеки румяные, глаза блестят. Посмотри, на кого я похожа!

Бедная Мюжгяи действительно плохо выглядела. От бессонницы лицо ее вплоть до белков глаз было воскового цвета.

— А я не помню, что было ночью... — ответила я и снова убежала.

Под вечер мы возвращались домой пешком, наш экипаж где-то задержался. По-моему, это было гораздо приятнее, да и имение находилось недалеко от нашего особняка. Тетушка Айше и две соседки ее возраста плелись позади. Я и Мюжгян, которая наконец решила немного оживиться, ушли далеко вперед. По одну сторону дороги тянулись сады, огороженные плетнями, изредка попадались полуразвалившиеся стены когда-то стоявших здесь домов; по другую — простиралось безнадежно-пустынное море без парусов, без дымков, дышавшее молчаливым отчаянием.

В садах уже хозяйничала поздняя осень. Зелень, обвивающая плетни и заборы, поблекла. Изредка попадались увядшие полевые цветы. На пыльную дорогу ложились дрожащие тени чахлых грабов, выстроившихся вдоль обочины, с ветвей уже слетали первые листья.

А вдали, в глубине запущенных садов, горели красноватыми пятнами заросли ежевики. Без сомнения, Аллах создал эту ягоду для того, чтобы мои тезки — чалыкушу — лакомились ею. Поэтому я поворачиваюсь спиной к тоскующему морю, хватаю Мюжгян за руку и тащу ее туда, к багряным кустам.

Наши спутницы уже поравнялись с нами, но, пока они черепашьим шагом дойдут до угла, мы сто раз успеем добежать до кустов.

Мюжгян столь медлительна и неповоротлива, что не только меня, человека нетерпеливого, — кого хочешь сведет с ума. Когда мы плетемся по полю, каблуки у нее подворачиваются, она боится наколоть соломой ноги, нерешительно топчется на месте, прежде чем перепрыгнуть через узкую канавку.

Неожиданно на нас выскакивает собака. Собачонка такая, что поместится в ридикюле Мюжгян. Но абла уже готова бежать, звать на помощь. И наконец, кроме всего прочего, она боится есть ежевику.

— Захвораешь, живот заболит! — кричит она, вырывая у меня ягоду из рук.

Приходится с ней немного повздорить. Из-за нашей возни ежевика мнется, прилипает к лицу, оставляет пятна на моей белой матроске, широкий воротник которой украшен двумя серебряными якорями.

Я думала, что мы сто раз успеем полакомиться ягодами, пока взрослые дойдут до угла. Но они уже достигают поворота, а мы боремся с Мюжгян из-за ежевики.

Очевидно, они беспокоятся и поэтому не сворачивают, смотрят в нашу сторону. Рядом с ними какой-то мужчина.

— Интересно, кто же это? — спрашивает Мюжгян.

— Кто может быть? — ответила я. — Какой-нибудь прохожий или крестьянин...

— Не думаю...

— Откровенно говоря, я тоже сомневаюсь...

В вечерних сумерках да еще под тенью деревьев, росших у дороги, невозможно было различить черты лица незнакомца.

Вдруг мужчина замахал нам рукой, отделился от группы женщин и направился в нашу сторону.

Мы растерялись.

— Странно... — сказала Мюжгян. — Очевидно, это кто-нибудь из знакомых. — И тут же взволнованно добавила: — Ах, Феридэ, это, кажется, Кямран...

— Не может быть! Что ему здесь делать?

— Клянусь Аллахом, это он, он самый!

Мюжгян побежала навстречу. Я же, напротив, пошла еще медленнее, чувствуя, как у меня перехватывает дыхание, подгибаются ноги.

У дороги я остановилась, поставила ногу на большой камень, нагнулась, развязала шнурок ботинка и принялась снова медленно его завязывать.

Когда мы очутились с Кямраном лицом к лицу, я была спокойна и даже чуть-чуть насмешлива.

— Удивительно! Вы здесь?.. Как это вы отважились совершить столь длительное путешествие?

Он ничего не ответил, лишь, робко улыбаясь, смотрел мне в лицо, словно стоял перед чужим человеком. Затем протянул мне руку. Я быстро отдернула свою и спрятала за спину.

— Мы с Мюжгян-аблой устроили себе ежевичный банкет. У меня руки липкие. Да и пыль к ним пристала... Как тетушки? Как Неджмие?

— Они целуют тебя, Феридэ.

— Мерси.

— Как ты загорела, Феридэ! Вся в пятнах.

— Это от солнца...

Тут вмешалась Мюжгян:

— Ты сам в пятнах, Кямран.

Я не выдержала.

— Кто знает, может, он без зонтика гулял в лунные ночи...

Мы рассмеялись и пошли.

Через минуту тетушка Айше и Мюжгян взяли моего кузена под руки. Соседки, которым было далеко за сорок, но которые, видимо, считали себя еще за женщин, а Кямрана уже за мужчину, шли чуть поодаль.

Я с детьми шагала впереди, но все время прислушивалась к тому, что говорили за моей спиной. Кямран рассказывал моей тетке и Мюжгян, каким ветром его сюда занесло.

— Этим летом я так затосковал в Стамбуле! Трудно даже передать...

Я гневно топнула ногой о землю и подумала: «Конечно, затоскуешь... Упустил свою счастливую вдовушку на чужбину!..»

Между тем Кямран продолжал:

— Два дня назад — это было пятнадцатого числа — мы с компанией друзей поднялись ночью на гору Алемдаг. Ночь была неповторимая. Но, знаете, я не переношу утомительных развлечений! Под утро, никому ничего не сказав, я спустился один в город. Словом, мне было как-то не по себе, я заскучал и решил, что неплохо бы на несколько дней уехать из Стамбула. Но куда поедешь? В Ялова? Еще не сезон. В Бурсе сейчас адское пекло. И вдруг я вспомнил про Текирдаг. К тому же мне так захотелось вас увидеть!

В этот вечер тетка с мужем до позднего часа не отпускали Кямрана из сада. Мюжгян тоже не отходила от них ни на шаг, хотя едва стояла на ногах от усталости.

Я же старалась все время держаться в стороне, часто убегала в дом или пряталась в глубине сада.

Не помню, зачем мне вдруг понадобилось подойти к ним. Кямран обиженно сказал:

— Вижу, гостю здесь отказывают во внимании.

Я засмеялась и пожала плечами:

— Ведь говорят же: «Гость гостя не терпит».

Мюжгян хватала меня за руку, дергала за подол платья, словно желая остановить. Но я все-таки вырвалась и направилась к дому, заявив, что хочу спать.

Когда поздно ночью Мюжгян пришла в нашу комнату, я еще не спала. Она присела на край постели, заглянула мне в лицо. Чтобы не рассмеяться, я повернулась на другой бок и принялась храпеть. Мюжгян заставила меня поднять голову с подушки.

— Нечего притворяться!

— Клянусь, я спала, — ответила я, таращась на нее глаза.

Мы обе не удержались и захохотали.

Мюжгян потрепала меня по щеке.

— Мое предположение подтвердилось, — сказала она.

Я рывком выпрямилась и села на кровати, отчего пружины зазвенели.

— Что ты хочешь сказать?

Мюжгян испугалась.

— Ничего, ничего, — сказала она улыбаясь. — Только, ради Аллаха, не надо меня душить. Я умираю от усталости.

Она потушила лампу и легла в постель.

Через несколько минут я все же подошла к ней, обняла ее и прижала к груди. Но бедняжка уже спала.

— Не надо, Феридэ... — попросила она, не открывая глаз.

— Хорошо, — сказала я. — Только ты должна знать... Пока я не скажу тебе — все равно не засну.

И хоть в комнате было темно и Мюжгян лежала с закрытыми глазами, я уткнулась лицом в ее волосы и зашептала на ухо:

— У тебя в голове безумные мысли. Я понимаю... Но если ты хоть что-нибудь ему скажешь, я схвачу, о тебя и вместе с тобой брошусь в море...

— Хорошо... хорошо... — пробормотала Мюжгян. — Что тебе надо? — И опять моментально заснула, хотя я продолжала тихонько трясти ее.


Приезд Кямрана действительно испортил мне настроение. Я испытывала к нему смешанное чувство гнева, страха и отвращения. Это чувство росло с каждым днем. Когда мы оставались с кузеном наедине, я без всякой причины грубила ему, старалась поскорее убежать.

К счастью, Азиз-бей, муж тетки, полностью завладел гостем. Он без конца приглашал в дом приятелей, знакомил их с Кямраном, почти каждый день увозил его в экипаже на длительные прогулки или в гости к кому-нибудь из местных богачей.

Однажды утром я столкнулась с кузеном на лестнице. Кямран опять собирался отправиться куда-то в гости. Он загородил мне дорогу, потом, глянув по сторонам, словно желая убедиться, что никто не услышит, сказал:

— Я умру от столь чрезмерного гостеприимства, Феридэ.

Я прикинула, что не сумею проскользнуть между ним и лестничной решеткой, не прижавшись к нему.

— Разве это плохо? — сказала я. — Вас каждый день катают, развлекают.

Кямран иронически-грустно улыбнулся и закатил глаза:

— «Гость гостя не терпит». Но вспомнил старое правило: гость на гостя хозяину наговаривает. Смотри, и я скажу что-нибудь...

Кямран почему-то рассердился на мои слова, сказанные вечером в день его приезда: «Гость гостя не терпит». Он без конца напоминал мне об этом, стараясь тоже поддеть.

— Хорошо, — сказала я. — Но, по-моему, жаловаться вам не на что. Каждый день вы знакомитесь с новыми местами, с новыми людьми...

Кямран снова поморщился.

— Разве люди, которых я вижу, могут развлечь?

Я не удержалась и спросила:

— Где же нашим бедным родственникам сыскать других?

Кямран понял, на кого я намекаю. Он сделал шаг и, протянув ко мне руки, взволнованно сказал:

— Феридэ!..

Но руки его так и повисли в воздухе. Я шмыгнула в узкое пространство между ним и лестничной решеткой и, прыгая через две ступеньки и напевая какую-то песню, убежала в сад.

Все-таки Мюжгян выдала меня.

Однажды утром мы прогуливались по обрыву у берега моря. Ночью прошел дождь, и в воздухе была разлита приятная осенняя свежесть. Бесформенное облако, клубившееся, как туман или дым, закрывало солнце, и тогда на неподвижной глади моря дрожали светлые блики.

Вдали неподвижно, как тени, стояли две-три рыбачьи лодки с повисшими парусами.

Вдруг я увидела, что по дороге идет Кямран, неизвестно каким образом оказавшийся в этот день свободным.

Мюжгян сидела на корне большого дерева лицом к берегу и не заметила кузена. Я тоже сделала вид, будто не замечаю его, и повернулась к морю. Я не видела Кямрана, не слышала его шагов, но чувствовала, что он идет в нашу сторону. Подбородок мой мелко задрожал.

— В чем дело? — спросила Мюжгян. — Почему ты примолкла?

Она обернулась. В нескольких шагах от нас стоял Кямран.

Было ясно, что нам не избежать разговора.

Кузен шутливо обратился к Мюжгян:

— Вы и сегодня не забыли зонтик?

— Да, ведь и сегодня может пойти дождь, — засмеялась Мюжгян.

Кямран говорил, что ему очень нравится сегодняшняя погода, похожая на его задумчивый и нерешительный характер. Мюжгян, слушая его слова, развлекалась тем, что открывала и закрывала зонтик.

— Погода приятная, но навевает грусть, — возразила она. — В это время года все дни такие. А потом зима. Вы не знаете, как тоскливо здесь зимой! Отец вот, напротив, очень привык к этим местам, и его пугает мысль о переводе.

— Ну зачем так ругать здешние края! Возможно, вы еще замуж выйдете за какого-нибудь местного богача, — пошутил Кямран.

Мюжгян приняла все всерьез и покачала головой:

— Упаси меня Аллах.

В это время мимо нас проходил босой рыбак, голова его была повязана красным платком. Это был тот самый старик, которому я однажды представилась как Марика.

— Давненько тебя не было видно, Марика, — сказал он.

— Да вот готовлюсь как-нибудь выйти с вами на рыбную ловлю, — отозвалась я.

Болтая таким образом, мы зашагали со стариком к обрыву.

Когда я вскоре вернулась назад, Мюжгян рассказывала кузену историю с именем Марика. Под конец она схватила меня за руку и воскликнула:

— Это, наверно, не меня, а Феридэ мы оставим навеки в Текирдаге! Такова ее судьба. За ее сватается сын рыбака по прозвищу Иса-капитан. Не смотрите, что рыбак, он очень богатый человек.

Кямран улыбнулся.

— Пусть будет даже миллионер, но в такой степени демократами мы не станем. Не правда ли, Феридэ? Я, как двоюродный брат, решительно протестую.

Обычно умную и тактичную Мюжгян сегодня толкал какой-то черт-предатель. Догадайтесь, что моя абла ответила на это Кямрану?

— Но и это еще не все, — продолжала она. — У Феридэ есть куда более блестящая перспектива. Например, один кавалерийский офицер, сверкающий, как солнце. Каждый день под вечер он подъезжает к нашему дому и проделывает на своем коне разные фокусы, стараясь понравиться Феридэ.

Кямран расхохотался. Но в этом смехе было что-то странное, не похожее на его обычный смех, какая-то неестественная натянутость.

— Против этого возражать не могу. Она вольна в своем выборе.

Я украдкой погрозила Мюжгян: дескать, смотри у меня! И сказала:

— Это уж слишком! Ты ведь знаешь, я не люблю подобных разговоров.

Мюжгян зашла за спину Кямрана и подмигнула мне:

— Правда, наедине мы не так говорим...

— Клеветница! Обманщица! — не унималась я.

Кямран оживился:

— Ты должна и мне рассказать, Мюжгян. Я ведь не чужой.

— Ах так! — зло топнула я ногой. — Нет, с вами нельзя разговаривать, не поругавшись. Всего хорошего! — И, разгневанная, зашагала к морю.


Я шла, и меня не покидало предчувствие, что на этом начатый разговор не кончился. Подойдя к обрыву, я в сердцах принялась швырять в море камни. Наклоняясь к земле, я украдкой посматривала назад. И то, что я видела, никак не успокаивало мое сердце. Кажется, Мюжгян готова была снова меня предать. А как я могла предотвратить это?

Сначала они говорили, посмеиваясь, но потом оба вдруг стали серьезными. Мюжгян что-то чертила на земле зонтиком, словно с трудом подыскивала слова. Кямран стоял рядом неподвижно, как статуя. Затем я увидела, что они обернулись в мою сторону и — о, ужас! — пошли по направлению ко мне.

Мне все стало ясно. В мгновение ока я скатилась кубарем с обрыва на прибрежный песок. Удивляюсь, как при этом я не переломала себе ноги, не искалечилась.

И все-таки это рискованное безумство не спасло меня от них. Обернувшись, я увидела, что они тоже спускаются с обрыва, но в другом, более безопасном месте, осторожно и медленно.

Конечно, припустись я бегом, эти избалованные неженки ни за что не угнались бы за мной, будь они даже на конях. Но я подумала, что мое бегство может меня выдать: они поймут, что я обо всем догадалась или, во всяком случае, заподозрила что-то. Поэтому я продолжала быстро идти вдоль берега, лишь изредка останавливалась и швыряла в море камни, словно хотела показать, что ничем не обеспокоена. Я надеялась, что, обогнув мыс, видневшийся впереди, избавлюсь от своих преследователей, которые, конечно, не пойдут за мной по воде. Но, как назло, утром был отлив, и меж скал пролегала совершенно сухая дорожка.

План мой несколько изменился. Я решила пройти еще немного песчаным берегом, затем узкой тропинкой подняться опять на обрыв, который в этом месте был так крут, что даже козы с трудом взбирались на него. Таким образом, мои преследователи потеряли бы меня из виду и отказались бы от погони.

Однако не успела я обогнуть мыс, как разыгравшаяся передо мной странная комедия, вернее, трагедия, заставила меня забыть обо всем. Старый рыбак, недавно проходивший мимо нас, бегал с веслом в руках за черным уличным псом, который с визгом метался по узкому берегу. И когда старику удавалось настичь собаку, он колотил ее своим орудием по чему попало.

Сначала я подумала, что собака бешеная, и в нерешительности остановилась. Но в следующий момент мне стало ясно, что взбесился не пес, а старый рыбак, который с дикими воплями носился по берегу за своей жертвой.

Не осмеливаясь подойти ближе, я закричала:

— Эй, что тебе надо от бедного животного?

Старик оставил в покое собаку, оперся о весло и, тяжело дыша, ответил плаксивым голосом:

— Как что?.. Окаянный пес перевернул котелок со смолой. Пропали мои тридцать курушей! Но ты не бойся, я не подпущу его к тебе...

Стало ясно, почему старик вышел из себя. Пес опрокинул жестянку со смолой, которая висела над костром, полыхавшим тут же на песке. Проступок ужасный, однако не настолько, чтобы послужить причиной гибели бедного животного от лодочного весла.

Собака забилась в расщелину между скал, видно, казавшуюся ей местом безопасным, и жалобно повизгивала, хотя надежнее было бы вырваться из этой западни, не ожидая, когда враг вновь атакует ее. Конечно, уж лучше бы она, спасая свою жизнь, убежала по берегу моря или вскарабкалась на обрыв по тропинке, облюбованной мной.

Будь у меня время, я бы обязательно что-нибудь придумала для спасения бедного животного. Но у каждого — своя беда: меня тоже ловили, как эту собачонку. Я вспомнила, что Мюжгян и кузен вот-вот должны появиться из-за мыса.

Пройдя быстрым шагом еще немного по берегу, я начала карабкаться на обрыв. Но, честно говоря, мне совсем не хотелось убегать от Мюжгян и кузена. Я часто останавливалась и поглядывала назад, вернее, вниз.

Очевидно, происшествие у костра заинтересовало и моих преследователей; они остановились возле перевернутого котелка и, отчаянно жестикулируя, говорили что-то старику. Потом я увидела, как Кямран вынул из кармана кошелек и дал рыбаку деньги. И тут случилось нечто странное. Обрадованный рыбак швырнул весло на песок, обернулся к обрыву и замахал мне рукой, подзывая подойти к ним.

Как чудесно: собака была спасена!.. Не обращая внимания на оклики, я направилась к дому. Поступок Мюжгян не выходил у меня из головы. Меня бросало в жар, когда я вспоминала ее предательство. Яростно сжимая кулаки, так что ногти впивались в ладони, я твердила про себя: «Опозорилась!.. Опозорилась!.. Но ничего, Мюжгян, я отомщу тебе!»

Я мчалась с такой скоростью, что, наверно, могла бы за час добежать и до Стамбула. У ворот дома меня встретил дядя Азиз.

— Что за вид, девушка? Ты краснее свеклы... Кто-нибудь гнался за тобой?

Я нервно засмеялась:

— С чего это вы взяли, дядя Азиз? — И кинулась в сад, откуда доносились детские голоса.

В саду за домом на толстой ветке огромного граба висели качели. Иногда я собирала соседских ребятишек и превращала сад в ярмарочную площадь. А сегодня мои маленькие друзья пришли сюда без моего приглашения и сгрудились вокруг качелей.

Ах как кстати!.. Прекрасный случай... А я собиралась, вернувшись домой, убежать к себе и запереться. Ясно было, что Мюжгян и кузен непременно кинутся в мою комнату, попытаются открыть дверь, поднимут переполох. Теперь же я могу спрятаться в толпе ребят или же затеять с ними игру, которая помешает приблизиться ко мне.

Началась свалка, каждому хотелось первым залезть на качели. Мне пришлось вмешаться, я растолкала детвору и приказала:

— Станьте в ряд с двух сторон. Я сама буду вас катать по очереди.

Я залезла на качели, поставила впереди себя какого-то малыша и начала раскачиваться.

Вскоре появились мои преследователи. Мюжгян тяжело дышала и все время хваталась рукой за сердце. Видимо, Кямран порядком заставил ее побегать.

Они встали за толпой ребятишек.

Я подумала про себя: «Так тебе и надо, изменница!» — и стала раскачиваться еще быстрее.

Малыши, ждавшие в сторонке своей очереди, запротестовали:

— Хватит уже... И нас!.. И нас!..

Я не обращала внимания, раскачивалась все сильнее и сильнее. Густая крона граба трепетала у меня над головой.

Мои маленькие приятели, страшно разгневанные, в нетерпении рвались к качелям. Их уже не сдерживала черта, проведенная мной на земле. Мюжгян и кузен оттаскивали детишек в сторону, боясь, что качели расшибут им головы. На беду, спасовал малыш, который качался вместе со мной. Он заорал во всю глотку, и я испугалась, что карапуз отпустит веревки, упадет и разобьется.

Волей-неволей пришлось остановить качели. Я напустилась на малыша, отчитала его, говоря, что трусишке, который боится такой маленькой скорости, делать на качелях нечего, что таким лучше качаться дома в люльках своих младших братьев и сестер. Я говорила еще что-то. Этот поток брани предназначался лишь для того, чтобы не дать Кямрану заговорить со мной. К счастью, другие ребятишки тоже вопили что было мочи; в общем, сад превратился в преисподнюю:

— И меня, Феридэ-абла!.. И меня!.. Меня тоже!..

— Нет, не возьму никого! Вы все боитесь!..

— Не боимся, Феридэ-абла!.. Не боимся!.. Не боимся!..

Тут из окна раздался голос тетки:

— Феридэ, дорогая, да покатай ты их всех...

Я повернулась к дому и пустилась в длинный спор:

— Тетя, сейчас вы так говорите, а если кто-нибудь упадет и сломает голову, я же буду виновата...

— Дочь моя, не обязательно, чтобы дети ломали себе головы. Качайся потихоньку...

— Тетя, прошу вас, не говорите того, чего не понимаете. Разве вы не знаете Чалыкушу? Разве можно на меня надеяться? Я всегда начинаю тихо, осторожно, а когда качели раскачаются, шайтан подбивает меня: «Ну, ну, сильнее!.. Еще сильнее!..» Я отвечаю ему: «Не надо, оставь... Возле меня дети!» Но шайтан не унимается: «Ну еще, еще чуточку... Ничего не случится...» Ветки деревьев и листья тоже подхватывают: «Быстрее, Феридэ, быстрее!..» Подумайте, как может противостоять бедная Чалыкушу такому подстрекательству?

И тут мое красноречие иссякло. Я не смотрела назад, но чувствовала: за моей спиной стоит Кямран, и, стоит мне только замолчать, он заговорит.

Что же делать? Как убежать, чтобы не столкнуться с ним?

Вдруг смотрю, за мой подол цепляются чьи-то ручонки. Это самый маленький из моих гостей, семи-восьмилетний карапуз. Я подхватила его под мышки, подняла вверх и сказала:

— Не обижайся, ничего не выйдет. Мы ведь можем разбить в кровь эти пухленькие щечки...

За спиной мальчугана появляется чья-то тень... Кямран. Как только я опущу малыша на землю, мы столкнемся с ним лицом к лицу.

Итак, спасения нет. Убежать, испугавшись, мне не позволит гордость. Поэтому, опустив малыша на землю, я повернулась и устремила взгляд на кузена.

— Ступай, мальчуган, иди к братцу Кямрану. Он нежный и изящный, как девушка, и качать тебя будет осторожно, как нянька. Только смотри не шевелись на качелях, а то его слабенькие ручки не удержат тебя, и вы оба грохнетесь на землю.

Я пристально смотрела в глаза Кямрану, ожидая, что он не выдержит поединка и отвернется. Но все было напрасно. Он отвечал мне таким же пристальным взглядом, точно хотел сказать: «Напрасно стараешься, я все знаю!..»

И тут я поняла, что партия проиграна. Я потупила голову и принялась вытирать платком свои грязные руки.

— Развлекаетесь, шалунья, не так ли?.. Ну что ж, сейчас мы посмотрим... Покатаемся вместе!..

Ловким движением он швырнул куртку Мюжгян.

— Эй, Кямран! — раздался голос тетки из окна. — Не будь ребенком! Ты не справишься с этим чудовищем. Она сломает тебе шею!

Ребятишки почувствовали, что сейчас будет нечто забавное, и отступили назад. Мы остались вдвоем у качелей.

— Ну, чего ждешь, Феридэ? — улыбнулся кузен. — Может, боишься?

— Этого еще не хватало! — ответила я, не осмеливаясь, однако, смотреть ему в лицо, и вскочила на качели.

Веревки заскрипели, качели плавно двинулись.

Я старалась быть осторожной и, раскачиваясь, только чуть-чуть сгибала колени, сохраняя силы в этом состязании, которое, как я предвидела, будет нелегким.

Скорость нарастала. Дерево сотрясалось, листва трепетала. Мы молчали, стиснув зубы, словно одно только слово уже могло отнять у нас силы.

Опьянение от быстрого движения постепенно охватывало меня, сознание затуманивалось.

На миг голова Кямрана скрылась в густой листве граба. Его длинные волосы рассыпались и закрыли лицо.

— Ну как, вы не начали раскаиваться? — спросила я насмешливо.

— Увидим, кто еще раскается! — так же насмешливо отозвался Кямран.

Взгляд его зеленых глаз, сверкавший из-под растрепанных волос, порождал в моем сердце чувство ненависти, даже жестокости. Я сделала сильный толчок, и качели полетели еще быстрее. Теперь при каждом взлете наши лохматые головы исчезали в листве. Как во сне до меня донесся теткин крик:

— Хватит!.. Хватит!

Кямран повторил:

— Хватит, Феридэ?

— Это надо спросить у вас, — ответила я.

— Для меня нет! После чудесного известия, услышанного от Мюжгян, я никогда не устану.

Колени мои вдруг ослабли, и я испугалась, что веревки выскользнут из рук.

— Мог ли я надеяться, Феридэ... — продолжал Кямран. — Ведь я приехал сюда из-за тебя.

Я уже не отталкивалась, но качели по-прежнему взлетали с бешеной скоростью. Обняв веревки, я сомкнула кисти рук и взмолилась:

— Довольно!.. Слезем... Я упаду...

Кямран не поверил, что мне стало плохо.

— Нет, Феридэ, — сказал он, — или мы вместе упадем и разобьемся, или я услышу из твоих уст согласие выйти за меня.

Губы Кямрана касались моих волос, моих глаз. У меня подкосились колени. Рук я не разжала, но они соскользнули вниз по веревкам. Не подхвати меня Кямран в этот момент, я бы обязательно упала. Но у него не хватило сил удержать меня. Веревки качелей перекрутились. Мы потеряли равновесие и полетели на землю.

Открыв глаза, я увидела себя в объятиях тетки. Она прикладывала мокрый платок к моим вискам и спрашивала:

— У тебя что-нибудь болит, девочка моя?

Я подняла голову.

— Нет, тетя...

— Почему же ты плачешь?

— Разве я плачу?

— У тебя на глазах слезы.

Я прижалась лицом к тетиной груди и сказала:

— Наверно, я заплакала еще перед тем, как упасть.


Через три дня мы все вместе (к нам присоединились тетя Айше и Мюжгян) возвращались в Стамбул. Тетушка Бесимэ, узнав об этом из письма сына, примчалась на Галатскую пристань вместе с Неджмие встречать нас.

В первое время после нашего обручения я всех избегала, и прежде всего Кямрана. А он все стремился остаться со мной наедине, погулять, поговорить. Думаю, что, как и всякий жених, он имел на это право. Но что делать, коль я была самой неопытной и самой дикой невестой, какие только бывают на свете. Стоило мне увидеть, что Кямран направляется в мою сторону, как я, точно вспугнутая серна, стремглав бросалась наутек.

Через Мюжгян был послан ультиматум: Кямрану запрещалось при встречах обращаться со мной как с невестой. В противном случае я поклялась расторгнуть наше соглашение.

Иногда Мюжгян, как и в Текирдаге, приставала ко мне с расспросами, когда я уже была в постели:

— Зачем ты совершаешь эти безумства, Феридэ? Я ведь знаю, ты его любишь до смерти. Это же ваше самое чудесное время. Кто знает, какие прекрасные слова для тебя живут в его сердце?

Порой Мюжгян не ограничивалась только этим, а гладила своими хрупкими руками мои волосы и передавала слова Кямрана.

Съежившись в постели, я протестовала:

— Не хочу... Я боюсь... Мне стыдно...

Странно, не правда ли? Я ныла, не в силах отвязаться от Мюжгян, а когда она уж слишком приставала, начинала плакать.

Но когда Мюжгян отправлялась спать, оставив меня в покое, я повторяла про себя слова Кямрана и засыпала под их мелодию.

Тетка заказала в Стамбуле для меня дорогое обручальное кольцо с красивым драгоценным камнем, которое никак не шло к моим израненным пальцам.

Когда заказ был готов и привезен домой, тетка, желая сделать приятный сюрприз, подозвала меня к окну. Кольцо ослепительно засверкало в лучах солнца, которое вот-вот должно было скрыться за деревьями сада. Я зажмурилась на миг, сделала шаг назад, спрятала руки за спину и, чувствуя, что краснею, спряталась в тени портьеры.

Тетка не поняла меня и, кажется, удивилась, почему я от радости не кинулась к ней на шею.

— Может, тебе не нравится, Феридэ? — спросила она.

— Очень красивое... Мерси, тетя, — сказала я холодно.

Кажется, мое поведение пришлось тетке не по душе. Однако вскоре она снова улыбнулась и сказала:

— Дай-ка руку, попробуем. Я заказала его по твоему старому колечку. Надеюсь, мало не будет.

Я стиснула за спиной пальцы, словно боялась, что тетка насильно будет тянуть меня за руку.

— Только не сейчас, тетя... Ни в коем случае...

— Не будь ребенком, Феридэ.

Я упрямо потупила голову и принялась рассматривать кончики ботинок.

— Через несколько дней мы устроим для наших родных небольшой прием, обручим вас.

Сердце мое бешено заколотилось.

— Нет, не хочу, — сказала я. — Если вы считаете, что это нужно обязательно, устройте прием после моего отъезда в пансион.

Меня следовало, конечно, отчитать. Тетка хотела, чтобы последнее слово все-таки осталось за ней. Она улыбнулась, поджала губы и сказала с иронией:

— То есть как это?.. Может, нам на церемонии обручения вместо тебя поставить заместителя? При бракосочетании — пожалуйста, но при обручении, дочь моя, такого обычая пока еще нет.

Мне нечего было ответить, и я продолжала смотреть в пол.

Чтобы как-то смягчить горечь назиданий, которые мне предстояло сейчас выслушать, тетка обняла меня и погладила по лицу.

— Феридэ, — сказала она, — мне кажется, уже настало время прекратить ребячество. Теперь я не только твоя тетка, но и мать. Думаю, нет надобности говорить, что я этому очень рада. Не так ли? Лучшей невесты Кямрану не сыщешь. Что хорошего, если б это была какая-нибудь чужая девушка? Ни характера не знаешь, ни семьи ее... Только... Слишком уж ты легкомысленна. В детстве, может быть, это не так страшно. Но с каждым днем ты становишься все более взрослой. Конечно, со временем станешь серьезнее, поумнеешь. До окончания пансиона, то есть до вашей женитьбы, остается еще четыре года. Срок довольно большой. Однако ты уже невеста. Не знаю, понимаешь ли ты, что я хочу сказать? Ты должна быть серьезной и рассудительной. Пора положить конец всем твоим шалостям, легкомыслию, упрямству. Тебе ведь известно, какой Кямран деликатный и тонкий.

Сейчас я не знаю, было ли в этой нотации, которая слово в слово запечатлелась в моей памяти, что-либо стыдное и оскорбительное, но тогда мне вдруг показалось, что тетка считает меня не вполне подходящей парой для своего драгоценного сына.

Точно желая проверить, насколько на меня подействовали ее наставления, она спросила:

— Ну, теперь мы договорились, Феридэ? Не так ли? Мы устроим ужин по случаю обручения только для родственников и нескольких близких друзей.

Я представила себя рядом с Кямраном за столом, украшенным цветами и канделябрами, в наряде, которого до сих пор не носила, с новой прической и чужим лицом; взоры всех устремлены на меня...

Я вдруг задрожала.

— Нет, тетя, это невозможно! — И бросилась вон из комнаты.

Мюжгян в те дни была для меня больше чем старшая сестра, она, можно сказать, заменяла мне мать. Когда ночью мы оставались с ней одни в нашей комнате, я тушила лампу, обнимала руками ее удивительно худенькое тело (как она извелась за это время!), зажимала ей рот рукой, чтобы она молчала, и умоляла:

— Попроси, пусть меня никто не называет невестой. Обрученные девушки — это те, над которыми я всегда насмехалась, которых жалела больше всего в жизни. И вот теперь я одна из них. Мне стыдно, я готова провалиться сквозь землю. Я боюсь. Я ведь девочка. Впереди четыре года. К этому времени я подрасту, привыкну. Но сейчас пусть ко мне никто не относится как к невесте.

Получив наконец возможность говорить, Мюжгян отвечала:

— Хорошо, но с одним условием, вернее, с двумя. Во-первых, ты не станешь со мной сражаться, душить меня. Во-вторых, ты еще раз повторишь мне, только мне, что ты его очень любишь.

Я прятала свое лицо на груди у Мюжгян и кивала: да, да, да...

Мюжгян сдержала свое обещание. Домашние и знакомые не говорили мне в лицо о моем обручении. А если вдруг случалось, что кто-нибудь начинал надо мной подшучивать, то тут же получал за болтовню по заслугам и умолкал. Но один человек все-таки получил от меня пощечину; к счастью, это был родственник, мой кузен собственной персоной. Мне кажется, оплеуха была заслуженная. Не дай Аллах, если бы об этом узнала тетка Бесимэ... Что бы она со мной сделала!

И все-таки надо сказать, жилось мне в особняке совсем не спокойно.

Так как положение мое возвысилось, в один прекрасный день мне вдруг отвели более красивую комнату, заменили занавеси, кровать, гардероб. И, конечно, я не смела спросить о причине подобного внимания.

Однажды нам предстояло поехать в экипаже на свадьбу в Мердивенкейю. Народу набралось довольно много, и я заявила:

— Сяду с кучером.

В ответ раздался хохот. Я покраснела и покорно полезла в экипаж.

Иногда, как и прежде, я ходила на кухню, чтобы стащить там горсть сушеных абрикосов или какие-нибудь фрукты. Противный повар подтрунивал надо мной:

— Что тебе надо, ханым? Скажи прямо. Тебе уже не подобает заниматься воровством.

Хотя мне никто ничего не говорил, но я уже не смела зазывать к себе в гости ребят с улицы. А чтобы в кои-то веки раз залезть на дерево, мне приходилось прятаться ото всех, дожидаясь темноты.

Но самым несносным был, конечно, Кямран.

Последние дни моего пребывания в особняке прошли, можно сказать, в том, что мы играли в прятки. Кузен искал случая поймать меня наедине, а я всю свою хитрость употребляла на то, чтобы помешать ему это сделать.

Я часто отказывалась от прогулок в экипаже, которые он мне предлагал. Если же он бывал слишком настойчив, я тащила с собой, помимо Мюжгян, еще кого-нибудь и по дороге без конца болтала именно с ними.

Я не была уверена в Мюжгян: она могла начать какой-нибудь ненужный разговор или даже сбежать, оставив нас наедине.

Однажды Кямран сказал мне:

— Тебе известно, Феридэ, что ты делаешь меня несчастным?

Я не выдержала и спросила:

— Это теперь-то?

Вопрос был задан с таким комическим изумлением, что мы оба рассмеялись.

— Я бы хотел, хоть раз от тебя услышать то, что ты говорила Мюжгян! Мне кажется, это мое право.

Я закатила глаза, притворившись, будто не могу вспомнить, о чем говорила с Мюжгян, подумала и сказала:

— Так. Но ведь Мюжгян девушка... И, если не ошибаюсь, ваша послушная раба. Нельзя каждому говорить все, о чем мы с ней болтаем.

— Разве я каждый?..

— Не поймите неверно... Хотя вы мужчина женского типа, но все-таки вы мужчина! А то, что говорится подруге, мужчине не расскажешь.

— Разве я не твой жених?

— Очевидно, мы расторгнем обручение. Вы ведь знаете, я терпеть не могу этого слова!

— Вот видишь, я был прав, назвав себя несчастным. Я даже не смею слова сказать, боюсь опять получить пощечину. Но в моем сердце живет чувство, которого я не ощущаю ни к кому, кроме тебя...

И тут я поняла, что вот-вот окажусь в западне, которой так умело избегала столько времени. Продолжи я разговор и дальше, у меня бы начал дрожать голос или я совершила бы какое-нибудь страшное безумство. Не дав Кямрану договорить, я бросилась вон на улицу.

Мне казалось, он побежит за мной. Но погони не последовало. Я замедлила шаг и обернулась. Кямран не побежал за мной, он сидел на плетеном диванчике под деревом. Я подумала: «Наверно, нехорошо с моей стороны так поступать...» И если бы Кямран взглянул на меня в ту минуту, он понял бы, что я раскаиваюсь, и, наверно, догнал, и тогда уже я не смогла бы от него убежать.

Кузен сидел на диванчике действительно с видом несчастного человека. Чтобы подбодрить себя, я сказала: «Коварный желтый скорпион! Я еще не забыла, как ты бежал по этому саду за юбкой счастливой вдовушки! Я все делаю очень правильно!»

Не могу не рассказать также о несчастье, которое приключилось со мной в последние дни каникул.

Обитатели особняка заметили вдруг, что один палец на правой руке у меня обмотан толстой повязкой. Тем, кто спрашивал меня, я отвечала:

— Пустяки. Обрезала чуть-чуть. До свадьбы заживет.

Однако тетка обратила внимание, что я упорно не желаю показать ей рану.

— Несомненно, ты что-то натворила. Ясно, у тебя что-то серьезное, раз ты скрываешь. Давай покажем врачу. Не дай Аллах, разболится...

А случилось вот что. Однажды тетка послала меня к себе в спальню достать из гардероба, кажется, платок. Один из ящиков был приоткрыт, и в глаза мне бросилась изящная коробочка, обтянутая голубым бархатом. В ней лежало мое обручальное кольцо. Я не смогла побороть искушение полюбоваться им хотя бы минутку у себя на пальце. Дорого же мне обошелся этот каприз! Как и опасалась тетушка, кольцо оказалось слишком мало и никак не хотело слезать с пальца. Ах, как я волновалась, тщетно пытаясь освободиться от него! Я даже пробовала стащить его

85

зубами. Напрасный труд! И как я ни старалась, палец только распух, и кольцо все сильнее впивалось в кожу.

Если бы я призналась, родные сумели бы как-нибудь высвободить мой палец. Но чтобы меня увидели с обручальным кольцом? Какой удар по самолюбию! Тогда-то мне и пришло в голову забинтовать его. В течение двух дней при всяком удобном случае я запиралась в своей комнате, разбинтовывала палец и часами стаскивала кольцо. На третий день, когда я уже была близка к тому, чтобы, сгорая от стыда, признаться во всем тетке, кольцо вдруг само соскочило. Почему? Очевидно, за эти два дня я похудела от волнений и переживаний.

В последний день каникул я начала собираться в дорогу. Кямран запротестовал:

— Зачем так торопиться, Феридэ? Ты могла бы еще задержаться на несколько дней.

Но я не соглашалась, точно была самой прилежной ученицей, и заупрямилась, придумывая какие-то по-детски несерьезные причины:

— Сестры наказывали, чтобы я непременно явилась в первый же день занятий. В этом году с посещением будет очень строго.

Моя решительность послужила причиной нового приступа меланхолии и раздражительности у Кямрана.

На следующий день, провожая меня в пансион, он не разговаривал со мной и только при расставании упрекнул:

— Я никак не думал, Феридэ, что тебе захочется так быстро убежать от меня.

Между тем я не была такой уж прилежной и разумной ученицей. Вдобавок события последних месяцев совсем выбили меня из колеи. Отметки за первую четверть оказались очень плохие. Ясно было, что, если я не возьму себя в руки, не приложу усилий, мне придется остаться на второй год.

Вечером того дня, когда мы получили табели успеваемости, сестра Алекси отозвала меня в сторону и спросила:

— Ну, нравятся вам ваши отметки, Феридэ?

Я удрученно покачала головой.

— Отметки неважные.

— Не то что неважные, совсем никудышные... Не помню, чтобы вы еще когда-нибудь так отставали. Между тем я надеялась, что в этом году вы будете учиться совсем по-другому...

— Вы правы. Ведь по сравнению с прошлым годом я стала старше еще на один год...

— Разве только это?..

Удивительная вещь, сестра Алекси гладила меня по щеке и многозначительно улыбалась. Я растерялась и отвела взгляд в сторону.

Ах, эти сестры! Казалось, они не знают ни о чем на свете, а в действительности были в курсе всего, что происходит вокруг, им были известны даже самые пустяковые разговоры. От кого? Как они все узнавали? Этого я никогда не могла понять, хотя прожила среди них десять лет и не считалась такой уж глупой девочкой.

Когда я, пытаясь спасти свою честь, промямлила какую-то чепуху, сестра Алекси разоткровенничалась еще больше:

— Мне кажется, вы постесняетесь показать свой табель всем... А?.. — И вслед за этим еще один увесистый камень в мой огород: — Если вы не перейдете в следующий класс, то вам угрожает опасность задержаться в стенах пансиона еще на один долгий год...

Я поняла, что не спасусь от сестры Алекси, если сама не перейду в атаку.

Призвав на помощь все свое нахальство, я спросила с ложным простодушием:

— Опасность?! Какая же опасность?

Но сестра Алекси и так позволила себе чрезмерную откровенность. Пойти дальше — означало быть фамильярной. Кокетливым жестом, признавая свое поражение, она ласково щелкнула меня по щеке и сказала:

— Уж это ты сама должна сообразить! — И пошла прочь.


В этом году моей Мишель уже не было в пансионе, не то она обязательно заставила бы меня разоткровенничаться и тем самым внесла бы еще большее смятение и растерянность в мою душу.

Год назад, когда я плела подружкам всякие небылицы, я чувствовала себя непринужденно и легко. А сейчас, очутившись на положении невесты, стала невероятной трусихой. От девочек, которые поздравляли меня, я старалась отделаться короткой сухой благодарностью, а тех, кто подлизывался ко мне, вообще не замечала. Только одна подружка, дочь доктора-армянина из Козьятагы, пользовалась моим расположением и доверием.

Свободные дни я проводила в пансионе и за три месяца всего лишь два или три раза ночевала дома. Это упрямство, причину которого я сама хорошо не понимала, страшно сердило тетушку Бесимэ и Неджмие. Кямран пребывал в полной растерянности и не знал, что и думать.

Первые месяцы он каждую неделю наведывался в пансион. Хотя сестры не осмеливались открыто возражать против этих визитов, однако в душе они считали подобные встречи жениха с невестой-школьницей неприличными и морщились, сообщая мне, что кузен ждет в прихожей.

Обычно я останавливалась на пороге, нарочно оставляя двери открытыми, и, сунув руки за кожаный поясок своего школьного платья, стоя разговаривала с Кямраном минут пять. Еще в самом начале кузен предложил мне завязать переписку. Но я отказалась, сославшись на обычай сестер давать подобную корреспонденцию на цензуру кому-нибудь, знающему турецкий язык, а затем уничтожать.

Как-то раз в один из таких визитов между нами произошел не совсем приятный разговор. Кямран рассердился, что я стою так далеко от него, и хотел насильно закрыть дверь. Но когда он приблизился ко мне, я приготовилась выскочить из комнаты и тихо сказала:

— Прошу вас, Кямран... Вы должны знать, что за нами подсматривают столько глаз, сколько невидимых щелей в этих стенах.

Кямран вдруг остановился.

— Как же так, Феридэ? Ведь мы обручены.

Я пожала плечами.

— В том-то и дело. Это и мешает. Или вы хотите в один прекрасный день услышать такие слова: «Ваши визиты слишком участились... Простите, но вам надо вспомнить, что это пансион...»

Кямран стал бледным как стена. С тех пор он больше не появлялся в пансионе. Я обошлась с ним жестоко, но другого выхода у меня не было. Возвращаться в класс после свидания с Кямраном, видеть, как к тебе поворачиваются все головы, — было просто невыносимо.

О чем я хотела рассказать?.. Да. Однажды дочь вышеупомянутого доктора-армянина, вернувшись в пансион после воскресенья, сказала мне:

— Говорят, Кямран-бей едет в Европу. Это верно?

Я растерялась.

— Откуда ты узнала?

— Папа сказал, что твоего кузена вызвал дядя, который служит в Мадриде...

Самолюбие не позволило мне сознаться, что я ничего не знаю.

— Да... Есть такое предположение... — соврала я. — Маленькое путешествие.

— Совсем не маленькое. Ему предстоит работать секретарем посольства.

— Он там пробудет недолго...

На этом разговор окончился.

Отец моей подруги часто бывал у нас в доме и считался семейным врачом. Поэтому полученному известию следовало верить. Но почему же мне никто ничего об этом не говорил? Я подсчитала: вот уже двадцать дней, как ничего не было из дому.

В ту ночь я долго не могла заснуть. Мне было очень стыдно, что я без конца держала Кямрана в бессмысленном отдалении, но в то же время сердилась на него в душе за то, что он не сообщил мне о таком важном событии. Ведь в конце концов мы связаны друг с другом.

На следующий день был четверг. Погода стояла ясная. После обеда предполагалась прогулка. Я не могла найти себе места. Меня пугала мысль провести еще одну ночь наедине со своими мыслями. Я пошла к директрисе и попросила отпустить меня домой, сославшись на болезнь тетки. На мое счастье, одна из сестер ехала в тот день в Картал. Директриса согласилась, но с условием, что до станции Эренкей мы поедем вместе.

Когда с маленьким чемоданчиком в руках я добралась до нашего особняка, уже смеркалось. В воротах меня встретил старый дворовый пес, существо хитрое и льстивое. Ему было известно, что в моем чемоданчике всегда есть чем полакомиться. Он мешал мне идти, вертелся под ногами, пятился, вставал на задние лапы, норовя ткнуться мордой в грудь.

Из-за деревьев вышел Кямран и направился в нашу сторону. Увидев это, я присела на корточки и схватила пса за передние лапы, боясь, что он меня измажет.

Словно смеясь, пес открывал свою огромную пасть, высовывал язык. Я хватала его за нос. Словом, мы резвились и развлекались как могли.

Когда Кямран был совсем рядом, я сказала, будто совершила открытие:

— Посмотрите, как он смеется! Что за огромная пасть! Разве он не похож на крокодила?

Кямран смотрел на меня, горько улыбаясь.

Я поднялась с земли, отряхнулась, вытерла руки платком и правую протянула кузену.

— Бонжур, Кямран. Как самочувствие тети? Я надеюсь, ничего серьезного...

Кямран удивился:

— Ты про маму? С ней все в порядке. Тебе сказали, что больна?

— Да, я услышала, что она заболела, и очень волновалась. Даже не дождалась воскресенья. И вот приехала.

— Кто же тебе такое сказал?

Придумывать новую ложь не было времени.

— Дочь доктора.

— Она?! Тебе?..

— Да, мы с ней говорили, и она сказала: «К вам вызывали папу... Наверно, твоя тетя заболела...»

Кямран недоумевал.

— Она, наверно, ошиблась. Доктор вообще не заезжал к нам в последние дни. Ни к маме, ни к кому-нибудь другому...

Не желая заострять внимание на этом деликатном вопросе, я сказала:

— Очень рада... А то я так беспокоилась! Наши, конечно, все дома?

Я подняла с земли свой чемоданчик и направилась уже к дому, но Кямран схватил меня за руку.

— Зачем так спешить, Феридэ? Можно подумать, ты убегаешь от меня.

— С чего вы это взяли? Просто мне боты жмут. Да и разве мы не вместе пойдем к дому?

— Да, но дома нам придется разговаривать при всех. А я хочу поговорить с тобой один на один.

Стараясь скрыть волнение, я сказала насмешливо:

— Воля ваша.

— Мерси. Тогда, если хочешь, не будем никому показываться и немного погуляем в саду.

Кямран крепко сжимал мои пальцы, словно боялся, что я убегу. В другой руке он держал мой чемоданчик. Мы пошли рядом, впервые с тех пор, как обручились.

Сердечко мое стучало, как у только что пойманной птицы. Но, мне кажется, если бы он даже не держал меня так крепко, я все равно не нашла бы в себе сил убежать.

Не обмолвившись ни словом, мы дошли до конца сада. Кямран был огорчен и расстроен больше, чем я могла предполагать. Не знаю, что произошло, что изменилось в наших отношениях за последние три месяца, но в эту минуту я чувствовала себя страшно виноватой за резкость, с которой относилась к нему в последнее время.

Вечер был прекрасный, тихий, даже не верилось, что это середина зимы. Голые верхушки окрестных гор горели ярким багрянцем. Не знаю, может, природа тоже была виновата в том, что я так легко признала в душе свою вину перед Кямраном.

Сейчас мне непременно нужно было сказать Кямрану что-нибудь такое, что бы его обрадовало. Но мне ничего не приходило в голову.

Наконец, когда нам уже не оставалось ничего другого, как повернуть назад, Кямран сказал:

— Может, посидим немного, Феридэ?

— Как хочешь, — ответила я.

Впервые после обручения я обращалась к нему на «ты».

Не заботясь о своих брюках, Кямран сел на большой камень. Я тотчас схватила его за руку и подняла.

— Ты ведь неженка. Не садись на голый камень. — И, стащив с себя синее пальто, я расстелила его на земле.

Кямран не верил своим глазам.

— Что ты делаешь, Феридэ?

— Мне кажется, охранять тебя от болезней — теперь моя обязанность.

А на этот раз, наверно, кузен не поверил уже своим ушам.

— Что я слышу, Феридэ? — воскликнул он. — И это ты говоришь мне? Ведь это самые ласковые слова, которые я услышал от тебя с тех пор, как мы обручены.

Я опустила голову и замолчала...

Кямран поднял с земли мое пальто и, как бы лаская, трогал рукава, воротник, пуговицы.

— Я собирался сделать тебе выговор, Феридэ, но сейчас все забыл.

Не поднимая глаз, я ответила:

— Я же тебе ничего не сделала...

Кямран не решался подойти ко мне, боясь, что я снова стану дикой.

— Думаю, что сделала, Феридэ... Даже слишком много. Можно ли так избегать жениха? И я даже стал подозревать: уж не ошиблась ли Мюжгян?..

Я невольно улыбнулась. Кямран удивленно спросил, почему я смеюсь. Сначала я не хотела отвечать, но он настаивал.

— Если бы Мюжгян ошиблась, — сказала я, отводя глаза в сторону, — ничего бы не было.

— Что значит, ничего? То есть ты не была бы моей невестой?

Я зажмурилась и дважды кивнула.

— Моя Феридэ!..

Этот голос, вернее, восклицание до сих пор звенит у меня в ушах... Я подняла голову и увидела в его широко раскрытых глазах две крупные слезы.

— В один миг ты сделала меня счастливым, таким счастливым, что, умирая, я вспомню эту минуту и снова заплачу. Не смотри на меня так. Ты еще ребенок. Тебе не понять... Ах, я все уже забыл!..

Кямран схватил меня за руки. Я не стала вырываться. Но слезы брызнули у меня из глаз. Я так рыдала, что он даже испугался.

Мы возвращались назад той же дорогой. Я без конца вздыхала, громко всхлипывала, и Кямран уже не смел дотрагиваться до меня. Но я понимала, что сердце его успокоилось, и мне было радостно.

У дома я сказала:

— Ты должен пойти первым. А я умоюсь у бассейна. Что скажут наши, если увидят меня с таким лицом?

Я спросила Кямрана, словно только что вспомнила:

— Ты, кажется, собираешься в Европу? Верно ли?

— Есть такое предположение, но, откровенно говоря, оно принадлежит не мне, а моему дяде, который служит в Мадриде. Откуда тебе известно?

После некоторого замешательства я пробормотала:

— От дочери доктора.

— Как много новостей передает тебе дочь доктора, Феридэ!

Я ничего не ответила.

Кямран пристально смотрел мне в лицо. Я покраснела и отвернулась.

— Ну а болезнь мамы?.. Ты это придумала?

Я опять промолчала.

— Скажи правду, Феридэ, не поэтому ли ты прискакала?

Кямран приблизился, хотел погладить меня по голове, но испугался, что я снова стану строптивой и наши отношения испортятся. Я же, напротив, уже начала привыкать к нему.

— Верно ли мое предположение, Феридэ? — повторил Кямран свой вопрос.

Я почувствовала, что могу сделать его счастливым, и утвердительно кивнула.

— Как чудесно!.. Как со вчерашнего дня изменилась моя судьба!

Кямран уперся руками о спинку кресла, на котором я сидела, и склонился надо мной. В таком положении я оказалась окруженной со всех сторон. Ловкий прием!.. Он приблизился ко мне, не касаясь руками. Я забилась в кресло, свернувшись ежиком, прижималась к спинке, втягивала голову в плечи. В руках я тискала платок, не смея взглянуть в лицо Кямрана.

— Что же предлагает твой дядя?

— Немыслимое дело. Он хочет взять меня к себе секретарем посольства. По его мнению, мужчине быть без определенной профессии или должности — большой недостаток. Я, конечно, передаю его слова. Он говорит: «Может, и Феридэ обрадуется перспективе поехать в будущем в Европу в качестве супруги дипломата...» И все такое прочее.

После того как наша беседа приняла серьезный характер, Кямран снял осаду, выпрямился, и я тотчас вскочила с кресла. Разговор продолжался.

— Почему ты считаешь это предложение немыслимым делом? — спросила я. — Разве поездка в Европу не доставит тебе удовольствия?

— В этом отношении я ничего не говорю. Но сейчас я уже не волен свободно распоряжаться собой. Все, что имеет отношение к моей жизни, мы должны обсуждать вместе. Разве не так?

— Тогда ты можешь ехать.

— Значит, ты согласна на мой отъезд из Стамбула?

— Раз для мужчины нужна какая-нибудь профессия...

— А ты поехала бы на моем месте?

— Наверно, поехала бы. И думаю, ты тоже должен так поступить.

Надо сказать, что эти слова говорили только мои губы. А про себя, в душе, я думала совсем по-другому. За мной нельзя было не признать права на такой ответ. Как иначе ответить человеку, который спрашивает: «Могу ли я оставить тебя и уехать?»

Кямрана огорчило, что я так легко согласилась на разлуку. Не глядя на меня, он сделал несколько шагов по комнате, затем обернулся и повторил:

— Значит, ты считаешь, мне надо принять дядино предложение?

— Да...

Кямран вздохнул.

— Тогда мы подумаем. У нас еще есть время для окончательного решения.

Сердце у меня дрогнуло. Разве это «мы подумаем» не означало, что вопрос уже решен?

Я заговорила серьезно, по-взрослому, как всегда требовали от меня:

— Не вижу в этом деле ничего заслуживающего долгих размышлений. Предложение твоего дяди поистине заманчиво. Непродолжительное путешествие — вещь неплохая.

— Ты думаешь, поездка продлится так недолго?

— Но долгой ее тоже нельзя назвать. Год, два, три, ну, четыре... Время пролетит — глазом не успеешь моргнуть. Конечно, ты иногда будешь приезжать...

Я так легко считала по пальцам: один, два, три, четыре...

Через месяц мы провожали Кямрана. Пароход отходил от Галатской пристани. Все наши родственники поздравляли меня, так как это я уговорила его поехать в Европу. Только Мюжгян осталась недовольна. Она мне прислала из Текирдага письмо, в котором писала: «Ты поступила очень опрометчиво, Феридэ. Надо было воспрепятствовать поездке. Какой смысл в том, что ваши самые прекрасные годы пройдут в разлуке? Шутка ли: четыре года!»

Однако четыре года прошли гораздо быстрее, чем ожидала Мюжгян.

Кямран вернулся в Стамбул вместе с дядей, вышедшим в отставку, как раз через месяц после того, как я окончила пансион.

Окончить пансион! Когда я училась, то называла это мрачное здание «голубятником». Я говорила: «День, когда я вернусь на волю хоть с каким-нибудь дипломом в руках, будет для меня праздником освобождения!..» Но когда в одно прекрасное утро двери «голубятника» распахнулись и я очутилась на улице в новом черном чаршафе, в туфельках на высоких каблуках, которые делали меня гораздо выше, я растерялась, словно не понимая, что произошло. А тут еще тетка Бесимэ сразу же начала готовиться к свадьбе. Это окончательно лишило меня душевного равновесия.

В доме у нас до поздней ночи было полно народу: сновали маляры, плотники, портнихи, съехавшиеся родственники. Каждый был занят своим делом. Одни уже строчили приглашения на свадьбу, другие бегали по базарам и магазинам, третьи занимались шитьем.

Я пребывала в крайней растерянности и на все махнула рукой. Я не только не помогала другим, но даже творила всякие глупости и мешала всем. У меня начался очередной приступ всевозможных безумств. Как и прежде, я водила за собой ватагу детей, гостивших у нас, переворачивала все в доме вверх дном.

На кухне тоже шел ремонт. Новый повар перетащил все свое хозяйство в палатку, поставленную за домом в саду, и стряпал прямо на открытом воздухе.

Однажды под вечер я увидела, что он хлопочет возле своей палатки, печет печенье. У меня в голове тотчас созрел дьявольский план.

— Ребята, — сказала я, — спрячьтесь за этим курятником и сидите тихо. Я стащу у повара печенье и принесу вам.

Не прошло и пяти минут, как я вернулась с полной тарелкой. Надо было тут же раздать трофеи моим маленьким друзьям, разослать их по разным уголкам сада, а тарелку спрятать в курятнике. Я не предполагала, что повар, обнаружив пропажу, кинется в погоню.

Через минуту у кухонной палатки началось светопреставление. Повар кричал:

— Клянусь Аллахом, клянусь всеми святыми, я переломаю воришке кости!

Перепуганные малыши, не обращая на меня внимания, заметались по саду. Повар скоро напал на наш след и как безумный ринулся на нас, потрясая половником, словно дубинкой.

Этот негодный понял, что я самая старшая, оставил в покое малышей и погнался за мной. Вдруг он споткнулся обо что-то и растянулся во весь рост на земле. Это привело его в еще большую ярость.

Повар был в доме человеком новым. Положение складывалось весьма трагическое: попади я ему в руки, он огрел бы меня раза два половником, опозорил на весь свет, и тогда пойди объясняй, что я невеста.

Так как дорога к дому была отрезана, я, оглушительно крича, бросилась к воротам. На мое счастье, мадемуазель портниха, работавшая в тот день с самого утра, и ее подручная Дильбер вышли в сад подышать свежим воздухом. С воплем: «Караул!» — я кинулась к портнихе и быстро юркнула за ее спину.

Дильбер-калфа* попыталась выхватить у повара половник и закричала:

— Что ты делаешь, ашчи-баши**?! Спятил, что ли?! Ведь эта ханым — невеста.

В другое время за слово «невеста» я бы задала портняжке Дильбер. Но в тот момент я была так испугана, что закричала вместе с ней:

— Клянусь Аллахом, ашчи-баши, я невеста!

Не встречала человека более взбалмошного и упрямого, чем этот повар. Он сначала не поверил.

— Э нет, разве невеста может быть воровкой? — Затем, немного образумившись, добавил: — Если так, браво, ханым-невеста! Только тебе придется купить мне новые штаны. Видишь, из-за тебя я разодрал коленку.

При падении бедняга также оцарапал себе нос. Но, к счастью, за него он не требовал компенсации.

Я просила присутствующих не разглашать это происшествие, но, разумеется, комедия сделалась достоянием всех, и часто за столом родные иронически поглядывали на меня и пересмеивались.


До свадьбы оставалось три дня.

Как-то вечером, когда мы играли с детьми, прыгая через веревку у садовой калитки, я опять подверглась нападению. На этот раз атаковала сама мадемуазель портниха, которая на днях спасла меня от повара. Шестидесятилетняя дева в очках, вот уже лет тридцать обшивающая весь наш дом, была самым деликатным и самым вежливым человеком на свете. Но в этот день даже она обрушилась на меня.

— Мадемуазель, — сказала она, — через несколько дней мы назовем вас мадам. Ну хорошо ли вы поступаете?.. Вот уже полчаса я ищу вас для последней примерки.

---

* К а л ф а — подмастерье, экономка, прислуга. Часто прибавляется к собственному имени — как мужскому, так и женскому.
** А ш ч и - б а ш и — повар; буквально: главный повар.

Конечно, и моя тетка Бесимэ была заодно с мадемуазель, ее хмурое лицо не предвещало ничего хорошего.

— Пардон, мадемуазель, — оправдывалась я. — Мы были здесь. Уверяю вас, я не слышала...

В конце концов тетка не выдержала, взяла меня за подбородок, потрепала по щеке, как всегда, когда я заслуживала порицания, и сказала:

— Дитя мое, да ты и не услышишь никого из-за своего громкого голоса и смеха. Я уже начинаю бояться, как бы ты и через три дня не выкинула какой-нибудь фокус в присутствии наших гостей...

Хотя все эти дни я проказила больше, чем обычно, но сердце мое было наполнено странным волнением, мне хотелось быть обласканной, жить со всеми в ладу.

Тетка продолжала держать меня за подбородок. Я приподняла пальцами подол юбки и сделала реверанс.

— Не волнуйтесь, тетя. Осталось совсем немного. Вам придется потерпеть всего лишь три денечка. Тогда вы станете для меня не только тетей... Могу вас уверить, те шалости и проказы, которыми Чалыкушу донимала свою тетушку Бесимэ, Феридэ не посмеет повторить перед уважаемой ханым-эфенди!..

Глаза тетки наполнились слезами. Она поцеловала меня в щеку и сказала:

— Я всегда была тебе матерью, Феридэ, и навеки ею останусь.

Я так разволновалась, что схватила вдруг тетушку за руки и тоже поцеловала в щеку.

Когда мадемуазель подняла на руках мое белое платье, которое было почти готово, я почувствовала, что краснею. Обняв и перецеловав всех, кто был рядом, я взмолилась:

— Прошу вас, уйдите из комнаты. Я не смогу одеться у всех на глазах. Представьте себе: Чалыкушу наденет платье со шлейфом и превратится в павлина! Ах, как это смешно!.. Я, наверно, и сама буду смеяться. Как я просила разрешить мне быть на торжестве в обыкновенном платье... Но разве кто послушал?! Никому нет дела до моего горя.

Когда мадемуазель направилась ко мне с платьем, я заметалась по комнате, забилась в угол, дрожа словно осиновый листок. Стоящие за дверью шумели, пытались ворваться в комнату. Я умоляла:

— Еще немножко. Прошу вас, минуточку... Я всех позову.

Но домашние мне не верили, продолжали ломиться в дверь, боясь, что я их обману.

Началась борьба. Те, кто стоял за порогом, большие и малые, смеялись, лезли, толкались, распахивали дверь. Я же изо всех сил старалась сдержать натиск.

В коридоре стоял невообразимый шум от топота детских башмаков, подбитых железными подковками.

— Наступление!.. Война!.. — горланили дети.

На шум сбежались все обитатели дома.

Мадемуазель кричала через мое плечо:

— Отойдите, ради Аллаха!.. Не надо!.. Платье рвется!..

Но ее никто даже не услышал.

Вдруг шум за дверью стих. Раздались шаги и голос Кямрана:

— Открой, Феридэ, это я... Мне, конечно, не запрещается... Пусти меня, я хочу тебе помочь...

Я чуть не сошла с ума.

— Пусть войдут все — это ничего!.. Но тебе нельзя!.. Уходи, ради Аллаха!.. Клянусь, я буду плакать.

Кямран, не обращая внимания на мои мольбы, навалился на дверь. Обе половинки распахнулись.

Я с криком кинулась в угол комнаты, схватила какое-то пальто, закуталась в него и съежилась...

Мадемуазель была близка к обмороку, она рвала на себе волосы и причитала:

— Пропало мое чудесное платье!..

Кямран ухватился за пальто, которым я прикрывалась, и сказал, улыбаясь:

— Пора признать свое поражение, Феридэ. Откройся, я взгляну на платье.

Казалось, я окаменела, у меня отнялся язык.

Подождав минуту, Кямран продолжал:

— Феридэ, я только что с прогулки... Очень устал. Не упрямься. Мне так хочется увидеть тебя в новом платье. Смотри, я вынужден буду прибегнуть к силе. Считаю до пяти: раз... два... три... четыре... пять...

Кямран старался считать как можно медленнее. Сказав «пять», он потянул пальто за рукав, но тут увидел мое лицо, залитое слезами, и совсем растерялся. Он с трудом вытолкал всех посторонних из комнаты, захлопнул дверь.

Мадемуазель от изумления лишилась дара речи. Кямран, кажется, был в таком же состоянии. Помолчав немного, он сказал наконец робким, удрученным голосом:

— Прости, Феридэ... Я хотел с тобой немного пошутить. Думал, у меня есть на это право... Но ты все такой же ребенок! Скажи, ты простишь меня?

Продолжая закрывать лицо, я ответила:

— Хорошо... Но ты сейчас же уйдешь из комнаты.

— С одним условием. Я буду ждать тебя в конце сада у большого камня... Помнишь, однажды под вечер, четыре года назад, мы помирились с тобой на том месте. Сделаем и сейчас так же. Даешь слово прийти?..

После короткого колебания я сказала:

— Хорошо, я приду... Но сейчас уходи.

Бедная мадемуазель боялась даже разговаривать с невестой, обладающей столь странным характером. Она молча раздела меня, и я снова облачилась в свое коротенькое розовое платье, а поверх надела черный школьный передник. Не взглянув даже на Мюжгян, я бросилась к себе в комнату и долго умывалась холодной водой, пока глаза не перестали быть красными.

Когда я спустилась в сад, уже смеркалось. Теперь мне надо было прокрасться к Кямрану.

Делая вид, будто это обычная прогулка, я прошла за кухней, перекинулась двумя-тремя словами с поваром, затем медленно направилась к воротам. План мой был таков: сначала замести следы, а затем уже вдоль забора, садом пробраться к большому камню. Но...

Наша дворовая калитка была, как всегда, открыта, и я вдруг увидела у ворот высокую женщину в черном чаршафе. Лицо ее было скрыто под чадрой. Вид у женщины был такой, словно она хотела что-то узнать в нашем доме, но не осмеливалась войти.

Кямран давно уже ждал меня. Боясь, что под чадрой окажется какая-нибудь знакомая женщина, которая заговорит со мной и задержит, я хотела было скрыться за деревьями. Но тут незнакомка окликнула меня:

— Барышня, милая, простите за беспокойство...

Мне пришлось подойти к воротам.

— Пожалуйста, ханым-эфенди, — сказала я. — К вашим услугам. Что вам угодно...

— Это особняк покойного Сейфеддина-паши, не так ли?

— Да, ханым-эфенди.

— А вы тоже здесь живете, барышня?

— Да.

— В таком случае у меня к вам просьба.

— Приказывайте, ханым-эфенди.

— Мне надо поговорить с госпожой Феридэ...

Я даже вздрогнула и, чтобы не рассмеяться, нагнула голову! Меня впервые в жизни величали госпожой.

Было немыслимо сознаться, что я и есть «госпожа Феридэ». У меня не хватило смелости сделать это.

— Ну что ж, ханым-эфенди, — кусая губы, ответила я, — извольте пожаловать в дом. Вы спросите в особняке, и вам позовут госпожу Феридэ...

Женщина в черном чаршафе вошла в калитку и приблизилась ко мне.

— Как хорошо, что я вас встретила, дитя мое, — сказала она. — Прошу вас, помогите мне. Вы будете свидетелем моего разговора с Феридэ-ханым. Только об этом никто не должен знать.

Невозможно передать моего удивления. Было уже довольно темно, и я не могла разглядеть под черной чадрой лица незнакомки.

Наконец после некоторого колебания я сказала:

— Ханым-эфенди, я не могла сразу признаться, так как не совсем одета... Но Феридэ — это я.

— Вы та самая Феридэ-ханым, которая выходит замуж за Кямран-бея? — взволнованно спросила женщина.

Я улыбнулась.

— В доме только одна Феридэ, ханым-эфенди.

Жеящина в черном чаршафе вдруг замолчала. Минуту назад она с таким нетерпением хотела увидеть Феридэ, а сейчас стояла будто истукан. В чем дело? Может, она не верила, что я — Феридэ? Или тут дело в другом?..

Стараясь скрыть удивление, я сказала:

— Жду ваших-приказаний, ханым-эфенди.

Странно. Незнакомка словно воды в рот набрала.

В глубине сада я увидела скамейку и сказала:

— Хотите, пройдем в сад, ханым-эфенди... Там нас никто не потревожит, и мы спокойно поговорим.

Незнакомка продолжала хранить молчание даже тогда, когда мы сели на скамейку. Но вот, кажется, она решилась, ибо резким движением откинула вверх чадру... Я увидела умное нервное лицо. Женщине было лет под тридцать. Хотя уже порядком стемнело, в глаза сразу бросалась ее мертвенная бледность.

— Феридэ-ханым, — начала она, — я пришла сюда по поручению своей очень близкой и давней подруги. Никогда не думала, что миссия, которую я взяла на себя, окажется столь трудной... Только что я настаивала, чтобы вы позвали Феридэ-ханым, а сейчас мне хочется убежать...

Меня охватила внутренняя дрожь, сердце тревожно заколотилось. Но я почувствовала, что, если не буду смелее, женщина сдержит слово и убежит. Стараясь казаться спокойной, я сказала:

— Миссия есть миссия, ханым-эфенди. Надо быть решительной. Знает ли меня ваша подруга?

— Нет... Вернее, она незнакома с вами, но ей известно, что вы невеста Кямран-бея.

— Она знает Кямран-бея?

Незнакомка не ответила, а я вдруг почувствовала, что не в силах спрашивать дальше. Хотя я умирала от любопытства, но, мне кажется, пожелай она действительно уйти в ту минуту, я не стала бы ее задерживать.

— Слушайте меня, Феридэ-ханым... Вы не знаете, почему я вдруг заколебалась. Я думала увидеть взрослую девушку, а передо мной маленькая школьница. Я боюсь огорчить вас... Вот причина моей нерешительности.

Жалость незнакомки задела мое самолюбие и вернула силы.

Я поднялась со скамейки, прислонилась спиной к дереву, обхватила ствол руками и сказала спокойным, даже повелительным тоном:

— В таких случаях нельзя быть нерешительной. Я чувствую, вопрос важный. Поэтому лучше, если мы отбросим всякую жалость и будем говорить откровенно.

Мой храбрый вид заставил незнакомку взять себя в руки.

— Вы очень любите Кямран-бея? — спросила она.

— Не понимаю, какое это имеет отношение к вам, ханым-эфенди.

— Видимо, имеет, Феридэ-ханым.

— Я вам уже сказала, ханым-эфенди, если мы не будем говорить откровенно, у нас ничего не получится.

— Хорошо. Пусть будет по-вашему. Я должна вам сообщить, что, кроме вас, Кямран-бея любит еще одна...

— Вполне возможно, ханым-эфенди. Кямран — молодой человек, обладающий очень многими достоинствами... И нет ничего удивительного, если он приглянулся еще какой-нибудь женщине.

Какое-то подсознательное чувство говорило мне, что вот в этот тихий летний вечер, когда даже листья деревьев не шелестели, в наш дом неожиданно ворвалась буря. И не знаю откуда, но во мне появились сила и желание противостоять этой беде.

Последнюю фразу я произнесла даже немного иронически. Женщина продолжала сидеть, только как-то странно выпрямилась, нервным жестом поправила концы своего чаршафа и стиснула руками край скамейки. Я почувствовала, что сейчас незнакомка откроет наконец, ради чего она сюда пришла.

Бесстрастно, голосом, лишенным каких-либо интонаций, она сказала:

— На первый взгляд вы мне показались ребенком, но сейчас я вижу перед собой умную взрослую девушку. Как жаль, что Кямран-бей не смог оценить вас по заслугам... Впрочем, может, он и оценил вас, но потом поддался временной слабости. Одним словом, два года назад он познакомился в Европе с моей подругой, о которой я вам сказала. Не знаю, стоит ли вам рассказывать остальные подробности?..

Я кивнула:

— Мне надо удостовериться в правдивости ваших слов.

— Мою подругу зовут Мюневвер. Это дочь одного из старых придворных султана. Когда-то она увлеклась одним человеком, вышла замуж, но не была счастлива. После всех потрясений бедняжка заболела. Врачи посоветовали отправить ее в Европу. Новая любовь пришла в тот момент, когда она уже выздоровела и собиралась возвращаться на родину. Кямран-бей приехал в Швейцарию. Не знаю, в отпуск ли, в командировку, но знакомство их произошло там. Он приехал на неделю, а оставался там около двух месяцев. Кажется, у него была даже по этому поводу неприятность...

— С вашего позволения, один вопрос... — перебила я. — Какую цель преследует ваша подруга, желая, чтобы я обо всем узнала?

Незнакомка встала.

— А вот на это трудно ответить, — сказала она, потирая руки, затянутые в перчатки. — Сегодня Мюневвер ваш враг.

— Помилуйте!..

— Да, это так, Феридэ-ханым. Она совсем не плохой человек. Очень впечатлительное существо. Кямран-бей для нее не случайное приключение... Она надеялась выйти за него замуж. Если искать виновного, то это Кямран-бей. Он скрыл, что дал слово другой. Моя миссия весьма неприятна. Но я взяла ее на себя, так как боюсь, что эта чувствительная женщина, к тому же больная, умрет.

— То есть умрет, если не выйдет замуж за Кямрана?

— Зачем говорить неправду? Да. После этого известия она не сможет жить...

— Жаль бедняжку.

— Вернее, жаль вас обеих.

Я сделала предостерегающий жест рукой, давая понять, что она зашла слишком далеко, и засмеялась.

— Не трогайте меня. Думайте лучше о подруге.

— Почему же, Феридэ-ханым?.. Правда, мы много лет дружим с Мюневвер... Но вы тоже очень приятная молодая девушка и совершенно ни в чем не виноваты. И если я жалею вас...

— Этого я вам не позволю! — перебила я незнакомку еще более решительно и строго. — Я считаю, нам не о чем больше говорить.

Во время разговора незнакомка несколько раз открывала и закрывала свой ридикюль, словно собиралась что-то достать. Видя, что я хочу оборвать беседу, она вынула смятый листок бумаги и протянула мне.

— Феридэ-ханым, я боялась, что вы усомнитесь в правдивости моих слов, поэтому захватила письмо Кямран-бея. Не знаю, возможно, оно вас расстроит...

Сначала я хотела отстранить письмо рукой, но потом испугалась, что поступаю неверно, и взяла.

— Хотите, я оставлю его?.. Потом прочтете. Оно уже не нужно моей подруге.

Я пожала плечами:

— Да и мне оно не пригодится. А для вашей подруги это память... Пусть лучше письмо останется у нее. Только позвольте, я быстренько пробегу его глазами.

Было уже совсем темно. Я вышла из-за деревьев на аллею и поднесла письмо к глазам. Почерк был знаком.

«Мой желтый цветок!» — начиналось оно. Затем следовал ряд поэтических сравнений, из которых явствовало, что подобно тому как землю на восходе заливает чистый предутренний свет, так и «желтый цветок» своим появлением озарял его сердце лучезарным сиянием... «...В моей душе жила непонятная радость, предчувствие чего-то необычайного, что должно со мной произойти...» — писал Кямран. И, наконец, предчувствие сбылось: однажды вечером в саду отеля он увидел в электрическом свете «желтый цветок».

Мои глаза метались по письму, строчки сливались, так как уже окончательно стемнело. Я совсем не запомнила содержания. Но конец письма я перечитала несколько раз, и он навеки врезался в мою память.

«...Сердце мое было пусто, во мне жила потребность любить. Когда я увидел перед собой вас, тоненькую, высокую, голубоглазую, жизнь представилась в другом свете...»

Незнакомка медленно приблизилась ко мне и заговорила дрожащим голосом:

— Феридэ-ханым, я огорчила вас?.. Но поверьте, что...

Я вздрогнула и протянула ей письмо.

— Откуда вы взяли? Чему здесь огорчаться? В этой истории нет ничего необычного. Я даже благодарна вам. Вы открыли мне глаза. А сейчас разрешите попрощаться.

Я кивнула головой и пошла к дому. Но незнакомка окликнула меня:

— Феридэ-ханым, простите, еще на минуточку... Что же мне сказать своей подруге?

— Скажите, что вы выполнили свою миссию. Остальное ее не касается. Вот и все.

Незнакомка говорила что-то еще, но я не стала слушать и скрылась за деревьями.

Не знаю, сколько ждал меня Кямран у большого камня, которому не суждено было стать свидетелем нашего примирения, но, думаю, он был ошеломлен, когда, наконец устав ждать, пришел в мою комнату и прочел несколько строк, нацарапанных на разлинованном листе школьной тетрадки:

«Кямран-бей-эфенди, мне все известно о вашем романе с "желтым цветком". Мы не увидимся с вами до самой смерти. Я ненавижу тебя!

*Феридэ».*

# Часть вторая

— С тех пор как ты приехала, ты только и делаешь, что пишешь, пишешь дни и ночи напролет. Ну что это за бесконечное писание? Может, скажешь, письмо? Письма в тетрадках не пишут. Скажешь, книга? Тоже нет. Мы знаем, книги пишут длинноволосые и бородатые улемы*. А ты всего-навсего девчонка и ростом-то с ноготок. Ну что ты там можешь писать, вот так без отдыха?

Этот вопрос задал мне старый номерной Хаджи-калфа. Больше часа он мыл полы в коридоре гостиницы, мурлыча себе под нос какую-то песенку, и теперь, утомившись, заглянул ко мне, чтобы, как он сам говорит, «перекинуться двумя строчками разговора».

Взглянув на него, я расхохоталась.

— Что за вид, Хаджи-калфа?

Обычно Хаджи-калфа ходил в белом переднике, а сегодня на нем было стародавнее энтари** с разрезами по бокам. Волоча за собой босыми ногами тряпку, он, чтобы не упасть, опирался на толстую палку.

— Что поделаешь? Занимаюсь женским делом, потому и оделся по-женски.

Если не считать приезжей из соседнего номера, с которой я иногда разговаривала, Хаджи-калфа был моим единственным собеседником. Правда, в первые дни он избегал меня, а если заходил по какому-нибудь делу в номер, то хлопал дверью и говорил:

— Это я. Покрой голову.

Я шутливо отвечала:

---

* У л е м ы — мусульманские богословы, ученые.
** Э н т а р и — платье наподобие длинной рубахи.

— Ну что ты, дорогой Хаджи-калфа! В чем дело? Ради Аллаха... Какие между нами могут быть церемонии?

Сердитое лицо старика хмурилось еще больше.

— Э-э! Ничего-то ты не понимаешь, — ворчал он. — Разве можно внезапно, без предупреждения, входить к нареченным ислама...

«Нареченные ислама», вероятно, означало «женщины». Я не спрашивала об этом Хаджи-калфу, так как разговаривать на подобную тему не позволяла мне гордость учительницы. И все-таки однажды в шутливом тоне я объяснила ему бессмысленность столь «почтительного» обращения. Теперь Хаджи-калфа стучит в мою дверь запросто и заходит не стесняясь.

Видя, что я не перестаю подшучивать над ним, Хаджи-калфа хотел было обидеться, но раздумал.

— Ты нарочно так говоришь, чтобы рассердить меня. Но я не рассержусь... — Потом немного помолчал и добавил, грустно поглядев на меня: — Ты ведь, как птица в клетке, томишься одна в этой комнате. Пошути немного, посмейся, это не грех... Вот подружимся как следует — я тебе еще спляшу что-нибудь, чтобы ты хоть немного повеселилась. Согласна, ханым?

Как же объяснить Хаджи-калфе, что я пишу?

— У меня почерк скверный, Хаджи-калфа. Приходится упражняться, чтоб ребятишки не пристыдили меня. На днях ведь уроки начнутся.

Хаджи-калфа облокотился на палку, словно позировал фотографу, в глазах его засветилась добрая улыбка.

— Обманываешь, девчонка! Эх, знала бы ты, чего только не повидал в жизни Хаджи-калфа! Видел людей, которые, точно каллиграфы, почерком «сюлюс»* пишут. Но писанина их и ломаного гроша не стоит. А есть такие, что пишут криво да косо, закорючками, как муравьиные ножки. Вот из них-то толк и получается. Знала бы ты, сколько я подметок истер, прислуживая в разных учреждениях; каких только чиновников мы не видели на своем веку! А у тебя какое-то горе... Да! Горе-то горе, но нас это не касается.

_____

* «С ю л ю с» (искаженное от «сульс») — род почерка в арабском письме.

108

Только, когда пишешь, старайся не пачкать пальцы чернилами. Это твоим школьникам может показаться смешным. Ну ладно, ты пиши, а я пойду домывать полы.

Проводив Хаджи-калфу, я опять села за стол, но работать больше не могла. Слова старика заставили меня призадуматься.

Хаджи-калфа прав. Раз я уже взрослый человек, да еще учительница, которая не сегодня-завтра приступит к занятиям, нужно следить за собой, чтобы не осталось в поведении ничего детского, ни одной черточки. В самом деле, о чем говорят чернильные пятна на пальцах? А следы чернил на губах, хотя Хаджи-калфа ничего не сказал об этом? Как часто, когда я склоняюсь над своим дневником, особенно по ночам, мне вспоминается жизнь в пансионе. И меня обступают люди, которых не суждено больше встретить. Разве все это не связано с чернильными пятнами? И еще одну фразу Хаджи-калфы я никак не могу забыть: «Ты ведь, как птица в клетке, томишься одна в этой комнате...»

Неужели, вырвавшись наконец навсегда из клетки, я все-таки кажусь кому-то птицей в заточении? Это, конечно, не так.

Для меня в слове «птица» заключен особый смысл. Для меня птица — это прежняя Чалыкушу, которая хочет расправить свои перебитые крылья и разжать сомкнутый клюв. Если Хаджи-калфа позволит себе и впредь разговаривать в таком тоне, боюсь, наши отношения могут испортиться.

Откровенно говоря, приходится напрягать последние силы, чтобы ежедневно заполнять страницы дневника; как трудно возвращаться к прошлому, в тот отвратительный мир, который остался позади...

В памятный вечер, когда я шла к себе после разговора с незнакомкой, в коридоре меня встретила тетка. Я не успела спрятаться в темный угол, и тетка заметила меня.

— Кто это? — крикнула она. — Ах, это ты, Феридэ? Почему прячешься?

Я стояла перед ней и молчала. В темноте мы не видели друг друга.

— Почему ты не идешь в сад?

Я продолжала молчать.

— Опять какая-нибудь шалость?

Казалось, чья-то невидимая рука сжимает мне горло, стараясь задушить.

— Тетя... — с трудом вымолвила я.

О, если бы тетка в ту минуту сказала мне ласковое слово, погладила, как обычно, по щеке, я бы, наверное, со слезами кинулась ей в объятия и все рассказала.

Но тетка ничего не понимала.

— Ну, что там у тебя еще за горе, Феридэ?

Так она говорила обычно, когда я приставала к ней с какой-нибудь просьбой. Но тогда мне показалось, что этими словами она хочет сказать: «Не хватит ли наконец?!»

— Нет, ничего, тетя, — ответила я. — Позвольте, я вас поцелую.

Все-таки тетка была для меня матерью, и я не хотела с ней расставаться, не поцеловав на прощание. Не дожидаясь ответа, я схватила в темноте ее за руки и поцеловала в обе щеки, а потом в глаза.

В комнате у меня все было перевернуто вверх дном. На стульях валялась одежда. Из ящиков открытого шкафа свешивалось белье. Девушка, решившаяся на столь смелый шаг, не должна была оставлять, как неряха школьница, свою комнату в таком виде. Но что поделаешь? Я торопилась.

Я не зажигала лампу, так как боялась, что кто-нибудь заметит в окне свет и придет. В темноте я кое-как нацарапала Кямрану несколько прощальных слов, затем достала из шкафа свой диплом, перевязанный красной лентой, несколько безделушек, дорогих мне как память, да кольцо и сережки, оставшиеся от матери, и все сложила в школьный чемоданчик.

Наверно, вот так поступали приемные дети, покидая чужой дом. Подумав об этом, я горько улыбнулась.

Куда идти? Это пришло мне в голову только на улице. Да, куда я могла пойти? Утром было бы легче. В мыслях рождались какие-то смутные планы. Главное — пережить ночь. Но где укрыться в такой поздний час? Кажется, все было предусмотрено, но не могла же я с чемоданом в руках до утра бродить одна по полям! В доме, конечно, вскоре поднимется переполох. В полицию, возможно, не обратятся, боясь позора, но поиски, несомненно, начнутся. Поезд, экипаж, пароход — все это отпадало. Так слишком быстро нападут на мой след.

Теперь, когда я решила жить самостоятельно, ничто не могло принудить меня вернуться в ненавистный дом. Но мое решение родные могли счесть за детское безрассудство, за каприз взбалмошной девчонки и понапрасну только мучили бы себя и меня.

Я знала, что письмо, которое напишу завтра тетке, заставит их отказаться от поисков, и они уже больше никогда не упомянут мое имя!

Сначала я подумала о подругах, живущих поблизости. Они, конечно, могли принять меня хорошо. Но им мой поступок мог показаться непонятным, даже неблаговидным. Они побоялись бы себя скомпрометировать, приютив меня хотя бы на одну ночь. К тому же мне пришлось бы как-то объяснять столь необычный визит. Нет, у меня не хватило бы сил отчитываться перед чужими людьми, выслушивать их наставления. Наконец, знакомые, о которых я в первую очередь вспомнила, были известны также и моим домашним. Они кинулись бы искать меня прежде всего у них. Да и родители подружек не стали бы обманывать моих родственников, они не сказали бы им: «Ее здесь нет».

Идти по проспекту, ведущему к станции, было опасно, и я свернула в улочку Ичеренкейя. Темнота становилась непроницаемой. Мной овладела растерянность, в душу закрадывался страх, и вдруг я вспомнила про нашу старую знакомую, переселенку с Балкан, которая лет восемь — десять назад была кормилицей у моих дальних родственников. Она жила на Сахрайиджедит и часто наведывалась к нам в особняк.

В прошлом году, возвращаясь как-то после длительной вечерней прогулки, мы зашли к ней и с полчаса отдыхали у нее в саду. Она любила меня, я всегда дарила ей кое-какие старые вещи. Можно было, пожалуй, эту ночь провести у нее дома, и никто бы не додумался искать меня там.

По улице проезжала повозка. Я хотела было ее остановить, но потом раздумала: слишком опасно, да и мелких денег у меня не было. Волей-неволей пришлось идти пешком. Завидев в темноте какую-нибудь тень или услышав шаги, я начинала дрожать и застывала на месте. Любой заподозрил бы неладное, увидев ночью одинокую женщину на безлюдной загородной дороге. К счастью, мне никто не встретился. Только около какого-то сада навстречу мне вышли несколько пьяных мужчин, горланивших песни, но все обошлось благополучно, я перелезла через низенькую садовую изгородь и переждала, пока гуляки пройдут мимо. На мое счастье, в саду не оказалось собаки, а не то мне пришлось бы худо.

Уже на улице Сахрайиджедит я встретила сторожа, который устало волочил по мостовой свою палку. Но и тут мне повезло, он не заметил меня и свернул в темный переулок.

Увидев меня, кормилица и ее старый муж были несказанно удивлены. Я рассказала им небылицу, которую придумала по дороге:

— Мы с дядей, старшим братом матери, возвращались из Скутари, но у экипажа сломалось колесо. В такой поздний час другого экипажа найти не удалось, пришлось возвращаться пешком. Издали мы увидели огонек в вашем окне. Дядя сказал: «Ступай, Феридэ. Это не чужие. Переночуй у кормилицы, а я зайду к своему товарищу, который живет поблизости».

Мой рассказ был не очень складен. Пожалуй, эти простодушные люди не очень поверили ему, однако приютить у себя на ночь «госпожу» было для них большой честью, и они не досаждали мне расспросами.

На следующее утро чистенькая, пахнущая цветочными духами постель, приготовленная бедной кормилицей для меня, была пуста. Если женщина и заподозрила неладное, то было уже поздно, птица улетела.

В ту ночь, потушив лампу и уставившись в темноту, я разработала подробный план, в котором основное место отводилось моему диплому, перевязанному красной ленточкой. До того дня я считала, что ему суждено валяться да желтеть в шкафу, но теперь все мои надежды и чаяния были связаны с этой бумажкой, о которой посторонние отзывались весьма похвально. И вот благодаря диплому я смогу работать учительницей в каком-нибудь вилайете* Анатолии и быть всю жизнь среди детей, веселой и счастливой.

До отъезда из Стамбула я решила укрыться в Эйюбе у Гюльмисаль-калфы, старой черкешенки, которая была нянькой моей покойной матери. Когда мать выходила замуж, Гюльмисаль пристроилась помощницей у старой надзирательницы из Эйюба.

Она очень любила мою мать и терпеть не могла теток, которые платили ей тем же. Пока была жива бабушка, Гюльмисаль иногда приходила в особняк, приносила мне пестрые, разноцветные игрушки, которые продавались только в Эйюбе. Но после смерти бабушки няня перестала у нас появляться, и тетки тотчас забыли о ней. Не знаю причины этой неприязни, но мне кажется, в прошлом у них были какие-то счеты.

Словом, для меня во всем Стамбуле не было места надежнее, чем дом Гюльмисаль-калфы.

Я была уверена, что, получив мое письмо, содержание которого представлялось мне все отчетливее, тетка только всплакнет. Это ничего! Ну а что касается подлого сыночка, думаю, совесть не позволит ему показаться мне на глаза (человек как-никак), даже если он выследит мое местопребывание.

Рано утром я подошла к дому Гюльмисаль. Калитка оказалась открытой, хозяйка мыла каменный дворик. Выкрашенные хной волосы выбивались у нее из-под платка, на босых ногах были банные чувяки.

Я остановилась у калитки и молча наблюдала за ней. Лицо мое было плотно закрыто чадрой. Гюльмисаль не могла узнать меня.

— Вам что-нибудь надо, ханым? — спросила она, растерянно тараща поблекшие голубые глаза.

Судорожно глотнув несколько раз воздух, я спросила:
— Дады**, не узнаешь?

Мой голос неожиданно поразил Гюльмисаль, она отпрянула, словно в испуге, и воскликнула:

---

\* В и л а й е т — административная единица; провинция, губерния, округ.

\*\* Д а д ы — нянька, кормилица.

— Аллах всемогущий!.. Аллах всемогущий!.. Открой лицо, ханым!

Я поставила чемоданчик на мокрые плиты двора и откинула чадру.

— Гюзидэ! — глухо вскрикнула Гюльмисаль. — Моя Гюзидэ пришла!.. Ах, дитя мое!.. — Она бросилась ко мне и обняла слабыми руками со вздутыми венами.

Слезы ручьем текли по ее лицу.

— Ах дитя мое!.. Ах дитя мое!.. — всхлипывала она.

Мне была понятна причина такого волнения. Говорили, что с возрастом я все больше походила на покойную мать. Одна ее давняя подруга часто говорила:

— Не могу без слез слушать Феридэ. Голос, лицо — совсем Гюзидэ в двадцать лет.

Вот почему так разволновалась Гюльмисаль-калфа. До этой встречи я никогда не думала, что слезы на глазах у женщины могут доставить мне столько радости.

Я помню мать как-то очень смутно. Неясный образ ее, всплывающий в моей памяти, можно сравнить, пожалуй, со старым запыленным портретом, где краски потускнели, а контуры стерлись, — с портретом, который давно уже висит в забытой комнате. И до того дня этот образ не пробуждал во мне ни грусти, ни чувства любви. Но когда бедная, старая Гюльмисаль-калфа закричала: «Моя Гюзидэ!» — со мной произошло непонятное: перед глазами вдруг возник образ матери, защемило сердце, и я заплакала навзрыд, приговаривая: «Мама!.. Мамочка!»

Несчастная черкешенка, забыв про свое горе, принялась утешать меня.

Я спросила сквозь слезы:

— Скажи, Гюльмисаль, я очень похожа на маму?

— Очень, дочь моя! Увидев тебя, я чуть с ума не сошла. Мне почудилось, будто это Гюзидэ. Да пошлет тебе Аллах долгой жизни!

Через минуту Гюльмисаль, заливаясь слезами, раздевала меня, как ребенка, в своей комнате, окна которой выходили в выложенный камнями дворик.

Никогда не забуду радости первых часов пребывания в ее маленькой комнатушке с батистовыми занавесками на окнах. Гюльмисаль раздела меня и уложила в кровать, застеленную тканым покрывалом. Я положила голову к ней на колени, и она гладила мое лицо, волосы и рассказывала о матери. Она рассказывала все по порядку, начиная с той минуты, когда впервые взяла на руки новорожденную, завернутую в синий головной платок, и кончая днем разлуки.

Потом и мне пришлось все рассказать, и я выложила Гюльмисаль мои злоключения. Сначала она слушала с улыбкой, будто детскую сказку, лишь часто вздыхала, приговаривая: «Ах, дитя мое!» Но когда я дошла до описания событий минувшего дня и своего побега, заявив при этом, что ни за что не вернусь в особняк, Гюльмисаль не на шутку разволновалась:

— Ты поступила, как маленькая, Феридэ... Кямран-бей достоин осуждения, но он раскается и больше такого не сделает...

Разве можно было доказать ей, что я права в своем возмущении?

— Гюльмисаль-калфа, — сказала я под конец, — моя милая старая Гюльмисаль, не пытайся меня разубедить. Напрасный труд. Я поживу у тебя несколько дней, а потом уеду в чужие края, где буду трудом своих рук добывать средства к жизни!

Глаза старой черкешенки наполнились слезами. Она гладила мои руки, подносила их к губам, прижимала к щеке и говорила:

— Могу ли я не жалеть эти ручки?

Я усадила старую Гюльмисаль к себе на колени и стала ее укачивать, гладить ее морщинистые щеки.

— Пока что этим рукам не грозит большая опасность. Что им придется делать? Разве только трепать за уши проказливых малышей.

Я так весело расписывала будущую жизнь в Анатолии, так увлекательно рассказывала, как буду там учительствовать, что в конце концов мое восторженное настроение передалось и Гюльмисаль-калфе. Она вынула из стенной ниши маленький Коран, завернутый в зеленый муслин, и поклялась на нем, что никому не выдаст меня и если кто-нибудь из наших придет к ней искать меня, то уйдет ни с чем.

В тот день до самого вечера мы занимались с Гюльмисаль домашними делами. Раньше я жила на всем готовом, мне ни разу не пришлось сварить себе даже яйца. Теперь все должно было измениться. Разве я могла нанять повара или служанку? Пока рядом Гюльмисаль-калфа, мне надо учиться у нее вести хозяйство, стряпать, мыть посуду, стирать и, хоть стыдно признаться, штопать чулки.

Я разулась и сразу же принялась за дело. Не обращая внимания на крики Гюльмисаль-калфы, достала из колодца несколько ведер воды и вымыла в комнате пол, вернее, залила его как следует водой. После этого мы сели с Гюльмисаль у колодца и стали чистить и перебирать овощи.

Легко сказать — «чистить овощи», но какая это, оказывается, тонкая работа! Увидев, как я чищу картофель, Гюльмисаль закричала:

— Дочь моя, ты полкартошки срезаешь с кожурой!

Я удивленно поглядела на нее:

— А ведь верно, Гюльмисаль. Хорошо, что сказала. Эдак я до конца жизни выбрасывала бы зря половину картошки, которую покупала бы на свои трудовые гроши.

В кармане у меня лежала маленькая книжка, куда я решила записывать все, чему научусь у Гюльмисаль-калфы.

Вопросы так и сыпались на старую черкешенку:

— Дады, сколько стоит одна картофелина?

— На сколько сантиметров, самое большое, надо срезать картофельную шелуху?

— Дады, сколько ведер воды нужно, чтобы вымыть пол?

В ответ на мои вопросы Гюльмисаль только смеялась до слез. Не могла же я обучить неграмотную черкешенку новым методам преподавания!

Домашняя работа развлекла меня. Я радовалась: боль вчерашних потрясений начала утихать.

Поставив кастрюли на огонь, мы сели в кухне на чистые циновки.

— Ах, дорогая Гюльмисаль, кто знает, как прекрасны места, куда я поеду! Арабистан мне помнится смутно. Анатолия, конечно, во много раз красивее. Говорят, анатолийцы совсем не похожи на нас. Сами они, говорят, совсем нищие, но зато сердцем богаты, да еще как богаты!.. У них никто не посмеет попрекнуть совершенным благодеянием не то что бедного сиротку-родственника, но даже своего врага. У меня там будет маленькая школа, я ее украшу цветами. А ребят будет в школе целый полк. Я велю им называть себя аблой. Детям бедняков я буду собственными руками шить черные рубашки. Ты скажешь: какими там руками?.. Не смейся. Я и этому научусь.

Гюльмисаль то смеялась, то вздыхала и хмурилась.

— Феридэ, дитя мое, — вдруг начинала она, — ты ступаешь на неверный путь.

— Посмотрим еще, кто из нас ступил на неправильный путь.

Покончив с хозяйственными делами, я написала тетке грозное письмо. Вот отрывок из него:

«...Буду откровенна с тобой, тетя. Кямран никогда не сказал мне ничего плохого. Это слабый, ничтожный, неприятный человек. Я всегда видела в нем маменькиного сыночка, бесхарактерного, самовлюбленного, избалованного и бездушного. Стоит ли перечислять его добродетели? Он никогда мне не нравился. Я не любила его и вообще никогда не питала к нему никаких чувств. Ты спросишь, как же в таком случае я соглашалась выйти за него замуж? Но всем известно, что чалыкушу — птичка глупая. Вот и я совершила глупость и, к счастью, вовремя опомнилась.

Вы все должны понять, какое страшное несчастье для вашего счастливого семейства могла принести девушка, так плохо думающая о вашем сыне. И вот сегодня, расставшись наконец с вами, оборвав все связи, я предотвратила это несчастье и тем самым частично отплатила вам за то добро, которое видела все эти годы в вашем доме.

Я надеюсь, после этого письма даже имя мое будет для вас равносильно непристойности. И еще вам следует знать: неблагодарная, невоспитанная девчонка, которая без зазрения совести пишет столь гнусные слова, может подраться, как прачка, если вы вдруг заявитесь к ней. Поэтому самое лучшее — забыть все, даже наши имена. Представьте, что Чалыкушу умерла, как и ее мать. Можете пролить над ней две-три слезинки, это не мое дело. Только не вздумайте оказывать мне какую-нибудь помощь. Я с отвращением отвергну ее. Мне двадцать лет. Я самостоятельный человек и буду жить так, как захочет мое сердце...»

Мне всегда будет стыдно, я всегда буду плакать, вспоминая это бессовестное письмо. Но так было нужно. Иначе я не смогла бы помешать тетке разыскивать меня, возможно, даже преследовать. Пусть лучше она сердится и злится, но не тоскует.

На следующий день, сдав собственноручно письмо на почту, я отправилась в Министерство образования. На мне был просторный чаршаф старухи Гюльмисаль, лицо плотно закрывала чадра. Я была вынуждена так одеться: во-первых, я боялась, что меня могут узнать на улице, во-вторых, мне говорили, что в Министерстве образования не очень доверяют учительницам, которые разгуливают с открытыми лицами.

По дороге в министерство я была смелой и жизнерадостной. Мне казалось, дело разрешится весьма просто, какой-нибудь служащий отведет меня к министру, и тот, как только увидит мой диплом, скажет: «Добро пожаловать, дочь моя! Мы как раз ждем таких, как вы», — и тотчас направит меня в самый цветущий уголок Анатолии. Однако едва я переступила порог министерства, как настроение мое изменилось, меня охватили волнение и страх.

Извилистые коридоры, какие-то бесконечные лестницы от первого этажа до самой крыши, и всюду толпы народу. Все вопросы застряли у меня в горле, я только растерянно оглядывалась по сторонам.

Справа над высокой дверью мне бросилась в глаза дощечка с надписью: «Секретариат министерства». Разумеется, кабинет министра должен быть там. Перед дверью, в старом сафьяновом кресле, у которого из дыр торчали пружины, сидел пышно разодетый служитель с золотыми галунами на манжетах. У него был такой важный вид, что посетители имели все основания принять его за самого министра.

Робким, нерешительным шагом я подошла к нему и сказала:

— Я хочу видеть назыр-бея*.

---

* Н а з ы р — министр.

118

Служитель поплевал на пальцы, подкрутил кончики длинных светло-каштановых усов, смерил меня царственно-надменным взглядом и медленно спросил:

— А для чего тебе назыр-бей?

— Хочу попросить у него назначение... Я учительница.

Служитель скривил губы, чтобы посмотреть, какую форму приняли кончики его усов, и ответил:

— По таким делам назыр-бея не беспокоят. Ступай оформись в кадровом отделе.

Я осведомилась, что значит оформиться в кадровом отделе, но служитель не счел нужным мне отвечать и гордо отвернулся.

Я показала ему под чадрой язык и подумала: «Если таков слуга, каков же его хозяин? Что же делать?»

Вдоль лестничной решетки стояло штук десять ведер. На них лежала длинная доска, похожая на ту, что была у нас в саду на качелях. Таким образом, получилась странная скамейка. На ней сидели мужчины и женщины.

Мое внимание привлекла пожилая женщина с фарфоровыми голубыми глазами, голова ее была покрыта черным шерстяным чаршафом, заколотым булавкой под подбородком. Я подошла к ней и рассказала о своих затруднениях. Она сочувственно посмотрела на меня.

— Видно, вы новичок в этом деле. Нет ли у вас знакомых в министерстве?

— Нет... Впрочем, может, и есть, но я не знаю. А зачем это нужно?

Судя по всему, голубоглазая учительница была опытной женщиной.

— Это вы поймете позже, дочь моя, — улыбнулась она. — Пойдемте, я отведу вас в отдел начального образования. А потом постарайтесь увидеть господина генерального директора.

Заведующий отделом начального образования оказался большеголовым смуглолицым мужчиной с черной бородкой и густыми бровями; лицо его было тронуто оспой. Когда я вошла в кабинет, он беседовал с двумя молодыми женщинами, которые стояли перед его письменным столом. Одна из них трясущимися руками доставала из портфеля какие-то измятые бумажки и по одной раскладывала на столе.

Заведующий брал бумаги, небрежно вертел их в руках, рассматривая подписи и печати, потом сказал:

— Пойдите, пусть вас отметят в канцелярии.

Женщины попятились назад, подобострастно кланяясь.

— Что вам угодно, ханым?

Вопрос адресовался ко мне. Я принялась, запинаясь, кое-как излагать свое дело. Неожиданно заведующий прервал меня.

— Хотите учительствовать, не так ли? — спросил он сердито. — У вас есть ходатайство?

Я растерялась еще больше.

— То есть вы хотите сказать, диплом?

Заведующий нервно скривил губы в презрительную усмешку и кивнул головой худощавому мужчине, сидевшему в углу.

— Ну, видите обстановку? Как тут не сойти с ума? Они даже не знают разницы между ходатайством и дипломом! А просят учительские должности. Потом начинают нос задирать: жалованья им мало, место отдаленное...

Потолок закачался у меня над головой. Я растерянно оглядывалась, не зная, что сказать.

— Чего вы ждете? — спросил заведующий еще строже. — Ступайте. Если не знаете, спросите кого-нибудь... Надо написать прошение.

Я направилась к выходу, думая только о том, как бы в растерянности не зацепиться за что-нибудь. Неожиданно в разговор вмешался худощавый мужчина:

— Позвольте мне сказать, ваше превосходительство бей-эфенди. Ханым, хочу чистосердечно дать вам наставление...

Господи, чего он только не говорил! Оказывается, таким женщинам, как я, пристало стремиться не к учительству, а к искусству; и он вообще сомневается, выйдет ли из меня педагог, ибо, как «соизволили сказать бей-эфенди», мне неизвестна даже разница между «ходатайством» и «дипломом»; но, с другой стороны, проявив усердие, я могу стать, например, хорошей портнихой и буду таким образом зарабатывать себе на жизнь.

Когда я спускалась по лестнице, у меня было темно в глазах. Вдруг кто-то взял меня за руку, от неожиданности я чуть не вскрикнула.

— Ну, как твои дела, дочь моя?

Это была та самая учительница с фарфоровыми голубыми глазами. Я стиснула зубы, чтобы не расплакаться. Гнев и отчаяние душили меня. Я рассказала ей о беседе с заведующим отделом, она ласково улыбнулась и сказала:

— Потому-то я и спрашивала, дочь моя, нет ли у тебя знакомых в министерстве. Но ты не огорчайся. Может, еще что-нибудь получится. Пойдем, я сведу тебя к одному знакомому, он заведующий отделом, хороший человек, да пошлет ему Аллах здоровья.

Мы снова поднялись по лестницам. Наконец старая учительница ввела меня в крошечную комнатушку, отгороженную от большой канцелярии застекленной перегородкой.

Вероятно, в этот день мне просто не везло. То, что я увидела здесь, не могло меня обнадежить. Господин с очень странной бородкой — наполовину черной, наполовину седой — топал ногами, размахивал руками и кричал на дрожавшую как осиновый лист старую служанку. Ее положение живо напомнило мне мое собственное десять минут назад.

Схватив стоявшую перед ним чашку, он выплеснул в окно кофе, словно это были помои, и чуть ли не пинками вытолкал служанку за дверь.

Я тихонько потянула свою новую знакомую за рукав.

— Давайте уйдем отсюда!

Но было уже поздно: начальник увидел нас.

— Здравствуйте, Наимэ-ходжаным*!

Я впервые в жизни видела, чтобы разгневанный человек так быстро успокаивался. Какие разные характеры у этих чиновников!

Голубоглазая учительница в двух словах рассказала ему обо мне. Заведующий отделом приятно улыбнулся.

— Отлично, дочь моя, отлично. Проходи, присаживайся!

---

* Х о д ж а н ы м *(разг.)* — учительница, часто применяется в обращении.

Трудно было поверить, что этот кроткий, как ягнёнок, человек только что выплеснул на улицу кофе и вытолкнул за дверь старую служанку, тряся ее за плечи, словно тутовое дерево.

— А ну-ка открой свое лицо, дочь моя, — сказал он. — О-о, да ведь ты совсем еще ребенок!.. Сколько тебе лет?

— Скоро двадцать.

— Странно... Ну да что там... Однако ехать в провинцию тебе нельзя. Это слишком опасно.

— Почему, эфендим?

— Ты еще спрашиваешь, дочь моя? Причина ясна.

Мюдюр-эфенди* улыбался, указывая рукой на мое лицо, делая знаки Наимэ-ханым, но я так и не поняла, почему для него причина ясна. Наконец он подмигнул голубоглазой учительнице:

— Я не могу говорить лишнего. Ты, как женщина, гораздо лучше объяснишь ей, Наимэ-ханым! — Затем он тряхнул бородкой и добавил как бы про себя: — Ах, если бы ты знала, какие злые, какие нехорошие люди живут там!

— Эфендим, я не знаю, кто эти нехорошие люди, — с наивным удивлением сказала я, — но вы должны помочь мне найти такое место, где их нет.

Мюдюр-эфенди хлопнул себя рукой по коленке и засмеялся еще громче.

— Вот это чудесно!

Любить или не любить людей я начинаю с первого же взгляда. Не помню случая, чтобы мое первое впечатление потом менялось. Этот человек мне почему-то понравился сразу. К тому же у него была волшебная борода: повернется направо — перед вами молодой человек, повернется налево — молодой человек исчезает, и вы видите веселого белобородого старца.

— Вы окончили учительский институт в этом году, дочь моя? — спросил он.

— Нет, бей-эфенди, я не училась в учительском институте. У меня диплом школы «Dames de Sion»**.

---

* М ю д ю р — заведующий, директор.
** Женская религиозная конгрегация, созданная в 1843 году Альфонсом и Теодором Ратисбонами для обращения евреев в католичество. Конгрегация организовывала также женские пансионы и сиротские дома для всех национальностей.

— Что это за школа?

Я все подробно рассказала и протянула заведующему свой диплом. Очевидно, он не знал французского языка, но виду не подал и принялся внимательно разглядывать документ со всех сторон.

— Чудесно, превосходно!

Наимэ-ходжаным попросила:

— Милый мой бей-эфенди, вы любите делать добро. Не откажите и этой девочке.

Сдвинув брови к переносице и теребя бороду, мюдюр-эфенди задумался.

— Отлично, превосходно! — сказал он наконец. — Но здесь чиновники, наверное, не знают диплома этой школы...

Потом он вдруг хлопнул ладонью по столу, словно ему в голову пришла какая-то идея:

— Дочь моя, а почему тебе не попросить места преподавательницы французского языка в одной из стамбульских средних школ? Слушай, я тебя научу, как это сделать. Пойди прямо в стамбульский департамент просвещения...

— Это невозможно, эфендим, — перебила я заведующего. — Мне нельзя оставаться в Стамбуле. Я должна непременно уехать в провинцию.

— Ну и придумала ты!.. — изумился мюдюр-эфенди. — Впервые вижу учительницу, готовую добровольно ехать в Анатолию. Знала бы ты, с каким трудом нам удается уговорить наших учителей выехать из Стамбула! А ты что скажешь, Наимэ-ходжаным?

Мюдюр-эфенди отнесся к моей просьбе недоверчиво. Он принялся меня допрашивать, задавать вопросы о моей семье. Я уже отчаялась уговорить его.

Наконец, не поднимаясь со стула, заведующий крикнул:

— Шахаб-эфенди!..

В дверях канцелярии показался молодой человек с болезненным лицом, худой и низкорослый.

— Послушай, Шахаб-эфенди... Отведи эту девушку к себе в канцелярию. Она хочет поехать учительницей в Анатолию. Напиши черновик прошения и принеси его мне.

Я уже считала свое дело почти улаженным. Мне хотелось кинуться заведующему на шею и поцеловать седую сторону его бородки.

В канцелярии Шахаб-эфенди посадил меня перед столом, на котором творился невообразимый беспорядок, и начал задавать вопросы, что-то записывая. Одет он был очень бедно. Его лицо выражало робость, почти испуг; когда он поднимал на меня глаза, чтобы задать вопрос, у него подрагивали даже ресницы.

У окна стояли два пожилых секретаря и о чем-то тихо переговаривались, изредка поглядывая в нашу сторону. Вдруг один из них сказал:

— Шахаб, дитя мое, ты сегодня слишком переутомился. Давай-ка мы займемся этим прошением.

Я не удержалась, чтобы не вмешаться. Настроение у меня немного поднялось, я расхрабрилась и сказала:

— Подумать только, какую трогательную заботу проявляют в этом учреждении друг о друге товарищи!

Вероятно, мне не следовало говорить так, потому что Шахаб-эфенди покраснел как рак и еще ниже опустил голову.

Может быть, я сказала какую-нибудь глупость? Секретари у окна захихикали. Я не расслышала их слов, но одна фраза долетела до меня: «Госпожа учительница весьма бывалая и проницательная...»

Что хотели сказать эти господа? Что они имели в виду? Черновик прошения неоднократно побывал у заведующего и каждый раз возвращался назад в канцелярию, испещренный многочисленными красными пометками и кляксами. Наконец все было переписано начисто.

— Ну, пока ты свободна, дочь моя, — сказал мюдюр-эфенди. — Да поможет тебе Аллах. Я же тебе помогу, насколько это будет в моих силах.

Больше я не осмелилась спрашивать, так как в кабинете заведующего были другие посетители.

Очутившись за дверью, я не знала, куда мне идти с этой бумагой и что говорить. В надежде опять увидеть Наимэ-ходжаным я огляделась и тут заметила Шахаба-эфенди. Маленький секретарь ждал кого-то у лестницы. Встретившись со мной взглядом, он робко опустил голову. Мне показалось, что он хочет что-то сказать, но не осмеливается. Я остановилась перед ним.

— Простите меня, я и так причинила вам много хлопот, эфендим. Но не откажите в любезности сказать, куда мне это теперь отнести?

Продолжая глядеть в пол, Шахаб-эфенди сказал дрожащим, слабым голосом, словно молил о какой-то великой милости:

— Проследить за ходом дела — вещь трудная, хемширеханым*. Если позволите, прошением займется ваш покорный слуга. Сами не беспокойтесь. Только изредка наведывайтесь в канцелярию.

— Когда же мне прийти? — спросила я.

— Дня через два-три.

Я приуныла, услышав, что дело так затянется.

Эти «два-три дня» растянулись на целый месяц. Если бы не старания бедного Шахаба-эфенди, они длились бы еще бог знает сколько. Пусть не согласятся со мной, но я должна сказать, что и среди мужчин встречаются очень порядочные, отзывчивые люди. Как забыть добро, которое сделал мне этот юноша?

Шахаб-эфенди кидался ко мне, едва я появлялась в дверях. Он ждал меня на лестничных площадках. Видя, как он бегает с моими бумагами по всему министерству, я готова была провалиться от стыда сквозь землю и не знала, как мне его благодарить.

Однажды я заметила, что шея секретаря повязана платком. Разговаривая со мной, он глухо кашлял, голос его срывался.

— Вы больны? — спросила я. — Разве можно в таком состоянии выходить на работу?

— Я знал, что вы сегодня придете за ответом.

Я невольно улыбнулась: могло ли это быть причиной? Шахаб-эфенди продолжал хриплым голосом:

— Конечно, есть и другие дела. Вы ведь знаете, открыли новую школу...

— Вы меня чем-нибудь обрадуете?

— Не знаю. Ваши документы у генерального директора. Он сказал, чтобы вы зашли к нему, когда изволите сюда пожаловать...

* Х е м ш и р е — сестра, сестрица.

Генеральный директор носил темные очки, которые делали его хмурое лицо еще более мрачным. Перед ним лежала гора бумаг. Он брал по одной, подписывал и швырял на пол. Седоусый секретарь подбирал их, наклоняясь и выпрямляясь, точно совершал намаз.

— Эфендим, — робко выговорила я, — вы приказали мне явиться...

Не глядя на меня, директор грубо ответил:

— Потерпи, ханым. Не видишь разве?..

Седоусый секретарь грозно сдвинул брови, взглядом давая понять, чтобы я обождала. Я поняла, что совершила оплошность, попятилась назад и остановилась возле ширмы. Покончив с бумагами, генеральный директор снял очки и, протирая стекла платком, наконец произнес:

— Ваше ходатайство отклонено. Выслуга лет вашего супруга не составляет тридцати...

— Моего супруга, эфендим? — удивилась я. — Это какая-то ошибка...

— Разве ты не Хайрие-ханым?

— Нет. Я Феридэ, эфендим...

— Какая Феридэ? А, вспомнил... К сожалению, и ваше тоже. Ваша школа, кажется, не опробирована министерством. С таким дипломом мы не можем предоставить вам должность.

— Вот как... Что же со мной будет?

Эта бессмысленная фраза как-то невольно сорвалась с моих губ.

Генеральный директор вновь водрузил на нос очки и язвительно сказал:

— С вашего позволения, об этом вы уж сами позаботьтесь. У нас и без того масса дел. Если мы еще будем думать о вас, что тогда получится?

Это была одна из самых горьких минут в моей жизни. Да что же теперь со мной будет?

Плохо ли, хорошо ли, но я старалась, училась много лет. Пусть я молода, но ведь я согласна поехать в далекие края, на чужбину, и вот меня прогоняют. Что же делать? Вернуться в дом тетки? Нет, лучше умереть!

Потеряв всякую надежду, я опять кинулась к заведующему с волшебной бородой.

— Бей-эфенди, — стиснув зубы, чтобы не разреветься, пролепетала я, — говорят, мой диплом негоден... Что мне теперь делать?

Кажется, я действительно была близка к отчаянию. Добрый мюдюр-эфенди огорчился не меньше меня.

— Чем же я могу помочь, дочь моя? Я ведь говорил... Да разве станут читать твои бумаги? Никому и дела нет.

Эти слова сострадания совсем убили меня.

— Бей-эфенди, я должна непременно найти себе работу. Я с радостью поеду даже в самую далекую деревню, куда никто не хочет...

— Погоди, дочь моя, попытаемся еще! — воскликнул вдруг заведующий, словно вспомнив что-то.

У окна, в углу, спиной к нам стоял какой-то высокий господин и читал газету. Я видела только его седеющие волосы да часть бородки.

— Бей-эфенди! — обратился к нему заведующий. — Нельзя ли вас на минутку?

Господин с газетой обернулся и медленно подошел к нам. Заведующий рукой показал на меня.

— Бей-эфенди, вы любите совершать добрые дела... Эта девочка окончила французский пансион. По ее виду и разговору видно, что она из благородной семьи. Ведь известно, с одним только Аллахом не случается беда. Она вынуждена искать работу. Готова ехать в самую далекую деревню. Но вы знаете нашего... Сказал «нет» — и все. Если вы соблаговолите замолвить господину министру доброе слово, все будет в порядке. Родной мой бей-эфенди...

Мюдюр-эфенди уговаривал господина, поглаживая его плечи, преждевременно согнувшиеся под бременем жизненных тягот. Костюм незнакомца, весь его облик говорили, что предо мной иной человек, чем те, которых я до сих пор знала. Слушая заведующего, он слегка наклонился вперед и приложил к уху ладонь, чтобы лучше слышать. Наконец он поднял на меня свои чуть красноватые кроткие глаза и скрипучим голосом заговорил по-французски. Он спросил, что я окончила, как училась, чем хочу заняться в жизни. Видно было, он остался доволен моими ответами.

Во время нашей беседы мюдюр-эфенди весело улыбался и приговаривал:

— Ах, как говорит по-французски! Ну точно соловей! Для турецкой девушки это просто чудесно. Достойно поощрения, по правде говоря...

Гюльмисаль-калфа любила говорить: «Если пятнадцать дней в месяце темные, мрачные, то остальные пятнадцать — светлые, солнечные». Разговаривая с незнакомцем (потом мне сказали, что это знаменитый поэт), я вдруг почувствовала, что солнечные дни настанут скоро и для меня. Ко мне снова вернулось радостное, безмятежное настроение после мрачного месяца ожидания.

Наговорив мне много приятных вещей, каких я еще никогда ни от кого не слышала, он взял меня под руку и повел в приемную министра.

Когда он проходил по коридорам, служащие вскакивали, завидя его, а двери раскрывались как бы сами собой.

Через полчаса я уже была назначена на должность учительницы географии и рисования в центральное рушдие* губернского города Б...

Возвращаясь в этот вечер в Эйюб, Чалыкушу летела, будто на крыльях.

Отныне она уже самостоятельный человек, который сам будет зарабатывать на жизнь. Отныне никто не посмеет оскорбить ее состраданием или покровительством.

Через три дня с формальностями было покончено, и я получила деньги на путевые расходы.

Ясным утром Гюльмисаль провожала меня на пароход. Шахаб-эфенди уже давно ждал на пристани. Я никогда не забуду этого доброго, сердечного юношу. Он позаботился буквально обо всем, не забыл ни одной мелочи, даже сунул мне в руки бумажку с адресом гостиницы, где я смогу остановиться по приезде в город Б...

Он пришел на пристань задолго до нас, несмотря на сырой ветер с моря, вредный для его больного, все еще перевязанного горла. Он сам отнес в каюту мой чемодан и небольшую коробку — подарок мне на дорогу. Он и здесь проявил заботу обо мне, бегал куда-то, снова возвращался, давал наставления каютному слуге.

---

* Р у ш д и е — первые четыре класса средней школы султанской Турции.

До отплытия парохода мы все трое сидели в уголке на палубе. Мне кажется, в минуту расставания человек должен говорить, говорить... в общем, много говорить обо всем, что есть у него на душе, не так ли? Но в тот день все было иначе. За час мы не сказали с Гюльмисаль и десяти слов. Она держала мои руки в своих и смотрела на море тусклыми голубыми глазами. И только перед самым отплытием она вдруг прижала меня к груди и зарыдала, приговаривая:

— Так я и матушку твою провожала... Здесь же... Ах, Феридэ!.. Но она не была одна, как ты... Если Аллаху будет угодно, я опять увижу тебя... Опять обниму...

Вероятно, я и сама не удержалась бы и заревела, несмотря на присутствие Шахаба-эфенди, но тут на палубе поднялась суматоха:

— Спешите, ханым!.. Сходни убирают!..

Матросы схватили мою Гюльмисаль за плечи и, подталкивая сзади, помогли спуститься по трапу. А маленький секретарь Шахаб-эфенди все не уходил. Я горячо благодарила, протянула ему руку и увидела, что он стоит бледный как полотно, со слезами на глазах.

— Феридэ-ханым, неужели вы уезжаете навсегда?

Впервые Шахаб-эфенди осмелился открыто взглянуть мне в лицо и произнести мое имя.

Хотя мне было тяжело и грустно в эту минуту расставания, я не удержалась от улыбки:

— А разве еще можно сомневаться?

Шахаб-эфенди ничего не ответил, вырвал свою руку из моей и бегом кинулся вниз по трапу.

Морское путешествие — моя страсть. До сих пор я с восхищением вспоминаю нашу поездку на пароходе, которую мы совершили с денщиком отца, когда мне было шесть лет. Пароход, люди на нем и даже Хюсейн — все это забылось. В памяти осталось только то, что, наверно, должна ощущать птица, пересекающая бескрайние просторы океана: пьянящий полет в голубом просторе, полном живого, текущего, танцующего блеска.

Я всегда была без ума от моря, но на этот раз у меня не было сил оставаться на палубе. Когда пароход огибал мыс Сарайбурну, я спустилась к себе в каюту. Коробка Шахаба-эфенди лежала на чемодане. Я не выдержала и распечатала ее. Там оказались шоколадные конфеты с ликером — мое самое любимое лакомство. Я взяла конфету, поднесла ко рту, и вдруг из глаз моих брызнули слезы. Не знаю, почему это случилось. Я пыталась взять себя в руки, удержаться, но слезы лились все сильнее, рыдания душили меня. Неожиданно я схватила коробку и швырнула в море через иллюминатор, словно конфеты были виноваты в чем-то.

Да, нет ничего в жизни бессмысленнее слез. Я понимаю это, и все-таки даже сейчас, когда пишу эти строки, слезы дрожат у меня на ресницах, падают на тетрадь, оставляя на бумаге маленькие пятна.

А может быть, это от дождя, что бесшумно моросит за окном? Интересно, как сейчас в Стамбуле? Так же льет дождь? Или сад в Козъятагы залит серебряным светом луны?

Кямран, я ненавижу не только тебя, но и место, где ты живешь!..


Проснувшись сегодня утром, я увидела, что дождь, ливший много дней подряд, прекратился, тучи рассеялись, и только на высоких вершинах гор, которые хорошо были видны из моего окна, кое-где курился легкий туман.

Вчера перед сном я забыла закрыть окно. Веселый утренний ветерок шевелил край простыни, трепал мои и без того взлохмаченные волосы. Солнечные блики, похожие на желтые рыбьи чешуйки, делали праздничным и нарядным этот маленький гостиничный номер, в котором я поселилась пять дней назад.

За это время нервы мои порядком расходились. Проснувшись как-то ночью, я почувствовала, что щеки у меня мокрые, как осенние листья, покрытые инеем. Подушка была влажной. Я плакала во сне.

А сейчас солнечные лучи будили во мне надежду, наполняя сердце радостью, а тело — легкостью весеннего утра, как в те времена, когда я просыпалась в спальне пансиона.

Я была почему-то уверена, что сегодняшний день принесет мне радостную весть. Я уже ничего не боялась и, проворно вскочив с постели, подбежала к маленькому старинному рукомойнику.

Я встряхивала головой, и во все стороны летели брызги воды, даже зеркало напротив стало совсем мокрым. Наверно, в эту минуту я походила на птицу, которая плещется в прозрачной луже.

В дверь тихонько постучали, и голос Хаджи-калфы произнес:

— С добрым утром, ходжаным! Ты и сегодня вскочила чуть свет?

— Бонжур, Хаджи-калфа, — отозвалась я весело. — Как видишь, вскочила. А как ты узнал, что я проснулась?

За дверью раздался смех.

— Как узнал? Да ведь ты щебечешь, словно птичка.

Я уже сама начинаю думать, что во мне есть что-то от птицы.

— Принести тебе завтрак?

— А нельзя ли сегодня не завтракать?

На этот раз голос прозвучал сердито:

— Нет, нельзя. Я такого не потерплю. Ни прогулок, ни развлечений... Сидишь, как в заключении. Если ты еще и есть не будешь, то станешь похожей на соседку, которая живет в номере напротив.

Последнюю фразу Хаджи-калфа произнес тихо, прижавшись губами к замочной скважине, чтобы соседка не услышала его.

Мы крепко подружились с этим Хаджи-калфой! Помню первое утро в этой гостинице. Проснувшись рано, я быстро оделась, схватила портфель и вприпрыжку сбежала вниз по лестнице. Хаджи-халфа в белом переднике чистил наргиле* у небольшого бассейна. Увидев меня, он сказал, словно мы были сто лет знакомы:

— Здравствуй, Феридэ-ханым. Почему так рано проснулась? Я думал, ты с дороги будешь спать до обеда.

— Как можно?.. — ответила я весело. — Разве пристало учительнице, которая горит желанием выполнить свой долг, спать до обеда?

Хаджи-калфа забыл про свое наргиле и подбоченился.

_____

* Н а р г и л е — курительный прибор, сходный с кальяном.

— Поглядите на нее! — засмеялся он. — Сама еще ребенок, молоко на губах не обсохло, а собирается в школе учить детей!

Когда в министерстве я получила назначение, я поклялась никогда больше не совершать ребяческих проделок. Но стоило Хаджи-калфе заговорить со мной, как с ребенком, я опять почувствовала себя маленькой, подкинула вверх, как мячик, свой портфель и снова поймала.

Мое поведение окончательно развеселило Хаджи-калфу. Он захлопал в ладоши и громко засмеялся:

— Разве я соврал? Ведь ты сама еще ребенок!

Не знаю, может быть, это не очень хорошо — быть учительнице на короткой ноге с номерным, только я тоже расхохоталась, и мы запросто принялись болтать о разных пустяках.

Старик решительно возражал против того, чтобы я шла в школу без завтрака.

— Да разве можно!.. Возиться голодной до самого вечера с маленькими разбойниками!.. Тебе понятно, ходжаным? Сейчас я принесу сыр и молоко. К тому же сегодня первый день, нечего спешить. — И он насильно усадил меня возле бассейна.

В этот ранний час двор гостиницы был пуст.

Хаджи-калфа уже кричал лавочнику, что торговал напротив:

— Молла, принеси нашей учительнице стамбульских бубликов и молока. — Затем обернулся ко мне: — Эх и молоко у нашего Моллы! Ваше стамбульское по сравнению с его молоком — все равно что вода из моего наргиле.

Если верить Хаджи-калфе, Молла зимой и летом кормил свою корову только грушами, отчего молоко имело грушевый запах.

Открыв этот секрет, старый армянин подмигнул мне и добавил:

— Только и сам Молла тоже, кажется, попахивает грушами.

Пока я завтракала у бассейна, Хаджи-калфа все возился с наргиле, развлекая меня бесконечными городскими сплетнями. Господи, чего он только не знал! Но в чем особенно он был сведущ, так это во всех подробностях жизни местных учителей, даже знал, сколько у кого платьев.

Когда я покончила с завтраком, он сказал:

— А теперь поторапливайся. Я тебя провожу. Потеряешься еще...

Припадая на больную ногу, Хаджи-калфа пошел вперед и привел наконец меня к зеленым деревянным воротам центрального рущдие. Без него, пожалуй, я заблудилась бы в лабиринте переулков и улочек.

Я должна подробно рассказать о несчастье, которое ждало меня в школе, куда я вошла с твердой решимостью любить ее, какой бы убогой она ни выглядела снаружи.

Привратника в сторожке не оказалось. Проходя садом, я встретила женщину со старым кожаным портфелем в руках, плотно закутанную в клетчатый тканый чаршаф. Лицо было закрыто двойной чадрой. Она направлялась к выходу, но, увидев меня, остановилась и пристально взглянула мне в лицо.

— Вам что нужно, ханым?

— Я хочу видеть директрису.

— Вы по делу? Директриса — я.

— Ах вот как, ханым-эфенди! Я ваша новая учительница географии и рисования. Вчера приехала из Стамбула.

Мюдюре-ханым* открыла лицо, оглядела меня с головы до ног и недоуменно сказала:

— Тут какая-то ошибка, дочь моя. Действительно, у нас было вакантное место на должность преподавателя географии и рисования, но неделю назад нам прислали учительницу из Гелиболу.

Я растерялась.

— Этого не может быть, ханым-эфенди! Меня прислали из Министерства образования. Приказ в моем портфеле.

Мюдюре-ханым удивленно вскинула брови вверх, так что они очутились на самой середине ее узкого, приплюснутого лба.

— Ах боже мой, боже мой!.. — сказала она. — Дайте-ка мне взглянуть на ваш приказ.

Директриса несколько раз перечитала бумагу, посмотрела на дату и покачала головой.

---

* М ю д ю р е — заведующая, директриса.

133

— Такие ошибки иногда случаются. Сами того не ведая, они назначили на одно место двоих человек. Вах, Хурие-ханым, вах!

— Кто такая Хурие-ханым?

— Это та, другая учительница из Гелиболу... Не ужилась там, попросилась сюда. Приятная скромная женщина... И опять бедняжке не повезло.

— Разве ей одной? Ведь мое положение тоже весьма затруднительное.

— Да, и это верно. Не будем по крайней мере расстраивать несчастную женщину до тех пор, пока обстановка не выяснится. Я сейчас — в отдел образования, по делам. Пойдемте вместе. Посмотрим, может, найдем какой-нибудь выход.

Заведующий отделом образования, толстый неуклюжий флегматик, разговаривая с посетителями, обычно закрывал глаза, словно погружался в дремоту. Речь его была отрывиста и бессвязна, будто его только что разбудили.

Выслушав нас со скучающим видом, он медленно процедил:

— Что я могу поделать?.. Как они сделали, так и вышло. Надо написать в Стамбул. Посмотрим, что ответят.

Тут в разговор вмешался секретарь отдела — огромного роста мужчина; он носил красный кушак и короткую жилетку и был похож на ломового извозчика.

— Дата приказа о назначении этой ханым-эфенди более поздняя. Основываясь на этом, ее кандидатуру следует считать более приемлемой и правомочной.

Заведующий задумался, словно загадывал перед сном, потом сказал:

— Это, конечно, верно, но мы все равно не имеем приказа об отстранении первой учительницы... Запросим министерство. Дней через десять придет ответ. Вы же, мюдюре-ханым, извольте ждать решения.

Я опять поплелась в рущие по извилистым улочкам следом за мюдюре-ханым, закутанной в клетчатый чаршаф. Ах, лучше бы мне вернуться в гостиницу!

Хурие-ханым оказалась приземистой смуглолицей женщиной лет сорока пяти, с капризным характером.

Как только она обо всем узнала, лицо ее потемнело еще больше, глаза расширились, на шее с двух сторон вздулись вены, и она пронзительно завопила, словно «уди-уди», которыми мальчишки забавляются в праздники.

— Ах ты, боже мой, да что же это получается, друзья!.. — И рухнула на пол, лишившись чувств.

В учительской начался переполох. Старенькая учительница в очках с трудом сдерживала сбежавшихся на крик учениц, отгоняя их от дверей.

Женщины положили Хурие-ханым на диван, побрызгали лицо водой, смочили уксусом виски, расстегнули фуфайку и принялись растирать ее грудь, усыпанную, точно родинками, блошиными укусами.

Я растерялась и молча стояла в углу с портфелем под мышкой, не зная, что делать.

Старая учительница, которой наконец удалось отогнать от дверей девочек, глянула на меня сердито поверх очков:

— Поражаюсь твоей бесчеловечности, дочь моя! И ты еще смеешься!

Она была права. К сожалению, я не удержалась и улыбнулась. Но откуда старушке было знать, что я смеюсь не над Хурие-ханым, а над своей собственной растерянностью!

Однако не одна я была столь бесчеловечна. Высокая молодая учительница с черными проницательными глазами тоже беззвучно смеялась. Она подошла и шепнула мне на ухо:

— Можно подумать, ее муж привел в дом вторую жену. Это вовсе не обморок. Клянусь Аллахом, это от злости.

Хурие-ханым открыла глаза. По ее носу и щекам стекали капли воды. Она громко икнула, словно в желудке у нее взорвалась бомба, замотала головой и принялась кричать:

— Ах, друзья, да что же это со мной стряслось! В мои-то годы! Надо же было такому случиться?!

Верно говорят: «Язык мой — враг мой». Я опять допустила оплошность, мне вдруг взбрело в голову проявить учтивость.

— Вам стало лучше, слава Аллаху?.. — спросила я.

Ах, что последовало за столь любезным вопросом! Хурие-ханым так распалилась, что невозможно передать. Чего она только не наговорила!

— Покушаться на жизнь человека, — кричала она, — и в то же время справляться о его самочувствии — это верх наглости, безобразия, невоспитанности!..

Я от стыда забилась в угол и зажмурилась. Женщинам никак не удавалось успокоить разбушевавшуюся Хурие-ханым. Крик перешел в отчаянный визг, посыпались такие словечки, какие редко услышишь не то что в центральном рущдие, но даже на улице. Она кричала, что по моему лицу видно, какая я штучка, что ей все известно, что я вырвала у нее из рук кусок хлеба и, кто знает, скольким мужчинам в министерстве я за это...

У меня потемнело в глазах, задрожал подбородок, на лбу выступил холодный пот. Самое страшное, что другие женщины держали себя так, будто считали Хурие-ханым правой.

Вдруг кто-то изо всех сил стукнул кулаком по столу. Стаканы и графины зазвенели. Молодая учительница с черными глазами, которая минуту назад смеялась вместе со мной, вдруг превратилась в львицу.

— Мюдюре-ханым! — закричала она сердито. — Где же ваше руководство? Как вы разрешаете этой особе обливать грязью честь учительницы? Где мы находимся? Если вы позволите ей сказать еще хоть слово, я потащу в суд не ее, а вас! Эта женщина забывает, где она находится!.. — Тут черноглазая ходжаным топнула ногой и набросилась на женщин; даже в гневе голос ее поражал какой-то удивительной мелодичностью. — Браво, товарищи, браво! Просто великолепно! И это в школе!.. С улыбочкой слушаете, как оскорбляют вашего коллегу?..

Сразу стало тихо, но как только Хурие-ханым почувствовала, что остается одна, она снова впала в истерику и хотела было опять лишиться чувств. Но, на счастье, раздался звонок на урок. Учительницы взяли тетрадки, книжки, корзинки для рукоделия и начали расходиться.

— Жду вас у себя в кабинете, дочь моя, — сказала мюдюре-ханым и тоже вышла.

Через минуту мы остались вдвоем с девушкой, которая меня защищала. Я сочла своим долгом поблагодарить ее.

— Ах, боже, как вам пришлось понервничать из-за меня.

Девушка пожала плечами, словно хотела сказать: «Какое это имеет значение!» — и улыбнулась.

— Я это сделала нарочно. Если на таких особ не прикрикнешь, не припугнешь, они сядут на голову. Что вы тогда сделаете? После уроков увидимся. Не так ли?

Я дошла до кабинета мюдюре-ханым, но заходить туда мне уже не хотелось. Было тошно заводить тот же разговор. Настроение упало. Портфель показался непомерно тяжелым. Стараясь не попасться никому на глаза, я вышла из рущдие и вернулась в гостиницу.

Увидев меня, Хаджи-калфа огорченно всплеснул руками и принялся причитать:

— Вах, ходжаным, вах! Как тебе не повезло!..

Оказывается, ему было уже все известно. Уму непостижимо, как он успел узнать?

— Смотри, дочь моя!.. Держи ухо востро, — предупреждал он меня. — Как бы они не сыграли с тобой какую-нибудь злую шутку! Если у тебя есть знакомые в министерстве, давай тут же напишем письмо.

Я сказала, что не знаю там никого, кроме старого поэта, который рекомендовал меня министру. Услышав имя поэта, Хаджи-калфа обрадовался, как ребенок.

— Ах, господи! — воскликнул он. — Ведь это мой благодетель! Он здесь одно время был директором идадие*. Это ангел, а не человек. Пиши, дочь моя, пиши. А если любишь меня, передай ему от меня привет. Напиши так: «Твой раб Хаджи-калфа лобызает твои благословенные руки...»

Не раз бедный Хаджи-калфа поднимался ко мне наверх, волоча свою хромую ногу, и приносил такого рода вести: «Надо, чтобы господин прокурор не испугался и распек заведующего отделом образования. Это его право». Или же: «Инженер из муниципалитета едет в Стамбул. Обещал зайти в министерство».

---

* И д а д и е — старшие классы средней школы в султанской Турции.

Какой странный край! Буквально за несколько часов в городке не осталось человека, который бы не знал о случившемся. В кофейне при гостинице только об этом и говорили.

— В чем дело, Хаджи-калфа? — удивлялась я. — Здесь все знают друг друга?

— Да ведь местечко крошечное, с ладонь, — отвечал старик, почесывая затылок. — Это тебе не дорогой, благословенный Стамбул. Случись это там, никто бы ничего не знал. А здесь — одни сплетни... Ты это должна знать. Вот тебе мой совет: будь порядочной, будь добродетельной, не гуляй с открытым лицом по лавкам и базару. Так-то! (Господи, с каким странным выражением произносил он это «так-то!».) Тогда судьба твоя устроится, если Аллаху будет угодно. Была здесь одна учительница, Арифэ-ходжаным. На ней женился сам председатель суда. Сейчас она как сыр в масле катается. Да пошлет Аллах тебе счастья. Может, думаешь, она красавица? Куда там! Просто была целомудренна, скромна. Теперь у человека самое дорогое — честь его.

Доверие ко мне и благосклонность Хаджи-калфы росли с каждым днем. Он без конца приносил из дома какие-нибудь безделушки: кружевную накидку для чайного сервиза, вышитое ручное полотенце, деревянный веер с рисунком или что-нибудь другое — и украшал мою комнату.

Часто, когда мы болтали, снизу раздавался зычный голос:

— Хаджи-калфа!.. Опять ты в ад провалился?..

Это был хозяин Хаджи-калфы, владелец гостиницы.

В таких случаях старик всегда отвечал вполголоса, медленно, мелодично, словно пел песню.

— Ах, чтоб тебя!.. Дался же тебе Хаджи-калфа! — И громко: — Иду, иду!.. Мало у меня дел, что ли?..

Кроме Хаджи-калфы, у меня в гостинице был еще один друг: женщина лет тридцати пяти — сорока, приехавшая в Б... из Монастира.

Сейчас, я расскажу, как мы подружились. Вечером в день приезда я разбирала вещи у себя в номере. Вдруг дверь легонько скрипнула. Я обернулась и увидела в дверях женщину в желтом ситцевом энтари и капюшоне из зеленого крепа.

Войдя, она справилась о моем самочувствии:

— Вы здоровы, дочь моя? Слава Аллаху! Добро пожаловать!

Ее худое нарумяненное лицо чем-то напоминало стену с обвалившейся штукатуркой, дыры в которой замазали известкой. Насурьмленные брови и черные гнилые зубы делали ее похожей на мертвеца.

— Благодарю вас, ханым-эфенди, — сказала я, немного растерявшись.

— А где ваша мамочка?

— Какая мамочка, ханым-эфенди?

— Учительница. Разве вы не дочь учительницы?

Я не выдержала и рассмеялась.

— Я вовсе не дочь учительницы, ханым-эфенди. Я сама учительница.

Женщина даже чуть присела и хлопнула себя руками по коленям.

— Ах, так это вы учительница! Никогда еще не видела таких молоденьких учительниц. Вы же величиной с мизинец. Я ожидала увидеть пожилую солидную даму.

— Сейчас и такие учительницы бывают, ханым-эфенди.

— Да, бывают... Да, бывают... Чего только не случается на этом свете! А мы вот живем в номере напротив. Я уложила ребятишек спать и зашла вас поприветствовать. Днем столько хлопот с детворой, не приведи Аллах! Но когда наступает вечер и дети засыпают, меня одолевает тоска. Одиночество возвеличивает одного только Всевышнего. Разве не так, сестрица? Думаешь, думаешь, куришь, куришь без конца... Так и коротаю ночи до утра. Сам Аллах послал мне вас, сестрица. Поболтаю с вами, легче станет на душе.

Сначала женщина обратилась ко мне: «Дочь моя». Но, узнав, что я учительница, стала называть сестрицей.

Я предложила гостье стул:

— Садитесь, пожалуйста!

Сама пристроилась на кровати и принялась болтать ногами.

— Я не привыкла сидеть на стульях, сестрица, — сказала женщина из Монастира и опустилась на пол возле моих ног в странной позе, почти упираясь подбородком в колени.

Она тут же достала из кармана своего энтари жестяную табакерку и начала сворачивать толстые цигарки. Одну она протянула мне.

— Благодарю вас, я не курю, ханым-эфенди.

— И я раньше не курила, — сказала женщина. — Горе да беда заставили.

Моя соседка была действительно очень несчастна. Она рассказала, что отец ее, видный человек в Монастире, владел садами, виноградниками, стадами коров. В их доме всегда кормилось человек пять бедняков. Многие видные беи Монастира сватались за нее. Да куда там, ведь они были неотесанны!.. Капризная дочь заупрямилась: «Выйду только за офицера с саблей!..» Ах, если бы мать как следует отколотила ее палкой и выдала за одного из этих беев! Но откуда бедной старушке было знать, что случится потом? И она отдала свою единственную дочь за лейтенанта, у которого, кроме сабли на боку, не было ничего. До провозглашения конституции* они прожили вместе. Тридцать первого марта муж с действующей армией отбыл в Стамбул. Отбыл и как в воду канул! Наконец какой-то родственник, вернувшись из Стамбула, рассказал, что ее муж служит в городе Б... и даже женился там. Ну что ж, и это бывает. По нашим законам разрешается иметь до четырех жен. Моя бедная соседка поплакала немного, погоревала, потом забрала своих троих ребят и приехала в Б... Но оказалось, что муженьку это совсем не понравилось. Он не желал видеть не только жену, которую некогда умолял о замужестве, но даже «любимых» деток и настаивал, чтобы они немедленно вернулись в Монастир. Как ни валялась бедняжка в ногах супруга, как ни ластилась к нему, точно собачонка, умоляя: «Ведь мы столько лет же-

---

* Автор имеет в виду младотурецкую революцию 1908 года, когда Турция была провозглашена конституционной монархией и конституция 1876 года была вновь восстановлена.

наты! Не обрекай меня на страдания!» — безжалостный муж ни за что не соглашался оставить ее здесь.

Этот длинный рассказ взволновал меня.

— Милая моя, — сказала я, — зачем же вы навязываетесь человеку, который не любит вас?

Женщина из Монастира улыбнулась, словно жалея меня за невежество.

— Эх, сестрица, — вздохнула она. — Да ведь он первый, кого я полюбила. Столько лет наши головы лежали рядом, на одной подушке! — Тут ее голос задрожал. — Легко ли расстаться с мужем?.. «Без матери прожить можно, без милого — нет!..» — закончила она строчкой из стиха.

Я даже рассердилась:

— Как женщина может любить человека, который ее обманул? Не могу этого понять!

Соседка горько улыбнулась, обнажив черные зубы.

— Вы еще совсем ребенок, сестрица. И любви, поди, не испытали. Не знаете еще, как мучаются. Да и не дай вам Аллах!

— А вот моя знакомая девушка, узнав за два дня до свадьбы, что жених обманул ее с другой женщиной, швырнула обручальное кольцо в лицо этому скверному человеку и уехала в далекие края.

— Потом-то она, верно, раскаялась, сестрица. Жаль ее. Извелась, наверно, от тоски. Разве ты не слышала, сестрица, про людей, сраженных на поле боя? Некоторые, после того как их настигнет пуля, ничего не замечают, несутся вперед, все думают спастись бегством. Пока рана горячая, она не болит, сестрица, а вот стоит ей остыть... Поверь мне, настрадается, намучается еще та девушка!..

Я спрыгнула с кровати и заметалась по комнате как безумная. Меня душил гнев. В окна хлестал дождь, с улицы доносился глухой собачий вой.

Женщина из Монастира глубоко вздохнула и продолжала:

— Я ведь на чужбине. Крылья у меня подрезаны, руки слабые, силенок не осталось. Будь это в Монастире, я бы в два счета вырвала своего мужа из объятий проклятой потаскухи.

Я удивленно раскрыла глаза.

— А что бы вы сделали?

— Соперница приворожила здесь моего муженечка, околдовала, заткнула ему рот, сковала язык. Но в Монастире колдуны куда искуснее. И обошлось бы недорого. Потратила бы только три меджидие*, и они бы вмиг вернули мне супруга!

И моя соседка принялась подробно рассказывать о румелийских** колдунах:

— Есть у нас один албанец по имени Ариф Ходжа. Так он заклинаниями превратил свиное ухо в подзорную трубу. Стоит обманутой женщине приставить эту странную трубу к своему глазу и разок взглянуть на мужа, как тот моментально возвращается на путь истинный, каким бы распутником ни был. И все это потому, что женщины начинают ему казаться свиньями. Ариф Ходжа и другое может: воткнет в кусок мыла иголку, потом заколдует это мыло и закопает его в землю. Мыло в земле тает, а враг твой тоже начинает таять, сохнуть и превращается в иголку.

Рассказывая эти небылицы про колдунов, бедняжка не выпускала из рук жестяную табакерку, скручивала цигарки и курила одну за другой.

Какие пустые, какие жалкие слова! Особенно сказка про рану, которая начинает болеть, остывая! Нет, не может быть! Разве я тоскую по тому злодею? Разве я думаю о нем?

Вначале румяна, толстым слоем покрывающие лицо моей соседки, ее накрашенные брови, похожие на ручки кастрюли, страшные темные круги вокруг насурьмленных глаз вызывали у меня брезгливое чувство. Но когда я поняла, что это всего лишь хитрость, жалкое средство, которым несчастная надеется вернуть себе мужа, у меня защемило сердце.

А она все говорила:

— Отказываю во всем, даже для детишек. Чтобы понравиться своему муженьку, покупаю румяна, хну, сурьму, наряжаюсь, как невеста. Но ничего не помогает. Я ведь сказала: околдовали его...

_____

* М е д ж и д и е — серебряная монета в двадцать курушей.

** Р у м е л и я — название европейской части Османской империи.

Стоило мне теперь услышать скрип двери, даже не поворачивая головы, я знала: это моя несчастная соседка.

— Ты занята, сестрица? Позволь на минутку войти.

Мне так тошно от одиночества, что этот голос меня радует. Я откладываю в сторону перо, сжимаю и разжимаю затекшие пальцы и готовлюсь с прежним интересом слушать рассказ о скучной любви моей соседки, рассказ, который я уже выучила наизусть.

Из моего окна хорошо виден высокий холм. В первые дни вид его развлекал меня, но потом стал раздражать. Если человек не бродит по этим туманным склонам, чтобы ветер свистел в волосах, чтобы полы одежды развевались, если он не резвится, прыгая, как козленок, по крутым скалам, то зачем все это нужно?

Ах, где они — те дни, когда я убегала из дому и часами бродила по степи? Где то время, когда я спугивала птиц, громыхая палкой по решетке сада, запуская камни в густую крону деревьев? А ведь я стремилась в Анатолию, главным образом чтобы вот так же резвиться, как в старое доброе время.

С детства я очень люблю рисовать. Рисование — кажется, единственный предмет, по которому я всегда получала наивысший балл. Как меня ругали, сколько раз наказывали за то, что я разрисовывала стены простым или цветным карандашом, размалевывала мраморные постаменты скульптур. Уезжая из Стамбула, я захватила с собой кипу бумаги для рисования и цветные карандаши. И вот теперь, в дни одиночества, когда мне надоедает писать, я принимаюсь за рисование, и это меня утешает. Я попыталась даже сделать два портрета Хаджи-калфы, один — черным карандашом, другой — акварелью.

Не могу сказать, насколько рисунки соответствовали оригиналу, но сам Хаджи-калфа узнал себя если не по выражению глаз или по носу, то, во всяком случае, по лысой голове, длинным усам, белому переднику и был изумлен моим мастерством.

Старик не поленился, исходил все лавки на базаре, купил дешевый атлас, бархат, шелк, разноцветные бусы и приказал дочери сделать рамки для своих портретов.

Заметив, что я тоскую, Хаджи-калфа стал приглашать меня к себе в гости.

Благодаря бережливости своей супруги Хаджи-калфа построил хорошенький домик и на досуге с помощью домочадцев выкрасил его в зеленый цвет.

Дом стоял недалеко от глубокого оврага. Если упереться руками в деревянный забор сада, обвитый плющом, и взглянуть вниз на дно оврага, начинает легонько кружиться голова.

Много счастливых часов провела я в этом саду с семьей Хаджи-калфы.

Неврик-ханым выросла в Саматье*. Под стать своему мужу, она была женщина простая, добрая и приветливая.

Увидев меня в первый раз, она воскликнула:

— Вы пахнете родным Стамбулом, девочка моя! — И, не удержавшись, кинулась меня обнимать.

Всякий раз, когда речь заходит о Стамбуле, глаза Неврик-ханым наполняются слезами и мощная грудь вздымается от тяжелых вздохов, словно кузнечные мехи.

У Хаджи-калфы двое детей: сын Мират двенадцати лет и четырнадцатилетняя дочь Айкануш. Айкануш — застенчивая неповоротливая армянская девушка с толстыми бровями, с темно-красными, как свекла, щеками, усеянными крупными прыщами, словно болячками ветряной оспы.

В отличие от толстой и мясистой сестры Мират — маленький, бесцветный и тощий, как вобла, мальчик.

Хаджи-калфа человек неграмотный, но уважает науку и ценит ее. Он считает, что человек должен все знать, даже профессия карманного воришки может, по его мнению, всегда пригодиться. Мират два года занимался в армянской школе и вот уже два года учится в османской. По программе Хаджи-калфы, его сын должен раз в два года менять школу и к двадцати годам стать «настоящим человеком», великолепно знающим французский, немецкий, английский и итальянский языки (если, конечно, к тому времени этот тщедушный ребенок не будет раздавлен столь обширным грузом знаний и не отдаст Богу душу).

Однажды, разговаривая о сыне, Хаджи-калфа спросил меня:

_____

* С а м а т ь я — район Стамбула.

— Ты обратила внимание на имя Мирата? Правда, мудрое? Чтобы найти его, я целую неделю ломал голову. Подходит к двум языкам: по-армянски — Мират, по-османски — Мурат! — Тут Хаджи-калфа подмигнул мне; это означало, что он сейчас скажет что-то чрезвычайно остроумное. — Когда Мират совершает какую-нибудь глупость и сердит меня, я говорю: «Ты не Мират и не Мурат, ты — мерет*».

Однажды я была свидетельницей одного из таких приступов гнева у старика. Это стоило посмотреть! Вся вина Мирата заключалась лишь в том, что ему не понравилось какое-то блюдо, приготовленное матерью.

— Вы посмотрите на этого паршивца! — вскричал Хаджи-калфа. — От горшка два вершка, а еще капризничает! Кинули нищему огурец, так ему не понравилось: кривой, говорит, и выбросил в канаву. Что понимает осел в компоте? Намотай мои слова на ус и помни: кого не излечивают нравоучения, того ждет палка. Кто ты такой, чтобы тебе не нравились хлеб и пища Аллаха?

Ты познай сам себя, познай.
Ты познай сам себя, познай.
Если ты себя не познаешь,
Понапрасну лишь пострадаешь.

Образованию Айкануш тоже уделялось много внимания, несмотря на то что она девушка. Айкануш посещала школу при армянской католической церкви.

Однажды Хаджи-калфа решил устроить дочери строгий экзамен в присутствии соседей — старого развалившегося паралитика и пожилой армянки в черных шароварах.

Трудно представить себе картину более смешную. Хаджи-калфа насильно сунул мне книги и тетради Айкануш и пригрозил дочери:

— Ну, смотри, Айкануш, если ты меня опозоришь перед учительницей, пусть тебе не пойдет впрок мой хлеб.

Спросив у девушки два-три правила на умножение и деление, я наугад открыла иллюстрированную «Историю пророков». Попался отрывок про Иисуса и крещение.

---

* М е р е т — ругательное слово в турецком языке, равнозначное русскому «олух».

Рассказывая о крещении, Айкануш наговорила всякой чепухи. Еще в пансионе я вдоволь наслушалась всего этого, поэтому поправила девочку и привела несколько простых сведений о крещении.

Хаджи-калфа слушал меня, и глаза его широко раскрывались. Волос у старика на голове не было, но брови его встали торчком. Мои познания в христианской премудрости казались бедняге каким-то удивительным чудом. Он крестился, приговаривая:

— Что же эта такое?! Мусульманская девица знает мою веру лучше священников! Ты понимаешь?.. Я думал, ты обыкновенная, простая учительница, а ты, оказывается, ученый человек, которому надо целовать руки!

Хаджи-калфа схватил за шиворот свою толстую супругу, которой труднее было сдвинуться с места, чем барже оторваться от пристани, подвел ко мне, подтолкнул и приказал:

— Поцелуй от моего имени этого ребенка в самую середину лба. Понятно?

Бедняга Хаджи-калфа еще причислял себя к мужчинам, поэтому церемонию целования возложил на свою жену.

С этого дня старый номерной перед всеми превозносил мою ученость до небес. Дело дошло до того, что, когда я проходила мимо гостиничной кофейни, сидевшие там бездельники липли носами к окнам, чтобы взглянуть на меня.

Я рассердилась:

— Хаджи-калфа, ради Аллаха, оставьте... Не надо меня так расхваливать!

Но Хаджи-калфа забунтовал:

— Я делаю это специально. Пусть начальство услышит! Пусть им станет стыдно за такое отношение к тебе!

Знакомство с семьей Хаджи-калфы было полезно для меня и в другом отношении. Неврик-ханым родилась в Саматье, поэтому великолепно варила варенье, делала засахаренные фрукты. По-моему, эта наука гораздо полезнее, чем мои познания из «Истории пророков». Без всякого труда и совсем даром я получила от нее рецепты варки варенья и подробно записала их в книжечку, где уже имелись рецепты блюд, которые меня научила готовить старая черкешенка Гюльмисаль. Теперь ведь мне самой придется заботиться о сластене Чалыкушу.

Если Аллах захочет и мои дела наладятся, у меня тоже будет маленький домик, где я смогу отдохнуть. Прежде всего я куплю себе буфет специально для варенья, как и Хаджи-калфа, я застелю его полки бумажными кружевами, заставлю разноцветными баночками, которые будут отливать яхонтом, янтарем, перламутром.

Как чудесно, ни у кого не спрашиваясь, когда тебе взбредет в голову, полакомиться вареньем! И нет никакой надобности «совершать набеги» на буфет. Если Аллаху будет угодно, у меня даже не заболит живот.

И среди желтых, розовых, белых баночек с вареньем не будет только зеленых. Ненавистные глаза Кямрана, которого я теперь даже не вспоминаю, заставили меня возненавидеть зеленый цвет.

О, я хорошо помню, Кямран. Когда в моей душе еще не было такой ненависти, как сейчас, я все равно не могла выносить твоих глаз. Мне еще не было двенадцати лет, когда началась эта неприязнь. Конечно, ты и сам все помнишь. Я часто швыряла тебе в лицо горсти пыли. Ты думал, что это была только детская шалость? Нет, нет. Я хотела причинить боль твоим глазам, в которых, как в водорослях, пронизываемых солнечными лучами, мелькали хитрые искорки.

Опять я отвлеклась. А ведь моя цель — писать только о настоящем. На чем я остановилась? Да... Хаджи-калфа расценил совсем по-другому мое детское веселье, истинной причиной которого было только солнце, проглянувшее впервые за много дней. Он решил, что я получила откуда-то хорошие известия, и принялся допекать меня расспросами. Но возможно ли, чтобы известие, имеющее отношение ко мне, достигло моих ушей раньше, чем об этом узнает он сам? Скоро, наверно, даже о часе, когда мне следует проголодаться или лечь спать, я буду справляться у этого странного служителя гостиницы.

— Ну, не капризничай, говори, — настаивал Хаджи-калфа. — Неспроста ты такая веселая! Наверно, есть хорошие новости?

Почему-то мне в ту минуту хотелось казаться более осведомленной, чем он. Многозначительно улыбнувшись, я с серьезным видом подмигнула ему:

— Кто знает, может быть, это тайна, которую нельзя разглашать.

Солнце было такое чудесное! Стараясь запомнить дорогу, чтобы не заблудиться, я миновала мостик за гостиницей и поднялась на крутой холм, которым давно уже любовалась из окна своего номера. Затем пересекла лужайку, обогнула рощицу, перешла второй мостик. Я гуляла бы еще, но тут возникла опасность, куда более серьезная, чем возможность заблудиться.

Несмотря на мой солидный чаршаф и плотную чадру, какие-то подозрительные типы увязались за мной и даже пытались заговаривать.

Я испугалась, вспомнив наставления Хаджи-калфы, и повернула назад.

Я была уверена, что секретарь отдела образования, повязанный кушаком, опять встретит меня словами: «Из Стамбула, сестрица, пока ничего нет». Но у меня уже появилась привычка: выйдя на улицу, непременно заглядывать к нему.

На лестнице я встретила слугу заведующего.

— Как удачно, что ты пришла, ходжаным. Бей как раз тебя ищет. Я уже хотел идти за тобой в гостиницу.

Беем он величал заведующего отделом образования. Поразительно...

Заведующий сидел за письменным столом, покрытым красным сукном, в своей постоянной позе уставшего человека, с полузакрытыми глазами, и пребывал в задумчивости. Руки его висели, точно плети; ворот рубахи был расстегнут. Увидев меня, он зевнул, потянулся и медленно заговорил:

— Дочь моя, мы еще не получили ответа из министерства. Не могу знать, какова будет их воля, но думаю, Хурие-ханым, как учительнице с большим стажем, окажут предпочтение. Если ответ будет не в вашу пользу, вы окажетесь в затруднительном положении. Мне пришла в голову мысль. В двух часах езды отсюда есть деревушка Зейнилер. Вода, воздух там замечательные, природа — чудесная, жители — все порядочные, честные... Словом, место райское. Там есть вакуфная* школа. В прошлом году ценой больших жертв мы сделали в ней ремонт, можно сказать, отстроили заново; закупили много школьного инвентаря. При школе есть удобная квартира для преподавателя. Сейчас нам нужен молодой, энергичный, самоотверженный педагог. Хотелось бы, чтобы туда поехала такая честная девушка, как вы. Я говорю совершенно серьезно, это очень хорошее место. В то же время вы окажете стране неоценимую услугу. Правда, жалованье там меньше, чем здесь, но зато цены на молоко, мясо, яйца и другие продукты гораздо ниже по сравнению со здешними. При желании вы сможете скопить там порядочную сумму. Конечно, при первой возможности я увеличу вам оклад, и вы будете зарабатывать столько же, сколько получают здесь. Тогда ваша должность будет более выгодной, чем у директора здешней школы.

Я молчала, не зная, как отвечать на это предложение. Заведующий продолжал:

— Школой там ведает одна пожилая женщина. Она и учительница, и выполняет всю черную работу. Это скромная, набожная старушка. Вот только некомпетентна в новых методах преподавания. Но вы и ее перевоспитаете. А если Зейнилер вам не понравится, напишите мне несколько строк, и я тотчас вас устрою здесь на подходящую должность. Впрочем, я уверен, что, увидев те места, вы не захотите уезжать и откажетесь, даже если вам дадут назначение в центр.

Климат замечательный, природа чудесная, жители добропорядочные, продукты дешевые... Это что-то вроде швейцарской деревни. Что еще человеку нужно?

Моему воображению представились солнечные дороги, тенистые сады, речка, лес. Сердце бешено заколотилось, и все-таки я не решалась сказать сразу «да». Как бы там ни было, мне хотелось прежде всего посоветоваться с Хаджи-калфой.

---

* В а к у ф ы — имущества мусульманских религиозных общин, составившиеся из пожертвований на дела благотворительности.

— Позвольте дать вам ответ через два часа, эфендим.

Заведующий вдруг встрепенулся:

— Помилуй, дочь моя, дело очень срочное! Есть и другие претенденты. Упустишь место — пеняй на себя.

— Тогда дайте хоть час, бей-эфенди...

Выйдя из кабинета заведующего, я нос к носу столкнулась со своей соперницей Хурие-ханым. На днях Хаджикалфа сказал мне, что в Б... нас прозвали именно так — «соперницы». Хурие-ханым в свое время сильно напугала меня, поэтому, встретившись с ней в коридоре, я опять перетрусила и попыталась быстро проскочить мимо. Но Хурие-ханым загородила дорогу и схватила меня за край чаршафа, словно обнаглевшая нищенка.

— Ханым-эфенди, дочь моя, — слезливо начала она, — я на днях очень плохо обошлась с вами. Извините, ради Аллаха. Это все нервы. Я была так убита тогда. Ах, дочь моя, если бы вы знали, чего только я не испытала в жизни, вы пожалели бы меня! Простите за мою несдержанность.

— Ничего, ханым-эфенди, — пробормотала я и снова попыталась пройти.

Но Хурие-ханым не собиралась отпускать меня. Она принялась жаловаться на свое положение и заявила, что пятерым душам, которых она содержит, грозит улица и нищенство. Хурие-ханым все больше и больше приходила в неистовство, голос ее постепенно возвысился до крика и перешел в истеричный фальцет.

Совершенно растерявшись, я стояла, не зная, что делать, что говорить. Но хуже всего, что эта комедия привлекала зрителей. Вокруг нас образовалась толпа служащих канцелярии, секретарей, мальчишек-подручных, разносящих кофе и шербет.

Щеки мои пылали. От стыда я готова была провалиться сквозь землю.

— Прошу вас, ходжаным, говорите тише! — взмолилась я. — На нас люди смотрят.

Но Хурие-ханым, как назло, заголосила еще громче.

Она рыдала, рвала на себе волосы, била кулаком в грудь так, что отлетали пуговицы, пыталась поцеловать мои руки и колени.

К ужасу своему, я видела, как толпа вокруг нас продолжает расти. Так на стамбульских улицах народ обступает крикливого торговца подозрительными средствами от пятен или мозолей или же бродячего зубного лекаря.

До меня уже долетали такие слова: «Жалко бедняжку...», «Не заставляй плакать несчастную, девушка!..»

Вдруг возле нас появился высокий белобородый мулла в зеленой чалме.

— Дочь моя, — обратился он ко мне, — религиозный долг и человеколюбие велят относиться к старшим почтительно, с уважением. Не вставай на пути этой почтенной женщины, не отнимай у нее куска хлеба. Уступи ей, и ты возрадуешь Аллаха и пророка. Создатель всемилостив; он откроет для тебя другую дверь в своей волшебной сокровищнице.

Я дрожала под чаршафом, обливаясь холодным потом. В этот момент какой-то торговец кофе, гремя щипцами, которые у него были в руках, закричал:

— Верно! Верно!.. Ты всегда заработаешь себе на хлеб там, где будет Аллах.

В толпе раздался смех. Откуда-то появился секретарь, подвязанный красным кушаком, схватил торговца за шиворот и потащил его к лестнице.

— Ах ты, бесстыдник! Сейчас я тебе все зубы пересчитаю! — пригрозил он.

Почему они смеялись? Ведь слова продавца кофе ничем не отличались от того, что сказал мулла.

Хурие-ханым исступленно рыдала. Скандал принимал такие размеры, что я готова была ценой жизни уладить дело.

— Хорошо, хорошо! Пусть будет так, как вы хотите. Только, ради Аллаха, отпустите меня.

Я с трудом оторвала Хурие-ханым от своих колен, которые она пыталась поцеловать, и кинулась назад в кабинет заведующего.

Через несколько минут мне дали подписать бумагу, в которой говорилось, что я по собственному желанию отказываюсь от преподавания в центральном рущдие и выражаю желание учительствовать в школе Зейнилер.

Не прошло и часа, как все формальности были закончены и заведующий отделом, которого, казалось, ничто не может заставить подняться с места, в собственном фаэтоне отправился в резиденцию вали\* подписать приказ.

Вот, оказывается, как быстро могут решаться дела, которые в другое время месяцами путешествовали бы от стола к столу.

Когда я вернулась в гостиницу, Хаджи-калфа встретил меня на пороге. С укоризной, но в то же время с радостью он сказал:

— Утаила от меня... Думала, не узнаю. Слава Аллаху.

— Что ты узнал?

— Приказ-то о тебе пришел, милая!

— Какой приказ, Хаджи-калфа?

— Тебя оставляют в центральном рущдие! Хурие-ханым уже вернули паспорт.

— Ошибаешься, Хаджи-калфа. Я только что от заведующего. Ничего подобного и не было.

Старик недоверчиво посмотрел на меня:

— Говорят тебе, приказ пришел вчера вечером. Мне известно из достоверных источников. Очевидно, заведующий скрыл это от тебя. Нет ли здесь какой-нибудь хитрости? Как ты думаешь?

Подшучивая над мнительностью и наивностью Хаджи-калфы, я разом выложила ему все события сегодняшнего дня, затем вытащила из портфеля приказ о моем назначении в Зейнилер и помахала им в воздухе.

— Живем, Хаджи-калфа! Еду в настоящую Швейцарию!

Хаджи-калфа слушал меня, и его огромный нос багровел, точно петушиный гребень. Наконец он с досадой хлопнул в ладоши и сердито заговорил:

— Ах ты, глупое дитя! Что ты наделала?! Что ты натворила?! Все-таки поймали тебя в западню. Иди сейчас же к заведующему, возьми его за горло!

Я пожала плечами:

— Успокойся, мой дорогой Хаджи-калфа. Не надо, а то еще заболеешь... Что тогда будем делать?

---

\* В а л и — губернатор вилайета.

Однако, как выяснилось, старик имел основания переживать и огорчаться за меня. К вечеру я узнала все как было, даже со всеми подробностями.

Оказывается, заведующий отделом был на стороне Хурие-ханым. В докладной записке на имя министерства он потребовал моего перевода в другое место, мотивируя тем, что Хурие-ханым более опытный педагог. Но наверху почему-то сочли нужным оставить в Б... меня, а мою соперницу перевести в другое место, где ожидалась вакансия.

После того как вчера вечером пришел приказ, заведующий отделом, директриса рущдие и, кажется, начальник финансовой части, который был родом из Румелии, земляк Хурие-ханым, держали ночью совет и разработали целый план. Они решили услать меня в какую-нибудь глухую деревушку, а на мое место устроить Хурие-ханым. Даже встречу с Хурие-ханым в коридоре они продумали заранее и муллу привели специально. Что касается селения Зейнилер, которое заведующий расписал мне как роскошную европейскую деревню, то это, оказывается, была убогая, затерявшаяся в горах деревушка, куда не залетали и птицы. Вот уже год в школе там не было преподавательницы, и даже самые обездоленные учителя не отваживались туда ехать.

Я была поражена. В моем сознании никак не укладывалось, как мог такой почтенный, солидный чиновник пойти на такой бессовестный обман.

Хаджи-калфа качал головой и говорил сердито:

— О, ты не знаешь эту сонную змею. Она спит, спит, а потом так ужалит, что и не опомнишься. Поняла, ханым-эфенди?

— Ладно, ничего... — ответила я. — После того как человека ужалили самые близкие родственники, чужие для него не страшны. Я могу быть счастлива и в Зейнилер. Пусть все успокоятся.

*Зейнилер, 28 октября*

Сегодня к ночи я добралась на телеге до Зейнилер. Видимо, заведующий отделом образования мерит расстояния движением поезда. Путешествие на «два часа» длилось с десяти утра до поздней ночи. Впрочем, этот чудак тут ни при чем. Виноваты те, кто не проложил рельсового пути к Зейнилер по дороге, которая то карабкается вверх по горным склонам, то спускается вниз к руслам пересохших речек.

Семейство Хаджи-калфы собралось проводить меня до источника, который находился в получасе езды от города. Провожатые разоделись, словно шли на свадьбу, а вернее — на похороны.

Когда Хаджи-калфа пришел сказать, что телега готова, его трудно было узнать. Он снял свой белый передник и ночные туфли, которые как-то особенно шлепали, когда он расхаживал по каменному дворику, передней и лестницам гостиницы. Сейчас на нем был долгополый сюртук из выцветшего сукна, застегнутый наглухо, на ногах — глубокие калоши, какие носят имамы. Огромная красная феска закрывала до ушей его лысую голову.

Туалеты Неврик-ханым, Айкануш и Мирата не уступали одеянию главы семейства.

Мне было очень грустно расставаться с моей маленькой комнаткой, хотя я и провела в ней немало горьких часов. Однажды в пансионе нас заставили выучить наизусть стихотворение: «Человек живет и привязывается невидимыми нитями к людям, которые его окружают. Наступает разлука, нити натягиваются и рвутся, как струны скрипки, издавая унылые звуки. И каждый раз, когда нити обрываются у сердца, человек испытывает самую острую боль».

Прав был поэт, написавший эти стихи!


По странной случайности в тот же день покидала Б... и моя соседка из Монастира. Но только она была в более плачевном положении, чем я.

Вчера вечером я упаковала вещи и легла спать. Ночью сквозь сон я слышала чьи-то грубые голоса, но никак не могла проснуться.

Вдруг страшный грохот заставил меня вскочить с постели. В коридоре дрались. Слышался детский плач, крики, глухой хрип, звуки ударов и пощечин. Спросонья я подумала было, что случился пожар. Но зачем же люди дерутся на пожаре?

Босиком, с растрепанными волосами я выскочила в коридор и увидела страшную картину. Длинноусый офицер богатырского телосложения волочил по полу бедную соседку, избивая ее плетью и топча сапожищами.

Дети вопили:

— Мамочка!.. Папа убивает нашу маму!

Несчастная женщина после каждого пинка, после каждого взмаха плетки, которая извивалась и свистела, как змея, со стоном валилась на пол, но затем, собравшись с силами, вдруг вскакивала и хватала офицера за колени.

— Буду твоей рабыней, твоей жертвой, мой господин!.. Убей меня, только не бросай, не разводись со мной!..

Я была почти раздета, и мне снова пришлось вернуться в номер. Да и что я могла сделать?

Уже проснулись обитатели первого этажа. Внизу послышался топот ног, неясные голоса. На потолке коридора заплясали тени. В пролете лестницы показалась лысая голова Хаджи-калфы. Старика разбудил грохот, он схватил коптилку и, как был в нижнем белье, кинулся наверх.

— Как не стыдно! Какой позор! Да разве можно так безобразничать в гостинице? — закричал он и хотел было оттащить офицера.

Но офицер что было силы ударил храбреца ногой в живот. Бедняга Хаджи-калфа взвился в воздух, словно большой футбольный мяч, влетел сквозь незапертую дверь в мою комнату и грохнулся спиной на пол, задрав вверх голые ноги. К счастью, я вовремя успела подскочить и подхватить его, иначе лысый череп бедняги, наверно, раскололся бы о половицы, как большая тыква.

Прерванный сон, страх, изумление и, наконец, вид старого номерного — мои нервы не выдержали всего этого.

Старик с трудом поднялся на ноги, приговаривая:

— Ах, господи!.. Ах ты, господи!.. Ах, будь ты неладен!.. Грубиян!..

И тут я повалилась на постель, не знаю, как я осталась жива. Я задыхалась, захлебывалась в истерическом хохоте, комкала руками одеяло. Мне уже было не до трагедии, разыгравшейся в коридоре.

Когда я пришла в себя, шум и крики за дверью прекратились, гостиница опять погрузилась в мертвую тишину.

Мне потом рассказали, что произошло. Навязчивая любовь особы из Монастира стала в конце концов офицеру поперек горла, и он решил во что бы то ни стало отправить ее с детьми на родину. В эту ночь он пришел сказать, что билеты куплены и утром следует быть готовой к отъезду. Но могла ли бедная женщина так легко расстаться с мужем? Конечно, она вцепилась в него, принялась просить, умолять. Кто знает, какие сцены, какие слова предшествовали столь страшному эпилогу?

Когда часа через два я собиралась все-таки заснуть, в дверь тихонько постучался Хаджи-калфа.

— Послушай меня, ходжаным. Кроме тебя, в гостинице женщин нет. Несчастная соседка лежит без сознания. Только не надо смеяться... Сходи к ней, ради бога, посмотри. Я ведь мужчина, мне неудобно. Не дай бог, помрет. Свалится тогда беда на наши головы.

Но когда в дверях появилось лицо Хаджи-калфы, мной опять овладел приступ смеха. Я хотела сказать: «До свадьбы заживет», — но не могла вымолвить ни слова.

Хаджи-калфа сердито посмотрел на меня и покачал головой:

— Хохочешь? Заливаешься? Ах ты, негодница!.. Нет, вы только посмотрите на нее!..

Он так странно, с анатолийским акцентом, произносил слово «хохочешь», что я и сейчас не могу удержаться от смеха.

Больше часа мне пришлось провозиться с моей несчастной соседкой. Тело ее было покрыто синяками и ссадинами. Она закатывала глаза, сжимала челюсти и все время теряла сознание. Я впервые в жизни ухаживала за подобной «больной» и чувствовала себя очень неуверенно. Впрочем, стоит человеку попасть в положение сиделки, и он невольно начинает проявлять чудеса усердия.

Каждый обморок продолжался не менее пяти минут. Я растирала пострадавшей кисти рук. Ее дочь подносила кувшин, и мы кропили лицо водой. Ссадины были на лбу, щеках, губах. Кровь, смешанная с сурьмой и румянами, стала почти черной и тоненькими струйками стекала по подбородку на грудь. Господи, сколько было краски на этом лице! Кувшин почти опустел, а румяна и сурьма все еще не смылись.

Когда я проснулась на другой день, номер напротив был уже пуст. Офицер рано утром на фаэтоне увез свою первую жену вместе с детьми. Перед отъездом соседка хотела увидеть меня, чтобы проститься, но не осмелилась разбудить, так как знала, что из-за нее я почти не спала в эту ночь. Она поцеловала меня, спящую, в глаза и просила Хаджи-калфу передать привет.

Телегу порядком трясло. Когда мой взгляд останавливался на лице Хаджи-калфы, я опять начинала смеяться. Старик понимал причину столь неуместного веселья, сам смущенно улыбался в ответ и, качая головой, ворчал:

— Смеешься! Все еще радуешься?! — И, вспоминая ужасный пинок, полученный вчера вечером, добавлял: — Проклятый офицеришка! Понимаешь, так меня лягнул — все в животе перемешалось. Мират, вот тебе отцовское наставление: никогда в жизни не вздумай разнимать супругов. Муж и жена — одна сатана.

Наконец мы доехали до родника. Здесь нам предстояло расстаться. Хаджи-калфа вылил воду из двух бутылок, которые я взяла в дорогу, наполнил их заново, потом принялся пространно наставлять старого возницу.

Неврик-ханым, всхлипывая, переложила в мою корзинку несколько хлебцев, испеченных накануне специально для меня.

Дикая Айкануш, которая, как мне казалось, была совершенно равнодушна ко мне, вдруг заплакала, словно у нее что-то заболело. Да как заплакала! Я сняла свои жемчужные сережки и продела их в уши девушки. Моя щедрость смутила Хаджи-калфу.

— Нет, ходжаным! — пробормотал он. — Подарки не должны стоить денег. А ведь это драгоценные жемчужины...

Я улыбнулась. Как объяснить этим простодушным людям, что по сравнению с жемчужинами, которые текли по лицу девушки, эти серьги не имели никакой цены!

Хаджи-калфа подсадил меня на телегу, затем глубоко вздохнул, ударил себя кулаком в грудь и сказал:

— Клянусь тебе, для меня эта разлука мучительнее, чем вчерашний пинок офицера.

Эти слова опять напомнили о ночном скандале, и я рассмеялась. Телега тронулась. Хаджи-калфа погрозил вслед пальцем:

— Смеешься, негодница! Смеешься!..

Ах, если б расстояние сразу не отдалило нас и ты смог бы увидеть мои глаза, ты не сказал бы так, мой дорогой, мой славный Хаджи-калфа!

Вскоре мы углубились в горы, дорога сделалась крутой, ухабистой. Она то пролегала по высохшим руслам рек, то тянулась вдоль пустых полей и запущенных виноградников.

Изредка нам попадался одинокий крестьянин, еще реже — арба, которая, казалось, стонала от усталости, или босоногая женщина с вязанкой хвороста за плечами.

На узенькой тропинке, бегущей через виноградник, мы встретили двух длинноусых жандармов, одетых так странно, что их можно было принять за разбойников. Поравнявшись с нами, они поприветствовали возницу:

— Селямюн алейкюм! — и пристально глянули на меня.

На прощание Хаджи-калфа говорил мне: «Дорога, слава Аллаху, надежная, но на всякий случай закрывайся чадрой. У тебя не такое лицо, которое можно всегда держать открытым. Понятно, милая?» И вот теперь, стоило мне заметить кого-нибудь вдали, я тотчас вспоминала наставления Хаджи-калфы и закрывала лицо.

Шли часы. Дорога была безлюдна, уныла. Наша телега грустно поскрипывала. И кто ее только придумал!.. На склонах гор, в ущельях скрежет ее колес о камни порождал эхо, которое звучало в ушах человека как утешение. А когда мы ехали среди скал, мне вдруг почудилось, будто за грудой черных, словно обожженных, камней вьется невидимая тропинка, а по тропе бежит женщина, всхлипывая и причитая жалостливым голосом.

Приближался вечер. Солнце медленно уползало за горные склоны. Ущелья начинали наполняться сумраком. А дороге конца-краю нет. Кругом ни деревни, ни деревца.

Постепенно в сердце мое начал заползать страх: что, если мы до ночи не попадем в Зейнилер? Вдруг нам придется заночевать среди этих гор!

Время от времени возница останавливал телегу и давал лошадям передохнуть, разговаривая при этом с ними, как с людьми.

Наконец, когда мы остановились опять среди скал, я не выдержала и спросила:

— Много ли еще осталось?

Возница медленно покачал головой и сказал:

— Приехали уже...

Будь это не пожилой человек, я бы подумала, что он надо мной смеется.

— То есть как приехали? — удивилась я. — Кругом ни души... Деревушки нигде не видно...

Старик снял с телеги мои пожитки.

— Надо спуститься по этой тропинке. Зейнилер в пяти минутах ходьбы отсюда. Телегой тут не проедешь.

Мы стали спускаться вниз по тропинке, крутой, словно лестница на минарете. Вскоре сквозь вечерние сумерки я разглядела внизу темные силуэты кипарисов и несколько деревянных домишек среди жалких садов, огороженных плетнями.

На первый взгляд деревня Зейнилер производила впечатление пожарища, над которым еще кое-где поднимались струйки дыма.

Обычно при слове «деревня» мне представлялись веселые опрятные домишки, утопающие в зелени, как уютные голубятни старых особняков на Босфоре. А эти лачуги походили на черные мрачные развалины, которые вот-вот рухнут.

У покосившейся мельницы нам встретился старик в бурке и чалме. Он тянул за собой на веревке тощую коровенку, у которой ребра, казалось, выпирали поверх шкуры, и безуспешно пытался загнать ее в ворота. Увидев нас, он остановился и внимательно пригляделся.

Старик оказался мухтаром\* Зейнилер. Возница знал его. Он в нескольких словах объяснил, кто я такая.

---

\* М у х т а р — староста.

Под простым черным чаршафом и плотной чадрой трудно было угадать мой возраст. Несмотря на это, мухтар-эфенди недоуменно посмотрел в мою сторону; очевидно, нашел меня слишком разряженной. Поручив корову босоногому мальчишке, он попросил нас следовать за ним.

Мы очутились в лабиринте деревенских улочек. Теперь можно было лучше рассмотреть дома. На Босфоре, в районе деревушки Кавак, стоят ветхие рыбачьи хибарки, перед которыми разбросаны сети. Хибары скривились под ударами морского ветра, насквозь прогнили и почернели под дождем. Домишки Зейнилер напомнили мне эти лачуги. Внизу — хлев на четырех столбах, над ним жилище из нескольких комнат, куда надо забираться по приставной лестнице. Словом, селение Зейнилер ничуть не походило на те деревушки, о которых я когда-то читала и слышала, которые видела на картинках.

Мы остановились перед красными воротами сада, окруженного высоким деревянным забором. На первый взгляд деревня Зейнилер показалась мне сплошь черной, вплоть до листьев. Поэтому я немало удивилась, увидев эти красные доски.

Мухтар принялся стучать кулаками. При каждом ударе ворота сотрясались так, словно готовы были развалиться.

— Наверное, Хатидже-ханым совершает вечерний намаз, — сказал он. — Подождем немного.

У возницы не было времени ждать. Он оставил мои вещи у ворот и простился с нами. Мухтар сел на землю, подобрав полы своей бурки. Я примостилась на чемодане. Завязался разговор.

Я узнала, что Хатидже-ханым очень набожная женщина и состоит в какой-то дервишской секте. Она навещала больных, читала «Мевлюд»*, расписывала невестам лица; поила в последний раз умирающих священной водой земзем**. Ей же приходилось обмывать тела усопших женщин и заворачивать их в саван.

---

\* «М е в л ю д» — проповедь, повествующая о рождении пророка Мухаммеда.

\*\* З е м з е м — колодец в Мекке, воду которого мусульмане считают целебной.

Мухтар-эфенди походил на человека, который окончил духовное училище. Я поняла, что он хочет воспользоваться случаем и сделать мне несколько наставлений. Он не выступал противником новой системы преподавания, но жаловался, что в современных школах совсем забыли о Коране. Из его рассказа я узнала, что в школе Зейнилер сменилось несколько учительниц, но, увы, ни одна из них не знала хорошо Корана и ильмихаль*.

Мухтар-эфенди весьма доброжелательно отзывался о Хатидже-ханым. Я поняла, что, если предоставлю этой «добродетельной, благоразумной, благочестивой и богомольной» женщине обучать детей Корану и ильмихалю, а сама буду вести остальные уроки, вся деревня будет очень довольна.

Наставления мухтара-эфенди были прерваны стуком деревянных башмаков, который донесся из-за забора. Мы со стариком поднялись на ноги. Загремел засов. Грубый голос спросил:

— Кто там?

— Свои, Хатидже-ханым... Из города приехала учительница.

Хатидже-ханым оказалась высокой семидесятилетней старухой с крупными чертами лица. Волосы ее были выкрашены хной и повязаны зеленым платком. Ее сутулые плечи облегало темное ельдирме** с накидкой, какие носят набожные старухи.

На грубом, словно высеченном из камня, лице, смуглом и морщинистом, выделялись удивительно молодые глаза и ослепительно белые зубы.

Пытаясь разглядеть под чадрой мое лицо, она сказала:

— Добро пожаловать, ходжаным, входи!

Опершись рукой о притолоку ворот и не переступая порога, словно ей было запрещено выходить на улицу, Хатидже-ханым подхватила мои вещички, заперла опять ворота на засов и повела меня за собой.

---

* И л ь м и х а л ь — учение о религиозных обязанностях мусульман.

** Е л ь д и р м е — род женской легкой верхней одежды.

Мы миновали сад, и я увидела здание школы, «отстроенное заново ценой больших жертв». Оно точь-в-точь походило на все остальные лачуги Зейнилер, с той лишь разницей, что доски, набитые внизу вокруг столбов и образующие какое-то подобие класса, не успели еще почернеть.

Я хотела было уже войти в дверь, но Хатидже-ханым схватила меня за руку.

— Погоди, дочь моя.

Я даже испугалась. Старуха пробормотала короткую молитву и сказала:

— Ну, дочь моя, теперь произнеси «бисмиллях»* и ступи сначала правой ногой.

В нижнем этаже было темно, как в пещере. Старуха, не выпуская моей руки, потащила меня по узкому каменному коридорчику. Мы поднялись по темной лестнице, ступеньки которой от ветхости ходили ходуном. Верхний этаж представлял собой убогую прихожую и огромную комнату с наглухо закрытыми деревянными ставнями. Это была та самая удобная квартира для преподавателей, которой поспешил меня обрадовать заведующий отделом образования.

Хатидже-ханым поставила мой чемодан на пол, вытащила из старой печки в углу, заменяющей шкаф, лампу и зажгла ее.

— В этом году тут никто не жил, — сказала она. — Потому так пыльно... Но ничего, если Аллаху будет угодно, завтра чуть свет я приведу все в порядок.

Выяснилось, что эта женщина прежде учительствовала в Зейнилер. После реорганизации школ вилайетский отдел образования пожалел старуху, не выбросил на улицу, а оставил по-прежнему при школе, положив оклад в двести курушей. Словом, это была наполовину учительница, наполовину уборщица. Хатидже-ханым сказала, что отныне она будет делать то, что я прикажу.

Я понимала, бедная женщина побаивается меня. Как-никак я была ее начальницей.

В двух словах я постаралась успокоить ее и принялась осматривать свое жилье.

---

* «Б и с м и л л я х» (арабск.) — «Во имя Аллаха», традиционное начало многих мусульманских молитв.

Грязные обои превратились от времени в лохмотья; черный деревянный потолок, сгнивший от сырости, прогнулся; в углу стояла ободранная, полуразрушенная печь, а рядом — покосившаяся кровать.

Итак, моя жизнь отныне должна проходить в этой комнате!

Мне было трудно дышать, словно я попала в подвал, где не хватало воздуха, руки и ноги зябли.

— Дорогая Хатидже-ханым, — сказала я, — помоги мне открыть окно. Одна я, кажется, не справлюсь.

Старая женщина, видимо, не хотела позволять мне что-либо делать. Повозившись с щеколдой, она распахнула ставни. Я глянула, и у меня волосы встали дыбом от ужаса.

Перед домом было кладбище. Среди кипарисов, верхушки которых еще озарялись вечерним светом, красовался лес надгробных камней. Чуть подальше тускло поблескивало болотце, поросшее камышом.

Старая женщина глубоко вздохнула:

— Человек еще при жизни должен привыкнуть, дочь моя... Все мы там будем.

Сказала ли это Хатидже-ханым без всякого умысла или хотела успокоить меня, заметив на моем лице страх и смятение, не знаю. Я постаралась взять себя в руки. Надо было быть мужественной, и я спросила как можно спокойнее, даже с наигранным весельем:

— Значит, здесь кладбище? А я не знала...

— Да, дочь моя, это кладбище Зейнилер. Осталось с прежних времен. Теперь покойников хоронят в другом конце деревни. А здесь уже вроде историческое место. Пойду зажгу светильник у гробницы Зейни-баба. Сейчас вернусь.

— Кто такой Зейни-баба, Хатидже-ханым?

— Святой человек был, да благословит Аллах его имя. Покоится вон под тем кипарисом.

Бормоча молитвы, Хатидже-ханым направилась к лестнице. До сих пор я не знала, что во мне живет страх перед такими вещами. Но в ту минуту мне почему-то стало страшно оставаться одной в темной комнате, наполненной запахом кипарисов.

Я кинулась вслед за старой женщиной:

— Можно и мне пойти с вами?

— Пойдем, дочь моя, так будет еще лучше. Очень хорошо, что ты сразу по приезде посетишь благословенного Зейни-баба.

Через черный ход мы вышли на кладбище и двинулись среди надгробных камней.

Иногда во время рамазана* или накануне праздников тетки водили меня на наше семейное кладбище в Эйюбе. Но только здесь, на темном кладбище Зейнилер**, я впервые в жизни поняла: смерть — это нечто страшное и трагическое.

Надгробные камни тут были совсем иные, чем я видела прежде. Они стояли очень ровно, словно шеренги солдат: высокие, прямые, с гладкими плоскими верхушками, совершенно черные. Прочесть надписи на них было невозможно. Только кое-где я различала крупные буквы: «О Аллах...».

В детстве мне приходилось слышать сказку. За далекими горами двигалось древнее войско, чтобы похитить какого-то юного султана. Днем солдаты прятались в пещерах, а ночью продолжали свой путь. Чтобы их не заметили в темноте, солдаты плотно закутывались в черные саваны. Так они шли многие месяцы. Наконец в ту ночь, когда войско должно было напасть на город, Аллах пожалел юного султана и превратил всех солдат, готовых двинуться на штурм под покровом ночи, в черные камни.

Глядя на черные надгробные столбы, выстроившиеся рядами, я вспомнила эту старую сказку.

«А вдруг это и есть та самая сказочная страна, где солдаты, закутанные в черные саваны, превратились в камни?» — мелькнуло у меня в голове.

— А кто такие эти Зейнилер, Хатидже-ханым?

— Я тоже не знаю, дочь моя. Когда-то эта деревня принадлежала им. Сейчас от них не осталось ничего, кроме минарета. Да благословит Аллах их память. Они были

---

* Р а м а з а н — девятый месяц арабского лунного года, месяц поста.

** З е й н и л е р — форма множественного числа от имени Зейни, т. е. последователи дервиша Зейни, основателя секты.

добродетельные люди. Главным у них был Зейни-баба. Сюда приносили больных, которых никто не мог исцелить. Я знаю одну женщину, которая была разбита параличом. Сюда ее принесли на руках, а ушла она собственными ногами.

Усыпальница, в которой лежал Зейни-баба, была сооружена под огромным кипарисом в конце кладбища. Каждую ночь Хатидже-ханым зажигала здесь три лампадки. Первую — на ветке кипариса, вторую — возле двери усыпальницы, третью — у самой гробницы.

Усыпальница представляла собой глубокую яму, сверху засыпанную землей. В этой яме, как говорили здесь, Зейни-баба томился семь лет, не видя солнечного света. Когда он умер, никто не посмел прикоснуться рукой к его священному телу. Уже потом над его останками соорудили гробницу.

Хатидже-ханым зажгла два светильника и показала мне лестницу с несколькими ступеньками, которая вела в яму.

— Спустимся вниз, дочь моя, — сказала она.

Я никак не могла решиться.

Хатидже-ханым повторила:

— Спускайся, дочь моя. Коль ты пришла сюда, грешно не войти. Если у тебя в сердце есть какое-нибудь желание, попроси Зейни-баба, и оно исполнится.

Спускаясь по лестнице, я дрожала как осиновый лист. Если бы мертвецы, спящие в могилах, обладали способностью что-либо ощущать, они, конечно, поняли бы мое состояние в эту минуту.

В нос ударил запах сырой и холодной земли.

Гробница святого Зейни-баба была обита цинковой жестью, выкрашенной в зеленый цвет. Из рассказов Хатидже-ханым я узнала, что Зейни-баба всю свою жизнь провел в нужде и лишениях и не пожелал, чтобы после смерти его останки были закутаны в пышные, расшитые шелком покрывала. Иногда кто-нибудь приносил в усыпальницу разукрашенные покрывала, но они не могли пролежать и неделю, гнили, превращались в черные лохмотья.

Бормоча молитвы, старуха подлила масла в лампадку, горевшую у изголовья святого, потом обернулась ко мне:

165

— Когда наступает смертный час кого-нибудь из жителей деревни, Азраил* прежде всего посещает святого Зейни-баба, и тогда эта лампадка гаснет сама собой. А теперь, дочь моя, попроси у Зейни-баба, чтобы твое заветное желание исполнилось.

У меня подгибались колени. Я едва держалась на ногах. Прислонившись пылающим лбом к прохладному надгробию, я зашептала тихонько, не столько губами, сколько своим израненным сердцем:

— Мой дорогой Зейни-баба, я всего-навсего только маленькая невежественная чалыкушу. Не знаю, как с тобой разговаривать, как тебя умолять. Извини, меня не научили ничему, что могло бы тебе понравиться. Слышала, что ты семь лет провел в этом подземелье, не видя солнечного света. Может, и ты убежал от неверности людей, от их жестокости. Мой дорогой Зейни-баба, хочу попросить тебя о великой милости. В течение этих семи лет были минуты, когда ты тосковал по солнцу, по ветру. Пошли и мне этого ангела терпения, который помогал тебе в твоем одиночестве. Я тоже хочу без стонов и слез переносить свою пытку.

Я одна в своей комнате. Хатидже-ханым предоставила меня самой себе, удалившись в каморку, похожую на подвал, в нижнем этаже школы. Там она до полуночи молилась, перебирая четки.

Вот уже два часа я пишу эти строки при свете коптилки. Издали доносится журчание родника. Иногда потрескивают доски потолка. Я прислушиваюсь к ночным звукам. Холодеет сердце, дрожат губы. Где-то еле слышно разговаривают странные голоса. Лестничные ступеньки тихо скрипят. В коридоре раздаются таинственные шорохи, похожие на человеческий шепот.

Не трусь, Чалыкушу, ложись спать. Чего бояться каких-то ночных таинственных голосов. Они не причинят тебе столько зла, сколько принесли слова «желтого цветка» тогда, в теткином доме.

---

* А з р а и л — ангел смерти.

Сегодня утром я подсчитала: прошел почти месяц, как я приехала в Зейнилер. А мне кажется, я живу здесь уже много лет. До этого дня мне не хотелось притрагиваться к дневнику. Вернее, я боялась... Первые дни я пребывала в страшном унынии и отчаянии, и кто знает, какую чепуху могла написать. Сейчас я уже привыкаю к здешней жизни.

У сестры Алекси было любимое изречение: «Девочки мои, от безнадежных болезней и неизбежных бедствий есть только одно лекарство: терпение и покорность. Но несчастья обладают тайным состраданием. Кто не жалуется и встречает их с улыбкой, к тому они менее жестоки».

Обычно у Чалыкушу эти слова вызывали только смех, но сейчас она считает их правильными и уже не смеется.

После приезда в Зейнилер у меня бывали такие часы, когда я чуть не сходила с ума. «Сопротивление бесполезно, — твердила я, — все равно ты не выдержишь».

В такие минуты мне на помощь приходили мудрые слова сестры Алекси. Душа моя обливалась слезами, а лицо смеялось, и я начинала петь, насвистывать, чтобы обмануть себя притворным весельем, и сердце мое, трепеща, оживало, как увядший цветок, поставленный в воду.

Я искала утешение в окружающих меня мелочах: будь то свежесорванный зеленый листок, случайно попавшийся мне в руки, которым я водила по лицу, или тощий котенок, найденный в саду, которого я прижимала к груди, согревая своим дыханием. А когда было совсем невмоготу, говорила себе: «Не хандри, Феридэ, крепись! Ты ведь знаешь, у тебя ничего не осталось в жизни, кроме веселого лица и смелости».

И пусть мое веселье было наигранным, мимолетным, но разве луч света, пробившийся в темное подземелье, или жалкий цветок, распустившийся среди камней у разрушенной стены, не есть признаки жизни, несущие человеку надежду и утешение?

Сегодня пятница*. Занятий в школе нет.

_____

* В султанской Турции, как и во многих мусульманских странах, пятница была нерабочим днем.

Дождь, ливший несколько дней подряд, наконец прекратился. За окном осень устраивает свой последний, прощальный праздник. Кажется, что и горная цепь вдали, и болотце, поросшее камышом, весело улыбаются солнцу. Даже кипарисы и надгробные камни на кладбище потеряли свою строгость, перестали наводить страх.

Я заглядываю в глубину своего сердца и чувствую, что уже начинаю успокаиваться, привыкать к новой жизни и даже понемногу любить этот темный, тоскливый край.

К занятиям в школе я приступила на следующее утро после своего приезда. Этот день не забудется никогда.

Утром я лучше разглядела класс, ремонт которого стоил заведующему отделом образования из Б... «больших жертв». Прежде тут, очевидно, был хлев, потом настелили пол, расширили окна, вставили и застеклили рамы. Обои на стенах были чернее сажи. У двери косо висела карта, рядом три учебных плаката; на одном был изображен скелет человека, на другом — крестьянская ферма, на третьем — змея. Очевидно, это и был «новый школьный инвентарь».

Около стены, со стороны сада, еще сохранилась кормушка для скотины — память о хлеве. Ее не выбросили, а прибили сверху деревянную крышку — получилось нечто вроде сундука. Сюда ученики складывали свою провизию, учебники, а также вязанки хвороста — его собирали в горах для отопления школы.

Хатидже-ханым мне объяснила, что в сундук иногда сажают шалунов, которых не может образумить палка. Младший сын старосты Вехби почти все время проводил в этом сундуке. Напроказив, мальчуган сам забирался в сундук, ложился там на спину, как покойник в гробу, и собственноручно опускал крышку.

Я удивленно спросила у Хатидже-ханым:

— А мухтар не сердится?

Хатидже-ханым покачала головой:

— Мухтар-бей бывает только доволен. Он сказал мне: «Молодец, Хатидже-ханым, хорошо, что надоумила. У нас дома тоже есть сундук. Теперь, если негодник набедокурит, я буду сажать его туда».

— Хороший метод воспитания. Значит, в школе есть и мальчики?

— Да, несколько человек. Но взрослых ребят мы посылаем в мужскую школу в деревню Гариблер.

— А где находится деревня Гариблер?

— Вон за теми скалами. Видишь, белеют вдали?

— И не жалко ребят? Как же они ходят туда зимой, в снег?

— Привыкли. Когда нет слякоти, они добираются туда меньше чем за час. Но в дождь, грязь или буран им приходится туго.

— Хорошо, а почему вы их не учите здесь?

— Разве можно, чтобы мужчины и женщины занимались вместе?

— Какие же это мужчины?

— А как же, дочь моя! Это уже большие парни, им по двенадцать-тринадцать лет. — Хатидже-ханым на мгновение запнулась, видно, хотела сказать что-то еще, но не решалась. Потом пересилила себя: — Особенно это невозможно теперь...

— Почему?

— Ты слишком молоденькая учительница... Вот поэтому, дочь моя.

Стамбульцы говорят: «Честная женщина и от петуха бежит». Очевидно, наша Хатидже-ханым была как раз из такой породы.

Я промолчала и занялась делами.

Важной частью школьного инвентаря, добытого заведующим отделом образования «ценой больших жертв», было также и несколько старых безобразных парт. Но странно! Они были свалены в углу класса, и никто, видимо, не считал нужным ими пользоваться.

— Почему вы это сделали, Хатидже-ханым? — полюбопытствовала я.

— Это сделала не я, а прежняя учительница, дочь моя. Дети не привыкли сидеть за партами. Наука не идет в голову человеку, когда он восседает на возвышении, словно на минарете. Учительница побоялась выбросить парты из школы, мог ведь приехать инспектор или еще кто-нибудь из начальства. Новичков мы сажаем все-таки сначала туда. А потом, когда они начинают учиться, пересаживаем вниз, на циновки.

Я попросила Хатидже-ханым помочь мне. Мы вымыли пол, убрали циновки, расставили парты, и хлев стал хоть немного походить на класс.

По лицу Хатидже-ханым было видно, что она недовольна. Но возражать старая женщина не осмеливалась и делала все, что я говорила. Мне хотелось поскорее управиться с уборкой.

Я еще не успела вымыть руки, как начали сходиться ученицы. Девочки были одеты бедно, убого. Почти все были без чулок, на голове — плотно повязанные старые, драные тряпки бязи. Стуча деревянными сандалиями, одетыми прямо на босу ногу, они подходили к дверям класса, снимали свои деревяшки и ставили рядком у порога.

Увидев меня, девочки пугались и, смущенные, останавливались в дверях. Я попросила их подойти ближе, но они закрывали лица руками и прятались за дверь. Мне пришлось за руки насильно втаскивать их в класс.

Подходя ко мне, они закрывали глаза и целовали мою руку. Это было так потешно, что я чуть не рассмеялась. Очевидно, так было принято в деревне. Каждый поцелуй сопровождался смешным причмокиванием, и рука моя становилась мокрой от их губ.

Стараясь подбодрить девочек, я говорила каждой несколько теплых, ласковых слов, но все мои вопросы оставались без ответа. Дети упрямо отмалчивались. Было от чего прийти в отчаяние. Они долго кривлялись и ломались, но под конец мне все-таки удалось узнать их имена:

— Зехра...
— Айше...
— Зехра...
— Айше...
— Зехра...
— Айше...

Господи! Сколько в этой деревне девочек по имени Зехра и Айше!

Смешного во всем этом мало, но невольно в голову мне приходили забавные мысли. Например, приедет инспектор и захочет познакомиться с моими ученицами. Я моментально ему доложу: «В классе девять Айше и двенадцать Зехра». А можно сделать так: всех Айше посадить по одну сторону класса, а Зехра — по другую. Или вот еще... Когда мы будем играть в мячик (а я решила устраивать на переменах для детей игры в саду), можно быстро разделить класс на две группы, стоит только крикнуть: «Все Айше — направо, все Зехра — налево!»

Я не могла удержаться, чтобы не позволить себе новое развлечение. Когда приходили новые девочки, я спрашивала:

— Дочь моя, ты Зехра или Айше?

Очень часто мои вопросы попадали в цель. Смелее всех оказалась маленькая черноглазая девчушка с пухлыми щеками. Она взглянула на меня удивленно и спросила:

— Откуда ты знаешь, как меня звать?

Я рассадила своих учениц по партам и попросила их хорошенько запомнить, кто где сидит. Надо было видеть бедняжек, как беспомощно болтались их ноги, какие у них были странные позы! Казалось, они сидели не за партами, а на ветке дерева или скате крыши. Когда я отходила к кафедре, они, не спуская с меня глаз, медленно подтягивали под себя свои грязные ноги, напоминая мне черепашек, прячущих лапы в панцирь.

Что поделаешь? Постепенно привыкнут.

Одно меня сильно поразило: девочки были очень застенчивы. От них, как от деревенских невест, невозможно было добиться ни одного слова. Но стоило моим ученицам открыть учебники, как класс огласился громкими воплями. Оказалось, они привыкли читать хором, не жалея горла. В класс приходили все новые и новые ученицы, шум усиливался, и голова моя пошла кругом.

Я спросила у Хатидже-ханым:

— Они все время так занимаются, надрывая глотки? Какой ужас! Разве можно это выдержать?

Хатидже-ханым удивленно посмотрела на меня.

— Ну конечно. А как же иначе, дочь моя? Это школа. Можно ли обтесать бревно, не взмахнув топором? Чем громче они кричат, тем лучше усваивают урок.

Уже почти все парты были заняты. Я что было силы стукнула рукой по кафедре, которая, пожалуй, была единственной новой красивой вещью в школе, хотела приказать, чтобы дети занимались молча. Однако никто не обратил на меня внимания, никто не поднял головы. Наоборот, класс загудел еще громче, точно улей, потревоженный камнем:

«...Эузюбил-ляхи-эбджед-хеввез-хутти-джим-юстюн, дже-джим-эсре-джи...»

Я поняла, что мне предстоит изрядно помучиться, пока удастся перевоспитать ребят. Но я не сомневалась, что добьюсь успеха.

— Хатидже-ханым, — обратилась я к старой женщине, — занимайся с ними сегодня как обычно. Я не приступлю к занятиям, пока не наведу порядок в классе.

Хатидже-ханым настороженно посмотрела на меня.

— Дочь моя, я учу детей тому, что вижу. Откуда нам знать то, что знаешь ты? У меня ведь нет школьного образования...

Только потом я сообразила, что хотела сказать бедная женщина. Она решила, что ей устраивают экзамен. Старушка так боялась потерять свои двести курушей!..

Хотя день был солнечный, некоторые девочки явились в школу, закутавшись с головой в старые покрывала. Я спросила у Хатидже-ханым, зачем они так сделали. Этот вопрос опять удивил старуху.

— Господи, дочь моя, да ведь они уже взрослые, невесты. Нельзя же им ходить по деревне с открытыми головами.

Боже! Как можно этих десяти — двенадцатилетних детей, похожих на поблекшие осенние цветы, называть взрослыми, да еще невестами? Действительно, куда я попала? Что за край?

Но в то же время я обрадовалась. Если уж таких малюток здесь называют невестами, то я всем покажусь старой девой, засидевшейся дома, и никто надо мной не будет смеяться, считая ребенком.

Позже всех в школу пришли мальчики. Они наравне со взрослыми работают дома по хозяйству, таскают из колодца воду, доят коров, ходят в горы за дровами.

Хатидже-ханым попросила ребят обождать немного за дверью и робко обратилась ко мне:

— Ты, кажется, забыла надеть платок, дочь моя?..

— Неужели это необходимо?

— Э... По правде говоря, конечно, необходимо. Впрочем, это не мое дело... Но ведь грех вести урок с непокрытой головой.

Мне стыдно было признаться, что я не знаю этого. Покраснев, я солгала:

— Оставила платок дома, когда уезжала...

— Хорошо, дочь моя, я дам тебе кусочек чистого батиста, — предложила Хатидже-ханым.

Она пошла в свою каморку, достала из сундука, который отчаянно скрипел, когда его открывали, зеленый батистовый платок и принесла его мне.

Приходилось терпеть. Я накинула платок на голову, завязав его под подбородком, как это делали молоденькие цыганки-гадалки на стамбульских улицах.

Стекло в окне, прикрытом наружным ставнем, вполне могло заменить тусклое трюмо. Я незаметно подошла к нему и начала любоваться собой. Получив назначение в Зейнилер, я заранее обдумала свой учительский костюм. По моему мнению, учительница при исполнении своих обязанностей не имеет права одеваться, как остальные женщины. Мое изобретение было очень просто: платье до колен из черного блестящего сатина, на талии тонкий кожаный поясок, ниже два маленьких кармашка — один для платка, другой для записной книжки. Оживить это черное одеяние должен был широкий воротничок из белого полотна. Я не люблю длинные волосы, но учительнице не подобает быть коротко остриженной. Уже месяц, как я не подстригалась, но мои волосы не достигали даже плеч.

Собираясь на первый урок, я оделась именно так и долго приглаживала щеткой упрямые кудри, чтобы они не лезли мне на лоб.

В зеленом батистовом платке Хатидже-ханым, прикрывавшем мои короткие волосы, которые, избавившись от щетки, тотчас восстали, в черном блестящем платье я выглядела так нелепо и курьезно, что едва не расхохоталась.

Представлю вам своих учеников-мальчишек, из-за которых мне пришлось повязать голову зеленым платком.

Прежде всего маленький Вехби, который, словно мышь, сидел все время в нашем сундуке. Он действительно походил на забавного мышонка: черные блестящие глазки, точно бусинки, хитрое личико, острый подбородок. Вехби был первый озорник в школе.

Черный арабчонок Джафер-ага, круглый, как волчок, он отчаянно сверкал белками глаз, ослепительно белыми зубами, ярко-красными губами, улыбался, широко растягивая губы. Тем, кто называл его просто Джафер, он в школе не отвечал, а на улице забрасывал камнями.

Десятилетний Ашур, тощий как скелет, изможденное грязное лицо его было изрыто оспой.

И, наконец, самая замечательная личность в классе — Нафыз Нури. Ему минуло едва десять лет, но лицо у него было сморщенное, как у семидесятилетнего старца. Под подбородком красовалась большая золотушная болячка, которая только недавно затянулась, голая шея походила на ободранную ветку; больные, припухшие веки были без ресниц, на яйцеобразной голове красовалась белая чалма. Словом, это странное существо можно было показывать за деньги.

В то утро Хатидже-ханым положила возле себя длинные прутья, только что срезанные на кладбище, и принялась по очереди вызывать учеников. В то время как один отвечал задание, весь класс по-прежнему галдел ужаснейшим образом.

Помню, когда шум на уроке начинал беспокоить сестру Алекси, она скрещивала на груди свои желтые, похожие на тонкие свечи пальцы, поднимала кверху ясные голубые глаза, копируя изображение святой Девы Марии, и говорила: «Вы заставляете меня испытывать муки ада». И, конечно, зачинщиком всякого беспорядка в классе была обычно Чалыкушу. А теперь ей самой приходится страдать от подобных шалостей.

Две недели я билась над тем, чтобы искоренить этот одуряющий шум, заставить учеников работать молча, выслушивать задание, которое давалось одновременно всему классу.

Ну что ж, мои труды не пропали зря. Правда, в первые дни я не могла справиться с ребятами, несмотря на все мои старания. После розог Хатидже-ханым, которые свистели в классе, словно змеи, мой голосок казался им таким слабым... Порой, когда мне становилось невмоготу, я, обернувшись к двери, кричала:

— Иди сюда, Хатидже-ханым!

Старуха врывалась в класс, словно ведьма на метле, и помогала мне навести порядок.

Но в конце концов я вышла победителем в этой борьбе: класс перестал галдеть. Теперь дети научились сидеть спокойно, понимать человеческое слово. Даже Хатиджеханым, которая считала, что чем громче класс кричит, тем лучше усваивается урок, была довольна.

Она то и дело повторяла:

— Да наградит тебя Аллах, дочь моя! Отдохнет теперь моя головушка...

Однако это было не все, чего я добивалась: мне хотелось сделать детей более веселыми, жизнерадостными. Но я часто теряла веру в то, что мне это удастся.

На детях этой деревни, как и на ее домах, улицах, могилах, лежит печать черной тоски. Бесцветные губы детей не знают улыбки, в их неподвижных, всегда печальных глазах, кажется, навечно застыла дума о смерти.

Может быть, и я сама постепенно начинаю уподобляться им? Прежде я думала о смерти совсем иначе: человек работает, бегает, развлекается пятьдесят — шестьдесят лет, словом, пока не выбьется из сил; но потом глаза его начинают слипаться, испытывая потребность в сладком сне; тогда человек ложится в белоснежную постель, сон охватывает его тело, и он, улыбаясь, словно в сладостном опьянении, постепенно засыпает. Белый мрамор, ослепительно сверкающий в солнечных лучах, усыпан цветами; на мраморную плиту опустилось несколько птиц, чтобы напиться из маленьких ямочек.

Такая приятная, даже радостная картина рисовалась в моем воображении при упоминании о смерти. А сейчас я почти на вкус испытываю горечь смерти, вдыхая ее своими легкими вместе с запахом земли, алоэ и кипарисов.

В том, что дети угрюмы, невеселы, есть большая вина и Хатидже-ханым. Бедная женщина считает, что основная обязанность педагога заключается в том, чтобы убить в детских сердцах все земные желания. При каждом удобном случае она старалась свести малышей лицом к лицу со смертью. По ее мнению, несколько анатомических плакатов, висевших на стене, были присланы в школу именно для этой цели. Она заставляла весь класс хором читать мрачные и торжественные религиозные стихи:

Никому не останется этот тленный мир.
Проходи, наша жизнь, наступай, смерти пир!

Хатидже-ханым повесила на стену плакат с изображением человеческого скелета и рассказывала ученикам об ужасах смерти, о загробных муках:

— Завтра, когда мы умрем, наше мясо сгниет и от нас останутся вот такие высохшие кости...

По мнению старой женщины, все таблицы предназначались приблизительно для таких же целей. Например, показывая на плакат, где была нарисована крестьянская ферма, она говорила:

— Создав этих овец, Аллах думал: «Пусть мои рабы едят мясо и молятся мне...» Мы пожираем, отправляем в наши недостойные утробы этих овец... А платим ли мы Аллаху свой долг? Где уж там!.. Но когда мы завтра уйдем в землю, когда возле нас с огненными булавами встанут Мюнкир и Некир*, что мы будем говорить? — И Хатидже-ханым снова принималась за бесконечные описания смерти.

А плакат с изображением змеи Хатидже-ханым использовала в лечебных целях, она заявила, будто это Шахмиран**, и царапала на животе змеи имена больных.

Чего только я не придумывала для того, чтобы хоть чуточку развеселить бедных детей, рассмешить их! Но все мои старания пропадали зря. Перемены в школе я сделала обязательными, каждые полчаса или час выходила с детьми в сад. Я старалась научить их веселым, интересным играм. Но малышам почему-то они не доставляли никакого удовольствия. Тогда я предоставляла их самим себе и отходила в сторону.

---

* М ю н к и р и Н е к и р — ангелы, которые, по представлению мусульман, допрашивают умерших об их земных поступках.
** Ш а х м и р а н — царь змей.

У этих маленьких девочек с потухшими глазами и усталыми лицами, как у взрослых людей, измученных страданиями, оказалось любимое развлечение: забившись в какой-нибудь укромный уголок сада, они начинали распевать религиозные гимны, без конца повторяя слова «смерть», «гроб», «тенешир»*, «Зебани»**, «могила». Одна песня была особенно жуткой. Когда я слушала хор их дрожащих голосов, у меня волосы вставали дыбом:

> Словно воры, разденут тебя они,
> И в пустой гроб положат тебя они.
> И от смерти жестокой пощады не жди...

Они завывали, и перед моим взором возникали картины похоронной процессии.

Чаще всего мои ученики играли в похороны. Эта игра устраивалась главным образом во время длинных обеденных перемен. Она походила на театральное представление. Главными актерами были Нафыз Нури и арабчонок Джафер-ага.

Джафер-ага заболевает. Вокруг него собираются девочки, читают хором Коран, льют ему в рот священную воду земзем. После того как малыш, закатив глаза, «испускает дух», девочки, причитая, подвязывают ему челюсть платком. Затем Джафера клали на тенешир и обмывали.

Дети украшали зелеными платками доску, выломанную из ворот, получался гроб, который мало чем отличался от настоящего страшного гроба.

У меня мурашки бегали по спине, когда Нафыз Нури пронзительным, зловещим голосом звал к проводам покойника, выкрикивая эзан***, читал заупокойный намаз. А у могилы, приступая к обряду развода, он восклицал:

— Эй, Зехра, супруга Джафера!..

Несколько раз эта картина даже снилась мне.

Как я уже сказала, в этой деревне человеку всегда чудится запах смерти, особенно ночью, когда каждый час

---

* Т е н е ш и р — стол для омывания покойников.
** З е б а н и — ангел, мучающий в аду грешников.
*** Э з а н — призыв к намазу, молитве.

тянется нескончаемо долго и томительно. Пережить кошмары этих ночей было очень трудно.

Однажды ночью в горах завыли шакалы. Я очень испугалась и решила сбежать вниз, к Хатидже-ханым. Однако, переступив порог ее комнатушки, пропахшей плесенью и похожей на подвал, я увидела картину, показавшуюся мне в сто раз страшнее, чем завывание шакалов. Закутанная с головы до ног в белое покрывало, старая женщина сидела на молитвенном коврике и, перебирая длинные четки, раскачиваясь из стороны в сторону, бормотала что-то глухим голосом, точно была без сознания.

У меня в Зейнилер три привязанности.

Первая — родник под моим окном, чье неумолчное журчание помогает коротать томительное одиночество.

Вторая — маленький Вехби, тот самый шалун, который во времена царствования Хатидже-ханым все время в классе проводил на дне сундука, отбывая наказание. Я очень полюбила этого проказника, ничем не походившего ни на одного из своих сверстников.

Он смешно картавил, но говорил свободно, весело, непринужденно.

Однажды в саду Вехби пристально глянул на меня, прищурив свои блестящие глазки.

— Что смотришь, Вехби? — спросила я.

Вехби ни капли не смутился и ответил:

— Какая ты красивая девушка! Давай я тебя возьму в жены моему старшему брату, станешь нашей невесткой. Брат купит тебе туфли, платья, гребешки.

Все в Вехби замечательно, все мне нравится, вот только считаться со мной он никак не желает. Даже когда я, рассердившись, тихонько дергаю его за ухо, он не обращает на это никакого внимания. Но, может быть, именно поэтому я и люблю его.

Услышав от Вехби столь фамильярное предложение, я нахмурилась.

— Разве можно своей учительнице говорить подобные вещи? Вот услышат взрослые — ох и зададут тебе жару!

Вехби ответил, как бы потешаясь над моим простодушием:

— Вот уж дудки! Разве я скажу еще кому-нибудь такое?

Господи, ну и болтун же этот деревенский мальчик с пальчик.

А Вехби с той же непринужденностью продолжал:

— Я буду называть тебя: «Моя стамбульская невестка...» Буду приносить тебе каштаны. Брат повесит тебе на шею ожерелье из золотых монет.

— Как, разве у тебя еще нет невестки?

— Есть. Но это темная девушка. Мы ее выдадим за чабана Хасана.

— А кто же твой брат?

— Жандарм.

— А что делают жандармы?

Вехби задумался, почесал голову и сказал:

— Режут гяуров*.

Мне нравится, что Вехби горд, упрям и независим. Он задирает нос, совсем как взрослый мужчина. Когда я на уроках поправляю его, Вехби смущается, злится и ни за что не хочет исправить ошибку. А если я настаиваю, мальчик презрительно глядит мне в лицо и говорит:

— Ты ведь женщина... Твой ум не понимает...

Что касается моей третьей привязанности — это маленькая девочка-сирота.

Кажется, шел уже пятый день занятий. Я окинула взглядом класс, и вдруг мое сердце взволнованно забилось. На самой задней парте сидела девочка с красивым матовым личиком, пушистыми русыми, почти белыми волосами. Она улыбалась мне, обнажив блестящие, точно жемчужины зубы.

Кто эта девочка? Откуда она вдруг появилась?

— А ну-ка подойти сюда! — поманила я ее пальцем.

С легкостью птички она вскочила и вприпрыжку, совсем как я в пансионе, подбежала ко мне.

Она была очень бедно одета. Ноги босые, волосы всклокоченные, сквозь дыры выцветшего ситцевого платья проглядывала нежная белая кожа.

* Г я у р — неверный, немусульманин.

Я взяла ее маленькие руки и сказала:

— Посмотри мне в лицо, крошка.

Девочка робко подняла голову, и из-под длинных пушистых ресниц на меня взглянули блестящие темно-синие глаза.

Невзгоды и тяжкая жизнь, с которой я столкнулась в Зейнилер, не смогли заставить меня плакать, но, если бы в этот момент я не взяла себя в руки, я разрыдалась бы — так меня тронули эти прекрасные глаза полуголой девочки, две жемчужные нити зубов и улыбка алых губ.

Я погладила девочку по щеке и спросила:

— Тебя звать Зехра, крошка, или Айше?

— Меня зовут Мунисэ, ходжаным, — ответила девочка приятным голоском на чистом стамбульском наречии.

— Ты учишься в этой школе?

— Да, ходжаным.

— А почему ты не ходила столько дней?

— Аба* не пускала меня, ходжаным. У нас была работа. Но теперь я буду ходить.

— А мама у тебя есть?

— У меня есть аба, ходжаным.

— А где твоя мама?

Девочка потупилась и не ответила. Мне вдруг показалось, что я нечаянно задела тайную рану в сердце ребенка, поэтому не стала повторять вопрос и заговорила о другом:

— Это ты вчера под вечер пела песни, Мунисэ?

Вчера вечером я слышала, как в соседнем саду кто-то пел тоненьким детским голоском. Голос был такой мягкий и так не походил на голоса, которые мне приходилось слышать до сих пор в Зейнилер, что я высунулась в окно, закрыла глаза, и в течение нескольких минут мне казалось, будто я нахожусь совсем в другом месте, в какой-то волшебной, неведомой стране.

Сейчас я была уверена, что никто, кроме этой девочки, не мог так петь.

Мунисэ стыдливо кивнула.

— Да, это была я, ходжаным.

* А б а — искаженное «абла», т. е. старшая сестра.

Я разрешила ей вернуться на место и приступила к уроку. На душе у меня почему-то сделалось удивительно светло и радостно. Казалось, сердце мое ощутило вдруг теплое дыхание весны. Глаза этой девочки согрели меня, как согревает солнечный луч птенцов, замерзающих в снегу. Дрожащая в холодном неуютном гнезде, спрятав голову под крыло, слабая, больная Чалыкушу начала постепенно оживать, обретать прежнюю жизнерадостность. Мои жесты и движения стали более уверенными и даже чуть кокетливыми. В голосе появились теплые, веселые нотки.

Во время уроков я невольно поворачивалась к Мунисэ. Она тоже не спускала с меня глаз. Любуясь ее жемчужными зубами, приятной улыбкой, темно-голубыми глазами, которые мне так хотелось поцеловать, я впервые в жизни ощутила в своем сердце радость материнской любви.

Ах, если бы у меня была такая малютка! Ведь мне предстоит жить одной! Как жаль, что это неосуществимо.

От Хатидже-ханым о Мунисэ мне удалось узнать очень немногое. Оказывается, женщина, которую она называла аба, была ее мачеха. Отец девочки прежде служил чиновником в лесничестве. Его вторая жена была родом из Зейнилер, потому, уйдя на пенсию, он обосновался здесь. У жены были дом и участок земли; к тому же они имели около десяти курушей в месяц пенсионных.

Я сказала Хатидже-ханым:

— По твоим рассказам, семья должна жить не так уж бедно. Почему же за девочкой не смотрят?

Старая женщина нахмурилась.

— Спасибо, что хоть так смотрят. Другая бы вовсе на улицу выбросила...

— Почему?

— Мать этой девочки — скверная женщина, дочь моя. Не помню хорошо, кажется, это было лет пять назад, она убежала с жандармским офицером. Мунисэ была тогда совсем маленькой. Потом офицер ее бросил и уехал в другое место. О ней стали поговаривать плохо, молодые парни увели ее в горы и там развлекались. Словом, она сделалась распутной женщиной.

— Все это так, Хатидже-ханым, но чем виновата девочка?

Старая женщина покачала головой. Лицо ее выражало фанатичную жестокость.

— Что же ты хочешь? Ведь не станут они одевать ребенка такой женщины в шелковые платья?

Мунисэ не могла посещать школу каждый день. Когда я спрашивала у нее, почему она отсутствовала, девочка отвечала: «Аба заставила стирать белье...», «Аба заставила мыть пол...» или: «Аба послала за дровами в горы...»

Другие школьницы относились к Мунисэ довольно холодно, держались от нее подальше, старались при случае обидеть исподтишка, довести ее до слез. В этой неприязни была отчасти виновата и я, так как не могла скрыть своей любви к маленькой девочке. Дети видели, что я обращаюсь с ней особенно ласково, в саду подзываю к себе и разговариваю с ней, и это сердило их.

Однажды, во время перерыва, из сада донесся плач Мунисэ, я услышала, как она умоляла кого-то:

— Что я вам сделала? Что я вам делаю плохого? Не надо!..

Я выглянула в окно. Девочки, набрав из родника в рот воды, гонялись за Мунисэ и обливали ее. Бедняжка с плачем металась по саду, пыталась закрыть руками лицо и шею. А мои ученицы, эти безмолвные, робкие, с застывшими глазами девочки, превратились вдруг в охотничьих собак, преследующих раненую лань. Словно воронье над добычей, они с дикими криками прыгали и кружились вокруг Мунисэ, то прижимали мою любимицу к забору, то валили на землю или, набрав полный рот воды, обливали ее лицо и раскрытую грудь.

Кровь бросилась мне в голову. Как безумная, выскочила я из комнаты и побежала вниз. Я так торопилась, что проломила ногой прогнившую ступеньку лестницы и застряла в дыре. Когда я влетела в сад, то увидела, что дело приняло новый оборот. У Мунисэ оказался защитник, такой же маленький, как она, но сильный и проворный. Это был проказник Вехби.

Никогда не забуду этого отважного мальчугана. Вехби залез в грязную лужу, куда стекала вода из источника, и, брызгаясь, как утка, забрасывал обидчиц Мунисэ комьями жидкой грязи. Он так перемазался, что походил на чертенка. Его пронзительный голос, словно пастушья дудка, покрывал голоса девчонок:

— Эй вы, дети гяуров!.. Оставьте в покое Мунисэ!.. А то всех вас перережу!..

Под таким натиском девочки были вынуждены отступить. Я взяла на руки обессиленную Мунисэ и перенесла ее к себе в комнату.

Невозможно описать, что я чувствовала, обнимая это маленькое красивое существо. Сердце наполнялось волнующей теплотой, словно в глубине моей души забил горячий источник. Этот жар разливался по всему телу, меня охватывала сладостная истома, от которой на глазах навертывались слезы и было тяжело дышать.

Мне показалось, что я уже испытывала когда-то такое странное опьянение. Но когда?.. Где?..

Сейчас, когда я пишу эти строки, мое сердце снова замирает. Я пристально вглядываюсь в прошлое и думаю: «Да, где?.. Когда?..» Наверное, это воспоминания о каком-то далеком, забытом старом сне, потому что в этом странном, неопределенном чувстве есть что-то такое, чего не может постичь ум. Мне начинает казаться, будто я лечу в воздушной пустоте. Мимо несется поток из листьев, которые шуршат, задевают мое лицо, волосы... Где это было? Нет, нет, все это выдумка, ничего подобного никогда не было в моей жизни. Это чувство я испытываю впервые.

В тот день я забыла о своих учениках и занялась только Мунисэ: обмыла ее милое тельце, напоминавшее мне белую лилию, измученную бурей, расчесала ее русые, почти льняные волосы.

Бедняжка долго не могла успокоиться и плакала навзрыд. Ах, эти слезы! Мне казалось, они текут не по лицу девочки, а по моему израненному сердцу.

Постепенно мне удалось успокоить ее. На скорую руку я стала переделывать для нее одно из своих старых платьев. А Мунисэ, пока я возилась с платьем, как котенок, терлась головой о мою юбку и серьезно смотрела мне в лицо своими блестящими глазами.

Как и во всех детях, слишком рано познавших трудности и несправедливые удары жизни, в Мунисэ было много от взрослого человека. Ей давно были известны такие вещи, которые я начала понимать всего лишь несколько месяцев назад. Вся забота о младших братьях лежала на ее плечах. Но разве угодишь мачехе? Бедной Мунисэ по нескольку раз в день приходилось отведывать палки.

Неделю назад в их сад забрела соседская корова. Пока Мунисэ выгоняла ее, самый младший братишка вывалился из люльки. За это мачеха сильно отколотила девочку, заперла в хлеву и три дня ничего не давала есть, кроме сухих хлебных корок.

Мунисэ показала мне на своем белом, как слоновая кость, теле ссадины и синяки — следы побоев.

Я не удержалась и спросила:

— Хорошо, Мунисэ, разве отец тебя не жалеет?

Девочка пристально глянула мне в лицо, словно поражаясь моей наивности, потом улыбнулась.

— И он меня жалеет, и я его... Ведь у нас с ним ничего нет...

Сказав это, она вздохнула и развела в стороны крошечные руки, как бы подчеркивая безнадежность своего положения. У меня даже защемило сердце.

Какое удовольствие я получила, наряжая Мунисэ! Можно было подумать, что играла в куклы. Я подвела девочку к небольшому зеркалу. Она вспыхнула от радости, зарделась. Но я заметила в ее глазах что-то похожее на испуг. Иначе и не могло быть, — коротенькое платье из синей шерсти, длинные черные чулки, розовая лента в волосах, заплетенных в две косички, все было для нее чужим.

Как я потом узнала, наряд Мунисэ стал на много дней поводом для всевозможных сплетен в Зейнилер. Некоторым моя забота пришлась по душе, но очень многие остались недовольны. По их мнению, ни к чему было проявлять сострадание к «змеенышу», мать которого развлекается в горах. Нашлись и такие, которые считали, что наряжаться подобным образом — грех, другие утверждали, что эта «роскошь» может только испортить девочку и она пойдет по дурному пути своей матери.

Бедняжке Мунисэ недолго пришлось наслаждаться своей розовой лентой и хорошеньким синим платьем. Мачеха, неизвестно что подумав, спрятала все эти наряды в сундук. Через два дня девочка пришла на урок в прежнем тряпье.

Мунисэ посещает школу очень редко. Вот уже три дня, как я ее не вижу. Интересно, что случилось? Завтра я расспрошу о ней маленького Вехби.

*Зейнилер, 30 ноября*

Я с каждым днем все больше и больше привыкаю к школе. Некогда заброшенный класс стал чистым и опрятным. Мне удалось даже немного украсить его.

Дети, в первое время казавшиеся мне такими дикими и чужими, теперь стали близкими и милыми. Я ли к ним привыкла, или они благодаря моим неустанным усилиям начали постепенно перевоспитываться — не знаю. Наверно, тут сказывается и то и другое.

Я много работаю. Больше для себя, чем для них. Я тружусь, не жалея сил, чтобы только убежать от постоянной тоски, которую порождают бездеятельность и одиночество. Сталкиваясь с неудачами, я не унываю. Радуюсь, если чувствую, что мне удается в этих ребятах с тусклыми, застывшими глазами и мрачной душой пробудить вкус к жизни, желание думать.

Иногда кто-нибудь из односельчан заходит ко мне в гости. Эти люди не очень любят говорить и совсем не умеют смеяться. Наверно, они меня стесняются и даже избегают. Я понимаю, что, как ни старалась я проще одеться в первые дни, все равно они считали меня слишком разряженной и не одобряли моих «туалетов». Жена мухтара несколько раз даже делала обидные намеки.

Изо всех сил я старалась понравиться крестьянам, угодить им. Некоторым оказывала мелкие услуги: писала письма, шила платья. Сейчас я чувствую, что мнение обо мне несколько изменилось.

Позавчера ко мне опять приходила жена старосты и передала привет от мужа. Мухтар-эфенди просил сказать мне следующее: «Когда я увидел учительницу в первый раз, она мне не очень понравилась. Но Аллах видит, девушка она неплохая. Управляет школой, как хорошая хозяйка. Если ей что понадобится, пусть даст мне знать».

Разумеется, я поблагодарила жену мухтара за столь неожиданное внимание и любезность.

Есть еще одна значительная персона, которая мне здесь симпатизирует и часто навещает, — это деревенская повивальная бабка Назифе Молла. Так как ее звать не Зехра и не Айше, думаю, она родом из других мест, что подтверждает также и ее чрезмерная болтливость.

Я стараюсь никого ни о чем не расспрашивать, не хочу, чтобы думали, будто я собираю сплетни. Но эбе-ханым* сама мне рассказывает о всех любопытных и забавных происшествиях в деревне. Она по-своему не лишена сообразительности и деликатности. Как-то раз очень снисходительно и даже с жалостью рассказала мне о матери Мунисэ. Говорила она почему-то шепотом, словно боялась, что нас могут услышать, хотя в комнате мы были одни. А под конец, покачав головой, добавила:

— Виноват простофиля-муж. Это он должен ответить за ее грех. Только смотри, доченька, не вздумай кому-нибудь передать мои слова. Здесь за это человека камнями до смерти изобьют.

У Назифе-ханым есть сынок, слывущий хафизом**. Сейчас он уехал на рамазан в Б... собирать джерр***. Очевидно, его дела идут успешно, так как он еще не вернулся. Назифе-ханым собиралась в этом году, «если Аллаху будет угодно», поженить своего отпрыска. Пользуясь каждым удобным случаем, она расхваливала хафиза, подмигивая мне при этом многозначительно и обнадеживающе. Это должно было означать, что, если мне удастся соблюсти некоторые условия, я буду удостоена чести стать супругой хафиза-эфенди.

Словом, Назифе Молла меня очень развлекает.

Вот и сегодня утром она пришла ко мне и спросила, могу ли я читать «Мевлюд». Оказывается, в ближайшие дни предполагается свадьба, а на свадьбах в Зейнилер вместо музыки читают «Мевлюд».

---

* Э б е — повивальная бабка, акушерка.
** Х а ф и з — человек, знающий наизусть весь Коран.
*** Д ж е р р — подаяние, собираемое муллами во время рамазана.

Я прикусила губу, чтобы не рассмеяться, и сказала:

— Читать могу, но у меня нет голоса, эбе-ханым.

Назифе Молла выразила сожаление и сказала, что одна из прежних учительниц очень хорошо читала «Мевлюд» и благодаря этому зарабатывала немалые деньги.

Но главная цель сегодняшнего визита эбе-ханым оказалась совсем другой. Девушка, которую выдавали замуж, была очень бедна. Соседи решили сделать благое дело и собрали ей небольшое приданое: несколько кастрюлек и постель. От меня крестьяне хотели получить какое-нибудь старое платье для свадебного наряда. Выяснилось, что девочка не такая уж чужая мне, — одна из моих учениц.

Это известие удивило меня.

— Но ведь среди моих учениц невест нет, эбе-ханым. Самой старшей двенадцать лет.

Назифе Молла засмеялась.

— Моя божественная дочь, разве это мало — двенадцать лет? Когда меня выдавали замуж, мне было пятнадцать, и считалось, что я засиделась дома. Правда, сейчас отменены старые обычаи, но у бедной сиротки никого нет. Совсем на улице, можно сказать, осталась. У нас есть один чабан, Мехмед. За него отдаем. Как бы там ни было, хоть кусок хлеба у нее будет.

— А кто эта девочка, эбе-ханым?

— Зехра...

В классе у меня было шесть или семь девочек по имени Зехра. Поэтому такой ответ мне ничего не говорил. Но когда Назифе Молла объяснила, какая именно Зехра выходит за чабана Мехмеда, я остолбенела. Девочка была слабоумной и вдобавок невообразимо уродливой. Такая приснится — испугаешься. У нее были лохматые, жесткие, как кустарник, волосы, словно крашенные хной, серое восковое лицо, усыпанное темно-коричневыми веснушками, и выпученные глаза под узким лбом.

Еще при первом знакомстве с ней я поняла, что эта девочка душевнобольная. Она совсем не разговаривала в классе, и только когда ей хотелось что-нибудь спросить или надо было прочесть урок, она начинала вдруг истерически вопить пронзительным голосом.

Одного я никак не могла постичь. По арифметике и там, где приходилось запоминать наизусть, Зехра была первой ученицей в школе.

Как в классе, так и в саду, она всегда держалась особняком и не принимала участия ни в «веселеньких» религиозных песнопениях о гробах и тенеширах, ни в «жизнерадостной» игре в похороны.

У Зехры была своя собственная игра, которой она очень увлекалась и которая наводила на меня ужас больше, чем все забавы остальных моих учениц. Она останавливалась посреди сада и, казалось, прислушивалась к какому-то небесному голосу, затем закатывала глаза и начинала пыхтеть, точно самовар, издавая странные, неприятные звуки. Потом ею овладевал еще больший экстаз. Красные волосы вставали дыбом, на губах появлялась пена. Девочка с криком начинала вертеться на одном месте.

Несомненно, это была игра. Не знаю почему, но, когда я глядела на ее дикую пляску, меня начинала бить дрожь.

Теперь эбе-ханым рассказала, что Зехра должна стать женой чабана, и я подумала: «Господи, а что, если экстаз овладеет ею в первую брачную ночь и она захочет продемонстрировать эту игру своему мужу?.. Бедный Мехмед!»

Когда Назифе Молла ушла, я распорола еще одно старое платье и принялась мастерить для Зехры свадебный наряд. Что поделаешь? Надо хоть немного приукрасить несчастную девочку, чтобы чабан Мехмед не сбежал от нее в первый же день.

*Зейнилер, 1 декабря*

Вчера ночью в доме мухтара сыграли свадьбу. Зехра стала женой чабана. Чтобы Мехмед не грустил, на площади пищали зурны, били барабаны, боролись несколько пар пехливанов*. Женщины тоже устроили себе кына-геджеси**, где читался «Мевлюд».

Свадебное платье, подаренное мной невесте, показалось старикам «слишком уж на европейский манер». До

---

* П е х л и в а н — борец.
** К ы н а - г е д ж е с и — «ночь хны». Так называется торжественный вечер, который устраивают женщины во время свадьбы или чаще за два дня до нее.

моих ушей отовсюду долетали обрывки фраз: «...завтра на том свете...», «Мюнкир... Некир...», «...раскаленная булава...» и так далее. Но зато у молодых женщин от зависти текли слюнки. Кажется, некоторые из них даже хотели бы оказаться на месте невесты.

Вечером я немного развлеклась. Жена мухтара приготовила великолепное угощение. По разговорам, которые велись во время «пиршества», можно было заключить, что все эти жертвы принесены не столько ради Зехры, сколько для того, чтобы пустить пыль в глаза «стамбульской учительнице».

Перед тем как вручить невесту чабану Мехмеду, была разыграна смешная церемония — воздание почестей старшим. Среди рук, которые застенчивый деревенский парень поцеловал зажмурившись, была и моя. И оказывается, это не потому, что я учительница, а потому, что они считали меня чуть ли не матерью.

Во время этой церемонии произошла комическая сцена, на которую почти никто не обратил внимания, но которую я никогда не забуду. Пять-шесть пожилых женщин, в их числе жена старосты и Назифе Молла, сидели рядышком на длинном тюфяке. Я еще не привыкла сидеть, поджав ноги, и примостилась у печки на краю сундука с бельем.

Чабан Мехмед, не смевший поднять глаза от пола, сначала не заметил меня. Тогда эбе-ханым показала парню на меня рукой и сказала:

— Мехмед, сынок, поцелуй руку и учительнице...

Чабан смущенно подошел ко мне. Я с серьезным видом подала ему руку. Но едва бедняга прикоснулся к моим пальцам, как тут же отпустил их, глупо тараща глаза, словно не верил, что это человеческая рука.

Стараясь удержаться от смеха, я сказала:

— Целуй, сын мой...

Бедняга опять схватил мою руку и, забыв про стеснение, поднял голову. Наши глаза встретились. Как на беду, в этот момент в печи вспыхнуло пламя и осветило мое лицо. Чабан увидел, что я смеюсь. В жизни не встречала более потешной и растерянной физиономии!

После церемонии целования рук жениха отвели в комнату, где сидела невеста. В новом платье, с красивой прической моего изобретения Зехра могла сойти почти за хорошенькую. Но так как по здешним обычаям ее не покрыли дуваком*, а просто сунули с головой во что-то похожее на мешок из зеленого шелка, я не смогла видеть, какое впечатление она произвела на чабана Мехмеда.

*Зейнилер, 15 декабря*

Проснувшись сегодня утром, я почувствовала какую-то перемену, чего-то недоставало. Я принялась думать, искать и наконец поняла: не слышно родника, который журчал в саду под окном, напевая по ночам грустную колыбельную песню.

Я вскочила с постели, хотела открыть деревянные ставни, но они не поддавались. Я с силой тряхнула их. Из щелей посыпалось что-то белое...

Ночью выпал снег. Деревня Зейнилер изменилась до неузнаваемости.

Хатидже-ханым говорила мне, что стоило здесь выпасть снегу, как он уже не тает, лежит до самого апреля. Как чудесно! Значит, весна в этом скучном темном краю, где даже листья кажутся черными, наступает зимой. Я очень люблю снег, он напоминает мне цветение миндаля весной. В детстве никакие праздничные развлечения не могли заменить мне удовольствия поваляться в чистой, белой и мягкой снежной постели у нас в саду. И еще... Какая прекрасная возможность отомстить тем, кого ты ненавидишь! В нашем пансионе училась девочка, с которой мы враждовали. Она до смерти боялась снега. Я неожиданно налетала на нее и совала снежный ком за джемпер, плотно облегающий тонкую нежную шею. Ее губы, посиневшие от мороза, дрожали, она менялась в лице, а я приходила в восторг.

*Зейнилер, 17 декабря*

Снег все валит и валит. Зейнилер утопает в сугробах. Дороги занесены. Многие мои ученики не могут добраться до школы.

---

* Д у в а к — вуаль, покрывало невесты, которое жених снимает в брачную ночь.

Сегодня самый горький, самый печальный день в моей жизни. Утром девочки принесли страшное известие. Накануне вечером Мунисэ чем-то прогневила свою абу. Мачеха кинулась на нее с поленом, и девочка выпрыгнула через окно. Родители думали, что она не сможет пробыть долго на улице ночью, в такую метель, скоро вернется и попросит прощения. Но шли часы, а девочки все не было. Сообщили соседям. Деревенские парни с горящими лучинами в руках прошли по улицам, но девочку не нашли.

Бедняжку Мунисэ жалели даже те ученицы, которые ее не любили. Сегодня к вечеру обшарили все закоулки в деревне. Мухтар-эфенди, зная мою привязанность к Мунисэ, несколько раз в течение дня присылал маленького Вехби сообщить, что поиски пока не дали результатов.

Сегодня Вехби выглядел огорченным и серьезным, как взрослый мужчина. Он разводил руками, показывая мне посиневшие от холода ладони, и говорил:

— Пропала бедная девочка. Наверно, ее съели волки.

К вечеру сомнение Вехби передалось и взрослым. «В такую непогоду ребенок не мог уйти в другую деревню, — говорили крестьяне. — Или она замерзла под снегом, или ее разорвали волки».

Когда на снежную бурю, в которой нельзя было различить человека, черным туманом опустилась ночь, мной овладели безнадежность и отчаяние. Я впервые согласилась с людьми, которые говорили, что жизнь полна зла и несправедливости, впервые роптала на нее. У меня щемило сердце, захватывало дыхание, горело лицо. Я рано легла в постель. Потушила лампу — от света болели глаза.

А буран за окном бушевал все сильнее. Ставни сотрясались от его мощных ударов.

Кто знает, где сейчас лежит моя бедная девочка?.. Кто знает, в какой тьме она погребена?.. Мне мерещились ее льняные волосы; на холодном ветру они трепетали, словно лунные блики на листве.

Не помню, сколько часов прошло. В такие минуты человек теряет способность ощущать время. Вдруг мне показалось, что кто-то внизу царапается в дверь, выходящую на кладбище. Что это могло быть? Ветер? Нет, это было не похоже на порыв ветра. Я приподнялась на локтях, прислушалась. В ночной тьме мне почудился глухой стон. Я вскочила с постели, накинула на плечи платок и бросилась вниз к Хатидже-ханым. Но, оказывается, старая женщина тоже слышала этот стон и вышла в коридорчик со свечным огарком в руке.

Мы никак не могли решиться отодвинуть засов. К тому же и за дверью уже было тихо.

Грубым мужским голосом Хатидже-ханым закричала:

— Кто там?!

Никто не отозвался.

Старая женщина крикнула еще раз. И тут сквозь завывание ветра мы опять услышали слабый стон.

— Кто там? — снова загремела Хатидже-ханым.

Но я уже узнала этот голос.

— Мунисэ! — закричала я и рванула железный засов.

Дверь распахнулась, нас обдало порывом холодного снежного ветра. Свеча Хатидже-ханым погасла. В темноте прямо ко мне на руки упало маленькое, холодное как лед тело.

Пока Хатидже-ханым пыталась зажечь огарок, я прижимала к себе Мунисэ и плакала навзрыд.

Девочка лежала у меня на руках без сознания. Силы оставили ее. Лицо ее посинело, волосы были растрепаны, платье в снегу.

Я раздела Мунисэ, уложила в свою постель и принялась растирать куском фланели, которую Хатидже-ханым нагревала над мангалом.

Первые слова девочки, когда она открыла глаза, были:

— Кусочек хлеба...

К счастью, у нас оказалось немного молока. Мы согрели его и принялись из ложки поить беглянку.

Шли минуты. Лицо Мунисэ розовело, в глазах появился свет. Она без конца вздыхала и заливалась горючими слезами.

Ах, это выражение признательности в глазах бедной девочки! Нет в мире прекраснее чувства, чем ощущение, что ты сделал людям хоть каплю добра!

Моя темная комнатушка сотрясалась под ударами бури, словно потерпевший крушение корабль. Но сейчас в красных отблесках пламени от печки она показалась мне таким уютным и счастливым гнездом, что стало стыдно за недавнее недоверие к жизни.

Наконец девочка обрела дар речи. Спрятав ручонки у меня на груди, она смотрела мне в глаза и медленно отвечала на вопросы. Вчера вечером, когда мачеха перепугала ее, Мунисэ убежала из дома и спряталась за околицей в сарае с соломой. В соломе было тепло, как в постели. Но утром девочка сильно проголодалась. Она знала, что, если выйдет наружу, ее поймают и отведут домой, поэтому решила ждать наступления темноты. Мунисэ надеялась на меня, целый день она утешала себя словами: «Учительница обязательно накормит».

Вдруг я заметила, что блестящие глаза девочки затуманились печалью, оживление и радость встречи пропали. Я не стала спрашивать причину. Тот же страх объял и мое сердце: завтра утром Мунисэ должна будет вернуться домой.

Нельзя сказать, что у меня в душе не теплилась слабая надежда. Иногда в нас живет мечта — слишком прекрасная, чтобы казаться осуществимой...

Я сказала Хатидже-ханым тихо, чтобы не взволновать Мунисэ:

— Раз девочку не любят, может, родители разрешат мне удочерить ее? Ведь у меня тоже нет никого на свете. Клянусь, я буду любить ее как свою собственную дочь. Может, отдадут?

Потупясь, я протягивала дрожащие руки к старой женщине, словно осуществление моего желания зависело от того, что она сейчас мне скажет.

Хатидже-ханым задумалась, устремив взгляд на печь, потом медленно закивала головой:

— Что ж, было бы неплохо. Завтра посоветуемся с мухтаром. Если он согласится, мы уговорим и отца. Вот и выйдет по-твоему.

Не помню, чтобы мне еще когда-нибудь в жизни приходилось слышать такие прекрасные обнадеживающие слова. Я молча прижала Мунисэ к своей груди. Девочка целовала мне руки и шептала плача:

— Моя мамочка, моя мамочка!..

Когда я пишу эти строки, Мунисэ спит в моей постели. На ее белокурой головке дрожат отблески веселого пламени, что пляшет в печи. Иногда девочка тяжело вздыхает и кашляет.

Господи, как я буду счастлива, если мне ее отдадут! Тогда в моей душе не будет страха ни перед ночью, ни перед бурей, ни перед нищетой. Я воспитаю ее, сделаю счастливой. Некогда я вот так же мечтала, тогда я думала о других малышах... Но однажды под вечер они сразу, все вместе, умерли в моем сердце.

Я опять помирилась с жизнью, я снова люблю весь мир.

Кямран, это ты в тот вечер убил бедных малюток, похороненных в моем сердце. Но сегодня я уже не испытываю к тебе ненависти, как прежде.

*Зейнилер, 18 декабря*

Этой ночью я, наверно, опять не сомкну глаз. Счастливым, как и больным, ночи кажутся долгими...

Наутро вместе с Хатидже-ханым мы пошли к мухтару. Старик решил, что я пришла к нему за новостями о Мунисэ, и сразу начал утешать меня:

— Пока не нашли, но я надеюсь... Поищем еще кое-где...

Я рассказала старосте о ночном происшествии. Сердце мое билось, в глазах темнело. Под конец, сжав на груди руки, словно умоляя о чем-то несбыточном, я пробормотала:

— Отдайте мне эту маленькую девочку... Я прижму ее к своему сердцу. Это будет мой ребенок! Вы же видите, несчастная погибнет в доме мачехи...

Мухтар-эфенди закрыл глаза и задумался, теребя бородку.

Наконец он сказал:

— Хорошо, дочь моя. Ты действительно совершишь благое дело.

— Значит, вы отдаете мне Мунисэ?!

— Ее отцу трудно прокормить четверых детей, он будет вынужден отдать. В конце концов мы можем заплатить им пятьдесят курушей...

Удивляюсь, как в ту минуту я не сошла с ума от радости. Могла ли я надеяться, что моя мечта сбудется так легко!.. Я всю ночь придумывала ответы на возможные возражения, приготовила речь, которая должна была смягчить их сердца. Если бы и это не помогло, я готова была пожертвовать несколькими драгоценностями, доставшимися мне от матери. Можно ли было употребить их на большее дело?.. Ведь я спасла бы маленькую несчастную пленницу.

Но, оказалось, в этом нет никакой необходимости. Мне отдавали Мунисэ, дарили, как живую игрушку.

У каждого человека свои странности. Когда у меня большая радость, когда я очень счастлива, я не могу выражать свои чувства словами. Мне хочется непременно броситься на шею того, кто возле меня, целовать, сжимать в своих объятиях.

Мухтару-эфенди тоже грозила подобная опасность, но он отделался только тем, что я поцеловала его сморщенную руку.

Часа через два староста привел ко мне в школу отца Мунисэ. Я представляла его неприятным человеком с жестоким, страшным лицом, а увидела жалкого, болезненного старичка.

Он рассказал мне, что он тоже уроженец Стамбула, но вот уже около сорока лет не был на родине. Неуверенно, словно вспоминая далекий запутанный сон, говорил о Сарыйере, Аксарае.

Он соглашался отдать мне Мунисэ, но видно было, ему нелегко расставаться с дочерью. Я обещала ничего не жалеть для счастья девочки, сказала, что они всегда будут видеться.

Я уверена, что бедная, мрачная школа Зейнилер со времени своего основания не была свидетелем такого радостного праздника. Мы с Мунисэ сходили с ума от счастья, нам было тесно в этом доме. Откуда-то сверху тоже доносились веселая возня и щебетание. Казалось, наш смех будил воробьев, дремавших на карнизах крыши.

Мунисэ превратилась в маленькую барышню. Я чуть укоротила свое красное фланелевое платье, которое уже не носила, и получился нарядный детский туалет. В этом наряде (не знаю, как и передать!) Мунисэ стала похожа на шоколадную конфету — из тех, которые начинают таять сразу же, едва попадают в рот.

Снег за окном продолжал падать, хотя и не так сильно, как день назад. Под вечер я вышла с Мунисэ в сад. Мы бегали друг за другом, играли в снежки среди могильных камней, резвились до тех пор, пока Хатидже-ханым не вышла зажигать светильники для Зейни-баба.

Наша радость вызвала ласковую улыбку даже на суровом лице этой старой женщины.

— Идите, идите домой. Хватит. Замерзнете, заболеете еще...

Замерзнуть? Замерзнуть, когда в сердце у тебя горят миллионы солнц?!

В этот вечер небо показалось мне деревом, раскинувшим во все стороны свои ветви, огромным жасминовым деревом, которое, тихонько покачиваясь, осыпает нас белыми цветами.

*Зейнилер, 30 декабря*

Мы с Мунисэ так привязались друг к другу! Эта маленькая девочка забирает у меня все свободное от уроков время. Мне хочется научить ее всему, что я знаю сама. Несколько часов в день мы занимаемся французским языком. Иногда я обучаю ее даже танцам, закрыв наглухо двери и окна. Если об этом узнают в деревне, нас закидают камнями!

Иногда мне хочется смеяться над собой.

— Чалыкушу, — говорю я, — стремясь всему обучить Мунисэ, не дай Аллах, ты превратишь ее в Мирата, сына Хаджи-калфы.

Бедная маленькая крестьянка вдруг стала походить на девочку из благородной семьи. Каждое ее слово, каждый жест полны изящества. Сначала я удивлялась этому, но сейчас начинаю понимать, в чем дело: очевидно, мать Мунисэ не была таким уж ничтожеством, как о ней говорят.

Девочка бесконечно благодарна мне. Иногда она вдруг подходит ко мне, берет мои руки, прижимает к своему лицу, к губам. Тогда я ловлю крошечные ручонки Мунисэ и сама начинаю по одному целовать ее пальчики.

Бедная девочка думает, что, взяв ее к себе, я пошла на жертву. Как ей понять, что, по существу, это она сделала мне добро!

Между нами иногда происходят очень странные разговоры. На второй день нашей совместной жизни я сказала:

— Мунисэ, если хочешь, называй меня мамой. Так будет лучше.

Девочка ласково улыбнулась и глянула мне в глаза.

— Разве так можно, абаджиим*?

— А почему бы нет?

— Ты ведь еще сама маленькая, абаджиим. Как же можно называть тебя мамой?

Мое самолюбие было уязвлено.

— Ах ты, разбойница! — погрозила я девочке пальцем. — Какая же я маленькая? Я взрослая женщина, мне уже двадцать лет.

Мунисэ смотрела на меня и улыбалась, зажав кончик языка зубами.

— Ну, разве не так? Разве я не взрослая женщина?

Девочка поджала губы и серьезно, совсем не по-детски, ответила:

— Не настолько уж ты старше меня, абаджиим. Чуть больше, чем на десять лет...

Я не выдержала и рассмеялась.

Мунисэ набралась смелости и, немного смущаясь, сказала:

— Ты станешь невестой, абаджиим. Я вплету в твои волосы с двух сторон золотые нитки. И такой же красивый, как и ты...

Я зажала девочке рот ладонью и пригрозила:

— Если ты еще скажешь что-нибудь подобное, я отрежу тебе язык!..

---

* Искаженное «абладжиим»; дословно: милая абла.

Моя малышка любит наряжаться, она даже кокетлива. Я всегда недолюбливала жеманных девочек, но теперь я с удовольствием слежу, как Мунисэ прихорашивается перед зеркалом, улыбаясь самой себе. А вчера я поймала ее с обгоревшей спичкой в руках: кокетка хотела тайком подчернить себе брови. Смешно... Не знаю, от кого она этому научилась? Пока не страшно, но что будет потом, через несколько лет, когда она станет молодой девушкой, полюбит кого-нибудь, будет выходить замуж? Стоит мне подумать об этом; и я начинаю волноваться, как все матери волнуются за своих детей, и в то же время радоваться чему-то.

Вчера же Мунисэ, краснея и стесняясь, обратилась ко мне с просьбой сделать ей прическу, как у меня.

Мне доставляет огромное удовольствие играть с моей девочкой, точно с куклой. Я посадила ее к себе на колени, расплела косы и уложила ее волосы, как она хотела.

Мунисэ сняла с полки маленькое зеркало и заглянула в него.

— Абаджиим, милая, иди сюда. Встанем рядом и посмотрим...

Прижавшись, как сестры перед аппаратом фотографа, мы смотрелись в зеркало, смеялись, показывали друг другу языки... Ах, эти темно-синие глаза на матово-белом миловидном личике! Мне казалось, Мунисэ красива, как ангел.

Но девочка почему-то осталась недовольна сравнением. Она потрогала рукой мой нос, губы и вздохнула:

— Эх, напрасно, абаджиим... Я ведь не похожа на тебя...

— Тем лучше, дитя мое.

— Что же хорошего, абаджиим? Я не такая красивая, как ты...

Она еще крепче прижалась ко мне и погладила по щеке своей маленькой ручонкой.

— Абаджиим, у тебя не кожа, а бархат! В ней можно увидеть свое отражение, как в зеркале.

Меня рассмешила болтовня этой странной девочки, и я растрепала ей волосы, которые минуту назад так тщательно укладывала.

Впрочем, зачем скрывать? Ведь, кроме меня, никто не прочтет эти строки. Я нахожу себя гораздо красивее, чем думаю об этом иногда. Пожалуй, я даже согласна с теми, кто говорит: «Феридэ, ты не знаешь себя. В тебе есть такое, что отличает от всех остальных...»

О чем я рассказывала? Да, о моей девочке! Пока я буду стараться сделать ее умницей, она превратит меня в такую же кокетку, как сама.

*Зейнилер, 29 января*

Вот уже месяц, как я не бралась за дневник. У меня есть более важные дела, чем марать бумагу. Да и что расскажешь о счастливых днях?

Все это время я наслаждалась глубоким душевным покоем. Жаль только, что такое состояние продолжалось недолго. Проезжавшая два дня назад почтовая повозка оставила для меня четыре письма. Едва я взглянула на конверты, меня сразу же бросило в жар. Еще не зная точно, от кого они и что в них, я подумала: «Ах, лучше б они пропали в дороге, не добрались до меня!»

Я не ошиблась. Почерк на конверте был мне знаком: письма были от него. Пока они нашли меня в Зейнилер, им пришлось много раз переходить из рук в руки. Конверты были испещрены голубыми и красными подписями, заляпаны печатями. Не решаясь взять письма в руки, я прочла адрес: «Учительнице центрального рущдие города Б... Феридэ-ханым-эфенди».

Скомкав конверты, я швырнула их на книжную полку, висевшую у печки. Потом подошла к окну, прижалась лбом к стеклу и долго задумчиво смотрела вдаль.

— Абаджиим, ты нездорова? — забеспокоилась Мунисэ. — Ты так побледнела!

Я попыталась взять себя в руки и улыбнулась.

— Нет, все в порядке, дитя мое. Немного болит голова. Пойдем погуляем с тобой в саду, и все пройдет.

Ночью я долго лежала без сна, устремив глаза в темноту, страдала, мучилась. Нерешительность раздирала мое сердце. Кто знает, что бессовестный злодей посмел написать мне? Не раз я порывалась зажечь лампу и вскрыть письма, но пересиливала себя. Прочесть их — какой позор, какое унижение!

Прошло два дня. Письма по-прежнему лежали на полке и, казалось, отравляли воздух ядом, заставляли меня мучиться. Мое состояние передалось и Мунисэ. Бедная девочка понимала, почему я страдаю, и смотрела на полку, где лежали конверты, принесшие в дом горе, с ненавистью и отвращением.

Сегодня вечером я опять стояла в задумчивости у окна. Мунисэ робко подошла ко мне и нерешительно сказала:

— Абаджиим, я что-то сделала... Но не знаю, может, ты рассердишься?

Я резко обернулась и невольно глянула на полку: писем на месте не было. Сердце мое тоскливо сжалось.

— Где письма? — спросила я.

Девочка потупила голову.

— Я сожгла их, абаджиим. Думала, будет лучше... Ты так страдала!..

— Что ты наделала, Мунисэ! — воскликнула я.

Девочка испугалась и задрожала, думая, что сейчас я схвачу ее за плечи, начну трясти. Но я закрыла лицо руками и беззвучно заплакала.

— Абаджиим, не плачь! Я не сожгла письма. Я сказала так нарочно. Вот если бы ты не огорчилась, тогда сожгла бы. Вот они...

Мунисэ гладила меня по голове и в то же время старалась всунуть письма в руку.

— Возьми их, абаджиим. Они, наверно, от человека, которого ты очень любишь!..

Я вздрогнула.

— Что ты говоришь, негодница?

— Не сердись, абаджиим... Если не от любимого человека, разве ты бы плакала так?

Как она все поняла! Ее слова пристыдили меня, стало досадно за эти слезы. Надо было как-то кончать всю эту историю.

— Ах, крошка моя, лучше бы ты ничего не говорила! Но что поделаешь... Смотри, я докажу тебе, что письма совсем не от любимого человека. Иди сюда, мы вместе сожжем их.

В комнате было темно. Только в печке порой вспыхивал догорающий хворост. Я швырнула в огонь первое письмо. Конверт занялся пламенем, съежился, покоробился и мигом превратился в пепел. Тогда я швырнула второе письмо, третье...

Мунисэ стояла рядом, прижимаясь ко мне, охваченная каким-то непонятным волнением. Пока письма горели, мы молчали, словно у изголовья умирающего.

Очередь за четвертым... Сердце мое наполнилось невыразимой горечью и раскаянием. Три письма уже сгорели... Могла ли я оставить это? Ах как мне было тяжко! Сердце разрывалось на части, но я швырнула в огонь и последний конверт.

Он не вспыхнул сразу, как первые три, а задымился с одного конца, потом медленно загорелся. Конверт скорчился, потом раскрылся, и я увидела, как огонек перебежал на бумагу, исписанную знакомым мелким почерком. Я не могла больше выносить этой пытки, но Мунисэ, словно угадывая мое состояние, вдруг быстро нагнулась, сунула руку в печь и выхватила из пламени обгоревшее письмо.

Я решилась прочесть его только лишь после того, как уложила Мунисэ спать. Сохранилась небольшая часть письма:

«...Сегодня утром мама посмотрела мне в лицо и заплакала. Я спросил: "Что случилось, мама? Почему ты плачешь?" Сначала она не хотела ничего говорить, отнекивалась: "Так... Сон приснился..." Я настаивал, молил, ей пришлось открыться. Тихонько плача, она рассказала:

"Сегодня мне приснилась Феридэ. Я бродила по каким-то темным развалинам и спрашивала встречных: 'Здесь ли Феридэ? Скажите ради Аллаха...' Вдруг женщина с закутанным лицом схватила меня за руку и втолкнула в какую-то мрачную комнату, похожую на келью дервиша: 'Феридэ покоится здесь. Умерла от дифтерита...' Вижу, мое дитя лежит с закрытыми глазами. А лицо даже не изменилось... Плача, я проснулась, сердце болело... Говорят, покойник во сне — это к встрече... Не так ли, Кямран? Я скоро увижу свою Феридэ. Ведь верно, сынок?.."

Это подлинные слова мамы. О себе уже не говорю. Но разве справедливо — заставлять плакать старую женщину, которая была тебе матерью? Теперь этот печальный сон стал и моим постоянным сновидением. Стоит мне только лечь, сомкнуть веки, и я начинаю видеть тебя в каком-то далеком краю, в темной комнате с закрытыми глазами. Твои черные волосы, твое нежное лицо...»

На этом месте письмо обрывалось. Так я и не узнала ни о чем, кроме переживаний и тоски своей тетки.

Кямран, ты видишь, нас разлучает буквально все. Мы с тобой даже не враги, а просто люди, которые никогда-никогда не увидят друг друга.

*Зейнилер, 5 февраля*

Вчера ночью со стороны болота послышались выстрелы. Я испугалась, а Мунисэ как ни в чем не бывало объяснила:

— Так часто случается, абаджиим. Это жандармы ловят разбойников.

Выстрелы с небольшими паузами раздавались минут десять.

Наутро мы узнали подробности. Слова Мунисэ подтвердились. Ночью произошло сражение между шайкой бродяг, ограбивших почту, и жандармами. Один из жандармов был убит, другого в тяжелом состоянии доставили в Зейнилер. Сейчас он находился в доме для приезжих.

Около полудня в школу, задыхаясь, влетел маленький Вехби и схватил меня за руку:

— Девушка! Учительница! Быстрей надевай свой чаршаф! Идем! Тебя зовут в дом для приезжих.

— Кто зовет?

— Доктор. Отец велел передать.

Я накинула чаршаф и пошла за Вехби.

Дом для приезжих представлял собой ветхую хибару в две маленькие комнатушки и покосившуюся веранду с лестницей. Сюда порой заглядывали проезжие, которых настигала в пути ночь, метель или болезнь. Здесь их даже иногда кормили.

У ворот красивая лошадь била землю копытом. Из ноздрей у нее шел пар. Я погладила ее морду и вошла во двор, освещенный фонарем. Было довольно темно, хотя сумерки еще не спустились. На ступеньках лестницы сидел толстый военный доктор в огромных сапогах и плотной шинели. Он что-то писал и одновременно разговаривал с людьми, которые находились тут же во дворе. Я глядела на доктора сбоку. У него были пышные седые усы, лохматые брови, живое, приятное лицо. Но, господи, переговариваясь с жандармами, он употреблял такие грубые, неприличные выражения, что я на мгновение даже подумала, не уйти ли мне.

Вот доктор снова раскатисто захохотал, собираясь опять сказать что-то неприличное, грубое, и поднял голову. Тут он увидел меня и осекся. Потом обернулся к человеку в сером кителе с огромной черной бородой и крикнул:

— Эй, капитан, ты не обижайся, но я считаю, тебе правильно дали кличку Дядя Медведь. У нас тут женщина, а из-за тебя я говорю черт знает что... — Он повернулся ко мне: — Извините, сестрица, я не заметил, как вы пришли. Постойте, сейчас спущусь. Лестница еле дышит. Двоих нас ей не выдержать!.. Ну а теперь проходите, я спускаюсь.

Перепрыгивая через ступеньки, я взбежала наверх. Мне было слышно, как старый доктор продолжал издеваться над человеком, которого назвал капитаном.

— Мой капитан, эта учительница приехала из Стамбула. Ты удивляешься, как я догадался, не так ли? Ах, мой капитан, ты ведь на все, что творится в нашей Вселенной, смотришь недоуменно, словно глупый баран. Да, я понял по тому, как она взбежала по лестнице. Ты видел? Она летела, как куропатка. А теперь хочешь, я отгадаю ее возраст? Этой женщине, как там ни крути, а сорока еще нет...

Меня всегда забавляли подобные разговоры. Улыбнувшись, я подумала: «А вот тут ты ошибся, доктор-бей!»

Через пять минут, сотрясая своими сапожищами лестницу, старый доктор поднялся наверх и заговорил со мной.

— Как видите, ханым-эфенди, у нас раненый. Опасного ничего нет, но он нуждается в уходе. Я скоро должен уехать. Что надо делать? Небольшие перевязки. Но боюсь, больной может получить заражение крови. Здешний народ не очень верит докторам, и при случае крестьяне тотчас прибегают ко всяким знахарским снадобьям. Им ничего не стоит залепить рану какой-нибудь дрянью. Вы все-таки женщина образованная. Сейчас я вам объясню, что надо делать. Будете ухаживать за больным, пока он не встанет на ноги. Только не знаю, сумеете ли вы выдержать эти...

— Выдержу, доктор-бей. У меня крепкие нервы. Я ничего не боюсь.

Старик удивленно взглянул на меня.

— А ну-ка открой лицо, я посмотрю, какая ты есть.

В бесцеремонных словах доктора было что-то подкупающее, искреннее... Я не стесняясь подняла чадру и даже легонько улыбнулась.

Лицо доктора выразило изумление; он всплеснул руками и вдруг залился смехом.

— Что ты делаешь в этой деревне?

Я даже растерялась. Может, этот человек знает меня? Мне захотелось все превратить в шутку. У доктора было лицо, внушающее доверие и располагающее к себе.

— Надеюсь, вы не станете утверждать, доктор, что знаете меня?

— Тебя — нет, но подобных тебе людей, такую разновидность я очень хорошо знаю. К сожалению, они начали вымирать, да, исчезать с лица земли.

— Как мамонты, эфендим?

Моя склонность к шуткам, которую я уже пять месяцев держала под замком, вдруг прорвалась наружу. Сестра Алекси всегда говорила, что меня нельзя баловать, так как я тотчас начинаю шалить, беситься, коверкать слова, в общем, вести себя, как малое дитя.

Доктор производил на меня впечатление человека мудрого, с чистым сердцем. Он опять громко расхохотался и сказал:

— Ах ты, изящное, маленькое, веселое существо, совсем непохожее на огромных и безобразных предков теперешних слонов! Я стар и поэтому могу добавить еще эпитет «красивое». Так вот, красивый благородный ребенок, отвечай мне, как ты сюда попала?

Под грубым словцом, под раскатистым хохотом уездного военного врача нельзя было не уловить едва заметного сострадания.

Стараясь быть серьезной, я ответила:

— Я учительница, доктор-бей. Хотела служить своему делу. Вот меня и прислали сюда. Мне все равно. Я могу работать везде.

Пока я говорила, доктор пристально рассматривал мое лицо.

— Значит, ты приехала сюда только для того, чтобы служить своему делу? Только ради просвещения, ради деревенских детей, не так ли?

— Да, это моя цель.

— В таком возрасте? С такой внешностью?! Лучше скажи правду. А ну посмотри мне в глаза. Вот так... Ты думаешь, я так и поверил тебе?

Веселые, милые глаза доктора с белесыми ресницами, глубоко запрятанные между пухлых щек, казалось, читали у меня в душе.

— Нет, дочь моя, — продолжал он. — Это не главная причина. Дело и не в том, чтобы добыть себе средства к существованию. Сейчас, когда ты пытаешься скрыть, я вижу еще лучше. Разумеется, если я спрошу, кто ты, из какой ты семьи, где твой дом и так далее, ты мне ничего не ответишь? Вот видишь, вот видишь, как я все знаю. Здесь какая-то тайна. Но я не собираюсь копаться. Мне достаточно маленькой детали.

Мы оба замолчали.

После некоторого раздумья старый доктор сказал:

— Не позволишь ли ты мне оказать тебе маленькую услугу? Хочешь, я устрою тебя на более хорошее место? У меня есть кое-какие связи в Министерстве образования.

— Нет, благодарю вас, я довольна своим местом.

Доктор опять улыбнулся, пожал плечами и шутливо сказал:

— Замечательно! Превосходно! Но знай, самопожертвование — это не так просто, как ты думаешь! Если тебе когда-нибудь придется туго, напиши мне несколько строк. Я оставлю тебе свой адрес. Не бойся, я поступаю так из самых чистых побуждений...

— Благодарю вас...

— Итак, с этим покончено. Теперь приступим к нашему делу. Объясню тебе твои обязанности.

Старик открыл дверь в соседнюю комнату. На покосившейся кровати лежал раненый, покрытый с головой солдатским плащом.

Доктор позвал:

— Ну как, Молла, тебе лучше?

Раненый откинул плащ, хотел приподняться.

— Лежи, лежи, не шевелись. Болит у тебя что-нибудь?

— Нет, большое спасибо... Вот только скула немного ноет...

Доктор опять рассмеялся:

— Эх вы, дорогие медведи мои! Коленную чашечку он называет скулой, думает, что желудок на пятке. Но тем, кто станет у него на дороге, он спуску не даст. Заживет, Молла, все будет хорошо! Благодари Аллаха, что пуля не прошла чуть левее. Хочешь через неделю выздороветь, встать на ноги? Не выйдет... Впрочем, если полежишь здесь, тогда другое дело. Тут тебе хорошо! Смотри только исполняй все, что тебе скажет эта девушка. Понятно? Она теперь твой доктор, перевязывать тебя будет. Не вздумай делать глупости, пить какие-нибудь домашние лекарства или еще какую гадость, тогда пеняй на себя!.. Клянусь Аллахом, я приеду и изрежу твою ногу на куски.

Доктор принялся разматывать бинты. Когда он прикасался к ране, больной вскрикивал: «Ах, бей!»

— Ну, ну, замолчи, — ворчал доктор. — Какой же ты мужчина? Не стыдно тебе! Смотри, какие огромные усы и бородища, а кричишь в присутствии крошечной девочки! У тебя пустяк, а не рана. Если бы я знал, что попаду к такой славной сестре милосердия, сам бы себе нарочно что-нибудь продырявил!..

Час спустя старый доктор и бородатый капитан покинули деревню.

На первый взгляд кажется: еще одна обыкновенная встреча в жизни. Не так ли? Но не помню, чтобы еще когда-нибудь подобные мимолетные встречи с людьми производили на меня такое незабываемое впечатление.

*Зейнилер, 24 февраля*

Говорят, весна в этом году ожидается ранняя. Вот уже неделю стоит ясная погода. Все кругом залито солнцем.

Если бы не снег на горных вершинах, можно было подумать, что наступил май.

Сегодня пятница. После обеда я начала рисовать акварелью портрет Мунисэ. Вдруг открылась дверь, и в комнату вошла Хатидже-ханым. Платок ее сбился на шею, она тряслась. Я никогда не видела ее такой взволнованной и обеспокоенной.

— Аман*, ходжаным, там, внизу, пришли какие-то два эфенди. Один из них как будто заведующий отделом образования. Приехал ревизию устраивать... Быстрей спускайся. Я боюсь с ними разговаривать.

Торопливо облачаясь в чаршаф, я улыбалась сама себе. Невиданное дело: король лентяев, который в кабинете боялся лишний раз шевельнуть пальцем, решился приехать сюда!

Внизу, около двери в класс, я увидела двух мужчин. Один был очень высокий, другой — совсем маленький.

Пока я искала глазами заведующего отделом образования, маленький мужчина подошел ко мне. В темноте трудно было различить черты его лица, я только заметила, что в глазу у него поблескивал монокль.

— Вы учительница? Честь имею... Я новый заведующий отделом образования Решит Назым. Почему здесь так темно? Не школа, а настоящий хлев!

Я распахнула классную дверь и сказала:

— Здесь немного светлее, эфендим.

Маленький господин как-то странно переступал. Для такого крошечного роста походка его была чересчур важной. Переступив порог, он остановился и, размахивая рукой, словно на митинге, заговорил:

— Мон шер**, ты посмотри! Какой мизер***, какой мизер! Нужны тысячи свидетелей, иначе не поверят, что это школа. Каким надо быть радикалом!.. Ну, ты видишь, я тысячу раз прав, когда говорю: «Или все, или ничего!»

Теперь я разглядела гостей получше. Новый заведующий отделом образования, который на первый взгляд показался мне мальчишкой, каким-то новоиспеченным денди, был человеком лет пятидесяти, без всяких признаков растительности на лице. Он все время играл бровями, вращал глазами, при каждом слове его сморщенное личико принимало новое выражение.

Что касается второго, то это, напротив, был высокий сухощавый мужчина с тоненькими усиками. Он был такой длинный, что невольно горбился.

Заведующий отделом образования опять обратился ко мне:

— Ханым-эфенди, позвольте представить вам моего друга. Мюмтаз-бей — инженер губернского правления общественных работ.

Я ответила, чтобы хоть что-нибудь сказать:

— Вот как, эфендим?.. Очень приятно...

Заведующий отделом образования бродил по классу, притопывал ногами, словно испытывая прочность пола, и концом своей трösточки дотрагивался до парт и учебных плакатов.

— Мой дорогой, у меня великие прожекты. Я все разрушу и заново построю. Это будут школы чистые, светлые! Горе тем, кто не даст мне ассигнований, которые я прошу! Я приехал в этот край, имея кое-что про запас. Стамбульская пресса, как артиллерийская батарея, находится в боевой готовности. Стоит мне подать маленький сигнал — и бах!.. бух!.. Начнется страшная бомбардировка. Ты понимаешь? Или я претворю в жизнь все планы, которые у меня в голове, или покину этот пост!

Без сомнения, все эти красивые слова говорились только для того, чтобы пустить пыль в глаза мне, бедной деревенской учительнице.

Решит Назым поправил монокль и спросил:

— Сколько у вас учеников?

— Тринадцать девочек и четыре мальчика, эфендим...

— Хм, на семнадцать человек одна школа? Странная роскошь... Ты осмотришь здание, Мюмтаз?

— К чему?.. И так все видно.

Я заметила, что, пока заведующий отделом образования распространялся о своих грандиозных «прожектах», Мюмтаз-бей украдкой поглядывал на меня. И вдруг он заговорил на ломаном французском языке — очевидно, чтобы я не поняла.

— Послушай, дорогой... Заставь учительницу под каким-нибудь предлогом откинуть чаршаф. Сквозь чадру ее лицо сверкает, словно звездочка. Как она сюда попала?

Заведующий отделом образования пытался сохранить невозмутимость, но слова приятеля, кажется, покоробили его. Он ответил на еще более скверном французском языке:

— Прошу тебя, мой дорогой... Мы ведь в школе. Будь серьезным.

Решит Назым оттянул морщинистую кожу на подбородке, словно это была резина, и задумался о чем-то. Наконец он решительно обернулся ко мне:

— Ханым-эфенди, я закрываю эту школу.

— Почему же, бей-эфенди? — удивилась я. — Что-нибудь случилось?

— Ханым-эфенди, детей невозможно воспитывать в таком безобразном здании. Да и учеников мало... Пока я работаю в вилайете, все мои усилия будут направлены на то, чтобы большинство школ имели дешевые, но изящные, безупречные в санитарном отношении и модернизированные, то есть современные здания. А сейчас, будьте добры, дайте мне кое-какие пояснения...

Он вытащил из кармана визитки роскошную записную книжку, задал несколько вопросов о школе, записал мои ответы и сказал:

— Что же касается вас, ханым-эфенди... Вас я переведу в более подходящее место. Как только получите приказ о закрытии школы, немедленно выезжайте в Б... и мы все устроим. Ваше имя, пожалуйста...

— Феридэ.

— Ханым-эфенди, в Европе — прекрасный обычай: каждый человек к своему имени прибавляет имя отца. Получается более ясное, более определенное имя. Вы, учителя, должны применять эти новшества. Например, в классном журнале вместо того, чтобы писать про свою ученицу: «Меляхат, отец — Али Ходжа», вы напишете: «Меляхат Али», и все. Договорились, ханым-эфенди? Так как имя вашего папаши?

— Низамеддин.

— Ханым-эфенди, мы будем вас величать Феридэ Низамеддин. Сначала вам это покажется странным, но потом привыкнете. Что вы кончали?

Я постеснялась назвать свой пансион; инженер Мюмтаз-бей мог бы сконфузиться за свою вольность, услышав, что я знаю французский язык. Поэтому я ответила так:

— Эфендим, у меня специальное образование.

— Как я вам сказал, по приезде в Б... вы тотчас посетите меня. Мы поищем вам подходящее место. Идем, Мюмтаз, у нас по плану еще две деревни.

Инженер сидел на парте и размахивал своими длинными тоненькими ножками.

На том же «великолепном» французском языке он ответил:

— Это лакомый кусочек... Оставь меня и иди. Я обязательно найду способ и заставлю ее открыть лицо.

Заведующий отделом образования опять сконфузился. Видимо, опасаясь, чтобы я не заподозрила их в чем-либо, он сказал по-турецки:

— У нас еще есть время... Свой ответ вы напишете после. Итак, прошу вас... — и двинулся к выходу.

Инженер пошел на крыльцо и, делая вид, будто рассматривает крышу и окна, ждал, когда я выйду. Я же нарочно задержалась в коридоре, повернувшись к нему спиной.

Проходя садом, бедняга еще несколько раз обернулся, а выйдя из ворот, зашагал вдоль деревянного забора, поднимаясь на цыпочки и заглядывая внутрь.

Известие в один миг облетело деревню. Несмотря на пятницу, и ученики, и их матери прибежали ко мне. Как они были огорчены тем, что школа закрывается! Я тоже расстроилась. Девочки, которые раньше, казалось, были совершенно равнодушны к школе и ко мне, теперь плакали и целовали мои руки.

Хатидже-ханым повязала голову огромным платком и удалилась к себе. Меня ожидали новые трудности, но, по правде говоря, положение этой несчастной было во много раз хуже.

Под вечер ко мне зашли жена старосты и эбе-ханым. Обе женщины были печальны, особенно эбе-ханым. Она многозначительно поглядывала на меня и говорила, вздыхая:

— У меня были совсем другие планы, но такова, видно, воля Аллаха.

На это мне оставалось только грустно ответить, потупив глаза:

— Что поделаешь, эбе-ханым? Видно, не судьба...

Короче говоря, маленький господин с моноклем одним словом взбудоражил всю деревню. Крестьяне были очень огорчены.

Хотя я знала, что трудно найти худшее место, чем Зейнилер, но их настроение передалось и мне. Одна лишь Мунисэ была исключением. Шалунья радовалась, казалось, у нее выросли крылья.

— Когда же мы уедем, абаджиим? — приставала она ко мне. — Через два дня уедем?

*Зейнилер, 3 марта*

Завтра в дорогу.

Сначала Мунисэ очень радовалась нашему отъезду, но вчера ее вдруг охватила какая-то странная тоска. Она часто задумывалась, уставившись глазами в одну точку, на вопросы отвечала рассеянно.

— Мунисэ, может, ты не хочешь со мной ехать? Тогда оставайся, — сказала я.

— Не дай Аллах, абаджиим... — встрепенулась девочка. — Лучше я брошусь в колодец.

— А не жалко расставаться с братьями?

— Не жалко, абаджиим.

— Но ведь ты соскучишься по отцу...

— Отца мне жалко... Но я не очень его люблю, абаджиим...

— Хорошо, если так, почему загрустила?

Мунисэ молчала, потупившись. Я пробовала настаивать, но девочка притворно смеялась, обнимала меня... Я не верила этой фальшивой веселости. Уж я-то могла отличить подлинную радость моей девочки от наигранной!

Ее ясные глаза были подернуты грустью. Как я ни вызывала ее на откровенность, ничего не получалось.

Сегодня случай помог мне узнать тайное горе детского сердечка.

Под вечер Мунисэ вдруг исчезла, хотя ей было известно, что она нужна мне (мы еще не все уложили в дорогу). Я несколько раз позвала ее — ответа не было. Видно, девочка вышла в сад. Я открыла окно и крикнула:

— Мунисэ!.. Мунисэ!..

Тоненький голосок отозвался издали, оттуда, где находилась усыпальница Зейни-баба:

— Я здесь!.. Иду!..

Когда Мунисэ прибежала домой, я спросила, что она делала одна на кладбище.

Девочка растерялась, начала лепетать что-то невразумительное. Она хотела меня обмануть. Я внимательно посмотрела ей в глаза — они были красные, на побледневших щеках следы недавних слез. Меня охватило беспокойство. Я взяла Мунисэ за руки и принялась настойчиво расспрашивать, что она делала у гробницы, почему плакала. Девочка отворачивалась, прятала лицо, губы ее дрожали.

Надо было во что бы то ни стало заставить Мунисэ признаться, и я заявила, что если она будет такой скрытной, то я оставлю ее в Зейнилер. Тут девочка не выдержала, опустила голову, точно каялась в смертном грехе, и робко пробормотала:

— Меня пришла проведать мама... Узнала, что я уезжаю... Не сердись, абаджиим...

Я поправила волосы, упавшие ей на лицо, нежно погладила по щеке, мягко и спокойно сказала:

— Чего же ты боялась? Почему плакала? Ведь это твоя мама. Конечно, ты должна была проститься с ней...

Бедняжка не верила своим ушам. Она пугливо поглядывала на меня и придумывала смешные детские отговорки, стараясь уверить, что не любит эту женщину, которую все проклинают и ненавидят. А я видела, как горячо она любит мать!..

— Дитя мое, — сказала я, — это очень плохо, если ты не любишь свою мать. Тебе должно быть стыдно. Разве можно не любить маму? Ступай, беги, верни ее. Передай, что я хочу непременно ее видеть. Я сейчас приду к усыпальнице.

Мунисэ припала к моим коленям, поцеловала подол платья и бегом кинулась в сад.

Знаю, я поступила неосторожно. Если в деревне станет известно, что я виделась с этой женщиной, обо мне подумают очень плохо, возможно даже, что меня проклянут. Ну и пусть...

Мне пришлось долго ждать в рощице возле усыпальницы Зейни-баба. Несчастная мать успела уйти далеко. Кажется, чтобы вернуть ее, девочке пришлось бежать напрямик через заросли камыша.

Наконец я увидела их, мать и дочь... Боже, какая это была грустная, какая печальная картина!.. Они шли не вместе, словно стыдились, избегали друг друга, нарочно медлили, делали вид, будто вязнут в грязи.

Я приготовилась сказать этой женщине несколько ласковых слов, полных любви и нежности. Но, очутившись лицом к лицу, мы не знали, о чем говорить.

Это была высокая, статная женщина в ветхом, заплатанном чаршафе. Лицо покрывала не чадра, а фиолетовый платок. На ногах стоптанные, насквозь промокшие туфли со сбитыми каблуками. Я видела, что она дрожит, словно боится кого-то.

Как можно спокойнее, стараясь не волноваться, я сказала:

— Откройте лицо.

После некоторого колебания женщина откинула платок.

Она была светловолосая и довольно молодая, не более тридцати — тридцати пяти лет на вид. Но лицо было такое усталое, такое измученное...

Я думала, подобные женщины сильно красятся. Но на лице у нее я не увидела и следа краски. Больше всего меня поразило их внешнее сходство. На мгновение мне даже почудилось, что это сама Мунисэ, которая вдруг выросла, стала взрослой женщиной. Затем, затем...

Я схватила девочку за плечи, прижала к себе. Грудь моя вздымалась от волнения, глаза наполнились слезами. Я взяла на себя большую, очень большую ответственность. Но я непременно воспитаю Мунисэ порядочной женщиной, и это будет моим самым большим утешением в жизни.

Я сказала женщине, словно была уверена, что в эту минуту она думает то же самое:

— Моя дорогая ханым, волею судьбы вам не выпало счастья воспитать самой эту маленькую девочку. Что поделаешь? Такова жизнь. Я хочу вам сказать: пусть ваше сердце будет спокойно. Я приютила Мунисэ и воспитаю ее как свою дочь. Я ничего не пожалею для нее.

Кажется, мои слова приободрили женщину.

— Я все знаю, милая барышня, — сказала она. — Мунисэ говорила... Иногда, когда мне случалось бывать в этих местах, я заходила ее проведать... Да наградит вас Аллах...

— Значит, вы виделись с Мунисэ?

Я почувствовала, что ручонки Мунисэ, обнимающие меня, задрожали. Опять открылся ее секрет. Значит, девочка тайком виделась с матерью?.. Но самое грустное во всем этом было другое — Мунисэ стыдилась говорить матери, что скрывает от меня эти встречи.

— Если бы мы остались здесь, вы всегда могли бы видеть Мунисэ, — сказала я. — Но завтра мы уезжаем в Б... Куда мы двинемся оттуда, неизвестно. Пусть ваше сердце не тревожится, моя дорогая ханым. Не могу обещать, что я заменю ей вас — мать никто не может заменить. Но я постараюсь быть для нее заботливой сестрой.

Кто-то шел внизу, в зарослях камыша. Это был, наверно, отец моего ученика Джафер-аги. Он часто ходил на болото охотиться на диких уток.

Женщина вдруг заволновалась.

— Мне надо уходить, моя дорогая ханым. Никто не должен видеть меня рядом с вами...

Эти слова лишний раз подтверждали ее чуткость. О том же говорили ее внешность, манера держаться. Мунисэ унаследовала от своей несчастной матери и лицо, и тонкую, благородную душу.

Бедная женщина старалась уберечь меня от сплетен, но задела мое самолюбие. Так хотелось, чтобы в ее сердце сохранилось теплое чувство ко мне.

Я сделала вид, что сплетни нимало не волнуют меня, и сказала:

— Почему вы торопитесь? Побудьте еще немного.

Несчастная мать с глубокой признательностью смотрела на меня. Я видела, что она страстно желает поцеловать мою руку, но не смеет прикоснуться ко мне.

Мы присели на тонкий ствол тополя, поваленного последней бурей, и посадили между собой Мунисэ. Бедная женщина заговорила. Она волновалась, спешила, словно чувствовала, что ей станет легче, если она расскажет о своей жизни. У нее был правильный стамбульский выговор.

Я услышала простую, но грустную историю. Она родилась в Стамбуле, в Румеликавак*, в семье мелкого чиновника. Вскоре умер отец, затем и мать. Сироту удочерила богатая семья из Бакыркейя. Девочку воспитывали вместе с другими детьми, обращались с ней, как с маленькой барышней. Когда ей исполнилось пятнадцать-шестнадцать лет, к ней стали присылать сватов из состоятельных семей. Но девушка под разными предлогами всем отказывала. Дело в том, что сердце ее было отдано другому. Она любила младшего сына в приютившей ее семье, юношу, у которого едва только начали пробиваться усики. Он учился в военной школе «Харбие». У девушки не было никакой надежды, она понимала, что является в доме всего-навсего приемышем. Но какое это было счастье — видеть хоть раз в неделю его лицо, слышать его голос!..

Неожиданно главу семейства перевели в Б... на должность дефтердара**. Пришлось сниматься с места. В Стамбуле остался только младший сын — воспитанник «Харбие».

Четыре месяца, пока девушка не видела своего возлюбленного, показались ей четырехлетней разлукой. Она чуть не сошла с ума от тоски. Наконец юноша приехал в Б... на летние каникулы. И тут все обнаружилось. Бей-эфенди, ханым-эфенди, их дочери — все разом ополчились против несчастной сироты, не захотели ее больше держать в своем доме и отправили в окрестную деревушку к какой-то женщине. Там и родилась старшая сестренка Мунисэ, умершая потом в четырехлетнем возрасте от

_____
* Р у м е л и к а в а к — район Стамбула.
** Д е ф т е р д а р — заведующий финансовой частью вилайета.

дифтерита. Кто мог жениться на женщине в таком положении, с ребенком на руках?

Наконец она вынуждена была уступить уговорам и согласилась выйти замуж за чиновника лесничества. Сначала она даже пыталась примириться со своей участью, покориться судьбе. Но когда мужа перевели в деревню Зейнилер, безысходная тоска охватила ее... Она чувствовала, что сходит с ума в темной, закопченной лачуге, и таяла с каждым днем.

Рассказывая все это, бедняжка, казалось, видела себя снова на дне страшной пропасти. На лицо ее легла тень усталости, плечи опустились, тело обмякло.

Женщина продолжала рассказ.

Как раз в то время в деревне остановился отряд жандармов, выслеживавший разбойников. Солдаты разбили палатку у зарослей камыша. Молодой капитан, командир отряда, целый месяц преследовал ее, добиваясь любви. В конце концов она поддалась искушению, бросила мужа, ребенка и сбежала с офицером.

Не знаю почему, но эта простая история растрогала меня. Опускались сумерки. Я поднялась и пошла к школе, оставив мать и дочь одних. Несомненно, у этих двух людей, которые, возможно, никогда больше не увидятся, было что сказать друг другу в минуту расставания. В моем присутствии они не смогли бы свободно обняться, поплакать. В их сердцах навеки осталась бы боль от невысказанных слов, невыраженных чувств.

По дороге к школе, переступая через могильные камни, я глубоко задумалась...

Мунисэ, я любила тебя потому, что считала одинокой. Мне всегда было жаль маленькую сиротку. Но в эту минуту я ревную тебя. Ревную к твоей матери. Она — несчастная падшая женщина, но все-таки она тебе мать. Расставаясь с родными местами, ты увезешь с собой в сердце память о нежных материнских глазах, а на губах горькую сладость материнских слез.

*Б..., 5 марта*

Сегодня утром, когда Мунисэ еще спала, я набила портфель бумагами, привезенными из Зейнилер, и отправилась в отдел образования. Час был ранний, двери учреждения только что открывались, в комнатах сидели несколько заспанных чиновников. Они лениво пили кофе, курили наргиле.

За столом, где когда-то восседал старший секретарь в красном кушаке, я увидела худощавого эфенди с курчавой черной бородкой и засаленным воротом. Я справилась у какого-то чиновника, тот объяснил мне, что вместе с заведующим отделом сменился и старший секретарь. Значит, мне следовало обратиться именно к этому бородатому эфенди.

Я подошла, поздоровалась, представилась и сказала, что мне надо сдать документы школы Зейнилер, которая была закрыта по приказу нового заведующего отделом образования.

Старший секретарь подумал и сказал:

— Да, да, верно... Хорошо... Вы немного подождите в коридоре. Сейчас придет господин заведующий.

Ровно три часа пришлось мне провести в мрачном коридоре с низким потолком. Проходившие мимо косо поглядывали в мою сторону, а некоторые даже зубоскалили.

У подоконника стояла сломанная лестница. Я присела на перекладину и принялась ждать. Окно выходило в запущенный двор медресе*. Какой-то софта** в голубых штанах, засучив рукава, мыл в бассейне зелень. На развесистой чинаре, крона которой подступала к самому окну, резвилась стайка воробьев. Я сидела, упершись локтями в колени и подперев подбородок ладонями.

Вчера утром в это время мы еще были в Зейнилер. Мои ученики, от мала до велика, проводили меня до самой дороги, которая тянулась между скал.

Какое у меня глупое сердце! Я так быстро привязываюсь к людям.

Когда я жила в Текирдаге, муж тетки Айше, дядя Азиз, брал меня за руки и говорил:

— Ох и назойливая же ты! Сначала дичишься людей, убегаешь от них, а потом так пристанешь, хуже, чем липучая смола.

---

\* М е д р е с е — духовная школа.
\*\* С о ф т а — учащийся медресе.

Дядюшка верно определил эту черту моего характера. Покидая Зейнилер, я жалела детишек, потому что они были для меня и самыми красивыми, и самыми уродливыми, и самыми бедными...

Что же станет со мной, если в каждом месте, откуда мне придется уезжать, будет оставаться частичка моего сердца?

У дороги бедные дети один за другим подходили ко мне и целовали руку. Чабан Мехмед и Зехра прислали мне новорожденного козленка, у которого даже еще не открылись глаза. Я передала этот теплый комочек в руки Мунисэ. Подарок пастуха растрогал меня до слез. Наконец грустно зазвенели колокольчики, и телега покатила по безлюдной дороге, оставив позади деревню Зейнилер. Мы с Мунисэ махали ребятам до тех пор, пока их головы не скрылись за черными скалами.

Едва наша телега остановилась перед гостиницей, мы оказались свидетелями веселой картины. Старый Хаджи-калфа гнался за огромной кошкой, которая выскочила из дверей с куском печенки в зубах. Размахивая марпучем*, как плеткой, он промчался мимо телеги, крича:

— Погоди у меня, проклятая кошка! Я с тебя шкуру спущу!

Я окликнула:

— Хаджи-калфа!

Старик остановился, но не мог сразу сообразить, кто его зовет.

Тут наши глаза встретились. Хаджи-калфа вскинул вверх руки и прямо посреди улицы что было силы завопил:

— Ах, моя дорогая учительница!

Надо было видеть радость старого номерного. Он весело крикнул вслед кошке, которая с добычей в зубах пыталась вскарабкаться на стену разрушенного сарая:

— Беги, жри себе на здоровье! Не бойся, все тебе прощаю!.. — и кинулся ко мне.

Хаджи-калфа был так рад встрече, что заметил Мунисэ, которая шла следом за мной с козленком на руках, только на втором этаже гостиницы.

---

* М а р п у ч – длинная кожаная трубка наргиле, по которой проходит дым.

— Вай, ходжаным, а кто это? Откуда она взялась? — спросил старик.

— Это моя дочь, Хаджи-калфа. Разве ты не знаешь? Я в Зейнилер вышла замуж, и теперь у меня дочь.

Хаджи-калфа погладил Мунисэ по щеке.

— Смотри не на того, кто говорит, а на того, кто заставляет говорить. И такое случается, если Бог захочет. Девочка хорошая, крепкая, ладная.

По счастливой случайности моя старая комната с голубыми обоями оказалась незанятой. Как я обрадовалась!

Вечером Хаджи-калфа потащил меня к себе домой ужинать. Я хотела отказаться, сославшись на усталость. Но старик и слушать не хотел.

— Вы посмотрите на нее! Устала!.. Хоть шесть месяцев будешь идти пешком — все равно цвет твоего лица не изменится. Клянусь тебе!..

Все хорошо, все прекрасно, но вот только один вопрос не дает мне покоя. Вчера вечером, перед сном, я занялась финансовыми расчетами. Результат оказался столь плачевным, что мне не хотелось даже верить. Я вторично посчитала, уже по пальцам. К сожалению, ошибки никакой не было. Все складывалось очень грустно, но я не могла удержаться от смеха. До сих пор мне казалось, что я живу на деньги, заработанные моим трудом. Но оказывается, я расходовала те скромные сбережения, которые у меня имелись.

Моя бедная Гюльмисаль-калфа говорила, что я поступаю очень опрометчиво, отправляясь в чужие края и не имея при себе достаточно денег. Она продала бриллиант, доставшийся мне от матери, зашила вырученные деньги в мешочек и отдала мне.

Все это время у меня было много расходов. И понятно: ведь я так долго сидела без работы. Много денег ушло на переезды. Да я никогда и не думала, что мне придется работать всего-навсего сельской учительницей с мизерным окладом. Меня окружали голодные, несчастные дети, и я считала своим долгом оказывать им посильную помощь. Но люди часто бывают бессовестными... Видно, мое доброе лицо придавало беднякам смелость, и в последнее время количество рук, протянутых ко мне за подаянием, увеличилось.

Конечно, моего жалованья (я до сих пор так и не знаю, сколько оно составляло) не могло хватать на все мои нужды. За два месяца мне даже не уплатили. Итак, расходов было много, и всякий раз, когда наступали денежные затруднения, я обращалась к своему заветному мешочку. Но сейчас мешочек был так легок, что я даже не осмеливалась пересчитать его содержимое. Оказывается, несмотря на все мытарства и страдания, последние пять месяцев я могла просуществовать только благодаря средствам, оставшимся у меня после смерти родителей.

Я сидела в коридоре на лестничной перекладине и задумчиво теребила листочки чинары, которые лезли в окно. От этих грустных мыслей мне хотелось и плакать и смеяться. Но я снова придумала себе утешение:

«Не горюй, Чалыкушу! Да, ты ничего не заработала. Но ведь ты узнала, что такое жизнь, узнала, что значит перебиваться, научилась терпеть. А разве этого мало? Теперь ты бросишь ребячество и станешь солидной, благовоспитанной дамой...»

Вдруг в темном коридорчике поднялся переполох. Старый служитель с пальто в одной руке, с тросточкой — в другой промчался к кабинету заведующего.

Через несколько минут на лестнице показался сам крошка заведующий. Величественно подняв голову, поблескивая моноклем, он проследовал к себе.

Я хотела войти следом за ним, но тут передо мной вырос бородатый служитель, который только что пронес пальто и трость Решита Назыма.

— Погоди, погоди, ханым, — остановил он меня. — Пусть бей-эфенди передохнет. Куда торопишься? Удивляюсь, как ты девять месяцев высидела в животе у матери?

Я уже успела привыкнуть к подобному обращению, поэтому и не подумала сердиться, а, напротив, мягко попросила:

— Дорогой папаша, когда бей-эфенди выпьет свой кофе, дай ему знать. Скажи: «Приехала учительница, которую вы ждете...»

Разумеется, заведующий отделом образования не ждал меня. Но я решила, что, если скажу так, служащий, возможно, проявит большее усердие. Что делать? Приходилось прибегать к подобным хитростям.

Через пять минут старый служитель опять появился в дверях. Так как я была в черном чаршафе, он не сразу заметил меня и принялся ворчать:

— Где эта женщина? Хай, Аллах!.. Торопит только человека, а сама убегает.

— Не сердись, отец, я здесь. Можно войти?

— Входи, входи, желаю удачи.

Решит Назым с непокрытой головой восседал за столом. В углу его рта была зажата огромная сигара. Он разговаривал с пожилым мужчиной, который развалился в кресле. Важный, надменный голос заведующего как-то не вязался с его крошечной фигурой.

— Эфендим, что за страна, что за страна! — восклицал он. — Совершают такое мотовство, живут так расточительно и не могут заказать себе визитную карточку! Сотни человек в день передают через служителя, что они хотят меня видеть. Но разве может служитель правильно выговорить их имена!.. Вот и получается неразбериха! Я сторонник того, чтобы в учреждениях применять систему Петра Безумного*. За чиновниками надо следить не только на работе, но и в их личной, частной жизни. Надо смотреть, что они едят, что пьют, где сидят, где гуляют, как одеваются. Надо повсеместно вторгаться в их жизнь. Как только я пришел, первым делом разослал по школам указ, где заявил, что уволю всех учителей, которые не будут бриться хотя бы раз в два дня, которые будут ходить в неглаженых брюках и носить рубашки без воротничков. Вчера делал ревизию в одной школе. Встречаю у дверей учителя. Я сделал вид, что не узнаю его, и говорю: «Пойди скажи учителю, пришел заведующий отделом образования». Тот мне отвечает: «Эфендим, учитель — ваш покорный слуга...» Я ему говорю: «Нет, ты, наверно, сторож в этой школе. Учитель не может ходить в таком тряпье. Если бы я встретил учителя, одетого таким образом, я бы за шиворот

_____
* П е т р  Б е з у м н ы й — так турки называли русского царя Петра I.

221

вытолкал его на улицу...» Неряха даже остолбенел, а я, не глядя на него, вошел внутрь. Завтра опять наведаюсь в эту школу и, если увижу учителя в таком же одеянии, тотчас уволю.

Я ждала, когда заведующий замолчит, чтобы заговорить самой. Но он уже не мог остановиться и кипятился все больше и больше:

— Да, эфендим... Недавно я разослал по школам приказ: «Учителя и учительницы должны непременно заказывать себе визитные карточки. Обращения в инстанции без оных будут оставаться без внимания». Но разве кто поймет тебя... — Тут заведующий неожиданно обернулся ко мне и сердито сказал: — Держу пари, что госпожа учительница тоже получила мой приказ. Но несмотря на это, она обращается ко мне все-таки без визитной карточки. И вот служитель опять пропел свою старую песню: «Вы вызывали одну ханым, она пришла...» Какая ханым? Что за ханым? Мехмед-ага в желтых сапогах?..

Я остолбенела. Выходит, весь этот поток красноречия, весь этот гнев были адресованы мне, и только потому, что я осмелилась войти без визитной карточки.

— Я не получала от вас приказа, — сказала я.

— Это почему же? Где вы учительствуете?

— В селении Зейнилер. Вы приезжали к нам на прошлой неделе... Это та самая школа, которую вы приказали закрыть.

Заведующий вскинул вверх одну бровь, подумал немного, затем сказал:

— Ах да, вспомнил... Так что вы сделали? Формальности окончены?

— Все сделано, как вы приказали, эфендим. Я привезла бумаги, которые были затребованы.

— Хорошо, отдайте их старшему секретарю, пусть изучает.

Старший секретарь с засаленным воротом допрашивал меня битых два часа. Он несколько раз перечитывал одни и те же документы, спрашивал у меня что-то такое, чего я никак не могла понять, требовал расписки за мелкие расходы, расписки в получении денег, счета, копии заявлений и так далее и тому подобное. Наконец он заявил, что считает недействительными протоколы деревенского совета старейшин, которые я привезла с собой из Зейнилер.

Отвечая, я все время путалась, сбивалась. Старший секретарь пренебрежительно кривил губы, словно хотел; сказать: «Разве это учительница!» Он чуть не заставил меня разреветься из-за неправильно наклеенной гербовой марки. Он придирался к каждой мелочи. Не помню, сколько лет назад какой-то учительнице в Зейнилер дали двести пятьдесят курушей на ремонт школьной крыши. Так вот расписки в получении этих денег не оказалось.

Старший секретарь прямо-таки вскипел:

— Где же счет, подтверждающий затраты на ремонт? Где расписка? Не найдешь — пойдешь под суд!

— Бей-эфенди, — сказала я, — что вы говорите? Я ведь там и полгода не работаю...

Я чуть не плакала, но старший секретарь и знать ничего не хотел.

Наконец он воскликнул:

— Хватит, ханым-эфенди! Я не допущу такого безобразия. У меня нет времени, от ваших дел с ума можно сойти! — И, схватив бумаги, кинулся в кабинет заведующего.

В комнате сидели еще два секретаря. Один был в чалме, другой — молодой человек, у которого только начали пробиваться усики. Во время моей беседы со старшим секретарем они, казалось, были всецело поглощены работой и не обращали на нас никакого внимания.

Но не успел старший секретарь выйти из канцелярии, как оба чиновника вскочили со своих мест, припали к двери кабинета заведующего и стали подслушивать.

Впрочем, секретари старались напрасно: через две минуты Решит Назым разразился такой громовой бранью, что его можно было услышать не только в соседней комнате, но даже на улице.

Секретарь в чалме радостно похлопал молодого по спине и сказал:

— Да наградит Аллах нашего мюдюр-бея. Дай-ка жару этому рогоносцу! Пусть неверный проучит безбожника!

Заведующий выговаривал старшему секретарю:

— Надоел ты мне, милый, надоел! Что это за формализм?! Ты заплесневелый бюрократ. Женщина права. Ведь не может она родить тебе такую стародавнюю расписку!.. Если ты ничего не соображаешь, ступай отсюда. Иди, можешь убираться куда хочешь. Сам не уйдешь, я тебя уберу. Живо! Тотчас пиши заявление об отставке. Не напишешь — ты не мужчина!

Я чувствовала себя очень неловко.

— Послушайте, господа, — обратилась я к чиновникам, — кажется, я невольно стала причиной большой неприятности. Может, мне лучше уйти?.. А то разгневанный старший секретарь скажет мне что-нибудь неприятное.

Секретарь в чалме готов был плясать от радости.

— Нет, сестричка, — сказал он, — не придавай этому никакого значения. Так и надо рогоносцу! Наглый пес на шею сядет, если кто-нибудь еще более бессовестный изредка не будет воздавать ему по заслугам. Да наградит тебя Аллах. После такой взбучки он успокаивается на несколько дней. И сам отдыхает, и мы тоже.

Заведующий за дверью умолк. Чиновники тотчас бросились по своим местам. Секретарь в чалме громко зашептал:

— Хорошая поговорка: «Пусть неверный проучит безбожника...»

В канцелярию вошел старший секретарь. У него заметно тряслись колени и борода. Не поворачивая головы, он краем глаза взглянул на своих коллег. Те так смиренно и старательно работали, что бюрократ, получивший только что взбучку, успокоился и, бормоча себе под нос, сел на место. Но он еще долго не мог оправиться, пыхтел, отдувался, наконец тихо заговорил:

— Пятьдесят лет рогоносцу, занимал такие посты, а в делах разумеет меньше нашего сторожа! Сам он завтра уберется отсюда к чертовой матери, а гром грянет на наши головы. Так и будет. Наскочит какой-нибудь ревизор, глянет в наши бумаги и тут же скажет: «Ну и типы, ну и ослиные головы! Почему нет расписки на эти двести пятьдесят курушей? Как вы допустили такое безобразие?» Он будет прав, если всех нас загонит на скамью подсудимых.

Есть закон о государственной казне. С ним шутки плохи. Клянусь Аллахом, если даже мы все околеем, эти деньги вычтут через сто лет с наших внуков и правнуков!

Секретари подняли головы от конторских книг и с почтительным видом слушали эти проникновенные слова.

Старший секретарь счел обстановку благоприятной и спросил:

— Слыхали, какую чепуху нес этот тип?

Секретарь в чалме сделал удивленное лицо:

— А что такое? Мы слышали какой-то голос... Но к вам ли это относилось?

— Частично ко мне... Пустомеля!

— Не огорчайтесь. Что он понимает в делопроизводстве? Не будь вас, в этом учреждении в три дня все пошло бы прахом...

И это говорил секретарь в чалме, тот самый, который минуту назад, как ребенок, радовался, слушая, каким оскорблениям подвергается его старший коллега! Господи, что за странные люди!

Но прогнозы секретаря в чалме оказались верными. После полученной взбучки старший секретарь заметно смягчился и успокоился. Он закурил сигару и, попыхивая во все стороны, сказал:

— Эх, и это благодарность людям, которые так преданно служат государству!

Старший секретарь больше не придирался и в один миг принял от меня дела.

Когда я минуту спустя опять вошла в кабинет заведующего, у меня от усталости подкашивались ноги, а в глазах темнело.

Решит Назым был занят уже другим делом. Под его руководством слуги вытирали в комнате пыль. Он ругал их, заставлял по нескольку раз перевешивать картины на стенах, а сам то и дело поглядывал в ручное зеркальце, поправляя прическу или галстук.

Несколько фраз, которыми заведующий обменялся с пожилым эфенди, по-прежнему сидевшим в углу комнаты, объяснили мне причину столь тщательных приготовлений: в Б... приехал французский журналист Пьер Фор. Вчера на приеме у губернатора Решит Назым познакомился с ним и его женой. По словам заведующего, Пьер Фор был очень интересным человеком, и он надеялся, что журналист обязательно напишет ряд статей под заголовком: «Несколько дней в зеленом Б...».

Решит Назым взволнованно рассказывал:

— Супруги обещали нанести мне визит сегодня, в три часа. Я покажу им несколько наших школ. Правда, у нас нет такой школы, которую мы могли бы с гордостью показать европейцу, но мы прибегнем к политическому маневру. Во всяком случае, я надеюсь, нам удастся вырвать статейку в нашу пользу. Хорошо, что здесь я. Случись это при моем предшественнике, мы бы с головы до ног опозорились в глазах европейцев.

Я продолжала стоять у дверей возле ширмы.

— Ну, что еще, ханым-эфенди? — спросил меня торопливо заведующий.

— Я сдала все дела. С формальностями покончено, эфендим.

— Отлично. Благодарю вас.

Я стояла и смотрела на него.

— Благодарю вас, вы можете идти.

— Вы собирались распорядиться в отношении меня. Я имею в виду новое назначение.

— Да... Но сейчас у меня нет вакантных мест. При случае мы что-нибудь придумаем. Встаньте на учет в канцелярии.

Эти слова заведующий произнес торопливо и резко. Он ждал, чтобы я поскорее ушла.

Вакантное место!

Эту фразу я часто слышала в Стамбуле в Министерстве образования. К сожалению, ее смысл был мне очень хорошо известен.

Раздраженный тон заведующего пробудил во мне странный протест. Я сделала шаг к двери, намереваясь выйти, но в эту минуту вспомнила про свою Мунисэ, которая ждала меня в гостинице, в нашем маленьком номере, забавляясь с крошечным козленком.

Да, теперь я была уже не прежней Феридэ. Я была матерью, на которой лежала ответственность за судьбу ребенка.

И тогда я вернулась опять к столу. Я стояла, опустив голову, как нищенка, просящая милостыню под дождем. В моем голосе звучали страх и мольба.

— Бей-эфенди, я не могу ждать. Мне стыдно говорить, но я стеснена материально. Если вы сейчас же не дадите мне работу....

К горлу подступил ком, глаза наполнились слезами. Как мне было стыдно и горько!

Заведующий все так же раздраженно и нетерпеливо ответил:

— Я уже сказал вам, ханым: у меня нет вакансий. Правда, в деревушке Чадырлы есть школа... Если хотите, отправляйтесь туда. Но пеняйте потом на себя. Говорят, это ужасное место. Кажется, дети там занимаются в сельской кофейне. Жилья для преподавателя нет. Если вы согласны, я назначу вас туда. Если хотите лучшего места — терпите.

Я молчала.

— Ну, ханым-эфенди, жду вашего ответа.

Я слышала, что деревня Чадырлы во много раз хуже Зейнилер. Но лучше было ехать туда, чем месяцами прозябать в Б... и подвергаться всевозможным оскорблениям.

Я еще ниже опустила голову и не сказала, а скорее вздохнула:

— Хорошо, я вынуждена согласиться...

Но заведующий не услышал моего ответа. Неожиданно распахнулась дверь и ворвался возглас: «Идут!»

Решит Назым поспешно застегнул свой долгополый сюртук и выскочил из кабинета. Мне не оставалось ничего другого, как только уйти. У дверей я услышала французскую речь. Говорил заведующий:

— Входите, прошу вас...

На пороге появилась молодая женщина в широком манто. Увидев ее лицо, я не могла сдержать возглас удивления. Супругой журналиста оказалась моя старая подруга по пансиону Кристиана Варез.

Когда-то во время каникул Кристиана уехала с родителями во Францию, там вышла замуж за своего кузена, молодого журналиста, и больше в Стамбул не вернулась.

За эти годы она сильно изменилась, превратилась в важную даму.

Услышав мой возглас, Кристиана повернула голову и тотчас узнала меня, хотя мое лицо было закрыто плотной чадрой.

— Чалыкушу! — воскликнула она. — Моя маленькая Чалыкушу! Ты здесь? Ах какая встреча!

Кристиана была одной из тех девушек, которые любили проказницу Чалыкушу. Она схватила меня за руки, вытащила на середину комнаты, почти насильно откинула с лица чадру и расцеловала в обе щеки.

Представляю, как растерялся муж Кристианы, которого мне пока еще не удалось увидеть, и особенно заведующий отделом образования.

Я поворачивалась к ним спиной, прятала лицо на плече подруги, стараясь, чтобы никто не заметил моих слез.

— Ах, Чалыкушу, я могла допустить все, что угодно, но никогда не думала встретить тебя здесь, в этом черном турецком чаршафе, со слезами на глазах...

Наконец мне удалось взять себя в руки. Я хотела незаметно накинуть на лицо чадру, но Кристиана воспротивилась. Она насильно повернула меня лицом к мужу и сказала:

— Пьер, познакомься. Это Чалыкушу.

Пьер Фор был красивый шатен высокого роста. Правда, он показался мне немного чудаковатым, но, возможно, это оттого, что я долгое время жила среди тугодумов, которые в разговоре взвешивают каждое слово.

Журналист поцеловал мою руку и заговорил как со старой знакомой:

— Я очень счастлив, мадемуазель... Вы знаете, мы вовсе не чужие с вами. Кристиана столько рассказывала о вас!.. Она могла бы сейчас совсем ничего не говорить. Я и сам бы узнал Чалыкушу. У нас есть школьная фотография, где вы сняты всем классом вместе с воспитательницами. Помните, вы еще положили подбородок на плечо Кристианы. Вот видите, как я вас хорошо знаю.

Супруги Фор, забыв про заведующего отделом образования, без конца болтали со мной.

Неожиданно я повернула голову и увидела такую картину, что, будь это в другом месте, я непременно расхохоталась бы. Вместе с гостями в кабинет вошли еще несколько чиновников. Они образовали полукруг, в центре которого стоял заведующий отделом образования. Слушая, как я говорю по-французски, все изумленно пораскрыли рты, словно крестьяне, созерцающие увлекательное искусство фокусника.

Среди присутствующих вдруг очутился и долговязый инженер губернского правления общественных работ, приезжавший в Зейнилер вместе с Решитом Назымом. Потом я узнала, что при гостях он был кем-то вроде церемониймейстера. Думаю, инженер смутился, если только не забыл своих упражнений по-французски в Зейнилер.

Но боже, как страдало мое самолюбие: старая школьная подруга увидела меня в таком плачевном положении. Однако что делать, чему быть, того не миновать. Не желая, чтобы она вдобавок ко всему узнала еще и о моем моральном унижении, я призвала на помощь всю свою смелость и оптимизм, продолжала говорить бодро, громко и весело.

Наконец заведующий немного опомнился. Он сделал своими крошечными ножками смешной реверанс и показал на кресло:

— Прошу вас сесть, не утруждайте себя...

Мне надо было уходить. Я шепнула Кристиане:

— Ну, давай прощаться.

Но Кристиана прилипла ко мне, как смола, и ни за что не хотела отпускать. Настойчивость моей подруги не ускользнула от внимания заведующего. Несколько минут назад он был со мной холоден и небрежен, а сейчас склонился в глубоком почтительном поклоне и пододвинул кресло:

— Присядьте, ханым-эфенди, прошу вас.

Мы сели.

Кристиана все еще недоумевала, как я могла носить такой старомодный чаршаф.

— Ах, Пьер, — говорила она мужу, — ты не знаешь, какая это интересная девушка, наша Феридэ. Она принадлежит к одной из самых благородных семей Стамбула. У нее такой изящный ум, такой чудесный характер. Я была проста поражена, увидев ее здесь.

Слушать похвалы подруги мне было и приятно и немного стыдно. Время от времени я поглядывала на заведующего отделом. Бедняга все еще никак не мог прийти в себя от изумления. Что касается нахального долговязого инженера, то он забился в угол и пожирал меня оттуда глазами. Я, конечно, не смотрела в его сторону. Но вам знакомо неприятное ощущение, когда по вашей щеке ползет букашка? Вот и я чувствовала, что его глаза, словно букашки, шарят по моему лицу, и это мне все время мешало.

Для того чтобы удовлетворить любопытство Кристианы, мне пришлось сделать следующее объяснение:

— Здесь нет ничего удивительного. Каждый человек чем-нибудь увлекается, к чему-нибудь стремится... Вот и у меня появилась страсть: школа. По призыву сердца мне захотелось работать в этом вилайете, посвятить себя детям. Я довольна своей жизнью. Во всяком случае, это менее опасный каприз, чем выходить в кругосветное плавание на паруснике. Удивляюсь, как ты не можешь понять такой простой вещи!..

Месье Пьер Фор с умным видом пробасил:

— Мне все ясно, мадемуазель. Несомненно, это тонкое побуждение сердца прекрасно понимает и Кристиана. Она не может сразу опомниться, вот и все. Из всего этого я сделал следующее заключение: в Стамбуле есть новая плеяда молодых девушек, получивших западное воспитание. Они принадлежат не к тому поколению, которое, словно «разочарованные»* Пьера Лоти, изводит себя бесполезной тоской, а к совершенно новому типу людей. Пустой мечте они предпочитают действие. Оставив по доброй воле счастливую, спокойную стамбульскую жизнь, они едут в дальние края, чтобы пробудить Анатолию. Какой прекрасный, какой возвышенный образец самоотречения! И какая замечательная тема для моей статьи! С вашего позволения, когда я буду говорить о пробуждении турок, я упомяну и ваше имя, мадемуазель Феридэ Чалыкушу!

Я забеспокоилась:

---

* «Р а з о ч а р о в а н н ы е» — роман французского писателя Пьера Лоти. П ь е р  Л о т и (1850—1923) — буржуазный романист, описавший в своих любовных романах Восток как счастливый, богатый край; пользовался огромной популярностью в Османской империи.

— Кристиана, если ты позволишь своему мужу упомянуть мое имя в газете, я с тобой поссорюсь.

Пьер Фор по-своему истолковал мое желание остаться в неизвестности.

— Ваша скромность тоже великолепна, мадемуазель! — сказал он. — Считаю своим долгом подчиняться желаниям такой девушки, как вы. Могу ли я узнать, в какой счастливой школе страны вы преподаете?

Я уже сказала: «Чему быть, того не миновать». Обернувшись к заведующему отделом образования, я спросила:

— Где находится школа, которую вы предложили вашей покорной слуге? Кажется, вы изволили назвать деревню Чадырлы...

Пьер Фор торопливо раскрыл записную книжку.

— Постойте, постойте. Как вы сказали? Чагырла или Чанырлы? Мадемуазель, если представится случай, во время нашей поездки по вилайету мы посетим эту прелестную деревню, дабы взглянуть на вас среди ваших учеников.

Заведующий отделом образования вскочил со своего места. Я взглянула на него. Он был красен как рак.

— Мадемуазель ханым-эфенди настаивает на том, чтобы преподавать в деревне, — сказал он. — Но я лично считаю, что она может принести куда большую пользу в качестве преподавательницы французского языка в центральном женском педагогическом училище.

Я недоуменно посмотрела на заведующего. Он начал мне объяснять по-турецки:

— Вы же не сказали, что окончили французский пансион и знаете французский язык. Если так, положение меняется. Сейчас я буду ходатайствовать о вас перед министерством. А пока не придет приказ, вы будете работать внештатно. Завтра с утра приступайте к занятиям. Согласны?

Вот так всегда: после неприятностей жизнь награждает человека счастьем. Об этом как раз говорила любимая поговорка Гюльмисаль-калфы: «Если пятнадцать ночей месяца темные, то остальные пятнадцать — непременно светлые, лунные...» Но я никак не могла предполагать, что «лунный свет» проглянет в кромешной тьме именно теперь, в такую неожиданную минуту.

И опять я подумала о Мунисэ. Но на этот раз перед моим взором предстала не бедная девочка, играющая с козленком в темном гостиничном номере, а нарядно одетая барышня, бегающая с обручем вокруг цветочной клумбы в саду перед красивым домом.

Когда мы расставались, Кристиана отвела меня в сторону.

— Феридэ, я хочу спросить про него. Ведь ты была обручена. Почему ты не вышла замуж?.. Ты не отвечаешь? Где твой жених?

Я потупилась и тихо сказала:

— Прошлой весной мы потеряли его...

Мой ответ взволновал Кристиану.

— Как, Феридэ? Ты говоришь правду? Ах, бедная Чалыкушу! Теперь мне понятно, каким ветром занесло тебя сюда.

Ее руки, сжимавшие мои пальцы, задрожали.

— Феридэ, ты ведь очень любила его, не так ли? Не скрывай, дорогая. Ты не хотела признаваться, но это всем было известно.

Глаза Кристианы затуманились, словно она вспомнила какой-то далекий сон.

— Ты была права, — взволнованно продолжала она. — Его было невозможно не любить. Он часто приезжал к тебе в пансион. Помню, тогда и я увидела его впервые. У него была такая необыкновенная внешность! Ах как жалко!.. Я тебе так сочувствую, Феридэ! Мне кажется, для молодой девушки не может быть большего несчастья, чем смерть любимого жениха...

«Я так тебе сочувствую, Феридэ! Мне кажется, для молодой девушки не может быть большего несчастья, чем смерть любимого жениха...»

Когда ты это сказала, Кристиана, я потупилась, потом закрыла глаза и пробормотала: «Да, да, ты права...» Что еще можно было ответить? Но я обманула тебя, Кристиана. У молодых девушек бывает большее горе. Пережить смерть любимого жениха не такое уж несчастье, как ты думаешь. У них есть большое утешение. Пройдут месяцы, годы, и когда-нибудь ночью, в темной холодной комнате в чужом краю они смогут представить себе лицо жениха, у них будет право сказать: «Последний взгляд любимых глаз был устремлен на меня». Губами своего сердца они поцелуют лицо милого видения.

А я лишена такого права, Кристиана.

Б..., 9 марта

Сегодня утром я приступила к урокам в женском педагогическом училище Б... Наверное, я быстро привыкну к новому месту. Но вы не поверите, если я скажу, что после Зейнилер мне здесь не понравилось.

Мои сослуживцы, кажется, неплохие люди. Мои ученицы примерно моего возраста, некоторые даже старше, совсем взрослые женщины.

Директор — славный человек, зовут его Реджеб-эфенди. Он носит чалму. Когда я пришла в училище, муавинэ-ханым* сразу же отвела меня в его кабинет. Она сказала, что Реджеб-эфенди ушел в отдел образования, но вот-вот должен вернуться, попросила подождать.

Полчаса я разглядывала из окна сад и пыталась прочесть запутанные надписи на табличках, висящих на стене.

Наконец директор пришел. По дороге он попал под проливной дождь. Его лята** промокла насквозь.

Увидев меня, он сказал:

— Добро пожаловать, дочь моя. Мне только что сказали о тебе в отделе. Да благословит нас всех Аллах!

У директора было круглое, как луна, лицо, обрамленное такой же круглой седой бородкой; щеки красные, словно яблоки; раскосые глаза смотрели в разные стороны.

Поглядев на струйки воды, стекавшие с ляты, он сказал:

— Ах, будь ты неладен! Забыл взять зонтик. И вот такое получилось теперь. Говорят, дурная голова ногам покоя не дает. А на этот раз досталось моей ляте. Извини, дочь моя, я чуть пообсохну. — И он принялся раздеваться.

Я поднялась со стула и сказала:

---

* М у а в и н э — заместительница.
** Л я т а — верхняя одежда с широкими рукавами, халат.

— Эфендим, не буду вас беспокоить. Зайду попозже.

Реджеб-эфенди движением руки приказал мне сесть.

— Нет, милая, — сказал он. — К чему церемониться? Я ведь тебе как отец.

Под лятой на директоре оказалась полужилетка-полурубаха из желтого атласа с фиолетовыми полосками. Судя по воротнику, это была рубашка, а судя по карманам — жилетка.

Реджеб-эфенди придвинул стул к печке и протянул к огню свои огромные кожаные ботинки, подбитые здоровенными гвоздями и железками в форме лошадиной подковы.

Директор говорил очень зычным голосом, от которого в ушах звенело, словно рядом колотили молотком по наковальне. Букву «к» он произносил как «г».

— Да ты совсем ребенок, дочь моя! — сказал он.

Эти слова, которые я слышала почти везде, уже порядком мне надоели.

— Конечно, тебе нелегко досталось это место, но гораздо труднее его сохранить. Поэтому ты будешь стараться. Мои преподавательницы — все равно что мои дочери. Они должны быть обязательно серьезными. Как-то одна совершила глупость. Будь она неладна! Я даже не посоветовался с заведующим отделом образования, отдал ей паспорт и выгнал вон. Разве не так было, Шехназэ-ханым? Ты что, дала зарок рта не открывать?

Муавинэ-ханым была тщедушной женщиной средних лет с болезненным лицом. Перед тем как что-нибудь сказать, она долго откашливалась. Я заметила, что она давно уже пыталась вмешаться в разговор.

— Да, да! Было такое, — раздраженно ответила она директору; и тут же ни с того ни с сего выпалила, как бы не желая упустить случая, раз уж ей дали слово: — Хамалы* не соглашаются меньше чем за два меджидие. Что нам делать?

Реджеб-эфенди вскочил со стула, словно загорелись подкованные подошвы его ботинок, над которыми уже заклубился пар.

_____
* Х а м а л — носильщик.

— Вы посмотрите на этих болванов, будь они неладны! Честное слово, мне самому придется взвалить на спину вещи и тащить. Я человек сумасшедший. Так и сделаю. Пойди и передай им это! — Затем он опять повернулся ко мне: — Ты видишь мои косые глаза? Клянусь Аллахом, я за тысячу лир не продам их. Стоит мне взглянуть на моих подчиненных вот так, и они теряют голову. То есть, я хочу сказать, что девушка должна быть умной, благопристойной, воспитанной. При исполнении своих обязанностей она должна быть аккуратной, а вне стен училища должна строго соблюдать достоинство учительницы. Шехназэ-ханым, ты говоришь, уже пора начинать занятия?

— Пора, эфендим. Ученицы в классе.

— Пойдем, дочь моя, я представлю тебя учащимся. Только сначала пойди и хорошенько умой лицо.

Последнюю фразу Реджеб-эфенди сказал немного смущаясь, понизив голос. Я растерялась и удивилась. Неужели у меня испачканное лицо?

Мы переглянулись с Шехназэ-ханым. Она, как и я, пребывала в недоумении.

— Разве у меня грязное лицо, эфендим? — спросила я.

— Дочь моя, женщины имеют природную, непреодолимую страсть к украшениям, но учительница не имеет права входить в класс с накрашенным лицом.

— Но ведь на мне нет краски, господин директор... — сказала я, робея. — Я еще ни разу в жизни не красилась.

Реджеб-эфенди недоверчиво смотрел на меня.

— Что ты мне говоришь? Что ты мне говоришь?

Тут я все поняла и, не удержавшись, рассмеялась.

— Господин директор, я сама в претензии на эту краску, но что поделаешь? Ею наградил меня сам Аллах. Водой не смоешь.

Шехназэ-ханым тоже засмеялась:

— Это природный цвет лица нашей новой учительницы, Реджеб-эфенди.

Наша веселость передалась и директору. Впервые в жизни я слышала, чтобы люди так странно смеялись.

— Ха-ха-ха!.. — гремел Реджеб-эфенди.

Это «ха» он произносил как-то отрывисто, раздельно, словно обучал алфавиту первоклассников.

— Вот удивительная вещь! Аллах наградил... Аллах... Значит, от Аллаха. Ты когда-нибудь видела такое ослепительное лицо, Шехназэ-ханым? Дочь моя, может, мать тебя в детстве кормила не молоком, а розовым вареньем?.. Хай, Аллах!..

Реджеб-эфенди произвел на меня впечатление очень славного человека. Я была в прекрасном настроении.

Он снова облачился в свою ляту, от которой шел пар, и мы отправились на урок.

Когда в коридоре через окно я увидела своих будущих учениц, мое сердце от страха ушло в пятки. Мы вошли. Господи, как их было много! В классе сидело по крайней мере человек пятьдесят, и почти все мои ровесницы, взрослые девушки. Я готова была провалиться сквозь землю под пристальными, любопытными взглядами десятков пар глаз.

Если бы Реджеб-эфенди вдруг ушел в эту минуту, я оказалась бы в весьма затруднительном положении, так как была крайне смущена и растерянна. К счастью, директор обладал удивительной силой внушения.

— А ну, дочь моя, ступай на свое место!.. — загремел он и почти насильно втащил меня на кафедру, потом начал пространную речь.

Чего только Реджеб-эфенди не говорил!

— Коль скоро, — заявил он, — европейцы переняли от арабов медицину, химию, астрономию, математику, почему же мы совершаем глупость и не заимствуем у них новые науки? Проникать в сокровищницу знаний и мудрости европейцев, захватывать их научные достижения — это законный грабеж. Он совершается не с помощью пушек и ружей, а всего-навсего только с помощью французского языка.

Реджеб-эфенди разошелся не на шутку. Оглашая класс громовым голосом, от которого едва не лопались барабанные перепонки, он показывал на меня пальцем и говорил:

— Ключ к знаниям, которыми обладают все страны мира, находится в руках вот этой крошечной девочки. Не смотрите на ее внешность. Она ростом с мизинец, но носит в себе драгоценные россыпи. Ухватитесь за нее, возьмите за горло, вырвите у нее изо рта науку, выжмите ее, как лимон!

Улыбка уже кривила мои губы. Я чувствовала, мной вот-вот овладеет один из моих проклятых приступов хохота, и готова была убежать. Господи, какой будет позор! Тут я впервые осмелилась взглянуть на класс. Что это? Все смеялись. Мой первый контакт с ученицами был установлен ласковой простодушной улыбкой. Думаю, что этот тайный обмен взглядами и улыбками исподтишка расположил нас с этой минуты друг к другу.

Смех в классе усиливался, и наконец это заметил даже директор. Он опустил на кафедру кулак, обвел класс своими страшными косыми глазами, которые, как он выразился, не продал бы и за тысячу лир, и закричал:

— Это что такое?! Это что такое?! Это что такое?! Посади свинью за стол, она и ноги на стол. Вашу женскую породу баловать не годится. Клянусь, я вас всех изничтожу! Закройте живо рты! Что вы ржете как лошади?

Но девушки не обращали внимания на брань Реджеба-эфенди. Пожалуй, только я испугалась.

Речь директора продолжалась минут пятнадцать. Когда смех в классе усиливался, он стучал по кафедре кулаком, грозил девушкам полушутя-полусерьезно:

— Вот я притащу чипцы. Чего скалите зубы?

Под конец Реджеб-эфенди прокричал:

— Крепче в нее вцепитесь, не отставайте от нее, выжимайте ее, как лимон. Если вы не вырвете у нее изо рта науку, пусть будут прокляты ваши предки, пусть станет ядом хлеб, который вам давали матери, отцы, страна, народ! — И Реджеб-эфенди вышел.

Никогда не думала, что минута, когда я останусь одна, лицом к лицу с классом, окажется такой трудной. Болтливая Чалыкушу, которая раньше могла говорить с утра до вечера без остановки, сейчас молчала, как соловей, объевшийся тутовником. В голове — ни одной мысли: что говорить? Наконец, не выдержав, я опять тихонько улыбнулась. К счастью, ученицы решили, что я все еще смеюсь над директором. Они тоже заулыбались. Неожиданно я осмелела, взяла себя в руки и сказала:

— Девушки, я немного знаю французский язык. Буду счастлива, если мои знания пойдут вам на пользу.

Робость мою как рукой сняло, язык развязался. Я говорила легко и свободно, чувствуя, что ученицы постепенно проникаются ко мне доверием. Как приятно обращаться к таким взрослым ханым: «Мои девушки!» Одно нехорошо — уж слишком они любили посмеяться. Я ничего не имела против этого, но ведь, не дай Аллах, в классное окошко заглянут раскосые глаза Реджеба-эфенди, стоящие более тысячи лир. Поэтому я сочла нужным сделать своим ученицам маленькое внушение:

— Девушки! Ваша веселость может выразиться максимум в улыбке. Не больше. Я не обладаю таким грозным оружием, как чипцы, которыми грозил вам директор, но я просто на вас рассержусь.

Короче говоря, мой первый урок прошел очень успешно. Когда я выходила из класса, одна девушка подошла ко мне и объяснила, что чипцы — это не что иное, как щипцы. Директор имел обыкновение весьма педагогично угрожать тем, кто очень много смеялся: «Я выдеру вам зубы чипцами!»

*Б..., 28 марта*

Я очень, очень довольна своими ученицами. Они так полюбили меня, что даже на переменах ходят за мной по пятам. Что касается моих товарищей по работе, о них я тоже не могу сказать ничего плохого. Есть, конечно, и такие, которые держатся со мной холодно, косо поглядывают, наверно, нашептывают друг другу обо мне всякие гадости. Но даже в родном доме человек не бывает со всеми в ладах. Среди моих коллег мне больше всего нравятся две милые молоденькие учительницы, уроженки Стамбула, две неразлучные подружки. Одну звать Незихе, другую — Васфие. Но муавинэ-ханым почему-то посоветовала мне не сближаться с ними. Не могу понять, в чем дело. В училище я встретила старых знакомых. Первая — та самая высокая учительница с черными проницательными глазами, которая когда-то вступилась за меня в центральном рущдие. Она дает у нас уроки раз в неделю. Это единственный человек, который не боится косых глаз Реджеба-эфенди. Пожалуй, наоборот, сам директор побаивается ее. Когда о ней заходит речь, он как-то ежится под своей лятой и говорит: «Ну и характерец! Не знаю, как от нее избавиться. Клянусь, только тогда и вздохну свободно».

Вторая — пожилая учительница с лошадиными зубами, она никогда не снимает свои огромные очки. Когда я жила в Стамбуле, нам часто случалось ездить с ней в одном пригородном поезде. Она учительствовала где-то в районе Гёзтепе. Старушка, видимо, меня узнала и все время внимательно приглядывается.

— Аллах, Аллах, — говорит она, — какое удивительное сходство! Когда-то в пригородном поезде я встречала шалунью школьницу. Вы так на нее похожи! Но та как будто была француженка, словом, иностранка. Она вытворяла такие фокусы, что весь вагон умирал со смеху.

Потупясь, я отвечаю:

— Возможно... Все может быть...

В училище есть несколько преподавателей мужчин: Захид-эфенди, старый учитель богословия; учитель географии Омер-бей, седой полковник в отставке; учитель чистописания, имени которого я еще не знаю, и, наконец, учитель музыки шейх* Юсуф-эфенди, личность знаменитая не только в училище, но и во всем городе. В прошлом он действительно был шейхом дервишского ордена «Мевлеви»**. Несколько лет назад бедняга тяжело заболел, кажется, туберкулезом, и доктора заявили, что если он не переменит климат, то непременно умрет. Два года назад шейх Юсуф-эфенди со своей сестрой-вдовой переехал в Б... и поселился в маленьком уединенном домике. Кому случалось побывать у него, говорили, что там настоящий музыкальный музей. У него была собрана коллекция сазов и других музыкальных инструментов. Шейх Юсуф-эфенди слывет здесь известным композитором. Им созданы такие музыкальные произведения, которые человек не может слушать без слез. Первый раз я увидела его как-то холодным

---

* Ш е й х — глава дервишского ордена.

** «М е в л е в и» — дервишский орден, основанный поэтом Джеляледдином Руми (1207—1273).

дождливым днем. На большой перемене мы всем классом вышли в сад немного размяться. Я обучала девочек новой игре в мяч. Когда мы вернулись, мое черное платье было насквозь мокрое от дождя.

Кстати, фасон рабочего платья, придуманный когда-то мной, начал постепенно пользоваться успехом во всей школе, даже среди моих учениц. Реджеб-эфенди возражал против цвета:

— Мусульманке не годится ходить в черной одежде!.. Надо облачаться в зеленое.

Но мы пропускали мимо ушей это замечание, отговариваясь тем, что зеленый цвет очень маркий.

В учительской топилась огромная кафельная печь. Чтобы обсохнуть, я встала между стеной и печкой и сунула руки в карманы. Вдруг открылась дверь. В комнату вошел высокий худощавый мужчина лет тридцати пяти. Одет он был, как все наши преподаватели. Но все же я сразу поняла, что вошедший и есть тот самый шейх Юсуф-эфенди, о котором я так много слышала. В училище его очень любили. Учителя тотчас окружили товарища, помогли снять пальто. Укрывшись за печку, я принялась наблюдать.

Это был тихий, приятный человек. Его меланхоличное лицо покрывала та прозрачная бледность, которая свойственна только больным, обреченным на смерть. Жидкая рыжая бородка, широко раскрытые голубые глаза напомнили мне Иисуса Христа, который грустно улыбался на всех изображениях, что висели в мрачных коридорах моего пансиона. Особенно приятно было слушать его голос, мягкий, с едва уловимыми жалобными нотками. Это была смиренная тайная жалоба, которую слышишь, когда разговариваешь с больными детьми. Он жаловался педагогам, обступившим его плотным кольцом, на дожди, которые идут не переставая, говорил, что обижен на природу и с нетерпением ждет солнца.

Неожиданно наши глаза встретились. Шейх Юсуф-эфенди чуть прищурился, чтобы лучше рассмотреть меня в темном углу.

— Кто эта барышня? — спросил он. — Наша ученица?

Учителя разом повернулись в мою сторону.

Васфие, засмеявшись, сказала:

— Извините, бей-эфенди, мы забыли вам представить... Это наша новая учительница французского языка Феридэ-ханым.

Не выходя из-за печки, я кивнула шейху Юсуфу-эфенди и сказала:

— Эфендим, мне весьма приятно познакомиться с нашим замечательным композитором.

Люди искусства очень чувствительны к подобным комплиментам. На бледных щеках шейха Юсуфа-эфенди вспыхнул слабый румянец. Он поклонился, потирая руки, и сказал:

— Ваш покорный слуга не уверен, что им созданы произведения, достойные звания композитора. Если какие-нибудь маленькие вещички и заслуживают похвалы, так это только потому, что в них мне удалось искренне выразить божественную грусть, живущую в стихах наших великих поэтов, таких, как Хамид и Фикрет*.

Короче говоря, шейха Юсуфа-эфенди я полюбила как своего старшего брата.

*Б..., 7 апреля*

Исполнилось еще одно мое заветное желание. Мы сняли красивый маленький чистенький домик. Его нам подыскал Хаджи-калфа, да благословит старика Аллах. Это крошечный уютный домик из трех комнат, с садом, в нескольких минутах ходьбы от жилища Хаджи-калфы. Нам его сдали вместе со всей обстановкой, это очень удобно.

Вчера у нас было чудесное настроение. Мы собирались навести в доме порядок, прибраться, расставить вещи. Куда там! Так ничего и не успели сделать, без конца только смеялись, гонялись друг за другом и возились. Бедняжка Мунисэ не могла поверить своим глазам. Ей казалось,

---

* А б д у л х а к к  Х а м и д (1851—1937) — турецкий поэт и драматург, классик эпохи Танзимата — буржуазных реформ. Т е в ф и к  Ф и к р е т (1868—1915) — выдающийся турецкий поэт, демократ, один из основателей литературно-критического журнала «Сервети фюнун» («Сокровищница знаний»), объединявшего ведущих писателей того времени.

будто она попала во дворец. Вот только Мазлум (так мы называли козленка, подаренного чабаном Мехмедом) сильно нас напугал. Через открытую кухонную дверь шалун выскочил в сад и помчался к глубокому оврагу с крутыми, отвесными, как у минарета, стенами. Еще немного — и он свалился бы вниз с обрыва. Хорошо, что ноги у этих существ более проворные и ловкие, чем у людей. Однако нам все-таки пришлось порядком поволноваться, пока мы его поймали.

Да, мы очень довольны нашим домиком. Мунисэ разбегается и скользит по голубым кафельным плитам внутреннего дворика, гладит ладошками намалеванные на заборе цветы. Вот только вечером, когда начинает смеркаться, мы немного тоскуем. Наших соседей приходят навещать отцы, братья с узелками в руках. А к нам в эти часы никто не постучит. И так будет всегда.

В этом краю чудесная весна. Все кругом утопает в зелени. В нашем саду распускаются пестрые цветы. По карнизу моего окна карабкается плющ. А обрыв возле нашего сада похож на изумрудный водопад. Среди пышной зелени свежими ранами алеют маки. Все свободное время я провожу в этом саду. Мы играем с Мунисэ в прятки, прыгаем через веревку, а когда устаем, я принимаюсь за рисование, Мунисэ с козленком растягивается на лужайке. Во мне вновь пробудилась страсть к живописи. Вот уже несколько дней пишу акварелью портрет Мунисэ. Если бы шалунья сидела спокойно, моя работа давно была бы закончена. Но ей надоедает позировать. Не хватает терпения усидеть на одном месте с козленком на обнаженных руках, с венком полевых цветов на голове. Иногда Мазлум начинает артачиться, брыкается своими длинными тонкими ножками. Тогда Мунисэ вскакивает и говорит:

— Абаджиим, честное слово, я хочу сидеть спокойно, а Мазлум не может. Я тут ни при чем, — и убегает.

Я сержусь, грожу ей пальцем:

— Ты думаешь, я не понимаю твоей хитрости, коварная девочка? Ты нарочно щекочешь козленка.

Работа в школе тоже идет успешно. Директор Реджеб-эфенди мной доволен. Правда, иногда он сердится на меня за то, что я слишком люблю посмеяться.

— Смотри, — говорит он, — я и для тебя притащу чипцы.

Я притворно надуваю губы и отвечаю:

— Что я могу поделать, Реджеб-бей-эфенди?.. У меня верхняя губа слишком короткая. Поэтому, даже когда я серьезна, вам кажется, что я смеюсь.

Реджеб-эфенди, оказывается, питает слабость к иностранным языкам. Он даже раскопал где-то старый французский букварь и читает его по складам. Иногда спрашивает у меня значения слов и записывает карандашом на полях учебника.

Я очень дружна с шейхом Юсуфом-эфенди. Мне нравится этот деликатный, грустный, больной человек. О каких прекрасных вещах рассказывает он мне своим задушевным голосом, в котором скрыта тайная печаль.

Дней десять назад произошла очень странная история.

У нас в училище есть заброшенный зал, заваленный старыми ненужными вещами. Я зашла туда днем за учебной таблицей. Ставни были закрыты, поэтому казалось, что наступил вечер. Оглядевшись по сторонам, я заметила в углу старый, покрытый пылью орган. Сердце вдруг сладостно забилось. Меня охватила грусть. Счастливые дни моего детства прошли среди печальных и торжественных органных мелодий. Я подошла к инструменту, волнуясь, как подходят к забытой могиле друга. Я уже не помнила, зачем пришла сюда, забыла, где я. Осторожно нажав ногой на педаль, я тронула пальцем клавиши. Орган медленно издал тяжкий вздох, который, казалось, исходил из глубины раненого сердца.

Ах, этот звук!

Не думая ни о чем, машинально, я пододвинула к органу стул, села и тихо, очень тихо заиграла один из своих любимых гимнов.

Орган звучал, и я постепенно забывала обо всем на свете, словно погружалась в глубокий сон. Перед глазами вставали полутемные коридоры нашего пансиона. По ним группами проходили мои подружки в черных передниках, коротко остриженные.

Не знаю, сколько времени я так играла, долго ли продолжался этот странный сон.

Вдруг за моей спиной кто-то вздохнул. Казалось, ветерок пробежал по листве дерева. Я вздрогнула и обернулась.

В полутьме вырисовывалось бледное лицо шейха Юсуфа-эфенди. Он слушал меня, опустив голову на грудь, прислонившись к сломанному шкафу. Весь его облик выражал глубокую скорбь.

Увидев, что я остановилась, он сказал:

— Продолжай, дитя мое, продолжай. Прошу тебя.

Я ничего не ответила, еще ниже склонилась над органом и играла до тех пор, пока не высохли слезы на моих глазах.

Поднялась я усталая, разбитая, прерывисто дыша.

— У вас замечательные музыкальные способности, Феридэ-ханым. Какое, оказывается, у вас чуткое сердце! Просто поражаюсь!.. Неужели детская душа может так глубоко чувствовать грусть?..

Я ответила, стараясь казаться равнодушной:

— Это религиозные гимны, эфендим... Они очень печально звучат. Грусть не во мне, а в них.

Юсуф-эфенди не поверил мне, покачал головой и сказал:

— Я не считаю себя таким уж знатоком в искусстве. Но если надо определить, разбирая достоинства музыкального отрывка, где заслуга композитора, а где исполнителя, я никогда не ошибусь. Как в голосе певца, так и в пальцах музыканта живет своеобразное волнение... Его рождает грусть чувствительного сердца. Не могли бы вы мне дать ноты некоторых гимнов?

— Я играла на слух, эфендим. Откуда мне знать их ноты?

— Ничего... Как-нибудь вы опять любезно сыграете на органе, а ваш покорный слуга, с вашего разрешения, запишет в свою тетрадь. В свое время ваш покорный слуга купил орган, который прежде принадлежал одному священнику, ныне покойному. У меня большое пристрастие к музыкальным инструментам, ханым-эфенди. Этот орган я поставил бы у себя в углу комнаты. Мне бы хотелось играть ваши гимны...

Разговаривая таким образом, мы вышли из зала. На прощание шейх Юсуф-эфенди пообещал мне:

— У меня есть вещи, написанные в минуты душевной тоски. Их никто еще не слышал. Я был уверен, что их не поймут. Как-нибудь я вам сыграю... Хотите, барышня?

Этот случай еще больше укрепил нашу дружбу с шейхом Юсуфом-эфенди.

Пока я не слышала вещей, которые мне обещал сыграть композитор, но предполагаю, что это чудесная музыка. Мне кажется, прикоснись этот больной, чувствительный человек к обыкновенному куску дерева — и дерево застонет. Несколько дней назад один из наших учителей принес показать ему уд*, который собирался купить. Шейх Юсуф-эфенди только легонько тронул струны, а мне уже стало казаться, будто он коснулся моего сердца.

*Б..., 5 мая*

Вчера я, кажется, нарушила правила учительской морали. Со страхом думаю, что все может открыться. Знаю: я поступила неблагоразумно. Но что делать? Так мне подсказало сердце.

Каждый учитель раз в неделю остается в училище на ночное дежурство. Вчера была моя очередь. Вечером, когда девушки готовили в классах уроки, мы с Шехназэ-ханым делали обход. Заметив, что в одном классе газовый рожок горит недостаточно ярко, мы вошли туда. Муавинэ-ханым была мастером на все руки. Она пододвинула к стене скамейку и стала осматривать горелку. В этот момент в класс вошла старая уборщица. Она подошла к девушке по имени Джемиле, сидевшей на задней парте, и протянула ей письмо.

Вдруг раздался голос Шехназэ-ханым:

— Стой, Айше! Что это у тебя?

— Ничего... У привратника оставили письмо для Джемиле-ханым.

— Дай его сюда. Сколько раз вам говорилось, что письма, которые приходят ученицам, сначала должна читать я! Какая ты бестолковая!

И тут случилось неожиданное. Джемиле вдруг вскочила и вырвала письмо из рук уборщицы.

Сохраняя спокойствие, Шехназэ-ханым приказала:

— Подойди ко мне, Джемиле.

Джемиле не шевелилась.

---

* У д — восточный музыкальный инструмент.

— Я сказала, подойди ко мне. Почему ты не слушаешься, Джемиле?

У худенькой, болезненной Шехназэ-ханым был такой властный голос, что даже я вздрогнула. В классе воцарилась мертвая тишина. Можно было услышать полет мухи.

Джемиле, потупившись, медленно подошла к нам. Это была симпатичная девушка лет шестнадцати. Я замечала, что она всегда сторонится подруг, задумчиво бродит одна в пустынных уголках сада. И на уроках Джемиле тоже рассеянна и грустна.

Посмотрев на девушку вблизи, я поняла, что она страдает. В лице ее не было ни кровинки, губы побелели. Она часто моргала, казалось, у нее дрожат веки.

— Джемиле, дай сюда письмо! — Шехназэ-ханым гневно, нетерпеливо топнула ногой. — Ну, чего ты ждешь?

— Зачем вам оно, ханым-эфенди? Зачем?

В этом «зачем», в этом маленьком слове, звучал тоскливый протест.

Резким движением Шехназэ-ханым протянула руку, разжала пальцы девушки и вырвала письмо.

— Так, а теперь иди на свое место!

Шехназэ-ханым бросила взгляд на адрес, и брови ее чуть сдвинулись. Однако она тут же взяла себя в руки. В классе по-прежнему царила гробовая тишина, но чувствовалось, что девушки взволнованны.

— Письмо от брата Джемиле, который в Сирии! — сказала Шехназэ-ханым. — Но так как она повиновалась мне не сразу, я отдам ей письмо только завтра.

Ученицы опять склонились над учебниками.

На пороге я украдкой обернулась. Несколько девушек на задних партах собрались в кружок и о чем-то перешептывались. Джемиле сидела, положив голову на парту, плечи ее легонько вздрагивали.

В коридоре я сказала Шехназэ-ханым:

— Вы очень строго наказали девушку. Как она будет ждать до завтра? Кто знает, как ей сейчас мучительно и тяжко!

— Не беспокойся, дочь моя, — ответила муавинэ-ханым. — Джемиле поняла, что никогда не прочтет письмо.

— Как, Шехназэ-ханым? Разве вы не отдадите ей его? Ведь это от брата!

— Не отдам, дочь моя.

— Почему же?

— Потому что оно не от брата. — Шехназэ-ханым понизила голос и продолжала: — Джемиле — дочь довольно состоятельных родителей. В этом году она влюбилась в молодого лейтенанта. Но отец слышать не хочет об их помолвке. И дома, и в школе девушка находится под надзором. Лейтенанта отправили в Бандырму. Мы стараемся постепенно излечить девушку. Но офицер без конца бередит ее рану. Уже третье письмо попадает мне в руки.

Мы вошли в кабинет Шехназэ-ханым. Она резким движением скомкала письмо, открыла дверцы печки и швырнула туда комок бумаги.

Была уже полночь. Я сидела в комнате для дежурных учителей и никак не могла уснуть. Наконец я решилась. Отослав под каким-то предлогом дежурную служанку, я направилась в кабинет Шехназэ-ханым. Там было пусто, сквозь незанавешенные окна падал тусклый лунный свет. Дрожа, как воришка, я открыла печную дверцу и нашла в куче порванных, смятых бумаг письмо бедной Джемиле.

Мне нравится во время ночных дежурств, когда все спят, бродить по пустым коридорам, темным, безмолвным спальням. Я укрываю девушку, разметавшуюся во сне, поправляю у больной ученицы матрас, бедную мучит кашель даже во сне, и я тихонько касаюсь ладонью ее горячего лба. Я смотрю на девушку, каштановые волосы которой рассыпались по подушке, и спрашиваю себя, какая радость, какая надежда вызвали улыбку на ее тонких полуоткрытых губах? Мне кажется, что эту темную, безмолвную спальню, спящих девушек окутал тяжелый сонный туман. И чтобы не рассеять его и не нарушить покой спящих, которым рано еще просыпаться от безмятежного сна, я ступаю на цыпочках, и сердце мое стучит тихо-тихо.

Подойдя в ту ночь к кровати Джемиле, я поняла, что бедняжка только что заснула. Слезы на ее ресницах еще не успели высохнуть. Я тихонько склонилась над ней и прошептала:

— Славная маленькая девочка, кто знает, как ты обрадуешься, когда утром найдешь в кармане своего передника письмо от возлюбленного! Ты будешь спрашивать, какая добрая фея принесла этот листочек, который ты считала навеки потерянным. Джемиле! Это не фея! Это всего-навсего несчастная неудачница. Ей суждено вечно сжигать письма от ненавистного ей человека, сжигать вместе с частицей своего сердца.

*Б..., 20 мая*

Вчера в училище кончились занятия. Через три дня — экзамены.

Все женские школы Б... устроили сегодня по случаю праздника мая гулянье на берегу речки, протекающей в часе ходьбы от города.

Я не люблю шумные увеселения, поэтому решила никуда не ходить и провести день у себя в саду. Но Мунисэ, увидев толпы школьниц, проходивших по улицам с песнями, надулась. Я стала успокаивать ее. Вдруг в ворота постучали. Оказалось, что это моя сослуживица Васфие и несколько учениц с последнего курса. Директор послал Васфие, приказав во что бы то ни стало доставить меня к месту гулянья. Молодая женщина рассказала, что Реджеб-эфенди разгневан. «Клянусь вам, — кричал он, — я специально для нее велел нашпиговать козленка, сделать халву. Что за безобразие?! Нельзя так, милые, нельзя!»

Что касается моих учениц, то их послали девочки старшего курса с таким требованием: «Если Шелкопряд не придет, мы все уйдем с гулянья!»

Шелкопряд — это мое новое имя. Чалыкушу уже нет. Теперь появился Шелкопряд. Ученицы старших курсов не боятся называть меня так даже в лицо.

Честное слово, это прозвище задевает мое самолюбие, мое учительское достоинство. Я не жаловалась бы, если бы оно не вышло за стены школы. Но вчера, когда я проходила мимо какой-то кофейни, грубый мужчина в шароварах и минтане*, по слухам, очень богатый торговец шелком, закричал на всю улицу:

---

* М и н т а н — род камзола с рукавами.

— У меня восемь тутовых садов!.. Да будут все они жертвой такому Шелкопряду!..

От стыда я готова была провалиться сквозь землю. Ноги моей больше не будет на той улице.

Я была в затруднении: если заупрямлюсь, откажусь, скажут, что я кривляюсь, начнут насмехаться. Пришлось надеть чаршаф и пойти следом за посланницами.

Берег реки напоминал луг, усыпанный ромашками. Ученицы младших классов были в беленьких платьицах. Господи, как много, оказывается, в этом местечке женских школ! По узким тропинкам, извивающимся меж зеленых садов, нескончаемым потоком шли ученицы, распевая марши.

Учителя-мужчины уединились в рощице на противоположном берегу речушки. С нами остался только Реджеб-эфенди. Он бродил по лужайке в своей неизменной голубой ляте, размахивал огромным черным зонтиком и, покрикивая, отдавал распоряжения поварам, сооружающим в стороне очаг из камней. Учительницам и взрослым девушкам хотелось снять чаршафы и порезвиться с непокрытой головой. Они долго уговаривали Реджеба-эфенди пойти к мужчинам. В конце концов им удалось прогнать его.

Сегодня я почему-то не могла развлекаться со всеми. Беззаботное веселье этих девушек, их радость нагоняли на меня грусть и задумчивость.

Рядом девочки начальной школы пели под музыку. Чуть поодаль молоденькие девушки, толкаясь и крича, кидали мяч или играли в разбойников. Еще дальше ученицы, столпившись в беспорядочную кучу, аплодировали своей подружке, которая читала стихи, а может быть, произносила речь.

Мунисэ исчезла в толпе, разве станет шалунья скучать возле меня? Неподалеку, на краю оврага, росло несколько каштанов, там молодые учительницы и старшеклассницы устроили качели. Среди густой листвы мелькали разноцветные платья, повсюду слышны были громкий крик и смех.

Незамеченной мне удалось спуститься к реке, я уселась в тени большой скалы. На берегу меж камней росли тощие желтые цветочки. Я срывала их и бросала в воду, плескавшуюся у моих ног. Мысли мои были где-то далеко-далеко.

Вдруг сзади кто-то закричал тоненьким голоском:

— Нашла!.. Шелкопряд здесь!..

Оказалось, меня разыскивали, чтобы качаться на качелях. Почти насильно девушки отвели меня к каштановым деревьям. Я отказывалась: «Не могу, устала, не умею!» Но разве их уговоришь. Ни мои коллеги, ни ученицы слушать ничего не хотели. Мюрювет-ханым, та самая учительница с черными проницательными глазами, изъявила желание во что бы то ни стало покачаться со мной. Мы забрались на доску. Но у меня ничего не получалось: руки дрожали, колени подгибались. Бедняжке Мюрювет пришлось порядком потрудиться, чтобы раскачать качели. В конце концов она отказалась:

— Все напрасно, мой Шелкопряд! Ты действительно боишься качелей. Побледнела как полотно. Еще упадешь...

Во время обеда Реджеб-эфенди был с нами. От него тоже не ускользнуло мое грустное настроение. Он все время кричал мне:

— Эй, ты чего не смеешься, проказница? Когда я говорю: «Не смейся!» — ты хохочешь. А почему теперь такая хмурая?

Он не оставлял меня в покое и после обеда, специально для меня велел притащить из школы самовар и хотел собственноручно заварить чай.

Вдруг одна из учительниц издали позвала меня. Я подошла. Учительница сказала:

— Мы послали служанку, и она принесла тамбур*. Надо уйти подальше и заставить шейха Юсуфа-эфенди сыграть нам. Только как-нибудь избавься от этого пустомели.

Действительно, такой случай нельзя было упустить. Музыка шейха Юсуфа-эфенди все больше и больше захватывала меня. Бедный учитель долгое время болел и не появлялся в школе... Несколько дней назад мы узнали,

_____

* Т а м б у р — шестиструнный музыкальный инструмент.

что композитор встал с постели. И вот сегодня он захотел вместе со всеми принять участие в весеннем празднике.

Наши учительницы под каким-то предлогом отозвали шейха Юсуфа-эфенди от мужчин. Всего нас набралось человек десять. Стараясь быть незамеченными, мы направились по узенькой тропинке вдоль реки.

Шейх Юсуф-эфенди выглядел хорошо, он был оживлен, весел и даже подтрунивал над теми, кто беспокоился, не устал ли он.

— Пусть эта тропинка тянется до бесконечности! — говорил он. — Все равно не устану. Сегодня я чувствую себя сильным и бодрым!

Кто-то из нашей компании шепнул мне на ухо, что мужчины, уединившись, пили водку, и шейх Юсуф-эфенди тоже выпил несколько рюмок. Возможно, бодрость шейха и была в какой-то степени результатом действия спиртного.

Минут через пятнадцать мы дошли до разрушенной водяной мельницы. Это место называлось Водопад. Скалистые берега речушки неожиданно сужались, образуя глубокое ущелье, куда редко заглядывали лучи солнца. Поэтому казалось, будто под водой только что наступил рассвет.

Мы могли быть уверены, что здесь нас никто не услышит. Шейха Юсуфа-эфенди усадили под густым ореховым деревом и дали ему в руки тамбур.

Я примостилась чуть поодаль на скале, вокруг которой, пенясь, бежала река. Но приятельницы опять не дали мне покоя.

— Нет, нет, иди сюда! — закричали они. — Непременно иди к нам!

Меня посадили напротив композитора. Тамбур зазвенел. Эта музыка всю жизнь будет звучать в моих ушах! Учительницы полулежали на зеленой лужайке. Даже у наиболее бесчувственных дрожали губы, а на глаза навертывались слезы. Я шепнула Васфие, прижав губы к ее каштановым волосам:

— В первый раз я услышала игру шейха в училище. Конечно, это было прекрасно, но не так, как сейчас.

Грустный взгляд Васфие сверкнул многозначительной улыбкой.

— Да, — сказала она. — Это потому, что Юсуф-эфенди никогда в жизни не был таким счастливым и в то же время несчастным, как сегодня.

— Почему? — удивилась я.

Васфие пристально посмотрела мне в глаза, потом опять склонила голову мне на плечо и сказала:

— Молчи. Давай слушать.

Сегодня шейх Юсуф-эфенди играл и пел только старинные песни. Я прежде никогда не слышала их. Каждый раз, когда он кончал, мое сердце замирало: «Все... Неужели больше не споет?!» Но песни сменяли одна другую. Глаза композитора были полузакрыты, щеки заметно побледнели и покрылись испариной. Я не могла отвести взора от этих полузакрытых глаз. Вдруг я увидела, что по его впалым щекам поползли слезы. Сердце мое защемило: разве это не грех — так утомлять больного человека? Я не выдержала и, когда после очередной песни наступила пауза, сказала:

— Может быть, вы отдохнете немного? Вы так взволнованны... Что с вами?

Шейх Юсуф-эфенди ничего не ответил, только взглянул на меня печально своими чистыми детскими глазами, подернутыми слезой, и снова прислонил голову к грифу тамбура. Он запел новую песню:

Моя светлая любовь, не открывай мне уста, не надо!
Не проси меня петь никогда, сердце полно муками ада.
Жестокая, не перечь мне. В тебе лишь отрада.
Не проси меня петь никогда, сердце полно муками ада.

Юсуф-эфенди закончил песню, и голова его обессиленно склонилась на тамбур. Все растерялись. Я сказала:

— Это мы виноваты. Не надо было так утомлять его.

Перепрыгивая с камня на камень, я кинулась к реке, чтобы намочить платок. Это был легкий обморок, пожалуй, даже просто головокружение. Когда я подошла к шейху Юсуфу-эфенди с мокрым платком, он уже открыл глаза.

— Вы нас напугали, эфендим, — сказала я.

Композитор слабо улыбнулся и ответил:

— Ничего... Со мной это случается.

Мне показалось, что коллеги мои ведут себя как-то странно. Они многозначительно поглядывали на меня, перешептывались.

Назад наша компания возвращалась той же дорогой. Мы с Васфие шли позади всех.

— С шейхом Юсуфом-эфенди что-то происходит, — сказала я. — У меня такое впечатление, будто он тайно страдает.

Васфие опять глянула на меня многозначительно и спросила:

— Ты со мной искренне говоришь, Феридэ? Не сердись, но я не могу поверить. Неужели ты ничего не знаешь?

Я изумленно уставилась в лицо приятельнице.

— Ничего не знаю. Зачем же скрывать?

Васфие не захотела верить.

— Как ты можешь не знать того, о чем говорит весь Б...?

Это рассмешило меня. Я пожала плечами.

— Тебе ведь известно, я живу уединенно, обособленно. Мне нет никакого дела до других.

Васфие схватила меня за руки.

— Феридэ, ведь шейх Юсуф-эфенди влюблен в тебя!

От неожиданности я даже закрыла лицо руками.

На берегу реки все еще продолжалось веселье. Девочки кричали, шумели, смеялись. Я незаметно отделилась ото всех, свернула на узенькую тропинку, бегущую меж двух садов, и вернулась домой.

*Б..., 25 июля*

Кажется, лето будет тянуться до бесконечности. Жара невыносимая. В городке не найдешь зеленого листочка. Все сожжено солнцем. Изумрудные холмы стали бледножелтыми. Под ослепительным летним солнцем они кажутся мертвыми, бесцветными. Можно подумать, что это огромные кучи пепла. Тоскливо. Тоскливо до смерти, хоть в петлю лезь. Город опустел. Ученицы разъехались. Многие наши учителя тоже на летние месяцы покинули Б... Незихе и Васфие присылают мне иногда из Стамбула письма. Они пишут, что Стамбул в этом году особенно красив, восхищаются Босфором, Принцевыми островами и надеются остаться там, если представится хоть малейшая возможность.

Откровенно говоря, мне тоже не хочется здесь оставаться. История с шейхом Юсуфом-эфенди сильно меня огорчила. Мне стыдно появляться среди людей. Когда начнется новый учебный год, я попрошу перевести меня в какое-нибудь другое место. Согласна даже поехать в глушь. Пусть мне там придется туго, пусть надо много работать и я буду уставать. Это ничего. Лишь бы остаться наедите с собой.

*Б..., 5 августа*

Вот уже второй раз вижу, как мои ученицы выходят замуж. На этот раз все обстояло иначе, чем в Зейнилер, когда мы отдавали Зехру за чабана Мехмеда. Сегодня ночью, в этот час Джемиле уже не лежит в своей постели с невысохшими слезинками на ресницах. В эту ночь, в этот час красивая головка Джемиле покоится на груди ее возлюбленного лейтенанта. Молодые люди проявили такую стойкость в своем чувстве, что их родители были вынуждены сдаться.

Джемиле, как и Зехру, я наряжала своими руками. Уже давно я упорно отказывалась бывать на вечеринках и гуляньях, но Джемиле пришла ко мне домой, целовала мне руки, умоляла. Интересно, догадалась ли она, что это я тогда ночью вложила в карман ее передника конфискованное письмо? Не знаю... Но в тот день, когда девушке удалось наконец склонить на свою сторону родителей, я была первой, кому она сообщила радостную весть. Думаю, она все-таки догадалась.

Да, я сама нарядила Джемиле, сама накинула на нее дувак. В Б... есть обычай вплетать в волосы молодых девушек серебряные нити, какие обычно носят только невесты. Считают, что они приносят счастье. Несмотря на мой рсшительный протест, мать Джемиле вдела сбоку в мои волосы кусочек такой нити. Я ничего не могла поделать.

Мне очень хотелось взглянуть на лейтенанта. Я могла поверить счастью молодых, только увидев их вместе рука об руку. Но этому желанию не суждено было сбыться. Мне пришлось раньше времени уйти со свадьбы.

В тот вечер женщины, как всегда, тайком поглядывали на меня, перешептывались. С уст у них не сходило слово «Шелкопряд».

Жена председателя муниципалитета, толстая женщина, вся увешанная золотыми безделушками и бриллиантами, пристально глянула на меня, затем громко, так что даже я услышала, сказала соседкам:

— Этот Шелкопряд действительно способен погубить... Неспроста несчастный мучается!..

Нельзя было больше терпеть. Я извинилась перед матерью Джемиле и сказала, что больна и не могу остаться.

Невеста стояла в окружении нескольких моих коллег по училищу. Старушка показала в их сторону рукой.

— Учителя дают Джемиле советы и наставления. Ты бы тоже, барышня, сказала ей несколько слов.

Улыбнувшись, я согласилась выполнить это невинное желание, отвела девушку в сторону и сказала:

— Джемиле, мама просила, чтобы я, как твоя учительница, что-нибудь посоветовала тебе. Лучшее наставление дало твое сердце. Я хочу посоветовать только одно... Смотри, дитя мое, если сейчас, перед тем как придет твой жених, вдруг кто-нибудь сообщит, что на улице тебя ждет незнакомая женщина и хочет поговорить с тобой по секрету, не слушай никого, беги от этой женщины, спрячь свою голову на сильной груди лейтенанта.

Кто знает, как удивилась моим словам Джемиле! Она права. Даже сейчас я сама удивляюсь и спрашиваю себя, в чем смысл этих слов, точно услышала их от кого-то другого.

*Б..., 27 августа*

Сегодня вечером в нашем маленьком садике было веселье. Мы с Мунисэ пригласили на ужин семью Хаджи-калфы. Ради шутки я попросила купить в городе несколько красных бумажных фонариков. Мы повесили их на ветках миндального деревца над столом. Увидев это украшение, Хаджи-калфа пришел в восторг:

— Эй, да ведь это не ужин, а праздник Десятого июля*.

Я улыбнулась.

— Сегодняшний вечер — это мое собственное Десятое июля.

Да, этот вечер был праздником моего освобождения. Ровно год назад Чалыкушу вырвалась из клетки. Год — это триста шестьдесят пять дней. Как много!

В начале ужина я была очень весела, без конца смеялась, болтала. Я так шутила, что мадам из Саматьи задыхалась от хохота. Засветившееся радостью пухленькое личико Айкануш сделалось того же цвета, что мои фонарики. Хаджи-калфа хлопал себя по коленям и заливался безудержным смехом.

— Ух не бесенок ли в тебя вселился, дочь моя?

Мы допоздна болтали в саду. На прощание я подарила Айкануш и Мирату по красному фонарику и проводила гостей.

Мунисэ набегалась за день и клевала носом еще за столом, пока мы разговаривали. Я отправила ее спать, а сама осталась в саду.

Была дивная ночь. В соседних домах погасли огни. На фоне звездного неба вырисовывался черный, страшный горб горы. Я прижалась руками и лбом к холодной решетке сада. Кругом было тихо, безмолвно. Только внизу под обрывом еле слышно журчала речушка, не пересыхающая даже в такую жару. В ее воде отражался клочок звездного неба.

Свечи догорали в бумажных фонариках. Я чувствовала, как вместе с ними угасала и радость в моем сердце. Душа моя погружалась в глубокую, беспросветную тьму.

Я перебрала в памяти и светлые, и темные дни минувшего года. Как все это было давно! Как давно!

У меня крепкое тело... Оно безропотно переносит холод, страдания, другие тяготы. Возможно, я проживу еще сорок, даже пятьдесят лет. Возможно, и тогда мне придется праздновать печальную годовщину этой печальной победы. Как бесконечна жизнь! Как долог этот путь!

---

* Д е с я т о е  и ю л я — день провозглашения конституционной монархии в Турции (по старому стилю).

Возможно, у меня тогда не будет даже Мунисэ. Волосы мои поседеют. Я буду надеяться, терпеть. Хорошо!.. Я согласна и на это. Но для чего? Чего я жду? В течение года я несколько раз не могла совладать с собой, плакала. Но ни разу еще в моих слезах не было такой горечи, как сегодня. Этой ночью слезы жгли мои щеки, как расплавленный свинец. Тогда плакали только глаза, а сегодня плачет мое сердце.

*Б..., 1 октября*

Вот уже неделю идут занятия. Почти все наши учительницы вернулись в Б..., даже Васфие, которая любой ценой стремилась остаться в Стамбуле. Бедняжка так и не нашла вакантного места в столице. А вот Незихе повезло. Как-то раз, в пятницу, они встретили на берегу Золотого Рога молодого офицера. Он проводил девушек до самого Фатиха. Мужчины, с которыми знакомились мои подружки, всегда отдавали предпочтение Васфие. На этот раз случилось то же самое. Офицер назначил ей свидание в парке, не помню в каком. Но, как назло, у Васфие в этот день были гости. Не желая обманывать офицера, она попросила подругу:

— Дорогая Незихе, пойди вместо меня, предупреди, что я не могу быть сегодня, и сговорись о встрече на другой день.

Вернувшись вечером, Незихе сказала, что не встретила молодого человека. Но с девушкой творилось что-то странное...

Через несколько дней все выяснилось. Незихе в тот вечер завоевала симпатию молодого офицера, и через неделю они обручились.

Васфие мучительно переживала это событие. Ей было обидно, что любимая подруга обманула ее; вместе с тем она грустила, потому что осталась совсем одна.

Теперь она часто говорит мне, вздыхая:

— Ах, Феридэ-ханым, какими замечательными подругами могли бы мы быть с вами! Как жаль... Вы очень славная, веселая, общительная девушка, но у вас нет вкуса к жизни...

Когда вылупятся птенцы, в гнезде начинается веселая жизнь. Сейчас школа кажется мне именно таким гнездом.

Сильная гроза с молнией и громом, которая разразилась несколько дней назад, как рукой сняла мою преждевременную жизненную усталость, тоску, навеянную жарким спокойным летом. Мне так легко! Я так весела!

*Б..., 17 октября*

Вот уже дней десять льют дожди, да такие сильные! Погибли последние цветы, которые в начале весны радовались солнцу вместе со мной. Тогда их бледные стебли тянулись к свету, медленно наливались живительным соском, а сейчас они дрожат в саду, понурые, съежились под нескончаемым дождем, словно хотят сказать ему: «Хватит, довольно, перестань!»

Такой же плачевный вид был, вероятно, и у меня, когда я сегодня вечером вернулась из школы. Я промокла до нитки, чаршаф прилип к телу, чадра — к лицу. Прохожие на улице посмеивались, глядя на меня.

Мунисэ показалась мне чересчур бледной. Испугавшись, что она простудилась, я насильно уложила ее в постель пораньше и заварила липовый цвет. Девочка капризничала, подсмеивалась над моей мнительностью.

— Абаджиим, — говорила девочка, — что может холод сделать человеку? Разве ты забыла, как прошлой зимой ночью я спряталась в соломе?

Мне почему-то не спалось. Уложив Мунисэ, я взяла книгу и легла на тахту, прислушиваясь к раздраженному говору дождя, который барабанил по крыше, шумел в водосточной трубе. Вот уже две недели продолжалась эта траурная музыка.

Не знаю, сколько времени прошло. Вдруг раздался сильный стук в дверь. Кто это мог быть в такой поздний час?

Я побоялась сразу открывать, прошла в гостиную и выглянула из джумбы*. У двери, стараясь укрыться от дождя, стояла высокая женщина. В руке она держала фонарь, прикрытый сверху клеенкой. Свет от фонаря отражался в лужах.

---

\* Д ж у м б а — окно в старых турецких домах с решеткой, как жалюзи. Глядя через джумбу, самому можно оставаться незамеченным.

— Кто это? — спросила я.

Дрожащий голос ответил:

— Откройте, мне нужно повидать Феридэ-ханым.

Открывая дверь, я вся тряслась. С того злополучного вечера в Стамбуле незнакомые женщины-гостьи наводили на меня страх. Стоило мне узнать, что какая-нибудь незнакомка ищет меня, как я сразу же начинала думать о дурном известии.

Переступив порог, женщина подняла фонарь, чтобы лучше разглядеть меня. Я увидела бледное лицо и печальные глаза.

— Позвольте войти, ходжаным...

Это лицо и голос придали мне смелость. Я даже не спросила, кто она, зачем пришла, и показала на дверь гостиной.

— Пожалуйста...

Боясь наследить, женщина осторожно вошла в комнату, но сесть не решалась.

— Ну и дождь, ну и дождь... Утонуть можно! — сказала она, чтобы как-то нарушить неловкое молчание.

Я внимательно разглядывала незнакомку. Было ясно, что столь жалкий вид женщины вызван вовсе не дождем, а чем-то иным. Я поняла, что она хочет немного успокоиться, прежде чем объяснить мне причину своего позднего визита, поэтому не стала ни о чем расспрашивать.

Мое первое впечатление оказалось верным: у женщины было кроткое, благородное лицо.

Наконец я спросила:

— С кем я говорю, ханым-эфенди?

Женщина опустила голову, словно испугалась этого вопроса.

— Феридэ-ханым, — начала она. — Мы немного знакомы. Правда, ни я вас, ни вы меня не видели до сих пор, но я вас знаю заочно. — Женщина на минуту умолкла, затем, как бы собравшись с силами, продолжала: — Я сестра вашего товарища по училищу, преподавателя музыки шейха Юсуфа-эфенди.

Сердце мое так и замерло. Однако надо было держать себя в руках и не подавать виду.

— Вот как, ханым-эфенди, — сказала я. — Очень рада познакомиться с вами. Надеюсь, ваш брат чувствует себя лучше?

Конечно, с гостьей, которая пришла в таком состоянии, в такой час, надо было говорить как-то по-другому. Но что я могла ей сказать?

Женщина молчала, видимо, не находя слов для ответа. Я не осмеливалась взглянуть на нее и сидела, опустив голову. Послышалось всхлипывание. Я еще ниже опустила голову, точно покоряясь неизбежному несчастью. Чтобы не плакать, женщина сжимала руками шею.

— Брат умирает... — сказала она. — К вечеру ему стало совсем плохо. Вот уже шесть часов он без сознания. До утра не протянет...

Я молчала. Что я могла ответить?

— Барышня, — продолжала женщина, — Юсуф младше меня всего на три года, но я считаю его своим сыном. Когда умерла наша мать, Юсуф был совсем крошкой. И я была мала, но, несмотря на это, мне пришлось заменить ему мать. Я посвятила Юсуфу всю свою жизнь. Когда я овдовела, мне было столько лет, сколько вам сейчас. Я могла выйти замуж еще раз, но не захотела. Боялась, что мой любимый Юсуф останется один. И вот теперь он уходит, покидает меня... Вы спросите, зачем я вам все это говорю, ханым-эфенди? Не сердитесь на меня за то, что я вас беспокою в такой поздний час!.. Не сердитесь на меня за то, о чем я вас сейчас буду умолять!.. Не прогоняйте меня...

У женщины вдруг подкосились ноги, ее тело обмякло и опустилось на пол. Я подумала, что бедняжке плохо, хотела поднять ее. Но она с плачем металась по полу, обнимая и целуя мои ноги.

Осторожным движением я отстранила женщину и сказала, стараясь казаться как можно спокойнее, если в такую минуту вообще можно было быть спокойной:

— Ханым-эфенди, мне понятно ваше горе. Говорите... Если я только смогу что-нибудь сделать...

В ее бледно-голубых глазах под опухшими от слез веками сверкнула искра надежды, бедная женщина руками сдавила горло, стараясь унять рыдания.

— Юсуф болен уже десять лет, — сказала она. — Как я ни старалась, как ни билась, проклятая болезнь не хотела оставлять брата и тайно подтачивала его силы!.. Наконец свершилось... Юсуф увидел вас. Он такой впечатлительный человек! С того дня брат стал чахнуть...

Я не удержалась и запротестовала:

— Клянусь вам, ханым-эфенди, я не сделала ничего плохого вашему брату. Да и я... что я! Всего-навсего подстреленная птица...

Сестра Юсуфа-эфенди опять припала к моим коленям.

— Милая, дитя мое, у вас, наверно, тоже есть возлюбленный. Не сердитесь... Клянусь вам, я пришла не для того, чтобы жаловаться. Не такая уж я грубая, как это кажется на первый взгляд. Просто я сестра Юсуфа. За много лет я сжилась с его музыкой. Я не в обиде на вас и не сетую на наше знакомство. Юсуф слег и на моих глазах горит и тает, как свеча. Но вижу: он умирает счастливым. Ни жалоб, ни страданий, ни горьких слез. Иногда он терял сознание, тогда веки его начинали легонько дрожать, бледные губы улыбались и тихо шептали ваше имя. Юсуф мне ни слова не говорил о своем горе. Но вчера взял мои руки, поцеловал по одному все пальцы и, как ребенок, начал умолять: «Покажи мне ее еще хоть разочек, абла!» Ради Юсуфа я готова была пойти на любые жертвы, но эта просьба казалась мне невыполнимой. Сердце мое разрывалось на части. «Выздоравливай, Юсуф, вставай на ноги, ты ее увидишь еще...» — так я утешала брата, поглаживая рукой его лоб и волосы. Ах, Феридэ-ханым, видели бы вы, как обиделся больной!.. Какая безнадежная тоска мелькнула в его взгляде. Он молча отвернулся к стене и закрыл глаза. Этого не передашь словами. А сегодня под вечер Юсуф лишился чувств. Я поняла, что он уже больше никогда не очнется. Я пожертвовала ради него своей жизнью, счастьем, никогда ему ни в чем не отказывала. Видеть, с какой тоской он закрыл глаза, и не дать ему возможности повидаться с человеком, которого он любит больше всего на свете!.. Я не в силах передать его страдания, Феридэ-ханым!.. Сделайте благое дело!.. Это будет последней каплей воды, которую дают человеку в предсмертной агонии...

Несчастная женщина не могла дальше говорить. Она уткнулась мокрым лицом в подол моей юбки и зарыдала.

События этой ночи навсегда останутся в моей памяти, как сновидение...

Я шла под проливным дождем за тусклым фонарем по каким-то темным узким улочкам. Ничего не чувствовала, ни о чем не думала, тащилась безвольная, как лист, увлекаемый потоком.

Меня провели в высокую просторную комнату, полную теней. Стены были увешаны тамбурами, удами, скрипками, на тесных полках лежали флейты. Композитор умирал на широкой железной кровати. Мы на цыпочках подошли к нему. Восковое лицо шейха уже застыло в предсмертном спокойствии. Глазницы наполнились тьмой. Только на приоткрытых губах, обнажавших ослепительно белые зубы, еще теплилась жизнь.

Бедная женщина, казавшаяся полчаса назад совершенно убитой горем, выполнив последнюю волю умирающего, стала удивительно спокойной. Господи, какие чудеса таит в себе чувство, называемое любовью! Как мать будит сына, чтобы проводить его в школу, так и она положила руку брату на лоб и позвала:

— Юсуф, дитя мое, посмотри... Твой товарищ Феридэ-ханым пришла навестить тебя.

Больной ничего не слышал, ничего не чувствовал. Женщиной овладел страх. Неужели брат умрет, не открыв больше глаз? Самообладание снова покинуло ее. Она заплакала, захлебываясь слезами.

— Юсуф, дитя мое, открой хоть раз глаза. Если ты умрешь, не увидев ее, я буду мучиться всю жизнь...

Сердце мое разрывалось от жалости. Ноги подкашивались. Я облокотилась на какой-то предмет у изголовья больного, который в полутьме приняла за стол. Это был орган! Я задрожала. Сердце подсказывало мне, что только чудо способно заставить несчастного в последний раз открыть глаза. Не знаю, может быть, мысль, которая пришла мне в голову, — преступление или еще больший грех, но этот орган, как пропасть, манящая каждого, кто заглянет в нее, притягивал меня к себе. Я нажала ногой на педаль и пальцем тронула клавиши.

Орган жалобно застонал, как раненое сердце. Темные углы комнаты, сазы, тамбуры, скрипки, бросавшие длинные тени по стенам, задрожали и откликнулись странным тоскливым звуком. Наверно, мне показалось, так как взор мой был затуманен слезами, но я вдруг увидела, что больной на мгновение открыл свои голубые глаза.

Сестра рыдала, припав головой к постели.

Я склонилась над усопшим и коснулась губами закрытых век, которые, казалось, еще хранили последнее тепло жизни. Неужели свой первый поцелуй мне было суждено отдать потухшим глазам мертвеца?

*Б..., 2 ноября*

Этот вечер — последний в Б... Завтра очень рано мы отправляемся в путь.

После кончины шейха Юсуфа-эфенди мне нельзя оставаться здесь. В городе только и говорят обо мне.

Сколько раз, когда я направлялась в училище или возвращалась домой, за мной шли следом; сколько раз перерезали дорогу, чтобы разглядеть под двойной чадрой мое лицо. Сколько раз мне приходилось слышать, как люди, не считая даже нужным понизить голос, говорили:

— Да ведь это Шелкопряд! Бедный шейх...

Я сторонилась подруг. Входя в класс, я чувствовала, что краснею как рак.

Дольше так не могло продолжаться. Пришлось пойти к заведующему отделом образования и сказать, что мне не подходит здешний климат и я прошу перевести меня в другое место. Очевидно, Решиту Назыму были известны городские сплетни, он не стал противиться моему желанию, но тут же заявил, что не так-то легко подыскать работу в другом месте. Я ответила, что согласна на меньшее жалованье и не в претензии, если школа будет хуже, лишь бы уехать подальше от Б...

Через два дня пришел приказ. Меня назначили в рушдие города Ч...

Бедная Чалыкушу! Словно осенний листок, подхваченный порывом ветра...

# Часть третья

Сегодня день Хызыр-Ильяса*. Я одна дома, и не только дома, но, пожалуй, во всем городе. Улицы опустели, лавки закрыты. Все жители с раннего утра, прихватив корзинки с провизией, отправились есть кебаб из барашка за город в Ивовую рощу. На нашем углу, всегда сидит нищий-паралитик. Но сегодня даже он не захотел лишать себя развлечения. С важным видом взобрался нищий на спину хамала, словно на сиденье фаэтона, и направился вслед за всеми.

Но больше всего мне понравилось поведение собак. Хитрые бестии почуяли, что будет чем поживиться. Люди шли группами, в плащах, с узелками или корзинами, а позади обязательно плелись псы.

Мунисэ я отправила вместе с женой полкового моллы Хафиза-Курбана-эфенди, живущего по соседству. Девочка раскапризничалась, не хотела идти без меня, но я повязала голову платком и сказала:

— Мне нездоровится. Если станет легче, приду попозже.

Но я обманывала Мунисэ. Сегодня у меня очень хорошее настроение, и я отлично себя чувствую. Что же касается причины, по которой я осталась дома, — просто мне не по душе шумные, многолюдные увеселения.

Как только все ушли, я сорвала с головы платок и, мурлыча себе под нос, занялась хозяйством.

Как иногда приятно сменить свою подчас очень трудную, можно сказать мужскую, работу в школе на домашние хлопоты.

Закончив хозяйственные дела, я занялась нашими птицами. Сменила воду, вычистила клетки и вынесла их в

---

* Д е н ь  Х ы з ы р - И л ь я с а – праздник первого дня лета (соответствует русскому празднику Егорьеву дню).

сад, чтобы птички побыли на солнце. У нас их ровно пол-дюжины. Уезжая из Б..., нам пришлось оставить Мазлума на попечение сына Хаджи-калфы. Мунисэ очень горевала, проливала слезы по козленку. Чтобы девочка не грустила, я купила ей птиц. Потом возня с ними захватила и меня. Вот только соседский рыжий кот не дает покоя нашим пернатым друзьям. Стоит мне вынести клетки в сад, как он тут как тут — уже сидит напротив, тихий и спокойный, чуть приоткрыв зеленые глаза. Он даже с нежностью смотрит на наших птичек, поглядывает и мурлыкает, словно рассказывает им что-то.

Сегодня я вынула одну птичку из клетки и поднесла к морде кота. Мне было интересно, как он будет себя вести. Коварное существо! Его желтая шерсть заволновалась, словно подул ветерок. Зеленые глаза заискрились, из мягких лап вылезли когти. Кот готовился броситься на пташку. Бедняжка, дрожа, съежилась у меня в кулаке.

Я схватила свободной рукой кота за шкирку и сказала:

— Глядя, как ты сладенько щуришь свои зеленые предательские глазки, можно подумать, что ты грезишь об ангелах, живущих на небе. Но у тебя одно на уме: растерзать эту несчастную. Не так ли? Вот смотри! Ну что, получил? — И я разжала пальцы. Крошечная птичка встрепенулась и замерла, словно не веря в освобождение. Затем она легонько пискнула и полетела. Я приблизила к своему лицу морду кота, который с изумлением и тоской следил зелеными глазами за полетом птицы, и захохотала, издеваясь над ним:

— Ну как, желтый дьявол, разорвал птичку?

Сердце мое восторженно билось. Я радовалась, словно отомстила не только этому желтому коту, но и всей их зеленоглазой породе, обижающей маленьких птичек.

Но мое веселье было омрачено жалобным писком других птиц. По-моему, они действительно жаловались, как бы говорили: «Почему ты и нас не осчастливишь, как нашу подружку?»

Повинуясь призыву сердца, желанию, которому невозможно не повиноваться, я подошла к клеткам с твердым намерением освободить всех птиц. Но вдруг вспомнила

Мунисэ. Прижавшись щекой к прутьям одной из клеток, я сказала:

— Хорошо, вас можно выпустить, но что мы потом ответим Мунисэ, другому желтоволосому тирану? Что же делать, крошки? Как бы мы ни старались, нам не удастся навеки освободиться от рыжих деспотов.

После птиц настал черед заняться собой.

Всегда, когда погода солнечная, я мою волосы холодной водой и потом наслаждаюсь, высушивая их на солнце.

Сегодня я сделала то же самое: взобралась на сливу и подставила мокрую голову легкому весеннему ветерку. Волосы мои уже отросли и доходили почти до пояса. В Б... я не рассказывала своим приятельницам, почему у меня стриженые волосы. Они считали, что женщине неприлично быть стриженой, вернее, это большой недостаток. Я специально доставала у кого можно, даже у Хаджи-калфы, различные средства для укрепления волос. А потом каждый считал это личной заслугой и, доказывая кому-нибудь чудодейственность своих средств, ссылался на мои длинные пышные кудри.

Слива находилась как раз на уровне окна, где стояли клетки. Птицы распевали на все лады, уставясь на солнце блестящими бусинками глаз. Я посвистывала, передразнивая их, и раскачивалась на тонкой ветке, как на качелях. Вдруг мой взгляд упал на окошко соседнего дома, и что я увидела!.. За мной наблюдал наш сосед, полковой молла Хафиз-Курбан-эфенди. Круглые гноящиеся глазки светились на толстой физиономии, как лампадки в мечети. Не могу передать, как я перепугалась! Хоть бы одета была поприличнее, а то — ноги голые, белая рубашка с большим вырезом. Инстинктивно я запахнулась в тяжелую копну волос и кубарем скатилась вниз. На мое счастье, деревце было невысокое. До моих ушей донесся вопль соседа: «Аман! Эй... Вах!» Упала я, больно было мне, а кричал Хафиз-Курбан-эфенди!

Мой сосед, имени которого я не могу произносить без смеха, был пятидесятилетним полковым моллой. Он без конца хвастался своим богатством. Я была в хороших отношениях с его женой, красивой молодой черкешенкой (ей не исполнилось и тридцати), стройной и черноглазой. Это она взяла сегодня с собой на гулянье Мунисэ. Детей у соседей не было, поэтому женщина очень привязалась к маленькой шалунье и полюбила ее как родную дочь.

Сегодняшнее происшествие испортило мне настроение. Ах, как все нехорошо получилось! Бог знает, что обо мне теперь подумает пожилой молла.

Сейчас, когда я пишу эти строки, мои щеки горят от стыда, я чувствую, что покраснела до корней волос. Ах! Стала учительницей, а все еще не избавилась от сумасбродных выходок. Недаром директор училища Реджеб-эфенди говорил: «Конечно, не дай Аллах, но и к тебе когда-нибудь придет смерть. Начнут хоронить, так ты имама рассмешишь, когда он будет читать надгробную молитву...»

Я намеревалась сегодня после обеда записать в дневник все, что произошло за эти полгода. Бедный дневник не вынимался из портфеля с тех пор, как мы сюда приехали.

Я подошла к окну. Отсюда хорошо видны пролив и военные укрепления на берегу. В этом доме мы потому и поселились, что мне очень понравился вид на море... Больше наше жилье ничем не примечательно.

Спеша поскорее уехать из Б..., я согласилась на первое вакантное место, которое было мне предложено. Я не думала о том, понравится ли мне Ч..., не придавала никакого значения тому, что жалованье здесь скудное. Но, на мое счастье, местечко оказалось совсем неплохим: спокойный, славный военный городок. Кого бы вы ни спросили из его обитателей, будь то старожил или приезжий, об отце, брате, сыне, муже, вам скажут, что это либо солдат, либо офицер, — словом, военный. Даже многие учителя в школах — или полковые моллы, или полковые муфтии*; в общем, весь народ здесь имеет отношение к армии. Наш сосед Хафиз-Курбан-эфенди надевает иногда вместе с чалмой военный мундир и даже цепляет сбоку саблю.

Женщины Ч... мне очень нравятся. Верные и работящие, простые и скромные, они довольны своей жизнью и

---

* М у ф т и й — мусульманский богослов, толкователь Корана, дающий заключения по юридическим и духовным вопросам.

всегда не прочь повеселиться. Каждую неделю здесь справляют свадьбы. А каждая свадьба со всевозможными торжественными предсвадебными вечерами под разными названиями длится ровно неделю. Выходит, женщины развлекаются почти каждый вечер. Сначала я не могла понять, как выдерживают их карманы. Но все оказалось очень просто: например, каждая женщина надевает свое нарядное свадебное платье в течение десяти — пятнадцати лет к любой свадьбе. Затем это платье, чистое и аккуратное, переходит к дочери.

Развлечения у них очень простые. Какая-нибудь пожилая армянка играет на гармони. Если ей потом за это дадут отрез на скромное платье и немного денег, она бывает очень довольна.

Да, развлечения у женщин Ч... очень простые, они вполне удовлетворены ими. Как чудесно! Ах, почему я не родилась в этом городе! Как было бы славно в один прекрасный день выкрасить хной ногти и ладони в цвет хурмы!

Ну да что там... Теперь о другом. К моему удивлению, соседки полюбили меня. Только они сердятся, что я редко вижусь с ними и не разделяю их увеселения. Чтобы меня не считали заносчивой, я стараюсь оказывать всевозможные услуги и всячески помогаю как их дочерям в школе, так и им самим.

Мое любимое место в Ч... — лесок на берегу реки, называемый Ивовой рощей. В праздничные дни я не осмеливаюсь туда ходить, но в обычные вечера, после занятий, мы с Мунисэ иногда совершаем прогулки в рощу. Там растут не только ивы, но и чинары. Кто знает, сколько веков они стоят! У чинар обрезаны нижние ветви, поэтому стволы кажутся голыми; на самом верху густая крона. Если человека застают в роще вечерние сумерки, ему начинает казаться, будто он стоит под разрушенным куполом, не имеющим конца-края. В лучах заходящего солнца роща напоминает бесконечные ряды колонн. На той стороне реки тянутся сады, окруженные плетнями. Меж них вьются узкие тенистые тропинки. Глядя на эти тропинки издали, невольно думаешь, что они могут увести человека в какой-то другой мир, где сбудутся его самые заветные мечты.

Дома местных богачей расположены на горе Хасталар-тепеси\*. Несмотря на унылое название, здесь живут самые счастливые, самые веселые люди. Когда мы приехали, мне предложили снять там красивый домик. Но пришлось отказаться: сейчас я не так богата, как в Б... Мы вынуждены жить скромно.

Впрочем, наш маленький дом тоже находится в хорошем месте. Это очень оживленная часть городка: здесь площадь, кофейня, лавки. Например, сегодня утром все жители Ч... шли в Ивовую рощу мимо наших окон. Сейчас они возвращаются, хотя времени еще не так много. Только что прошла группа офицеров. Они остановили лейтенанта, который торопливо шел им навстречу.

— Почему так рано? — спросил лейтенант. — А я только иду, сию минуту с дежурства.

Толстый пожилой кол-агасы\*\*, которого я часто встречаю на улице в неизменно распахнутом мундире, ответил:

— Не трудись, можешь возвращаться. Сегодня в Ивовой роще неинтересно. Сколько мы ни рыскали, гюльбешекер\*\*\* не нашли.

По-моему, жители этого городка удивительные сластены. И дети, и взрослые только и говорят про гюльбешекер. Офицеры меня удивили: искать розовое варенье на гулянье в день Хызыр-Ильяса и огорчаться, не найдя его!.. Господи, совсем как дети!

Слово «гюльбешекер» мне приходилось часто слышать на улице от детей и взрослых мужчин. Однажды вечером я возвращалась из школы. Передо мной шли несколько бедно одетых молодых людей. Одного из них стали чем-то угощать. Он отказывался.

— Честное слово, не могу... Только что обедал. Ничего в рот не полезет...

Другой спросил, похлопывая товарища по плечу:

---

\* Х а с т а л а р - т е п е с и — буквально: Холм больных.

\*\* К о л - а г а с ы — военный чин в султанской армии, следующий после капитана перед майором (соответствовал чину штабс-капитана в царской армии).

\*\*\* Г ю л ь б е ш е к е р — варенье из лепестков роз.

— Так ничего и не съешь? Может, и от гюльбешекер откажешься?

Юноша тотчас размяк, улыбнулся:

— Ну, гюльбешекер не для меня...

Мне приходилось наблюдать, как мужчины, сидящие перед кофейней, посмеивались над бедным, но веселым и приветливым мальчуганом-водоносом, которому его ремесло давало возможность кое-как перебиваться.

— Эй, Сулейман, скажи, когда мы отпразднуем твою свадьбу?

— Когда хотите. Я всегда готов.

— А как ты сведешь концы с концами? Ты ведь бедняк, Сулейман?

— Ничего, как-нибудь... Буду макать сухой хлеб в гюльбешекер и есть.

Эта шутка повторяется почти ежедневно. Три дня назад меня удивил наш сосед Хафиз-Курбан-эфенди. Поймав у своих ворот Мунисэ, он насильно поцеловал ее в щеку и сказал:

— Ох, ты пахнешь совсем как гюльбешекер!

На улице стало многолюдно. Гулянье в Ивовой роще закончилось. Я слышу звонкий смех. Это моя крошка. Она тоже вернулась. Я не видела шалунью четыре часа, а кажется, будто прошло четыре года.

*23 апреля (2 часа спустя)*

Только что узнала, что такое гюльбешекер. На гулянье Мунисэ встретила наших учительниц и сказала, что я больна. Те забеспокоились и на обратном пути зашли меня проведать.

Пришлось несколько минут уговаривать их войти в дом. Шутки ради я сказала одной:

— Ну а вы по крайней мере нашли гюльбешекер? Тут офицеры проходили и жаловались, что им не удалось.

Приятельница засмеялась.

— Вам хорошо известно, что мы тоже были лишены такого удовольствия.

— Почему?

— Потому что вас не было с нами...

Я растерянно смотрела в лицо женщины, пытаясь улыбнуться.

270

— То есть как это?..

Гостьи засмеялись. Молодая учительница в недоумении уставилась на меня и спросила:

— Вы действительно не знаете?

— Клянусь Аллахом.

— Моя бедная Феридэ, как ты наивна. Гюльбешекер — это же твое имя. Так тебя прозвали мужчины Ч... за прекрасный цвет лица.

От растерянности я даже стала заикаться.

— Как?.. Это я?.. Выходит, это меня называют гюльбешекер? Значит, это обо мне говорили на улице мальчишки, собираясь намазывать гюльбешекер на хлеб?!

От стыда я закрыла лицо руками. Оказывается, обо мне говорит весь город. О, какой позор!

Молодая учительница насильно отвела мои руки от лица и полушутя-полусерьезно сказала:

— Что же здесь обидного? Вы привлекаете мужчин всего города. Женщина редко удостаивается такой чести.

Ах, какие скверные существа эти мужчины! Они и здесь не дают мне покоя. Господи, как же мне теперь вести себя на людях?! Какими глазами я буду смотреть на своих соседей?

*Ч..., 1 мая*

Я сидела дома и проверяла тетрадки своих учениц. В ворота постучали. Мунисэ закричала снизу:

— Абаджиим, к нам гости!

По каменному дворику прохаживалась женщина в черном чаршафе. Лицо ее было закрыто, и я не могла узнать незнакомку.

— Кто вы, ханым-эфенди? — нерешительно спросила я.

Раздался смех. Ханым, как кошка, кинулась мне на шею. Это была Мунисэ. Шалунья схватила меня за талию и закружила по дворику. Она покрывала поцелуями мое лицо, шею. Чаршаф придал моей крошке вид взрослой девушки.

За эти два года Мунисэ сильно выросла и превратилась в стройную, изящную, кокетливую барышню. Она хорошела с каждым днем, как распускавшийся цветок. Мы с ней были уже почти одного роста. Но человек не замечает изменений, которые происходят у него на глазах.

271

Наверно, увидев девочку в таком одеянии, мне следовало обрадоваться, но я огорчилась. Мунисэ заметила это.

— Что случилось, абаджиим? Это просто шутка... Может, я обидела тебя?

Бедняжка огорченно смотрела мне в лицо, словно старалась загладить тяжкий проступок.

— Мунисэ, — сказала я, — мне не удастся удержать тебя навеки возле себя. Вижу, ты не вытерпишь... Уже сейчас ты радуешься, когда на свадьбах вплетаешь себе в волосы золотые нити. Я понимаю, моя девочка, ты непременно хочешь стать невестой и бросишь меня одну.

Страх перед одиночеством сжал мое сердце. Глаза наполнились слезами. Мысленно я молила Мунисэ: «Ну утешь меня хоть одним словечком!» Но скверная девчонка ответила, надув губы:

— Что делать, абаджиим? Таков обычай...

— Значит, ты оставишь меня одну и сделаешься женой какого-то неизвестного мужчины?

Мунисэ не ответила, только улыбнулась. Но что это была за улыбка. Жестокая девочка! Она уже сейчас любила его больше, чем меня!

Тогда я повела разговор по-другому:

— Хорошо, пусть ты станешь невестой... Но до двадцати лет еще далеко.

— Двадцать лет? Не слишком ли это много, абаджиим?

— Ну, скажем, девятнадцать, может быть, даже восемнадцать. Ты не отвечаешь? Смеешься? Твоя насмешливая улыбка как бы говорит: «Я все знаю сама». Честное слово, раньше восемнадцати лет я не разрешу!

Шалунья хохотала. Эта торговля забавляла ее. Мне было стыдно, а то бы я разрыдалась. Рыжеволосые всегда неверны. Они приносят человеку только огорчения.

У нас в школе учится дочь богатого паши*, имя которой Надидэ. Это девочка лет двенадцати, с гнилыми зубами, низкорослая, худенькая и очень заносчивая. Я не-

_____

* П а ш а — высший гражданский и военный титул (генерал) в Османской империи.

сколько раз в шутку назвала ее Надидэ-ханым-эфенди. Так это прозвище за ней осталось — ханым-эфенди!

Надидэ живет в самом красивом особняке на Хасталар-тепеси. Каждый день она подъезжает к школе в экипаже своего отца-паши в сопровождении адъютанта с длинными усами на манер бараньих рогов.

У меня создалось впечатление, что эта маленькая барышня приезжает в школу не столько учиться, сколько покрасоваться перед бедными одноклассницами и даже учителями. Она помыкает подругами, словно служанками. Учителя считают за честь терпеть всевозможные капризы и выполнять прихоти Надидэ. Иногда жена паши приглашает в гости учителей своей дочери и угощает их. Мои бедные коллеги на все лады превозносят пышность и богатство генеральского дома, туалеты хозяйки, приходят в восторг от яств, которыми их там потчуют. Эти восторги смешат меня и в то же время внушают отвращение. Я думаю, что семья у этого Абдюррахима-паши — кучка грубых зазнаек, которая получает наслаждение, ослепляя своим величием и богатством глаза наивных, простодушных людей.

Несколько раз мои приятельницы хотели затащить в дом паши и меня. Но я восприняла это как оскорбление и рассердилась.

Я никогда не гнушаюсь завязать шнурки бедным ученицам, отряхнуть их запачканные платьица. Но маленькая заносчивая ханым-эфенди мне очень неприятна. Случается даже, что я начинаю распекать ее на уроках. Она же, как назло, подлизывается ко мне, не отстает от меня ни на шаг.

Сегодня в полдень у нашего дома остановился экипаж. Я узнала экипаж Абдюррахима-паши. Длинноусый адъютант распахнул калитку, и во двор с важностью принцессы, в окружении уличных мальчишек вошла Надидэ. Вся улица переполошилась, окна соседних домов украсились женскими головами.

Надидэ-ханым привезла мне записку от своей старшей сестры:

«Муаллиме-ханым*, наш отец, паша-эфенди, наша мама и ваша покорная слуга просим вас пожаловать сегодня

_____

* М у а л л и м е — учительница.

к нам. Вас доставит экипаж, который передаем в полное ваше распоряжение».

Я сразу догадалась, что им нужно: они хотят и мне, как другим учительницам, пустить пыль в глаза своей роскошью и богатством. Сначала я хотела холодно поблагодарить за столь «высокую честь» и отослать назад маленькую госпожу, адъютанта и экипаж. Но потом передумала. Во мне вдруг проснулось желание дать хороший урок этим заносчивым аристократам-нуворишам. Мне приходилось видеть в Стамбуле более важных и высокопоставленных пашей. Для Чалыкушу не было большего наслаждения, чем сорвать фальшивую маску, обнажить их ничтожество и никчемность, которые скрывались под величественной осанкой. Что делать, такой уж мне суждено было родиться. Я не очень плохая и люблю бесхитростных, простодушных людей. Но я всегда беспощадна к тем, кто хвастается своим богатством, кичится благородным происхождением, важничает. Два года я жила тихо и спокойно, поэтому сегодня у меня было право немного «развлечься».

На этот раз вопреки своему обыкновению я оделась очень изящно, хотя и просто. Меня выручил темно-синий костюм, привезенный некогда дядей Азизом из Парижа.

Надидэ пришлось долго ждать внизу. Еще в Б... я вырезала из какого-то европейского журнала женскую головку с модной прической. Приколов картинку к раме зеркала, я приложила все свое искусство и умение, чтобы сделать себе точно такую прическу. Получилось очень замысловато и экстравагантно. Но что мне до этого? Сегодня я, как актриса, должна думать только о том, чтобы произвести впечатление на всех этих провинциальных красоток.

Я заставила ждать внизу маленькую госпожу не только потому, что мне надо было одеться. В темной, бедно обставленной комнате мне хотелось также рассмотреть в зеркале улыбающееся лицо молодой девушки. Я застенчиво, даже как-то стыдливо смотрела на себя, словно на постороннюю. Мой дневник никто никогда не прочтет! Так почему же не описать всего?.. Девушка казалась мне хорошенькой. Я внимательно приглядывалась и находила, что именно такая красота повергает людей в изумление. На меня смотрели какие-то новые глаза: не те веселые, беззаботные глаза Чалыкушу, которую я знала по Стамбулу. У той были светло-голубые и, казалось, состояли из золотой пыли, пляшущей в прозрачном свете. А в этих светилась черная горечь — следы одиноких и тоскливых ночей, усталости, задумчивости и грусти. Когда эти глаза не смеются, они кажутся большими и глубокими, как живое страдание. Но стоит им заискриться смехом, они уменьшаются, свет перестает в них вмещаться, кажется, что по щекам рассыпаются маленькие бриллианты.

Какие красивые, какие тонкие черты лица! На картинах такие лица трогают до слез. Даже в его недостатках мне виделась какая-то прелесть. В Текирдаге муж тетки Айше часто говорил: «Феридэ, твои брови похожи на твою речь: начинаются красиво-красиво, тонко-тонко, но потом сбиваются с пути...» Я пригляделась к ним сейчас: изогнутые стрелы тянулись к самым вискам. Верхняя губа была немного коротка и слегка обнажала ряд зубов. Казалось, я всегда чуть-чуть улыбаюсь. Недаром Реджеб-эфенди говорил, что я и после смерти не перестану смеяться.

Я слышала, как Надидэ нетерпеливо расхаживала внизу, постукивая каблучками, но не могла оторваться от зеркала.

Сколько мучений, сколько неприятностей доставляли мне прозвища: в Б... — Шелкопряд, здесь, в Ч... — Гюльбешекер. Но сейчас я не стыдилась называть этими именами девушку, которая смотрела на меня в зеркале, существо юное, свежее, как апрельская роза, усыпанная капельками росы, с лицом ясным, как утренний свет. Оглядевшись по сторонам, словно боясь, как бы меня не увидели, я припала к зеркалу. Мне хотелось поцеловать себя, свои глаза, щеки, подбородок. Сердце мое почему-то забилось, влажные губы дрожали. Но увы!.. Зеркало ведь тоже придумали мужчины. Человек ни за что не сможет поцеловать свои волосы, глаза. И сколько бы он ни старался, ему удастся коснуться только своих губ.

Боже, что я пишу? Сестра Алекси говорила нам: «Поповская ряса делает человека ханжой». Может быть, кокетливо убранная головка и женщину делает кокеткой?

Какие глупости, какие неприличные вещи! И это школьная учительница!

Как уже я сказала, после двух лет смиренной жизни у меня было право немного развлечься сегодня.

Увидев в гостиной женщин, которые при моем появлении приняли неестественные позы, словно начинающие актрисы, я улыбнулась и подумала про себя: «Ничего, потерпите немного, сейчас вы узнаете меня...»

Как они были поражены, когда я не поцеловала, как другие, подол платья у госпожи и молодых барышень, а ограничилась лишь простым непринужденным поклоном. Все переглядывались. Пожилая гречанка, довольно вульгарно одетая, — мне думается, какая-нибудь гувернантка с Бейоглу*, — нацепила на нос очки в золотой оправе и окинула меня взглядом с головы до ног.

Моя манера держаться, мои жесты были так естественны и в моих словах было столько непринужденной уверенности, что вызвали в гостиной полное замешательство. В комнате не было ни одного изящного предмета, говорящего о хорошем вкусе хозяев. Дом походил на мануфактурную лавку, набитую всевозможными дорогими вещами, для того чтобы изумлять и поражать бедных, бесхитростных женщин Ч...

Действуя свободно, дерзко, смело, я постоянно овладевала вниманием всех присутствующих и поставила самих хозяек в положение неискушенных, неуклюжих гостей. Разыгрывая эту грубую, смешную комедию, я старалась не нарушить естественности, дабы никто не понял, что это игра. Я дала понять, что мне не нравится все, что они показывают, говорят и делают. Мне хотелось раздразнить их, чтобы они как можно глубже почувствовали свое ничтожество и невежество. Когда старшая дочь паши показывала мне картины, я деликатно, но недвусмысленно назвала все мазней; а потом, заметив в углу крошечную миниатюру, спросила, почему это произведение искусства, единственная ценная вещь в гостиной, так далеко упрятана? Короче говоря, я не одобрила ни одной безделушки. Я критиковала буквально все. Особенно им

_____
* Б е й о г л у — аристократический квартал в Стамбуле.

досталось во время ужина. Кто знает, у скольких дам за этим великолепным столом застревал в горле кусок; сколько гостей растерянно вертели ножи и вилки, не умея ими пользоваться; сколько несчастных были вынуждены отказаться от лакомого блюда, так как не знали, как его есть, как положить себе на тарелку.

Сегодня я отомстила всем. У меня были такие изящные, уверенные движения, что дамы не могли сдержать изумления и все время исподтишка поглядывали в мою сторону. Я изредка тоже посматривала на окружающих. Но от этих взглядов вилки в их руках дрожали. Гости и хозяева давились и захлебывались. Особенно осрамилась гувернантка с Бейоглу. Она, видимо, считала себя во много раз воспитаннее и образованнее всех этих неискушенных, невежественных женщин и хвасталась перед ними своим потешным французским языком. Поскольку я учительница, то она решила, что мы коллеги, и сочла своим профессиональным долгом помериться со мной силами. Ну и задала я ей жару! Она попыталась было спастись.

— Я плохо говорю по-турецки, — сказала она мне.

— Это ничего, мадемуазель, поговорим по-французски... — ответила я.

Гречанка стала говорить на французском языке. И тут я высмеяла ее.

Словом, маленькая незаметная учительница начальной школы исчезла. Я снова превратилась в Чалыкушу, отчаянную, язвительную, безжалостную, которая доводила до слез самых сладкоречивых учительниц пансиона «Dames de Sion».

Мы спорили с гувернанткой о правилах этикета. Она тут же запуталась. Ей не хватало знаний французского языка, и в конце концов она решила меня «уничтожить».

— А все-таки мне приходилось бывать в самом высшем обществе. Я все видела своими глазами...

Я насмешливо поглядела на нее и сказала:

— Да, но бывать — этого недостаточно. Человек должен жить в этом обществе естественной жизнью!

Выпад, надо сознаться, был лишен деликатности. Бедняжка изменилась в лице и поспешила убраться, сославшись на то, что она должна заниматься с одним из маленьких наследников паши.

Хозяйка дома, ее дочери превратились в ягнят. Безобразная маска надменности и высокомерия слетела; женщины стали похожи на самих себя. И, откровенно говоря, это были совсем не плохие люди. Тогда и я приняла облик простой школьной учительницы, которая понимает свое положение и сознает его незначительность.

Ханым-эфенди и молодые барышни искренне просили, чтобы я почаще навещала их дом.

Я ответила:

— Иногда я буду вас беспокоить, не часто, конечно. Иначе люди подумают, что мне от вас что-нибудь надо.

Ханым-эфенди интересовалась моим происхождением, вызывая всячески на откровенность.

Я сказала, что родители мои из знатной семьи, но попали в бедственное положение.

— Ханым, дочь моя, — растрогалась хозяйка, — вы такая красивая, у вас столько достоинств! Вы можете стать невестой человека из очень благородной семьи.

— Может быть, ханым-эфенди, и существует такой человек, который хотел бы на мне жениться... Но я предпочитаю зарабатывать на жизнь собственным трудом. Ведь в этом нет ничего зазорного.

— А что бы вы сказали, если бы вас захотела удочерить очень приличная семья?

— Я, конечно, благодарю за честь, которой вы меня удостаиваете, но думаю, что не соглашусь.

Намерения хозяек дома я поняла только потом, когда выяснилось, что они пригласили меня не только для того, чтобы похвастаться своим богатством и пустить пыль в глаза.

Неожиданно старшей дочери захотелось показать мне сад. Он напоминал гостиную. Каких только не было тут цветов, деревьев, трав, кустов. На каждом шагу попадались цветочные горшки. И вот в небольшом искусственном лесочке, меж низкорослых молоденьких сосен...

Впрочем, чтобы все было понятно, я вынуждена вернуться к случаю, который произошел недели две назад.

По соседству со школьным садом, где ученицы бегают во время перемены, расположен огромный виноградник. Детвора растащила плетень, и теперь наш сад и виноградник представляют собой единое целое. В этом винограднике работали несколько батраков с красными повязками на голове. Во время перемен я наблюдала, как несчастные, обливаясь потом, ковыряют землю мотыгами.

В тот день, о котором идет речь, я обратила внимание на молодого рабочего, который трудился вместе со всеми. Он был одет, как и остальные, но лицо, весь облик молодого человека выделяли его среди окружающих. Сквозь загар просвечивала благородная бледность, глаза светились каким-то особенным блеском. Больше всего меня поразили его руки — маленькие, изящные, как у женщины. Так как он в отличие от остальных был молод, мне неудобно было подходить к нему. Но юноша сам приблизился ко мне, сказал, что его мучает жажда, и попросил послать кого-нибудь из школьниц за водой.

Не выношу женщин-ханжей, которые бегают даже от петуха. Я не стала стесняться молодого человека (как-никак я школьная учительница) и сказала:

— Хорошо, сынок, погоди немного, сейчас схожу сама.

А про себя подумала: «Уверена, он из благородной семьи, которая впала в нищету».

Молодой рабочий был и застенчив, и в то же время смел. Разговаривая со мной, он заикался от смущения. Но, с другой стороны, задавал все время очень странные вопросы: «Дешева ли здесь жизнь?.. Сурова ли зима?.. Много ли в Ч... яблок и груш?..» Молодой человек назвался приезжим.

Когда он пил воду, я думала, посмеиваясь: «Бедняга, наверно, придурковат...»

Этих подробностей достаточно, чтобы понять мое удивление, когда в саду паши, среди несчастных деревьев, которым выпала оскорбительная честь изображать сосновый лес, я столкнулась с тем самым бедным рабочим. Но сейчас он выглядел совсем иначе. Это был штабной офицер в чине капитана. На нем все блестело: сабля, пуговицы, ордена, воротничок, зубы и даже напомаженные волосы. Он стоял между двух сосен, вытянувшись в струнку — даже гетры на его ногах, казалось, прилипли друг к другу, — задрав гордо подбородок, молодой человек словно позировал фотографу. У офицера были тоненькие усики, полуоткрытые губы обнажали ряд ослепительно белых зубов. Блестящие глаза смотрели смело. Казалось, молодой капитан вот-вот взмахнет рукой, затянутой в белую перчатку, выхватит саблю и даст команду: «Смирно!»

Но я тут же поняла, что команду «смирно» офицер получил от других.

Нериме-ханым притворилась удивленной:

— Ах, Ихсан, ты был здесь? Послушай, откуда ты взялся?

Старшая дочь паши так скверно сыграла свою роль, что в ее голосе без труда можно было уловить: «Боже, как ясно, что мы лжем!»

Итак, на фоне оперных декораций нам предстояло разыграть смешную комедию. Для чего? Это я пойму позже. А пока надо было держаться как ни в чем не бывало, спокойно и смело.

Кажется, в генеральской семье очень любили делать сюрпризы. Но и я сегодня была настроена по-боевому и знала, что не растеряюсь ни перед какими фокусами. Очевидно, они ждали, что я застыжусь и убегу. Но я даже виду не подала.

Нериме сказала:

— Феридэ-ханым-эфенди, вы, как и мы, родом из Стамбула. Надеюсь, вы не заподозрите ничего дурного в том, что я представлю вам двоюродного и молочного брата Ихсана.

— Напротив, буду очень довольна, ханым-эфенди, — ответила я бесцеремонно и, не дав ей возможности говорить, представилась сама: — Феридэ Низамеддин, один из самых младших офицеров армии просвещения.

Молодому капитану недолго удавалось сохранять бравую невозмутимость. И можно ли было винить его в этом? Маленькая школьная учительница увидела человека, с которым она несколько дней назад разговаривала как с простым рабочим. Сегодня перед ней был блестящий, как солнце, офицер, красивый, точно сказочный принц... Она увидела его и не лишилась чувств. Поразительная вещь!..

Получилось наоборот, растерялся офицер. Видимо, он плохо усвоил церемонию приветствия, которой нас годами на все лады обучали в пансионе, словно это была основа всех наук. Рука офицера, поднятая, очевидно, для военного приветствия, повисла в воздухе. Ихсан-бей передумал, решив обменяться со мной рукопожатиями, но тут увидел, что он в перчатках, и резко отдернул руку. Я даже подумала, уж не превратилась ли бедная перчатка в раскаленные угли.

Минут пять я о чем-то непринужденно болтала с ним. Встречаясь со мной глазами, молодой человек стыдливо отводил их в сторону, видимо, вспоминал, как он в костюме чернорабочего просил у меня воды. Но я делала вид, будто ничего не помню и разговариваю с ним впервые.

Скоро мы с Нериме-ханым вернулись в дом. Дочь паши нерешительно спросила:

— Вы, конечно, узнали Ихсана, Феридэ-ханым?

Вот как! Значит, и ей был известен случай в школьном саду?

— Да, — ответила я просто, — узнала.

— Может, это что-нибудь говорит вам? Я хочу объяснить, в чем дело, ханым-эфенди. Ихсан поспорил со своими товарищами. Молодость... Что поделаешь, ханым-эфенди? Бывает...

Я не удержалась:

— Но с какой стати, ханым-эфенди?

Нериме-ханым покраснела и, стараясь скрыть смущение, засмеялась.

— Ханым-эфенди, некоторые офицеры встречают вас, когда вы возвращаетесь из школы. Они сказали, что вы очень красивы. Мы из Стамбула и, конечно, не считаем, как здешние жители, что подобные разговоры оскорбительны. Не так ли, моя красавица? Ихсан поспорил с товарищами: «Я непременно найду способ поговорить с этой учительницей...» Он не постеснялся переодеться в тряпье батрака и выиграл пари. Странно, не правда ли?

Я ничего не ответила. Бедная Нериме-ханым поняла, что рассказ ее произвел на меня неприятное впечатление.

Последнее действие сегодняшней комедии развернулось опять в гостиной наверху. Известие о том, что я познакомилась с Ихсан-беем, добралось туда гораздо быстрее, чем мы. Об этом говорили лица всех присутствующих.

По тайному знаку хозяйки дома все гости вышли. В комнате, кроме нее самой, остались только Нериме-ханым и я.

После небольшого колебания ханым-эфенди спросила:

— Как вам понравился Ихсан, дочь моя?

— Кажется, неплохой молодой человек, ханым-эфенди.

— И на лицо он симпатичный, — продолжала хозяйка, — и образование у него великолепное. Сейчас его назначили с повышением в Бейрут.

— Как замечательно! — сказала я. — Действительно, это красивый, славный молодой человек. Видимо, и образование, как вы сказали, у него великолепное...

Мать с дочерью переглянулись, не зная, радоваться моим словам или удивляться. Ханым-эфенди захихикала:

— Да наградит тебя Аллах, дочь моя. Ты облегчила мне труд. Я молочная мать Ихсана, воспитала его в своем доме, как родное дитя. Дочь моя, Феридэ-ханым, с молодыми девушками трудно говорить откровенно, напрямик. Но, слава Аллаху, вы умная и скромная. На все, конечно, воля Аллаха. Я хочу, чтобы вы стали женой Ихсана... Вы ему очень понравились. А раз и он вам так приглянулся, значит, вы будете с ним счастливы, если того захочет Аллах... Возьмем для него на месяц отпуск и сыграем здесь свадьбу... Ну как?.. А потом вы вместе поедете в Бейрут.

Я еще в саду догадалась, к чему затеяли эту комедию. Поистине смешной случай: на чужбине меня сватают почти за незнакомого мужчину!.. Не знаю почему, но мне вдруг сделалось как-то очень тоскливо. Однако я взяла себя в руки, и никто ничего не заметил.

— Ханым-эфенди, это большая честь для вашей покорной слуги. От всего сердца благодарна и вам, и Ихсанбею. Но это невозможно...

Хозяйка дома опешила:

— Почему, дочь моя? Вы ведь сами минуту назад признались, что Ихсан вам понравился, что вы нашли его красивым...

Я улыбнулась:

— Ханым-эфенди, я и сейчас говорю, что Ихсан-бей красивый, достойный молодой человек. Но посудите сами, если бы я хоть мысленно допускала возможность нашего брака, могла бы я так открыто говорить о его достоинствах? Разве это не было бы излишней вольностью для молодой девушки?

Мать с дочерью опять переглянулись. Наступило молчание. Потом Нериме схватила мои руки:

— Феридэ-ханым, во всяком случае, пусть это не будет вашим окончательным ответом. Ихсан-бей так огорчится!

— Я опять повторяю: Ихсан-бей очень красивый молодой человек, и за него выйдет любая девушка.

— Да, но он мечтает только о вас. Нам пришлось сказать, будто Ихсан бился об заклад со своими товарищами, но на самом деле это не так, моя красавица. Бедный мальчик вот уже две недели страдает, все твердит: «Непременно женюсь на ней... Умру, но не откажусь!..»

Я почувствовала, что Нериме-ханым будет долго меня уговаривать, поэтому вежливо, но очень решительно заявила, что их предложение неосуществимо, и попросила разрешения удалиться.

Нериме-ханым совсем расстроилась.

— Мамочка, милая, — обратилась она к матери, — скажи все сама Ихсану... У меня язык не повернется. Он и думать не мог, что Феридэ-ханым ему откажет. Как он будет переживать отказ!..

Ах эти мужчины!.. Все такие самодовольные, самоуверенные. Никто из них и не подумает, что и у нас тоже есть сердце, в котором живут свои сокровенные мечты.

Когда экипаж паши доставил меня домой, Мунисэ была у соседей. В комнате стоял полумрак. На стене висело зеркало, похожее на тусклый лунный блик. Прежде чем раздеться, мне захотелось взглянуть на себя. Лицо я едва различала, а короткий темно-синий костюм показался мне белоснежным шелковым платьем, длинные полы которого исчезали во тьме. Какая причудливая игра света и теней!

Я закрыла лицо руками. В эту минуту в комнату вбежала Мунисэ.

— Абаджиим! — крикнула она.

Я протянула к ней руки, словно молила о помощи, хотела сказать: «Мунисэ!» — но с губ сорвалось другое имя, имя моего страшного врага, которого я так ненавижу!

Я стала модной невестой. Не успела оправиться после вчерашней комедии, как сделалась героиней сегодняшней. Но по сравнению с тем, что было вчера, новое происшествие в тысячу раз смешнее и в тысячу раз безобразнее.

Опишу все, как было. Действие развернулось внизу, в нашей гостиной. Неожиданно появляется жена Хафиза-Курбана-эфенди. На ней роскошный чаршаф, который она надевает только по случаю праздничных торжеств. На шее ожерелье из золотых монет в несколько рядов. Женщина держится как-то странно. Глаза как будто заплаканы.

Начинаем разговаривать.

Я:

— Вы, очевидно, куда-нибудь приглашены? Собрались в гости?

Она:

— Нет, сестричка, я пришла специально к вам.

Я:

— Какая вы сегодня нарядная. Это для меня?

Она:

— Да, сестричка, для вас.

Я не могу удержаться от шутки:

— Очевидно, вы пришли сватать меня?

В простодушных глазах соседки наивное удивление.

— Как вы узнали?

Я растерялась:

— Как? Вы пришли меня сватать?

Гостья (со вздохом):

— Да, сестричка...

— За кого же?

— За моего мужа... — отвечает она, словно речь идет о самой обычной вещи в мире.

Конечно, мне очень нравится, что эта бесхитростная женщина так умело шутит не моргнув и глазом. Я хохочу, но соседка не смеется. Наоборот, в ее глазах блестят слезы.

Она:

— Сестричка, мой эфенди присмотрел вас и хочет развестись со мной, чтобы жениться снова. Я его молила, просила, уговаривала: «Что особенного, возьми и ту ханым, только меня не бросай. Я буду готовить вам еду, прислуживать...» Родная моя сестричка, пожалей меня.

— А уверен ли Курбан-эфенди, что, бросив вас, ему удастся жениться на мне?

Гостья изумлена.

— Ну конечно, — отвечает она простодушно, — он сказал: «Я готов отдать за нее ровно пятьдесят золотых монет...»

Я:

— Моя славная соседушка, не беспокойся. Этого никогда не будет.

Бедная женщина произносит молитвы.

Занавес.

*Ч..., 15 мая*

Сегодня вечером после занятий мюдюре-ханым вызвала меня к себе в кабинет. Я заметила, что лицо у нее мрачное.

— Феридэ-ханым, дочь моя, — сказала она, — мне нравятся ваша серьезность и усердие. Но у вас есть один недостаток: вам кажется, что вы все еще в Стамбуле. Говорят, красота — это несчастье, дочь моя. Справедливые слова. Вы красивы, молоды, одиноки... Поэтому вам следует беречь себя. Однако были случаи, когда вы вели себя весьма неосторожно. Не огорчайтесь, дочь моя. Я ведь не говорю, что это тяжкий проступок. Просто это неосторожность. Наш городок не такое уж захолустье. Женщины здесь одеваются довольно нарядно. Я имею в виду также и наших учительниц. Но то, что для других естественно, в вас привлекает внимание. Дело в том, дочь моя, что ваша молодость, ваша красота заставляют встречных мужчин оборачиваться. И вот по городу начали ходить сплетни. Я здесь сижу, будто ничего не ведаю, но на самом деле мне все известно. Нет ни одного мужчины в городе, начиная от офицеров в казармах и лавочников в кофейнях, кончая школьниками-старшеклассниками, который бы не знал вас, не говорил о вас. Если вы спросите, по какому праву я завела с вами об этом разговор, отвечу: на это есть две причины. Во-первых, вы девушка неопытная, но славная. Мы-то разбираемся в людях. Поэтому я хочу быть для вас матерью, старшей сестрой. Во-вторых, дочь моя, существует еще престиж нашей школы... Не так ли?..

Мюдюре-ханым помолчала, потом, стараясь не глядеть мне в лицо, нерешительно продолжала:

— Школа такое же священное место, как и мечеть. Наш наипервейший долг — охранять ее от сплетен, клеветы и прочей грязи. Не так ли? Однако, к сожалению, безобразные сплетни уже распускают и в школе. Вы обратили внимание, как много отцов и братьев стали приходить под вечер к школе за своими дочерьми и сестрами? Возможно, вы этого не замечаете. Но мне все известно. Они приходят не столько за школьницами, сколько для того, чтобы взглянуть на вас. Как-то, заплетая косы одной из наших бедных учениц, вы завязали ей волосы лентой. Не знаю, кто уж разгласил об этом по городу, но какой-то повеса, лейтенант, прямо на улице всучил девочке деньги и забрал ленту. Теперь он прикалывает ленту к мундиру и забавляет товарищей, говоря: «Вы должны меня звать генералиссимусом. Я получил этот орден от самой Гюльбешекер!» А вчера привратник Мехмед-ага сообщил мне еще одну новость: накануне ночью из кабака возвращалась компания подвыпивших мужчин. Они остановились перед дверью нашей школы, и один из них произнес речь: «Я видел, как Гюльбешекер коснулась рукой этого черного камня в стене. Давайте же теперь во имя Аллаха считать его святым камнем». Вот видите, дочь моя, все это очень неприятно и для вас, и для школы. Мало того, на днях в доме Абдюррахим-паши вы разговаривали с капитаном Ихсан-беем. Если бы вы приняли предложение супруги паши, в этом бы не было ничего дурного. Но то обстоятельство, что вы поговорили с молодым человеком, а потом отказались от такой выгодной партии, привлекло внимание всего городка. Начались сплетни: «Раз Гюльбешекер отвергла Ихсан-бея, значит, она любит другого».

Я слушала молча, не двигаясь. Вначале мюдюре-ханым боялась, что я начну протестовать, возражать, а сейчас ее волновало мое молчание. Наконец она спросила нерешительно:

— Что вы скажете на это, Феридэ-ханым?

Я тихо вздохнула и заговорила медленно и задумчиво:

— Все, что вы сказали, правда, мюдюре-ханым. Я и сама догадывалась обо всем этом... Жаль покидать этот счастливый город, но что поделаешь? Напишите в министерство, найдите какой-нибудь предлог и попросите перевести меня в другое место. Но вы проявили бы большую гуманность и благородство, если бы не указали истинной причины, а придумали какой-нибудь другой повод. Что я нерадива, неопытна, невежественна, своенравна. Напишите что хотите, мюдюре-ханым, я на вас не обижусь... Только не пишите: «Нам не нужна учительница, о которой в городе ходят сплетни».

Мюдюре-ханым молча раздумывала. Чтобы скрыть слезы, я отвернулась к окну и стала глядеть на горы, которые казались легким клубящимся туманом на фоне светло-голубого вечернего неба.

Чалыкушу смотрела на эти горы, и ей опять чудился запах чужбины.

Запах чужбины!.. Бессмысленные слова для тех, кто не жил вдали от родных мест.

В моем воображении уже рисовались дороги, бесконечные дороги чужих краев, которые убегают вдаль, превращаются в тоненькую, едва заметную ленту, унылую, нагоняющую тоску. Мне слышался печальный скрип крестьянских телег, грустный плач колокольчика.

До каких пор я буду кочевать, до каких пор? Для чего? Для какой цели?

*Ч..., 5 июня*

Наверно, мои птицы прокляли меня. В эти длинные месяцы каникул я, как и они, оказалась в заключении. Мюдюре-ханым сказала, что о переводе в другое место раньше сентября нечего и думать. Пока я стараюсь, чтобы обо мне забыли, и совсем не показываюсь на улице. Соседи перестали беспокоить меня. Возможно, их напугали сплетни, что ходят по городу. Иногда только я разговариваю со своей пожилой соседкой, которая напоминает мне мою тетку. Особенно похожи у них голоса. Когда мы с ней болтали вчера, я даже попросила:

— Моя дорогая ханым-эфенди, не называйте меня ходжаным, зовите просто Феридэ. Если можно...

Женщина немного растерялась, но просьбе моей вняла. Теперь, когда мы говорим с ней, я закрываю глаза, и мне кажется, что я снова у нас в саду, в Козъятагы...

Какие глупости я пишу. Наверно, у меня начинается нервное заболевание. В моей душе поселились какая-то неуверенность, странное беспокойство. Я, как и прежде, смеюсь, мы так же возимся с Мунисэ, боремся, словно уличные мальчишки, я по-прежнему люблю насвистывать, передразнивая птиц, но грусть моя, как и беспокойство, не проходит.

Когда мы ночью на пароходе ехали в Ч..., мне не спалось. Море было темное. Какой-то пассажир на палубе напевал заунывным голосом. «Мое беспокойное сердце у тебя, с тобой...» Я тут же забыла эту песню. Прошли месяцы. Но вот однажды апрельским днем, когда у нас в саду стали распускаться первые цветы, я вдруг ни с того ни с сего принялась напевать эту песню. Непонятная загадка — душа человека! Каким образом я могла запомнить эту мелодию, эти слова? Ведь я слышала их всего только раз в жизни.

И теперь, чем я ни занимаюсь — кормлю птиц, любуюсь морем, — я мурлычу себе под нос эту песню. Вчера вечером, повторяя последнюю строчку: «Мое беспокойное сердце у тебя, с тобой...» — я вдруг расплакалась, ни с того ни с сего, без всякой причины. Ни в мелодии, ни в словах нет ничего грустного. Я же говорю: нервы...

Больше никогда не буду петь эту песню.

*Ч..., 20 июня*

В школе у меня есть приятельница, звать ее Назмие. Это веселая симпатичная девушка лет двадцати пяти. Говорит она очень приятно. Каждый вечер куда-нибудь приглашена. Наши учительницы ее не особенно любят. Мне приходилось слышать о ней кое-какие сплетни. По-моему, женщинам не по вкусу, что она одевается слишком нарядно, даже вызывающе. А может, ей просто завидуют. Не знаю. У Назмие есть жених: армейский капитан, кажется, очень хороший молодой человек. Но его родители не дают согласия на их брак, поэтому молодым людям приходится пока скрывать свои отношения. Об этом приятельница рассказала мне по секрету и просила не выдавать ее.

Вчера, когда я изнывала дома от скуки, Назмие заглянула ко мне.

— Феридэ-ханым, я пришла за вами, — сказала она. — Тетя моего Феридуна сегодня пригласила меня к себе на вечеринку, которую устраивает у себя в поместье. Она не знакома с вами, но просила передать вам привет и непременно пожаловать к ней.

— Как можно? — удивилась я. — Пойти в гости к чужим, незнакомым людям?

Назмие с грустью и укоризной посмотрела на меня:

— Тетку моего жениха ты называешь чужой?.. А я так хотела познакомить тебя с моим женихом! Клянусь Аллахом, если ты не пойдешь, то и я не пойду!

Я не соглашалась, придумывая всевозможные причины. Но Назмие отвергала все мои доводы, которые, надо сознаться, были весьма нелепы и несерьезны. Приятельница моя, как я уже сказала, была девушкой с характером и могла кого угодно обвести вокруг пальца. Она так упрашивала, так уговаривала, что я наконец не выдержала и согласилась.

Только одно ее замечание заставило меня насторожиться. Когда я начала одевать Мунисэ, Назмие нахмурилась и спросила:

— Ты девочку хочешь взять с собой?

— Конечно. Как я могу оставить ее одну? А что, разве ты возражаешь?

— Нет, не возражаю, конечно... Еще лучше. Но ведь ты иногда оставляешь ее одну. Я поэтому...

— Да, но я еще никогда не уходила на весь вечер.

Нельзя сказать, чтобы я была такой уж непонятливой. За два года мне пришлось увидеть и услышать очень многое. Но какую я допустила оплошность в тот день! Удивляюсь, как эти слова Назмие не показались мне подозрительными Возможно, скука, желание побыть на свежем воздухе сбили меня с толку.

Маленький фаэтон перевез нас через реку и покатил по тропинке, скрытой деревьями. Нам встретилось стадо на водопое. Старый чабан доставал журавлем из колодца воду и наполнял ею каменное корыто, у которого толпились маленькие козлята с тоненькими рожками. Мы вспомнили нашего Мазлума, спрыгнули с фаэтона, поймали одного козленка и принялись целовать его длинные ушки и крохотную мордочку, с которой капала вода. У меня мелькнула мысль: не купить ли у чабана этого козленка? Но я тут же отказалась от нее. Ведь скоро опять уезжать. Мало у нас горя? К чему еще одна привязанность, еще одна боль?

Через полчаса мы подъехали к старому дому, окруженному со всех сторон навесом, увитым зеленью. Вокруг, на сколько хватает глаз, простирались виноградники. Место было живописное, но безлюдное.

Тетка Феридун-бея оказалась полной пожилой женщиной. Она мне как-то сразу не понравилась. Женщине в таком возрасте не подобает одеваться так крикливо. Волосы ее были выкрашены в рыжий цвет, брови насурьмлены, щеки ярко нарумянены. Словом, на нее было страшно смотреть.

Она провела нас в комнату на втором этаже, сняла с меня чаршаф, затем излишней фамильярностью поцеловала меня в щеки, словно обнюхала, и сказала:

— Как я рада нашему знакомству, золотко, дочь моя! Ах, Гюльбешекер! Что за Гюльбешекер! Действительно, прямо хочется попробовать... Просто зажигаешь!..

Я ужасно сконфузилась. Однако надо было держаться и не подавать виду. Есть безалаберные люди, которые часто не думают, что говорят. Очевидно, тетка Феридун-бея была именно такой.

Нас с Мунисэ надолго оставили одних в комнате. Солнце село. Розовый вечерний свет, который пробивался сквозь густую листву навеса, постепенно угасал. Я шутила с Мунисэ, пыталась развлечься, но в сердце заползла тайная тревога. Мной овладело беспокойство. Из сада доносились мужские и женские голоса, возгласы, смех, звуки настраиваемых скрипок.

Я выглянула в окно, но сквозь густую листву нельзя было ничего увидеть.

Наконец на лестнице послышались шаги. Дверь открылась. Вошла хозяйка с огромной лампой в руках.

— Дочь моя, золотко, это я нарочно оставила тебя в темноте. На закате наши сады такие чудесные... Невозможно насладиться их прелестью.

Старуха поправила в лампе фитиль и принялась рассказывать о том, что в лунные ночи эти сады превращаются в рай.

В этот момент в комнату вошла Назмие. Я успела заметить за дверью двух офицеров в форме. Голова у меня была непокрыта, я сделала шаг назад и хотела закрыть волосы руками.

Назмие засмеялась:

— Милая, какой ты стала провинциалкой! Но ты, конечно, не собираешься бежать от моего жениха. Убери руки. Стыдно, клянусь Аллахом!

Приятельница была права. Причин смущаться не было.

Офицеры, неловко ступая, вошли в комнату. Назмие представила одного:

— Феридун-бей, мой жених. Феридэ-ханым, моя подруга. Как я счастлива, что имена двух дорогих мне людей так похожи.

На эту шутку молодой офицер улыбнулся, широко растягивая рот. Помню, когда я была маленькой, бабушка покупала оригинальные спички. На коробках был изображен ярмарочный красавец с закрученными усиками, приподнятыми плечами, курчавыми волосами, а один локон опускался к самому глазу. Феридун-бей словно сошел с этикетки такой спичечной коробки.

Он взял мою руку в свою твердую ладонь, сжал ее, потряс и сказал:

— Ханым-эфенди, мы вам крайне благодарны и признательны. Вы осчастливили нашу компанию. Благодарим вас. — Затем он представил мне офицера, стоявшего сзади: — С вашего позволения познакомлю вас с лучшим другом вашего покорного слуги. Мой благодетель майор Бурханеддин-бей. Он майор, но не из простых майоров. Это младший отпрыск знаменитого рода Солак-заде...

Младшему отпрыску знаменитого рода Солак-заде было уже за сорок пять. Голова и усы его отливали серебром. По всему было видно, что он из знатной семьи. Одежда, манера держаться, говорить выгодно отличали его от Феридун-бея. Это благородное лицо и седые волосы несколько рассеяли скверное впечатление, почти страх, которое произвел на меня его товарищ. Я немного успокоилась.

Речь Бурханеддин-бея была легкой и живой. Вежливым кивком он поздоровался со мной издали, затем поклонился и сказал:

— Ваш покорный слуга Бурханеддин. Из всех своих владений мой покойный родитель больше всего любил этот виноградник. Он часто говорил: «Это счастливое место. Все радостные минуты моей жизни связаны с ним». Когда я увидел, что вы соизволили пожаловать к нам, я вспомнил слова покойника и посчитал их за чудо.

Очевидно, любезное обращение Бурханеддин-бея следовало считать комплиментом. Но какое отношение он имел к этому винограднику? Я удивленно взглянула на Назмие, желая получить разъяснение. Приятельница настойчиво избегала моих глаз. Пожилая ханым, которую я до этой минуты считала хозяйкой виноградника, взяла Мунисэ за руку и вывела из комнаты.

Более получаса мы болтали о разных пустяках. Вернее, болтали они. Я не в состоянии была не то что говорить, но даже понимать, о чем идет речь. Страх железным обручем сжимал мое сердце, мне трудно было дышать, точно мозг замер. Я ни о чем не думала, ничего не чувствовала, съежившись, забилась в угол, объятая инстинктивным страхом зверенныша, который подвергся нападению в своем гнезде.

Внизу кто-то играл на скрипке. После этого была исполнена газель\*. Затем несколько песен спел хор, в котором звучали тонкие и грубые голоса.

Назмие и ее жених сидели рядышком на диване и все ближе и ближе придвигались друг к другу. В конце концов мне пришлось отвернуться от них. Ни капельки не смущаясь, они обнимались в присутствии двух посторонних, словно разыгрывали одну из тех безобразных любовных сцен, какие нам приходится видеть в кино. Да, это были очень грубые и вульгарные люди!

Пожилая ханым поставила на стол несколько бутылок и поднос с едой. Бурханеддин-бей расхаживал по комнате, время от времени останавливаясь перед столом. Вдруг он подошел ко мне, поклонился и сказал:

---

\* Г а з е л ь — вид восточной песни, стихотворная форма.

— Не соблаговолите ли принять, ханым-эфенди?

Я удивленно подняла глаза: майор держал в руках маленький бокал, в котором поблескивал красный, как рубин, напиток. Я отказалась тихим голосом:

— Не хочу...

Бурханеддин еще ниже склонился надо мной, его горячее дыхание коснулось моего лица.

— Здесь нет ничего вредного, ханым-эфенди. Это самый тонкий, самый невинный в мире ликер. Не так ли, Назмие-ханым?

Назмие кивнула:

— Не настаивайте, Бурханеддин-бей. Феридэ чувствует себя как дома. Пусть делает все, что захочет.

До сего момента седые волосы Бурханеддин-бея, кроткое, благородное лицо внушали мне доверие. А сейчас я начала бояться и его. Господи, что же со мной будет? Куда я попала? Как мне спастись?

Лампа постепенно угасала. Комната погружалась во тьму. Перед глазами у меня поплыли огненные круги. Звуки музыки доносились, как рокот далекого моря.

— Золотко, дочь моя, пора ужинать. У нас за столом несколько гостей... Все ждут вас.

Это сказала пожилая ханым. Я как будто очнулась.

— Благодарю вас, мне нездоровится. Оставьте меня здесь.

Ко мне подошла Назмие.

— Феридэ, милая, честное слово, там нет чужих. Несколько товарищей Феридуна и Бурханеддин-бея, их невесты, жены... Ну да, жены. Если ты не спустишься, будет очень неудобно. Ведь они пришли ради тебя.

Я прижималась к спинке кресла, втягивала голову в плечи и не могла выговорить ни слова. Не стисни я что было силы зубы, они застучали бы от страха.

Бурханеддин-бей сказал:

— Наш долг делать все, как прикажет гостья, как она захочет. Вы спускайтесь вниз, скажите, что нашей Феридэ-ханым слегка нездоровится... А вы, Биннаэ-ханым, принесите нам ужин сюда. Считаю своим долгом не оставлять мою гостью одну.

Я чуть не сошла с ума. Остаться в этой комнате наедине с Бурханеддин-беем? Ужинать с ним один на один?!

Не понимая, что я делаю, не отдавая отчета в своих поступках, я вскочила с кресла и воскликнула:

— Хорошо! Пусть будет по-вашему. Пойдемте вниз.

Назмие с женихом шли под руку впереди. Бурханеддин-бей следовал за мной.

Мы миновали темный каменный дворик. Открылась дверь, и яркий свет ослепил меня. Пошатываясь, я сделала несколько шагов по комнате. Стены сверкали зеркалами, отчего гостиная казалась бесконечно длинной. Люстры, свисающие с потолка, отражались в них, словно факелы, бегущие по темной дороге.

Что со мной? Словно во сне, я видела множество глаз, неясные лица мужчин, женщин. Потом вдруг раздались оглушительные аплодисменты. Людские голоса перекрывали оркестр, становились все громче и громче, сливались в один гул, напоминая завывание ветра в горах. До меня донеслись выкрики:

— Да здравствует Бурханеддин-бей! Да здравствует Гюльбешекер! Да здравствует Гюльбешекер!..

Открыв глаза, я увидела себя на руках Мунисэ. Девочка плакала, причитая: «Абаджиим!.. Абаджиим!..» — и прижималась своим лицом к моему. Она целовала мои влажные волосы, глаза, которые щипало от одеколона. Комнату окутал полумрак, но я чувствовала, что на меня со всех сторон смотрят чьи-то глаза. Инстинктивно я прикрыла руками обнаженную грудь.

Какой-то незнакомый голос закричал:

— Выйдите все, прошу вас! Выйдите все!

Я сделала усилие, хотела подняться.

— Не бойся, дочь моя... Страшного ничего нет, не бойся.

Это говорил толстый кол-агасы, тот самый, который всегда ходил в распахнутом мундире. Офицер взглянул на меня и сказал, обернувшись к какому-то мужчине:

— Бедняжка, она действительно совсем ребенок.

Назмие стояла возле меня на коленях и растирала кисти рук.

— Феридэ, милая, как ты нас перепугала!

294

Я отвернулась и закрыла глаза, чтобы не видеть ее. Как я потом узнала, обморок продолжался более четверти часа. Меня растирали одеколоном, давали нюхать паленую шерсть, но ничего не помогало. Все потеряли надежду привести меня в чувство. Приготовили садовый фургон, чтобы послать в город за доктором.

Придя в себя, я потребовала, чтобы меня в этом фургоне немедленно отправили домой, и пригрозила, что, если они этого не сделают, я пойду пешком. Им пришлось согласиться. Толстый кол-агасы надел шинель и сел рядом с кучером.

Когда мы уже забрались в фургон, подошел Бурханеддин-бей. Видно, ему было неловко.

— Феридэ-ханым, — сказал он, не смея взглянуть мне в лицо, — вы нас неправильно поняли. Уверяю вас, по отношению к вам ни у кого не было дурных намерений. Просто мы хотели угостить вас как следует, показать, что значит вечеринка на винограднике. Как мы могли предполагать, что у маленькой барышни, получившей воспитание в Стамбуле, которая несколько дней назад так свободно разговаривала с одним из наших офицеров, окажется такой дикий нрав? Я еще раз заверяю, что по отношению к вам ни у кого не было дурных намерений. И вместе с этим я прошу у вас прощения за то, что мы вас огорчили.


Повозка окунулась в темноту и покатила по узеньким тропинкам среди виноградников. Я закрыла глаза, забилась в угол и дрожала, словно от холода. Мне вспомнилась другая ночь, ночь моего бегства из особняка в Козъятагы, когда я, не думая о том, что делаю, пустилась одна в путь по ночным дорогам.

Пахучие ветки лоха хлестали в окно фургона, били по лицу, пробуждали меня от дремоты.

Я услышала, как Мунисэ глубоко-глубоко вздохнула.

— Ты проснулась, крошка? — спросила я тихо.

Девочка ничего не ответила. Я увидела, что она плачет, совсем как взрослая, стараясь скрыть свои слезы. Я схватила ее за руки и спросила.

— Что случилось, девочка?

Мунисэ порывисто обняла меня и зашептала тоскливо, как взрослый человек, который больше жил и больше моего понимает:

— Ах, абаджиим, как я там плакала, как я испугалась! Я знаю, зачем тебя туда позвали, абаджиим. Больше никогда не поедем с тобой к таким людям. Да? А ты?.. Упаси Аллах, как моя мать... Что тогда будет со мной, абаджиим?..

Ах какой позор! Какое унижение! Мне, как падшей женщине, было стыдно этой девочки. Я не смела взглянуть ей в глаза. Уткнувшись лицом в ее маленькие колени, я до самого дома плакала навзрыд, словно ребенок на руках у матери.


Солнце только что поднялось над горизонтом, когда я подошла к дому мюдюре-ханым. Пожилая женщина растерялась, увидев меня в такой ранний час на ногах, с опухшими от слез глазами, побледневшим лицом.

— Что-нибудь случилось, Феридэ-ханым? Что с тобой, дочь моя? Я никогда не видела тебя такой...

Уж не заболела ли?

Спокойствие и невозмутимость этой женщины, ее холодное, строгое лицо всегда немного пугали меня и мешали быть с ней откровенной. Но сейчас, в этом чужом городе у меня не было, кроме нее, человека, с которым я могла бы поделиться горем.

Заикаясь и дрожа, я рассказала мюдюре-ханым о ночном происшествии. Я ничего не утаила. Пожилая женщина слушала молча и хмурилась. В конце рассказа я взглянула на нее умоляющими глазами, словно просила утешения.

— Мюдюре-ханым, вы старше меня. Вы больше знаете. Ради Аллаха, скажите правду. Неужели меня уже следует считать дурной женщиной?

Мой вопрос взволновал мюдюре-ханым, лицо ее выражало горе и сострадание. Она схватила меня за подбородок и заглянула в глаза, но не так, как всегда, как директриса, как чужой человек. Нет. Это была любящая, все понимающая мать. Гладя меня по щеке, она сказала дрожащим голосом:

— Феридэ, я никогда не думала, что ты такая чистая, такой еще невинный ребенок. Ты заслуживаешь доброго отношения и большой любви. Бедняжка моя... Ах, эта Назмие! Мне известно многое, девочка, Я все понимаю. Но жизнь устроена так, что приходится скрывать даже то, что знаешь. Назмие — очень гадкий человек, дурная женщина. Я много раз пыталась избавить от нее школу, но все мои усилия ни к чему не привели. Она стоит, как скала. Потому что у нее бесчисленное количество поклонников, начиная от мугесаррифа и начальника гарнизона, кончая батальонными имамами. Кто будет льстить благородным дамам, если Назмие уедет отсюда? Кто будет играть на уде на ночных пирушках, которые устраиваются тайком крупными чиновниками? Кто будет там плясать? Как смогут тогда эти прожигатели жизни вроде Бурханеддин-бея заполучать таких, как ты, невинных, чистых, молодых и красивых девушек? Феридэ, я все понимаю: они устроили тебе западню! Этот Бурханеддин-бей — известный сластолюбец. Обманывая несчастных женщин, губя невинные создания, он промотал все состояние, которое досталось ему от отца. Для него вопрос чести — заполучить девушку, о красоте которой говорит весь Ч... Взять под руку девочку, которую молодые офицеры, звякая саблями, поджидают на улице и считают за счастье увидеть хотя бы в чадре, ввести ее в салон, где кутят распутники, заставить таких же сластолюбцев от зависти кричать: «Да здравствует Бурханеддин-бей!» — для него это высшее наслаждение. Особенно после того, как стало известно, что ты отказала Ихсан-бею... Теперь понимаешь, девочка моя? Они обратились к Назмие, бог знает что ей пообещали и сыграли с тобой злую шутку. Спасибо еще, что ты так легко отделалась, дочь моя. Вот что... Тебе нельзя больше оставаться в этом городе. Несомненно, через несколько дней все узнают о происшедшем. С первым же пароходом ты должна уехать. Тебе есть куда?.. Родственники, знакомые...

— У меня никого нет, мюдюре-ханым.

— Тогда поезжай в Измир. Там у меня есть знакомые: моя близкая подруга — учительница и старший секретарь в отделе образования. Я напишу письмо. Надеюсь, там помогут тебе устроиться на работу.

Такое участие растрогало меня. Как котенок, спасенный от смерти, попавший в тепло после дождя и снега, я все ближе и ближе придвигалась к мюдюре-ханым, робко терлась щекой о руки, которые гладили мои волосы, затем переворачивала их, целовала ладони.

Пожилая женщина тихо вздохнула и продолжала:

— В таком виде тебе нельзя возвращаться домой, Феридэ. Пойдем, дочь моя, я положу тебя наверху, поспи немного. Я перевезу сюда твои вещи и Мунисэ. До отъезда поживешь у меня.

До вечера провалялась я наверху в комнате мюдюреханым, просыпалась и снова засыпала. Когда я открывала глаза, старая женщина подходила к кровати, клала мне руку на лоб, гладила волосы, которые я теперь, как все девушки Ч..., заплетала в две толстых косы.

— Ты больна, Феридэ? У тебя что-нибудь болит, дочь моя? — беспокоилась она.

Я была здорова, но бессильно откидывала голову на подушке и нежилась, точно маленькая девочка. Мне казалось, чем больше она меня будет целовать и ласкать, тем больше тепла останется в моем сердце, тем дольше я буду помнить любовь этой суровой женщины. В дни одиночества и огорчений, которые еще будут впереди, эта вновь обретенная материнская любовь согреет меня.

*Пароход «Принцесса Мария», 2 июля*

Закутавшись в пальто, я сидела на ветру до тех пор, пока не скрылась луна. Палуба была пуста. Только какой-то долговязый пассажир, облокотившись на перила, насвистывал грустные мелодии, подставив ветру лицо. За весь вечер он ни разу не изменил своей позы.

Я знаю и люблю море. Для меня это нечто одушевленное, живущее своей внутренней жизнью. Оно всегда смеется, говорит, стонет, сердится. Но в эту ночь черная водяная пустыня показалась мне огромным бесконечным одиночеством, тоскливым и безутешным.

Я спустилась в каюту. Меня знобило, словно ночная сырость проникла до самых костей. Мунисэ спала на койке. Прислушиваясь к толчкам и стуку, которые раздавались где-то внизу, в глубине, точно биение сердца этого великого одиночества, я села за свой дневник.

Сегодня мюдюре-ханым проводила меня на пристань. Я не попрощалась ни с кем из своих знакомых, только зашла к пожилой соседке, так похожей на мою тетку, и, закрыв глаза, слушала, как она в последний раз называет меня по имени: «Феридэ...»

В Б... мы оставили Мазлума, а теперь пришлось расстаться с нашими птицами. Я поручила их мюдюре-ханым.

Добрая женщина сказала:

— Феридэ, раз ты их так любишь, выпусти на волю своей рукой. Так будет более угодно Аллаху.

Я грустно улыбнулась.

— Нет, мюдюре-ханым. Раньше я согласилась бы с вами. Но теперь думаю иначе. Птицы — это неразумные существа, которые сами не знают, чего хотят. Пока не вырвутся из клетки, они бьются и страдают. Но уверены ли вы, что на воле их ждет счастье? Нет, это не так... Я думаю, эти несчастные, несмотря ни на что, привыкают к своим клеткам, а если им удается вырваться на свободу, они всю ночь напролет тоскуют, сидя на ветке, спрятав головы под крылья, или, уставившись крошечными глазками на освещенные окна, вспоминают прежнюю жизнь. Птиц надо насильно сажать в клетку, мюдюре-ханым, насильно, насильно... — Слезы душили меня.

Старая женщина погладила меня по щеке.

— Феридэ, ты очень странная девочка. Разве можно плакать из-за таких пустяков?

На пароходе есть несколько пассажиров из Ч... Среди них два офицера. Мне удалось подслушать их разговор.

Молодой офицер сказал пожилому:

— Ихсан-бей собирался ехать четыре дня назад. Я предложил ему: «Подожди несколько дней, поедем в Бейрут вместе». Таким образом, я невольно явился причиной этого несчастья. Ну да, если б он уехал в тот день, ничего не случилось бы.

— Действительно, неприятная история, — ответил пожилой. — Ихсан не такой уж задира. Не понимаю, как могло получиться. Ты знаешь подробности?

— Я все видел своими глазами. Вчера мы сидели в казино. Бурханеддин-бей играл на бильярде. Вошел Ихсан, отозвал майора в сторону и начал ему что-то говорить. Сначала они разговаривали мирно. Не знаю, что потом произошло, только вижу, Ихсан-бей сделал шаг назад и залепил Бурханеддину оплеуху. Майор схватился за кобуру. Но Ихсан раньше выхватил револьвер. Если бы на них сразу не кинулись несколько человек, непременно пролилась бы кровь. Завтра Ихсан предстанет перед военным трибуналом.

— Сделай это кто-нибудь из нас, плохо бы ему пришлось. Кажется, Ихсан — родственник паши?

— Он племянник и молочный сын его жены.

— Отделается небольшим наказанием. Но Бурханеддину досталось по заслугам. А то он совсем распустился...

— Интересно, из-за чего повздорили?

— Оба говорят: ссора на политической почве. Ох, не могут избавить армию от политики...

— А я думаю, тут опять замешана женщина, клянусь Аллахом. Будто мы не знаем Бурханеддина...

Офицеры, переговариваясь, отошли.

Теперь я понимаю, от кого был букет роз, который перед отплытием принес мне в каюту старый лодочник.

Ихсан-бей, я, наверное, никогда больше не встречу вас. А если и встречу, мне придется сделать вид, будто мы незнакомы. Но я до самой смерти не забуду, что в день, когда вы готовились предстать перед военным судом, вы опять вспомнили обо мне. Вы велели скрыть, от кого цветы. Это говорит о тонкости вашей души. Я сохраню в своем дневнике маленький лепесток, а в сердце — память о вас, чистом, благородном человеке.

На палубе долговязый пассажир продолжает насвистывать грустные песенки. Я высунула голову в открытый иллюминатор. Над морем начинается прозрачный рассвет. Кажется, он, словно пар, поднимается из воды.

Чалыкушу, ложись спать. Ночь и усталость наливают свинцом твои веки. Зачем тебе нужен рассвет? Рассвет — это время, когда «желтые цветы», насытившись сном и любовью, где-то далеко-далеко открывают свои счастливые глаза.

# Часть четвертая

Вот уже около трех месяцев я в Измире. Дела идут неважно. сталась последняя надежда. Если я завтра потеряю и ее, не знаю, что со мной будет. Об этом даже страшно подумать. Старший секретарь, к которому у меня было рекомендательное письмо от мюдюре-ханым, заболел за месяц до моего приезда и на полгода уехал отдыхать в Стамбул. Волей-неволей мне пришлось самой идти к заведующему отделом образования. И как вы думаете, кого я увидела? Того самого неповоротливого «короля лентяев« из Б..., который все время дремал за своим столом, а с клиентами разговаривал, словно бредил. Разумеется, его сонные глаза, созданные природой больше для того, чтобы спать, чем смотреть на посетителей, меня не узнали.

— Загляните через несколько дней... Посмотрим, что-нибудь придумаем...

Мне было известно: на языке этого сони несколько дней означали несколько месяцев. Так и случилось.

Сегодня я опять зашла в отдел. Заведующий проявил некоторую любезность и сказал своим ласковым, нежным голосом:

— Дочь моя, в двух часах езды отсюда есть одна волостная школа. Вода, воздух там замечательные, природа чудесная...

Эта речь была копией той, которую заведующий произнес, посылая меня в Зейнилер.

Я не удержалась и залилась смехом:

— Не утомляйте себя, бей-эфенди, я могу продолжить дальше... Руководство, приложив много стараний и затратив много средств, создало там новую школу. Только она нуждается в таком молодом, энергичном, самоотверженном

301

педагоге, как я... Не так ли? Мерси, бей-эфенди. Я познала вашу доброту еще в Б..., когда вы посылали меня в Зейнилер.

Конечно, говоря так, я была уверена, что заведующий меня просто прогонит. Но к моему великому удивлению, он даже не рассердился, а, напротив, расхохотался и затем произнес философским тоном:

— Обязанность руководителей. Что поделаешь, дочь моя? Ты не поедешь, он не поедет, кто же тогда поедет?

Посетителей в отделе образования всегда было хоть отбавляй. Неожиданно из угла раздался хриплый голос:

— Какая крошка! Ну прямо ореховый червячок!

Ореховый червячок?! Меня и без того извели прозвищами: Шелкопряд, Гюльбешекер... только Орехового червячка недоставало. Я вспыхнула, резко обернулась. Наконец-то мне удалось поймать одного из этих негодников, которые награждают меня разными прозвищами, то «сладкими», то «червивыми». Мне хотелось дать этому господину хороший урок, рассчитаться сполна, за всех. Но я не успела, мой обидчик уже повелительно говорил заведующему:

— Дай этой маленькой барышне все, что она хочет. Не огорчай девочку.

— Как изволите приказать, Решит-бей-эфенди... — почтительно ответил заведующий. — Но на сегодня у нас действительно нет свободных мест. Вот только в рущдие есть одна вакансия для учительницы французского языка. Конечно, это не подходит ханым...

— Почему же, эфендим? — возразила я. — Ваша покорная слуга преподавала французский язык в женском педагогическом училище Б...

— Да... — промямлил неопределенно заведующий. — Но мы объявили конкурс. Завтра экзамен...

— Отлично, — сказал Решит-бей, — пусть и барышня примет участие в конкурсе. Что тут особенного? Я тоже приду на экзамен, если Аллаху будет угодно. Только смотри не начни экзаменовать без меня.

Очевидно, этот Решит-бей был важной персоной. Но как он был безобразен! Глядя на его страшное лицо, я до боли закусывала губы, чтобы не расхохотаться. Люди бывают или смуглыми, или бледнолицыми. Но на физиономии этого бей-эфенди имелись все цвета и оттенки, начиная от нездоровой белизны только что затянувшихся ран и кончая неприятной угольной чернотой. Это был такой грязновато-смуглый цвет, что казалось удивительным, как остается чистым воротничок. Можно подумать, кто-то шутки ради вымазал руку в саже, а потом вытер о щеки Решит-бея. У него были глазки павиана, посаженные очень близко друг к другу; веки без ресниц — красные, точно рана; странный нос, который через седые усы спускался до нижней губы. А щеки! Это что-то поразительное! Они свешивались по обе стороны лица, как у обезьян, когда они набивают рот орехами.

Однако мне везет. Если говорить откровенно, несколько слов Решит-бея оказали мне большую услугу. Очевидно, природа, создавая лицо этого бей-эфенди, увидела, что она слишком переборщила, и решила компенсировать несправедливость, одарив его добрым сердцем.

По-моему, красота души во много раз прекраснее красоты внешней.

На что создана бессердечная красота?.. Разве только калечить жизни бедных девушек, разбивать их сердца!

*Измир, 22 сентября*

Сегодня я участвовала в конкурсе. Письменный экзамен прошел скверно. Заставили проспрягать в настоящем и будущем временах десять глаголов, образованных от таких существительных, как «истиксар», «истисмар», «ититрат»* и т. д. Но как я могла спрягать эти глаголы на французском языке, если я не знала их значений по-турецки? Устный экзамен прошел великолепно. Решит-бей-эфенди поговорил со мной по-французски и несколькими словами дал понять, что я обязательно выйду победительницей.

Да пожалеет Аллах мою Мунисэ!

_____

* Слова арабского происхождения, которые почти не употребляются в турецком языке; и с т и к с а р — признание чего-либо чрезмерно большим; и с т и с м а р — эксплуатация; и с т и т р а т — отступление, отклонение.

Сегодня объявили результаты конкурса. Я провалилась. Эдин из секретарей отдела образования сказал мне:
— Если бы Решит-бей-эфенди захотел, вы бы непременно прошли. Кто осмелится пойти против его желания? Очевидно, у него какие-то свои планы.

Наше положение весьма затруднительно. Через два дня платить за жилье. На помощь пришел золотой медальон, последняя вещь, которая осталась у меня от матери. Сегодня я отдала его своей соседке и попросила продать. Мне жалко было расставаться с этой памятью. В медальоне лежала маленькая фотография: отец с матерью в первый год женитьбы. Бедная карточка теперь осталась без оправы. Но я и тут пыталась себя утешить: «Папа и мама, безусловно, предпочитают жить в сердце своей одинокой доченьки, чем лежать в куске драгоценного металла...»

*Измир, 27 сентября*

Сегодня я получила от Решит-бея записку. Он пишет, что нашел мне работу, и вызывает для переговоров в свой особняк в Каршияка. Почему же секретарь отдела образования сказал, что Решит-бей отнесся ко мне враждебно? Выходит, это не так. Посмотрим. Завтра я все узнаю.

*Измир, 28 сентября*

Только что вернулась из Каршияка от Решит-бея. Его особняк — настоящий дворец. Теперь мне понятно, почему этому господину оказывают такие знаки внимания.

Решит-бей принял меня очень тепло и сказал, что на экзаменах остался доволен моими знаниями французского. Но, взвесив все, решил, что не сможет избавить меня от козней и несправедливости коллег в будущем. Теперь о работе, про которую шла речь в записке. Решит-бей предложил мне преподавать французский язык его дочерям.

— Дитя мое, — сказал он, — мне понравились не только ваши способности, но и ваши манеры, и ваша внешность. Что вам прозябать в общественных школах? Обучайте французскому языку моих дочек. Вместе будете жить, пить, есть. Дадим вам красивую комнату. Согласны?

Что и говорить, должность гувернантки! Возможно, это более спокойная, более выгодная работа, чем быть учительницей в школе. Но, к несчастью, я всегда относилась к этой профессии с предубеждением. По-моему, это то же самое, что быть прислугой.

Мне очень не хотелось обижать Решит-бея. Я поблагодарила за доверие, радушный прием, но, сославшись на Мунисэ, сказала, что не могу принять это предложение. Решит-бей нашел мою причину неубедительной.

— И для нее у нас найдется место, дочь моя. Неужто маленькая девочка будет обузой для нашего дома?

Я не дала окончательного ответа и попросила три дня отсрочки. Сделаю последнюю попытку. Удастся устроиться на официальную должность — хорошо, не удастся — ничего не поделаешь.

*Каршияка, 3 октября*

Нам отвели комнату в верхнем этаже особняка. Комнатка небольшая, красивая и уютная, с видом на море.

До позднего вечера я любовалась из окна бухтой. Из нашего окна виден весь залив. На противоположном берегу — ночной Измир на холмах, похожий на груду облаков, усыпанных звездами, ярко освещенная набережная, напоминающая праздничную иллюминацию. Восхитительное зрелище!

Но, откровенно говоря, вид на набережную Каршияка понравился мне гораздо больше. Жизнь здесь бьет ключом. До самой полуночи шумят трамваи, в зеленом свете газовых фонарей бесконечной вереницей прогуливаются толпы молодежи. Чуть подальше — казино, разноцветные огни которого отражаются в водах бухты. Оттуда доносятся звуки гитары, то веселые, то грустные.

Какая у меня странная, причудливая фантазия! Я вижу только черные или белые пятна одежды гуляющих. Все они для меня — любящие друг друга обрученные... Да и не только они. Мне мерещится, что и там, во тьме, среди скал, чьи черные силуэты едва вырисовываются на берегу, тоже гуляют невидимые пары влюбленных.

С моря доносится шепот. Кажется, что воркуют влюбленные. А теплое дыхание ночи, сжимающее мою грудь, вероятно, слетает с горячих губ молоденьких девушек, чьи головки покоятся на груди возлюбленных, а взоры устремлены в зеленые, потемневшие, словно ночное море, дорогие глаза.

В особняке меня приняли тепло и вежливо, как маленькую госпожу. Мой багаж никогда не был особенно тяжел, тем не менее я весьма признательна старому слуге, который не позволил мне тащить самой чемодан, выхватил его у меня из рук и принес в комнату.

Мунисэ еще слишком мала, чтобы понимать все эти тонкости. Роскошь особняка совсем ослепила ее. Когда мы поднимались наверх, Мунисэ хотела повторить шутку, которую часто проделывала дома. Посреди лестницы она схватила меня за подол и хотела стянуть вниз по ступенькам. Я поймала ее ручонку и шепнула на ухо:

— Мы у чужих, дитя мое. Вот если у нас опять будет свой дом, тогда можно...

Мунисэ поняла меня. Когда мы вошли в комнату, на ее красивом личике не было уже прежней радости. Какая чуткая душа у моей крошки! Она кинулась мне на шею, прижалась крепко-крепко и стала целовать мое лицо.

Когда я закрывала окно, народу на набережной уже не было. Фонари погасли. Море, которое совсем недавно переливалось огнями, отступило назад, обнажив полосу песчаного берега, и, словно мирно спящий ребенок, положило свою голову на белую подушку скал...

Сегодня, когда я ехала сюда... Нет, об этом я не смею писать... Потом...

*Каршияка, 7 октября*

В особняке Решит-бея нам живется неплохо. Мои ученицы — две девушки, одна моего возраста, другая — чуть младше. Старшую звать Ферхундэ. Это копия своего папочки, но характер у нее очень капризный. В противоположность ей младшая, Сабахат, — красивая, как куколка, очень симпатичная девушка.

Одна из служанок как-то сказала мне, многозначительно подмигнув:

— В то время покойная ханым-эфенди была больна, и ее навещал молодой военный доктор. Конечно, ханым-эфенди все время смотрела в лицо этому доктору, потому и родился красивый ребенок...

Больше всего я боюсь служанок. Зачем скрывать, разве я не одна из них? Я держу себя очень осторожно и не помыкаю ими. Поэтому они меня уважают. Однако, думаю, тут сказывается и отношение ко мне Решит-бея-эфенди.

Мне очень не по душе, что особняк всегда гудит, как улей: гости не переводятся. Хуже того, Ферхундэ и Сабахат настаивают, чтобы я непременно выходила к каждому гостю. Но самое неприятное для меня то, что в особняке живет сын Решит-бея-эфенди — Джемиль-бей, несимпатичный пустой молодой человек лет тридцати. Десять месяцев в году он транжирит деньги своего папаши в Европе, а два месяца живет здесь, в Измире. К счастью, эти два месяца уже на исходе, иначе я убежала бы из особняка еще три дня назад. Вы спросите почему? Все не так-то просто...

Три дня назад Сабахат и Ферхундэ задержали меня в гостиной до позднего вечера. Распрощавшись с ними, я пошла к себе наверх. Было совсем темно. Вдруг на лестничной площадке третьего этажа передо мной вырос мужской силуэт. Я испугалась, хотела кинуться назад.

— Не бойтесь, барышня, — раздался голос Джемиль-бея, — это я.

Из окна сбоку на лицо молодого господина падал слабый свет.

— Простите, бей-эфенди, не узнала вас сразу... — сказала я и хотела пройти, но Джемиль-бей шагнул вправо и загородил собой узкую лестницу.

— У меня бессонница, барышня. Вышел полюбоваться луной из окна.

Я догадалась о его намерениях, но сделала вид, будто ничего не понимаю, и хотела незаметно проскользнуть мимо. Однако надо было что-то ответить, и я сказала:

— Да ведь сегодня нет луны, эфендим...

— Как нет, барышня? — зашептал Джемиль-бей. — А эта розовая луна, которая сейчас появилась предо мной на лестничной площадке? Никакой лунный свет не может так заворожить!

Джемиль-бей схватил меня за руки, его горячее дыхание ударило мне в лицо, и я инстинктивно отпрянула. Если бы не перила, за которые я успела ухватиться, мне пришлось бы лететь до первого этажа. Я больно ударилась обо что-то и невольно вскрикнула.

Бесшумно, словно кошка, Джемиль-бей опять подскочил ко мне. Я не видела его лица, но слышала, как тяжело и напряженно он дышит.

— Простите меня, Феридэ-ханым... Вы ударились?

«Нет, ничего, только оставьте меня!» — готова была я взмолиться, но вместо этого у меня вырвался глухой крик. Чтобы сдержать его, я поднесла ко рту платок и вдруг почувствовала, что он стал мокрым: из губы текла кровь. Видимо, в тусклом свете, падавшем из узкого окошка, увидел кровь и Джемиль-бей. Голос его дрогнул:

— Феридэ-ханым, я поступил низко, как самый презренный человек на свете. Будьте великодушны, скажите, что вы простили меня...

После безобразной выходки эти холодные учтивые слова вернули мне самообладание и ужасно разозлили.

— В вашем поведении нет ничего необычного, эфендим, — ответила я сухо. — Уж так принято обращаться со служанками и сиротами-воспитанницами. Соглашаясь на должность, которая мало чем отличается от положения прислуги или приживалки, я предусмотрела все. Не бойтесь, я не разболтаю, но завтра же под каким-нибудь предлогом уеду отсюда.

Я повернулась и с безразличным видом поднялась по лестнице в нашу комнату.


Взять в руку чемодан, забрать Мунисэ, хлопнуть дверью и уйти очень просто. Но куда?.. Прошло уже три дня, но я все еще не осуществила своего намерения и все еще здесь. Наступило время рассказать то, о чем я постыдилась написать даже у себя в дневнике.

Я приехала в Каршияка под вечер, когда уже начало темнеть. Конечно, лучше было бы дождаться следующего утра. Но я не могла поступить иначе.

В тот грустный вечер, когда я появилась здесь, особняк был полон гостей. Решит-бей-эфенди и его дочери решили показать всем свою домашнюю учительницу, словно только что купленную красивую безделушку. Все поглядывали на меня благосклонно и даже, кажется, с некоторой жалостью. Я держала себя скромно и вежливо, к чему меня вынуждало мое новое положение, и старалась произвести на всех самое хорошее впечатление. Неожиданно со мной случился легкий обморок. Смутно помню, как я присела на краешек стула и, стараясь сохранить на губах растерянную улыбку, на полминуты, а может, и того меньше, закрыла глаза.

Решит-бей, его дочери, гости заволновались. Сабахат подбежала ко мне со стаканом воды и заставила сделать несколько глотков. Мы обе улыбались, словно шутили друг с другом.

Какая-то пожилая женщина сказала насмешливо:

— Пустяки. Очевидно, это действие лодоса*. Ах, эти современные нервные, изнеженные барышни! Стоит погоде чуточку измениться — и они блекнут, вянут, как цветы.

Гости приняли меня за неженку, которая боится трудностей, за избалованную болезненную девицу.

Я кивала, соглашаясь с ними. Я была им бесконечно благодарна за то, что они считали меня такой. Но я лгала им. Причиной этого легкого обморока было совсем другое. В тот день впервые за всю жизнь у Чалыкушу не было во рту ни крошки. Она была голодна.

*Каршияка, 11 октября*

Сегодня к моим ученицам опять приехали гости из Измира: четыре девушки в возрасте от пятнадцати до двадцати лет. После обеда мы собирались совершить на лодке морскую прогулку до Байраклы. Но, как назло, едва мы вышли на улицу, начался дождь. Все приуныли, пришлось вернуться в гостиную. Юные барышни побренчали на рояле, посплетничали чуть-чуть, потом разошлись парочками по углам и принялись шептаться, заливаясь изредка смехом, словно их щекотали.

Веселая и бойкая Сабахат придумывала всевозможные шутки, чтобы гости не скучали. На этажерке лежали

_____
* Л о д о с — южный ветер.

альбомы с семейными фотографиями. Сабахат взяла один из альбомов, подозвала к столу всю компанию и принялась нас развлекать. Она показывала нам фотографии друзей семьи и вспоминала такие уморительные подробности из их жизни, что мы покатывались со смеху.

Она рассказала, как величественного пашу с огромной бородищей, всего увешанного орденами (вот такие, мне казалось, могли бы управлять Вселенной), однажды поколотила веником собственная супруга.

— А теперь взгляните на этот снимок, — говорила Сабахат. — Важная дама, наша родственница. Но каждый видит — это провинциалка. Однажды, спускаясь по трапу с парохода на пристани в Кокарьялы, она оступилась, упала в море да как заорет с этаким провинциальным акцентом: «Спасайте мою дорогую жизнь! Погибаю!»

У Решит-бея был молочный брат из Коньи; на его фотографию невозможно было глядеть без смеха: настоящий мулла в чалме и шароварах. Тут же лежала его другая фотография, где он изображался депутатом во фраке и с моноклем.

Мулла, сердито вытаращив глаза, смотрел на депутата, а депутат, скривив губы, насмехался над муллой. Это было так потешно! Я держала Сабахат за руку, чтобы она не перевернула страницу, и смеялась как сумасшедшая.

Ферхундэ все подшучивала надо мной:

— Феридэ-ханым, хотите, мы поженим вас? Станете женой такой замечательной личности! Сейчас он холост. Развелся со своей первой супругой и ищет ханым на европейский манер, достойную депутата.

Я, продолжая смеяться, отошла от стола и ответила:

— Сейчас же пишите письмо, Ферхундэ. Я согласна. Если даже его будущая жена не обретет счастья, то, во всяком случае, всю жизнь будет смеяться.

Сабахат перевернула еще одну страницу и поманила меня:

— Боюсь, Феридэ-ханым, что, увидев эту фотографию, вы откажетесь от своего депутата.

Гостьи в один голос воскликнули:

— Ах какой красивый! — И, размахивая руками, принялись звать меня.

— Все напрасно, — сказала я, подходя к ним, — кто бы это ни был, я не откажусь от своего депутата.

Я склонилась над альбомом вместе со всеми девичьими головками и так же, как все, не могла сдержать легкого возгласа изумления. Из альбома на меня смотрело улыбающееся лицо Кямрана.

Над этой фотографией Сабахат не потешалась. Напротив, она очень серьезно и пылко начала объяснять подружкам:

— Этот господин — супруг моей тетки Мюневвер. Они поженились весной, когда мы были в Стамбуле. Ах, если б вы его видели! В жизни он в тысячу раз красивее! Какие у него глаза, какой нос! Скажу вам еще нечто более удивительное. Говорят, этот бей очень любил свою кузину. Это была маленькая, капризная и очень взбалмошная девушка. За это ее даже, кажется, прозвали Чалыкушу. Так вот эта самая Чалыкушу отвергла Кямран-бея. Сердцу не прикажешь... За день до свадьбы она убежала из дому, уехала в чужие края. Кямран-бей месяцами ничего не ел, таял на глазах, все ждал неверную. Бедняга не понимал, что раз она убежала накануне свадьбы, то уж никогда не вернется. Я присутствовала на обряде целования рук. Когда моя тетка Мюневвер подошла к своей свекрови, старая женщина не выдержала, очевидно, вспомнила эту странную Чалыкушу и разрыдалась, как ребенок.

Я слушала этот рассказ, облокотившись на рояль, молча, не двигаясь. А Кямран по-прежнему улыбался мне из альбома.

Я тихо сказала:

— Бессердечный...

Сабахат обернулась ко мне:

— Вы очень правильно определили, Феридэ-ханым. Девушку, которая не смогла быть верной такому красивому, такому благородному молодому человеку, нельзя назвать иначе как бессердечной.

Кямран, я тебя ненавижу. Если бы это было не так, услышав известие о твоей женитьбе, я бы лишилась чувств, плакала, убивалась. Но никогда в жизни не смеялась так, как сегодня, никогда так не заражала окружающих радостью и весельем. Я бы назвала этот день самым счастливым в жизни, если бы со мной через несколько часов не случилось одно неприятное происшествие.

Под вечер дождь прекратился, и мы решили погулять в поле. Когда мы проходили берегом шумной речушки, кто-то воскликнул, увидев на той стороне хризантему:

— Ах какая прелесть! Если бы можно было достать!

Я засмеялась и спросила:

— Хотите, я подарю вам эту хризантему?

Речка была опасная: глубокая и довольно широкая. Девушки засмеялись, а кто-то пошутил:

— Подарила бы, если б был мостик.

— По-моему, ее можно перейти и без мостика, — ответила я и кинулась в воду.

Сзади раздались крики.

Кое-как я перешла речушку, но хризантему мне все-таки не удалось сорвать. У самого берега я поскользнулась и, чтобы не упасть, ухватилась за ветки колючего кустарника. Бедные мои руки, как я их изодрала!

Да, если бы не этот печальный случай, заставивший меня лить слезы в вечерних сумерках всю дорогу до особняка, я назвала бы сегодняшний день самым веселым и счастливым в моей жизни.

Кямран, я убежала в чужие края, так как ненавижу тебя. Но теперь ненависть душит меня, мне уже мало, что нас разделяет пространство: я хочу совсем убежать из этого мира, где ты живешь и дышишь.

Я твердо решила: ни за что не останусь в этом доме, поэтому часто бываю в Измире и наведываюсь в отдел образования. Два месяца назад я встретила здесь свою старую воспитательницу, сестру Берениш, которая еще в пансионе симпатизировала мне. Я рассказала ей о своих мытарствах. Вчера мы опять встретились с ней на пароходе.

Сестра Берениш обрадовалась:

— Феридэ, я уже несколько дней ищу тебя. Для нашего пансиона в Карантина нужна учительница турецкого языка и рисования. Я порекомендовала директрисе тебя. Комнату снимать не придется. Будешь жить при пансионе. Ты ведь привыкла к нашей жизни.

Сердце мое взволнованно забилось. Мне показалось, если я опять попаду в этот мир фимиама, тяжких звуков органа, мне удастся вернуть частичку своего детства. Я ответила не задумываясь:

— Хорошо, ma sœur, я приеду. Благодарю вас.

Сегодня, прежде чем отправиться в Карантина, я зашла в отдел образования за документами. Мне сказали, что заведующий отделом уже третий день разыскивает меня. Вот так всегда!

Увидев меня, заведующий закричал:

— Заставляешь ждать, дочь моя! Тебе повезло, есть хорошая вакансия. Поедешь в школу Кушадасы.

С одной стороны, спокойная жизнь пансиона, но — может быть, в Кушадасы меня действительно ждет хорошее место. Как быть?.. Ведь я уже дала слово работать в Карантина.

Минуты шли, а я все размышляла, что выбрать: тихую жизнь или, возможно, опять нужду и лишения? В трудностях есть своя прелесть. Я подумала о наших заброшенных малышах школьниках, чьи жизни калечатся в грубых руках. Эти несчастные, словно цветы, побитые морозом, ждут хоть немного солнца, немного ласки, чтобы согреться. Тому, кто дает им это тепло, они дарят любовь и признательность своих прекрасных сердец. Я чувствовала, что, несмотря ни на что, полюбила этих маленьких нищих. Разве Мунисэ не из их среды?

Да и два года самостоятельной жизни меня кое-чему научили. Свет причиняет страдание больным глазам; счастье приносит боль раненому сердцу. Тьма — лучшее лекарство как для больных глаз, так и для разбитых сердец.

Я стала учительницей, чтобы заработать на жизнь. Мои расчеты оказались неверными. Человек этой профессии может в один прекрасный день умереть с голоду. Впрочем, это не страшно. Ведь моя работа позволяет мне делать добро людям. Разве это не счастье — жертвовать собой ради блага других? Да и невозможно воскресить умершие сновидения прошлого. Меня уже не волнует терпкий запах фимиама, а грустные аккорды органа, когда-то звучавшие в моих ушах, умолкли. Я улыбнулась, подумав о будущих учениках в Кушадасы, лишенных любви и ласки, которых мне предстояло скоро увидеть, и сказала:

— Хорошо, бей-эфенди, я поеду.

Мне не хотелось ничего говорить в особняке до тех пор, пока не придет приказ. Но один случай вынудил меня к этому. Экономка уже давно говорила со мной как-то очень странно. Вчера ни с того ни с сего она сказала:

— Дочь моя, с каждым днем я люблю тебя все больше и больше. И не только я одна, все мы... Ферхундэ и Сабахат — девушки молодые, но они не украшают дом. После твоего приезда все стало по-иному. У тебя чудесный характер: со знатными ты держишься как знатная, с людьми маленькими — как маленькая...

Я не придавала никакого значения этой болтовне, считая, что экономка просто говорит со мной как с коллегой. Но вечером в тот же день старая женщина вдруг разоткровенничалась.

— Дочь моя, — сказала она, — как бы нам сделать, чтобы ты покрепче привязалась к этому дому? У меня есть кое-какие планы... Только смотри не подумай чего-нибудь... Клянусь Аллахом, со мной об этом никто ничего не говорил...

Мне было ясно: экономка действовала по чьей-то указке. Но я не подала виду. Видимо, женщина стеснялась говорить напрямик и начала издалека:

— Наш бей-эфенди не такой уж старый человек. Я знаю его с детства. Он не красавец, но представительный, богатый, да и характер у него неплохой... Без хозяйки дому придется худо. Не сегодня-завтра Ферхундэ и Сабахат выйдут замуж... Не дай Аллах, попадется какой-нибудь ублюдок, плохо нам будет. Феридэ-ханым, девушка может выйти замуж за молодого человека с закрученными усиками, но такого богатого она не найдет. Ах, если б мы нашли для нашего бея подходящую девушку! Что скажешь, дочь моя?

Я молчала и только горько улыбнулась. Мне всегда казалось, что Решит-бей-эфенди относится ко мне с уважением, придает большое значение моим занятиям с девочками. Он мог часами шутить с нами, играть в мяч. И выходит, все это... Мне вспомнились слова секретаря отдела образования: «Если бы Решит-бей захотел, вас непременно назначили бы учительницей французского языка. Очевидно, у него какие-то свои планы».

Несколько лет назад подобный разговор возмутил бы меня. Но теперь я только сказала как можно равнодушнее:

— Мы могли бы стать с вами свахами и найти Решитбею хорошую невесту. Но жаль, что я на днях уезжаю в Кушадасы. Через несколько месяцев туда приедет мой жених, и мы отпразднуем свадьбу. Да пошлет вам Аллах покоя, моя дорогая... Хочу пораньше лечь... — и прошла мимо ошеломленной экономки к себе в комнату.

*Кушадасы, 25 ноября*

Еще в Измире, перед тем как ехать в Кушадасы, я без конца радовалась и говорила сама себе: «Кушадасы!.. Это так похоже на мое имя!..* Там я обрету душевный покой и счастье, которые ищу уже столько времени».

Предчувствие не обмануло меня. Я полюбила Кушадасы. И не за то, что это красивое местечко. Нет, Кушадасы не оказался, как я мечтала, экзотическим островом, где мы с Мунисэ, этим рыжим попугаем, будем жить мирно и одиноко, как Робинзон Крузо, не думайте, что мне здесь очень спокойно! Вовсе нет. Напротив, работать приходится больше, чем где бы то ни было. Так почему же? — спросите вы. Ответ немного смешной. Но что поделаешь, если это правда! Я люблю Кушадасы как раз за его неблагоустроенность и непривлекательность. Мне кажется, что природа, желая причинить человеку тайные душевные страдания, создала не только красивые лица, но также и красивые города, красивые моря...

Когда я месяц назад приехала в этот город и явилась в школу, старшая учительница, женщина лет пятидесяти, посадила меня перед собой и сказала:

— Дочь моя, в течение трех месяцев я потеряла двоих сыновей, отдала их черной земле. Это были такие крепкие ребята!.. Глаза мои не смотрят на этот мир. Тебя прислали к нам на должность второй учительницы. Ты молода и, по-моему, образованна. Передаю школу тебе. Руководи

---

* К у ш а д а с ы — буквально: Птичий остров.

ею как знаешь. У нас есть еще две учительницы, две старухи... От них толку мало.

Я обещала работать не жалея сил и сдержала слово.

Вчера старшая учительница сказала мне:

— Феридэ-ханым, дочь моя, не знаю, как тебя благодарить. Ты трудишься в десять раз больше, чем обещала. За месяц наша школа преобразилась! Детей просто не узнаешь, расцвели, словно бутоны. Да наградит тебя Аллах. Все тебя полюбили, начиная от малышей и кончая сослуживцами. Я и то иногда забываю свое горе и начинаю смеяться вместе с тобой.

Бедная женщина очень довольна и думает, что я работаю только потому, что ей этого хочется. Трудиться, отдавать себя целиком другим — как это чудесно! Чалыкушу стала совсем прежней Чалыкушу. Не осталось ни тягостной усталости, ни бунтарских протестов. Все прошло, как быстрое облако, затянувшее на минуту яркое солнце.

Мне уже не страшно, когда я думаю, что всю жизнь придется принести в жертву ради счастья чужих детей. Я отдала своим ученикам всю любовь, которая предназначалась тем, кого убили в моем сердце однажды осенним вечером, два года назад.

*Кушадасы, 1 декабря*

Вот уже несколько дней у всех не сходит с уст слово «война». Так как все мои мысли поглощены школой, я сначала не обращала на это внимания. Но сегодня в городке настоящий переполох: объявлена война*.

*Кушадасы, 15 декабря*

Полмесяца, как идет война. Каждый день в местный госпиталь прибывают раненые. Моя школа в трауре. Почти у каждого ученика кто-нибудь в армии: или отец, или брат. Бедные ребята, конечно, не понимают по-настоящему всего ужаса происходящего, но, как взрослые, сделались тихими, грустными.

---

* Первая мировая война была объявлена 1 августа 1914 года. Записи в дневнике датируются по старому стилю (календарю хиджры), который был принят в Турции до 1924 года.

Какая неприятность, господи, какая неприятность! Сегодня по приказу командования школу заняли под временный госпиталь. Пусть делают что хотят. Мне все равно. Но чем я буду заниматься, пока школу не откроют вновь? Как буду проводить время?

Сегодня пошла в школу за книгами. Там такая неразбериха, что, кажется, потеряй человек не книгу, а самого себя — и то не найдет. Пришлось махнуть на все рукой.

Какая-то сестра милосердия сказала:

— Давайте спросим у главного врача. Он, кажется, убрал несколько книг... — и распахнула одну из дверей.

Комната была сплошь уставлена пузырьками, склянками, аптекарскими ящиками, на столах лежали груды бинтов. Было очень шумно. Главный врач, сбросив с себя китель и засучив рукава, наводил порядок. Он стоял к нам спиной; я видела только его шею и седые волосы. В такой обстановке было неудобно заводить разговор о книгах.

Я потянула сестру за рукав и сказала:

— Не надо.

Но она не обратила на меня внимания.

— Бей-эфенди, вы нашли несколько французских книжек с картинками. Где они?

Старый доктор неожиданно рассердился. Не взглянув даже на нее, он так грубо, так непристойно выругался, что я закрыла лицо руками и хотела убежать. Но в этот момент доктор обернулся и воскликнул:

— Вай, крошка, опять ты?

Увидев его, я тоже не удержалась и закричала:

— Доктор-бей! Вы же были в Зейнилер!

Я не преувеличиваю, это был настоящий крик.

Опрокидывая на своем пути пузырьки, доктор подошел ко мне, схватил за руки, притянул к себе мою голову и поцеловал в волосы сквозь чаршаф.

Мы виделись только один день, даже меньше, всего несколько часов. Но какая-то внутренняя обоюдная симпатия связала нас. Через два года мы, как закадычные друзья, вернее, как отец и дочь, бросились друг к другу. Что делать? Человеческое сердце — такая непостижимая загадка.

Совсем как тогда в Зейнилер, Хайруллах-бей спросил:

— А ну-ка, шалунья, говори, что тебе здесь надо?

Его голубые, ясные, как у ребенка, глаза так чудесно сверкали под белесыми ресницами! И я так же, как в Зейнилер, улыбнулась ему прямо в лицо и ответила:

— Вы ведь знаете, что я учительница, доктор-бей. Разъезжаю по стране... Теперь меня назначили сюда.

С беспредельной грустью в голосе, точно ему была известна вся моя жизнь, все, что у меня на сердце, доктор сказал:

— Ты все еще не получила известий, крошка?

Я вздрогнула, словно мне плеснули в лицо холодной водой, часто заморгала, стараясь казаться изумленной:

— От кого, доктор-бей?

Старик нахмурился и погрозил пальцем:

— Зачем меня обманываешь, крошка? Твои губы научились лгать. Но глаза и лицо еще совсем неискушенные. О ком я говорю? Да о том, кто заставляет тебя кочевать из края в край.

Я засмеялась, пожала плечами.

— То есть, хотите сказать, Министерство образования? Но вы же знаете, учительница должна служить детям своей страны.

Доктор, как в Зейнилер, опять усомнился в искренности моих слов. Его доводы очень меня огорчили, и я запомнила их слово в слово.

— В таком возрасте?.. С такой внешностью?.. С таким лицом?.. Хорошо, пусть так, крошка, пусть так. Только не будь дикаркой...

Доктор забыл про свои лекарства, я — про свои книги. Мы продолжали наш разговор.

— Так ты учительствуешь в этой школе? Не так ли?

— Как нехорошо, что вы забрали нашу школу, доктор-бей!

— Я думаю о другом. Как называлась та злополучная деревня, где я обучал тебя профессии медсестры? Помнишь? Ну а теперь будешь мне помогать? Да и разница небольшая: у тебя маленькие мартышки, у меня — мои дорогие медвежата. Душой они очень похожи друг на друга. И те и другие искренние, простодушные, чистосердечные. Время-то сейчас какое! Война. Помогать моим медвежатам — более благородное дело, крошка.

Он неожиданно улыбнулся, и мне стало радостно и легко на душе. Да, да, пусть у меня будет дело, которому я смогу отдавать свои силы, свою любовь.

— Я согласна, доктор-бей. Приступлю, когда скажете.

— Да хоть сейчас. Посмотри, что здесь натворили. Будто работали не руками, а...

Последовало грубое, неприличное слово. Я смутилась и сказала:

— С одним условием, доктор-бей: вы не будете при мне выражаться, как солдафон.

— Постараюсь, крошка, постараюсь, — улыбнулся доктор. — Но если иной раз вдруг не сдержусь, ты уж извини меня.

Мы с доктором до самого вечера приводили в порядок госпиталь и готовились к приему раненых, которые, как нам сообщили, должны были прибыть на следующий день.

*Кушадасы, 26 января*

Вот уже месяц, как я работаю сестрой милосердия у доктора. Война продолжается. Раненые нескончаемым потоком поступают в госпиталь. Работы столько, что иногда я не прихожу домой ночевать. Вчера всю ночь пришлось ухаживать за тяжело раненным пожилым капитаном. Под утро я так устала, что заснула прямо в кресле в аптекарской комнате.

Сквозь сон я почувствовала, как до моего плеча кто-то дотронулся. Открываю глаза — Хайруллах-бей. Он боялся, что я продрогну, и осторожно набросил на меня легкое одеяло.

Голубые глаза доктора ласково улыбались. Но в лунном свете его лицо казалось таким бледным и утомленным.

— Спи, крошка, спи спокойно...

Как приятны были мне эти слова! Я хотела что-то ответить, выразить доктору свою признательность, но усталость и сон одолевали меня. Я только улыбнулась и снова закрыла глаза.

Я очень полюбила старого доктора, несмотря на его недостатки. Во-первых, он любит непристойно выражаться. Правда, окружающие часто заслуживают этого, но есть ли оправдание сквернословию? С его языка иногда срываются такие неприличные слова, что я убегаю и по нескольку дней потом не смотрю ему в лицо.

Доктор сам знает о своем пороке.

— Не обращай внимания, крошка. Такова уж солдатская служба.

Хайруллах-бей напоминает мне маленького ребенка, которому все прощается за его простодушное раскаяние и милую застенчивость.

Второй недостаток, по-моему, еще более ужасен, чем первый. У этого грубого человека поразительно тонкая душа. Он мастерски выуживает у людей признания о самом сокровенном, о чем они боятся говорить даже самим себе. Он знает почти все мои приключения, хотя я стараюсь ни с кем не делиться своими секретами. Сама того не замечая, я все ему рассказала. Иногда он задавал мне вопросы, обычно я отвечала очень коротко и сухо. А доктор собирал по словечку и все узнал.

Хайруллах-бей одинок. Лет двадцать пять назад он женился. Через год жена умерла от тифа. С тех пор он живет холостяком. Родился доктор на Родосе. Однако в Кушадасы у него есть какое-то поместье. Словом, этот человек не нуждается в жаловање полковника. Он гораздо больше тратит на больных из своих личных средств. Например, позавчера я прочла раненому солдату письмо из дому. Старая мать писала, что нищета и голод совсем задушили их, дети пошли по миру. Выслушав письмо, солдат глубоко вздохнул.

Хайруллах-бей осматривал рядом раненого. Неожиданно он обернулся.

— Вот это мне нравится! На что же вы надеетесь, когда плодите толпы нищих?

Злая шутка стрелой вонзилась в мое сердце. Будь это не в палате, я непременно отчитала бы доктора. Однако немного погодя он сам заговорил о письме:

— Крошка, узнай осторожно адрес матери того медвежонка. Пошлем пять — десять лир.

Мне кажется, старый доктор служит в армии не из чувства долга и не ради денег. У него только одна страсть — любовь к бедным, несчастным солдатам, которых он называет «мои дорогие медвежата». Не знаю почему, но он старается скрыть эту любовь, словно в ней есть что-то постыдное.

*Кушадасы, 28 января*

Когда я сегодня утром пришла в госпиталь, мне сказали, что привезли четырех тяжело раненных офицеров. Сестры передали, что Хайруллах-бей искал меня.

Всегда, когда предстояла сложная операция, доктор брал в ассистентки только меня.

— Конечно, — говорил он, — нехорошо показывать тебе такие страшные вещи, крошка, но ведь надежнее тебя никого нет. Другие только раздражают меня, заставляют кричать, и я сбиваюсь.

Я сняла чаршаф, быстро надела халат. Но было уже поздно: операция закончилась, раненого на носилках отнесли наверх.

— Крошка, — сказал доктор, — мы тут без тебя серьезно портняжили. (Операцию он обычно называл портняжничеством.) Молоденький штабной майор... Гранатой искалечило правую руку и лицо. Он лежит у меня в кабинете. Будешь за ним ухаживать. Бедняга нуждается в большой заботе и внимании.

Мы вошли в кабинет доктора. На кровати неподвижно лежал раненый с перевязанной головой и рукой. Мы подошли к нему. Незабинтованными были только левая щека и подбородок. Лицо мне показалось знакомым, но под бинтами трудно было что-либо разглядеть.

Хайруллах-бей взял левую руку раненого, пощупал пульс, затем наклонился к его лицу и позвал:

— Ихсан-бей... Ихсан-бей...

И тут словно молния озарила мой мозг: да ведь это тот самый штабной капитан, с которым я познакомилась в доме Абдюррахим-паши в Ч... Я сделала шаг назад, хотела выбежать из комнаты и попросить доктора больше никогда не посылать меня к этому раненому. Но тут больной открыл глаза, посмотрел на меня и узнал. Впрочем, кажется, он не поверил тому, что видит. Кто знает, сколько раз с той минуты, как его ранили, он терял сознание и в бреду или забытьи видел безумные сны. Да, по выражению его затуманенных глаз я поняла: он не верит, что это я. Больной слабо улыбнулся бескровными губами и снова сомкнул веки.

Ихсан-бей! Несколько месяцев назад люди воспользовались тем, что у меня ни отца, ни брата — никого, кто бы мог меня защитить, и заманили на ночную пирушку. Покидая Ч..., я вынуждена была закрывать лицо, всем сердцем переживала унижение обычной уличной женщины, которую отправляют в ссылку. Мир казался мне исполненным бессмысленной жестокости, а сама я была несчастной, которой не оставалось ничего другого, как только смириться, склонить голову перед жестокой судьбой. И тогда вы защитили меня, проявили благородство, рискуя карьерой, своим будущим, возможно, даже своей жизнью. Печальный случай свел нас сегодня лицом к лицу. Я не убегу и в эти трудные дни буду ухаживать за вами, как ваша младшая сестра.

*Кушадасы, 7 февраля*

Ранение Ихсан-бея не очень опасное. Через месяц он встанет с постели. Но лицо его будет изуродовано страшным шрамом, который протянется по всему лицу, от правой брови до подбородка.

Я не присутствую, когда Хайруллах-бей делает раненому перевязки. Не потому, что у меня слабые нервы (мне ежедневно приходится сталкиваться с более ужасными вещами), просто я вижу, что мой взгляд приносит ему больше страданий, чем если бы до его раны дотронулись ножом.

Бедняга знает, каким обезображенным покинет он госпиталь. Ему, наверно, очень тяжело, хотя он не говорит об этом открыто. Доктор утешает его:

— Чуточку терпения, молодой человек. Через двадцать дней будешь совсем здоров! — Но Ихсан-бея эти слова приводят в отчаяние.

Я отдаю раненому всю теплоту, на какую только способно мое сердце, лишь бы все эти дни ему было хорошо. У его постели я читаю книги, а иногда даже рассказываю сказки.

Да, бедняга молчит, но я знаю, что он все время терзается и ни на минуту не перестает думать о своем изуродованном лице. Иногда, стараясь утешить его, я пускаюсь на хитрость, завожу разговор о совершенно посторонних вещах и говорю между прочим, что на свете нет ничего бессмысленнее и даже вреднее красоты лица, что подлинную красоту надо искать в душе человека, в его сердце.

*Кушадасы, 25 февраля*

Ихсан-бей выздоровел гораздо быстрее, чем мы ожидали. Сегодня я принесла ему в комнату чай с молоком и увидела его одетым. Я невольно вспомнила блестящего штабного капитана, которого встретила в саду Абдюррахим-паши, красивого, с гордым лицом. Сейчас передо мной стоял изможденный, больной человек. Его тонкая шея, казалось, болталась в широком вороте майорского мундира. Он стыдился своего шрама, словно в этом было что-то зазорное. Неужели это и есть тот самый красавец офицер?..

Наверно, мне не удалось скрыть своего огорчения, но я попыталась выдать его за нечто другое и сделала вид, будто сержусь.

— Что за ребячество, Ихсан-бей? Ведь вы еще не выздоровели! Почему оделись?

Офицер потупился и ответил:

— Постель делает человека совсем больным.

Наступило молчание. Потом Ихсан-бей добавил, стараясь скрыть раздражение:

— Я хочу уйти. Все в порядке. Поправился...

Мое сердце обливалось кровью от жалости. Я попыталась обратить все в шутку:

— Ихсан-бей, вижу, вы не хотите меня слушать. В вас проснулось солдатское упрямство. Предупреждаю: я буду протестовать, все расскажу вашему доктору. Пусть отчитает вас как следует. Вот тогда узнаете...

Я бросила поднос и быстро вышла. Но за доктором не пошла.

*25 февраля (под вечер)*

Я разругалась с доктором. Не на службе. Просто он распустился: слишком уж вмешивается в дела других.

Мы только что говорили об Ихсан-бее. Я сказала, что молодого майора очень огорчает его изуродованное лицо. Хайруллах-бей скривил губы и ответил:

— Он прав. Я бы на его месте бросился в море. Такая физиономия только и годится, что на корм рыбам.

Кровь бросилась мне в лицо.

— А я-то о вас думала совсем иначе, доктор-бей. Что значит красота лица по сравнению с красотой души!

Хайруллах-бей захохотал и принялся подшучивать надо мной:

— Все это только слова, крошка. К человеку с такой рожей никто и подходить не будет. Особенно девушки твоего возраста.

И доктор пожал плечами, как бы подчеркивая уверенность в своей правоте. Я запротестовала:

— Вы почти насильно украли мои тайны и теперь немного знакомы с моей жизнью. У меня был красивый, даже очень красивый жених. Он обманул меня, и я выбросила его из своего сердца. Я ненавижу его.

Хайруллах-бей опять захохотал. Его голубые смеющиеся глазки с белесыми ресницами уставились на меня, словно хотели проникнуть в самую глубину моей души.

— Послушай, крошка. Это вовсе не так. Смотри в глаза! Ну, говори, разве ты не любишь его?

— Я его ненавижу.

Доктор взял меня за подбородок и, продолжая пристально смотреть в глаза, сказал:

— Ах, бедная крошка! Все эти годы ты сгораешь из-за него, горишь, как лучина. И тот скот страдает вместе с тобой. Такой любви ему нигде не найти...

Я задыхалась от гнева:

— Какая страшная клевета! Откуда вы все это знаете?

— Припомни... Я понял это еще в тот день, когда мы встретились с тобой в Зейнилер. Не пытайся скрыть. Напрасный труд. Из детских глаз любовь брызжет, как слезы...

Передо мной поплыли темные круги, в ушах зазвенело, а доктор все говорил:

— Ты так отличаешься от всех. Ты такая чужая для всех, ко всему. У тебя задумчивая, горькая улыбка, так улыбаются только во сне. У меня сердце надрывается, крошка. Ты и создана не так, как все. Рассказывают про прекрасных пери*, рожденных от волшебного поцелуя и вскормленных поцелуями. Это не выдумка. Подобные существа есть и в действительности. Милая Феридэ, ты — одна из них. Ты создана любить и быть любимой. Ах, сумасшедшая девчонка! Ты поступила так опрометчиво. Тебе ни за что нельзя было бросать того глупого парня. Ты непременно была бы счастлива.

Я залилась слезами и закричала, топая ногами:

— Зачем вы все это говорите? Чего вы от меня хотите?

Тут доктор опомнился, стал меня утешать:

— Верно, крошка, ты права. Этого не надо было тебе говорить. Ну и глупость я спорол! Прости меня, крошка.

Но я была вне себя от злости и не могла смотреть на доктора.

— Вот увидите! Я вам докажу, что не люблю его! — и, хлопнув дверью, вышла.

*Опять 25 февраля, ночь*

Когда я принесла лампу Ихсан-бею, он стоял одетый у окна и любовался багряным закатом на море. Чтобы нарушить молчание, я сказала:

— Вероятно, вы соскучились по своей форме, эфендим.

Комната уже была окутана вечерними сумерками. Казалось, полумрак придал Ихсан-бею смелости. Он покачал головой, грустно улыбнулся и впервые откровенно заговорил о своем горе:

---

* П е р и — фея, добрый дух, красавица.

— Вы сказали: форма, ханым-эфенди?.. Да, теперь надежда только на нее. Она сделала мое лицо таким, и только она может избавить меня от несчастья.

Я не поняла смысла его слов и удивленно смотрела на Ихсан-бея. Он вздохнул и продолжал:

— Все очень просто, Феридэ-ханым. Нет ничего непонятного. Я вернусь в действующую армию, и пусть война доведет до конца дело, начатое гранатой... И я избавлюсь от...

Видно было: молодой майор глубоко страдает. В своей искренности он так был похож на ребенка.

Я стояла к нему спиной и зажигала лампу, но после этих слов я незаметно задула спичку и склонилась над лампой, будто поправляю фитиль.

— Не говорите так, Ихсан-бей. Если вы захотите, вы можете обрести счастье. Женитесь на хорошей девушке. Будет семья, дети, и все забудется.

Я стояла к нему спиной, но чувствовала, что он по-прежнему не смотрит на меня и продолжает любоваться вечерним морем.

— Если бы я не знал, какое у вас чистое сердце, Феридэ-ханым, то подумал бы, что вы смеетесь надо мной. Кому я нужен с таким лицом? В те дни, когда на меня можно было по крайней мере смотреть без смеха, я и то не понравился одной девушке. А теперь такой урод...

Ихсан-бей не захотел дальше продолжать и, чуть помолчав, добавил, стараясь взять себя в руки:

— Феридэ-ханым, это все пустые слова. Простите, нельзя ли зажечь лампу?

Я еще раз чиркнула спичкой, но рука моя никак не могла дотянуться до фитиля. Уставившись в дрожащее пламя спички, я задумчиво ждала, когда оно погаснет. В комнате опять стало темно.

Я тихо сказала:

— Ихсан-бей, прежде вы были гордым, самоуверенным. Ни пережитые неудачи, ни утраченные надежды не сделали ваше сердце таким чутким, как сейчас. Пренебрегая карьерой, возможно, даже рискуя жизнью, вы защитили молоденькую девушку, бедную учительницу начальной школы. Но тогда вы не были убиты горем, как сегодня, зачем скрывать? Я понимаю ваши страдания!.. Почему бы теперь этой бедной учительнице начальной школы не посвятить свою жизнь вашему счастью?

Раненый майор ответил срывающимся голосом:

— Феридэ-ханым! Зачем вы даете повод к несбыточным мечтам? Не делайте меня совсем несчастным!

Я решительно повернулась к нему, потупилась и сказала:

— Ихсан-бей, прошу вас, женитесь на мне. Примите меня... Вы увидите, я сделаю вас счастливым. Мы будем счастливы с вами.

Мои глаза застилали слезы, и я не могла рассмотреть в темноте лица майора. Ихсан-бей поднес к губам мою руку и робко поцеловал кончики пальцев.

Все кончено. Теперь уже никто не осмелится сказать, что я люблю его... Тебя, Кямран! Тебя!

*Кушадасы, 26 февраля*

С этого дня ты сделался для меня не только чужим, но и врагом, Кямран. Я знала: мы никогда больше не встретимся с тобой лицом к лицу, никогда не увидимся на этом свете, не услышим голоса друг друга. И все-таки я никак не могла вырвать из сердца ощущение того, что я твоя невеста. Что бы я ни говорила, что бы ни делала, я смотрела на себя как на вещь, принадлежащую тебе. Я не могла пересилить себя.

Да, к чему лгать? Несмотря на мою ненависть, возмущение, протест, несмотря на все пережитое мной, я все-таки оставалась немножко твоей. Впервые я это поняла сегодня утром, проснувшись невестой другого. Да, невестой другого! Столько лет просыпаться твоей невестой, а потом в один прекрасный день проснуться невестой другого!.. Кямран, только этим утром я рассталась с тобой. И как рассталась... Точно несчастный переселенец, у которого нет права увезти с собой дорогие воспоминания, нет права в последний раз обернуться и посмотреть на то, что он оставляет за собой!..

У меня был план: пойти сегодня утром с Ихсан-беем в кабинет доктора и сообщить ему о нашей помолвке. Мне казалось, для такого события будничный халат медсестры слишком прост и может огорчить моего жениха.

В саду росла тощая повилика. Я сделала из нее букетик и приколола к груди.

В это утро я опять застала Ихсан-бея одетым. Увидев меня, он заулыбался, простодушно, как ребенок. Я подумала, что делать его счастливым с сегодняшнего дня — мой долг.

Стараясь казаться веселой, я протянула ему свои руки:

— Бонжур, Ихсан-бей. — Затем выдернула из букетика несколько веточек и приколола к его мундиру. — Думаю, этой ночью вы спали спокойно?

— Чудесно. А вы?

— Радостно и безмятежно, как новорожденный.

— Почему же тогда вы такая бледная?

— И счастье может сделать человека бледным.

Мы замолчали.

Губы Ихсан-бея были бесцветны, как молоко. После короткой паузы он медленно заговорил, запинаясь, нерешительно, стараясь сдержать дрожь в голосе:

— Феридэ-ханым, я буду вам признателен до самой смерти. Вы дали мне возможность пережить неповторимую ночь, какой у меня не было даже в прежние счастливые времена. Я вам только что солгал. Сегодня я не спал до самого утра. Мне все время слышались ваши слова: «Прошу вас, женитесь на мне...» Я не сомкнул глаз, потому что нельзя было терять ни одной минуты этой единственной счастливой ночи, когда я был вашим женихом. Благодарю, вас. Я не забуду этого до конца своих дней.

Я взглянула на Ихсан-бея и сказала:

— Я сделаю вас навеки счастливым.

Молодой человек был взволнован. Он хотел взять мои руки, но не осмелился. Нежным, ласкающим голосом, словно обращаясь к больному ребенку, он сказал мне:

— Нет, Феридэ-ханым, я знаю, что у сегодняшней ночи не может быть завтра. Я был так счастлив. И все-таки через несколько часов я уеду, расстанусь с вами.

— Почему же, Ихсан-бей? Вы отвергаете меня?.. Это нехорошо. Обнадежить и потом уехать. Разве так можно?

Офицер прислонился спиной к стенке, закрыл глаза и глубоко вздохнул.

— Ах, этот голос... — он вздрогнул и почти сурово произнес: — Еще немного усилий, и сострадание заставит вас думать, что вы действительно любите меня.

— Почему бы и нет, Ихсан-бей? Раз я решила обручиться с вами, значит, на это есть причина.

Ихсан-бей ответил с горькой иронией:

— Ну конечно, раз вы решили выйти за меня замуж, значит, вы меня любите. Но я не хочу, чтобы вы вот так меня любили... Неужели вы действительно допускаете возможность нашего брака, Феридэ-ханым?

Я ничего не ответила.

— Феридэ-ханым, неужели вы считаете меня таким низким человеком, который может принять милостыню? Ведь в вашем отношении ко мне нет ничего, кроме жалости к несчастному калеке...

Я потупилась, охваченная беспредельной грустью.

— Вы правы. Мы оба несчастные люди. Я думала, если соединить два горя, может получиться счастье... Это была ошибка... — Я указала на саблю, висящую на стене, и добавила: — У вас все-таки есть утешение, как вы сказали, — возвращение на фронт. А я женщина... Я более несчастна, чем вы...

Было холодное зимнее утро. Жених и невеста стояли друг против друга. У каждого на груди — букетик из тоненьких веточек повилики, на губах — жалкие улыбки, такие же жалкие, как эта тощая зелень. Но через десять минут молодые люди расстались со слезами на глазах. Вот так несчастный старший брат прощался с одинокой сестренкой.

*Кушадасы, 2 апреля*

Три дня назад нам вернули школу. После пятимесячного перерыва начались занятия. Но к чему? Уже конец года.

Весна. Классы наполнились ярким солнечным светом. На стенах колышутся зеленые волнистые полосы — это «зайчики», отраженные зеркальной гладью Средиземного моря. Ни у детей, ни у взрослых нет желания работать.

Старшая учительница ни за что не хотела оставаться в Кушадасы. Месяц назад ее перевели в другой город. На ее место назначили меня. Прежнюю должность старшей учительницы упразднили, и теперь я считаюсь мюдюре. Но я не радуюсь, мои коллеги-учительницы начали на меня косо посматривать. Нельзя сказать, что они очень культурные и образованные люди, но все-таки надо уважать их возраст; у каждой за плечами, говоря языком чиновников Министерства образования, стаж в пятнадцать — двадцать лет. Наверно, и я бы на их месте обиделась, если бы в один прекрасный день надо мной поставили маленькую девчонку, которая годится мне в дочери.

В начале марта Хайруллах-бея перевели на пенсию. Он человек богатый, в жалованье не нуждается. Но это его огорчило.

— Сколько раз вот этой рукой я закрывал глаза моим дорогим медвежатам. Я хотел, чтобы и мои глаза закрыли они, чтобы они проводили меня в последний путь. Не вышло...

Хайруллах-бей всю молодость посвятил науке и был поистине кладезь всевозможных знаний. В доме у него хранилась огромная библиотека, хотя сам он говорил, будто в мире нет ничего бесполезнее книг, и утверждал, что и те, кто пишет книги, и те, кто их читает, — остолопы, ничего не понимающие в жизни.

Вчера я пыталась сразить его убедительным доводом:
— Хорошо, но почему тогда вы сами так много читаете и меня даже подстрекаете к этому?

Столь веский аргумент мог сбить с толку кого угодно. Но Хайруллах-бей ничуть не смутился, напротив, даже расхохотался и ответил:
— Ты очень ловко заметила, крошка. Но кто тебя заставляет верить мне?

Не понимаю этого старого доктора. Он в оппозиции ко всему, что ему дорого. Я даже чувствую: бранясь, он любит меня больше, чем обычно.

Оставив службу, Хайруллах-бей целые дни проводит дома за чтением книг. Иногда он надевает свои сапожищи, память от армии, вешает через плечо, как жандарм, винтовку, садится на Дюльдюля (это его любимый серый конь) и ездит по деревням, лечит крестьян. Дома остаются его восьмидесятилетняя кормилица и старый садовник, которого он величает онбаши*.

Три дня назад доктор пригласил нас с Мунисэ в гости. Настроение у него было чудесное. Я копалась в его книгах, а он возился с Мунисэ, отдавая ей серьезным тоном приказания. Я умирала со смеху, глядя на них.

— А сейчас, — гремел доктор, — сыграем с тобой в прятки. Только, чур, не прятаться в непроходимые места! Ты величиной с пальчик, залезешь куда-нибудь — потом часами ищи тебя. А если вдруг тебе придется долго меня искать, не удивляйся, очевидно, я задремал где-нибудь в укромном уголке.

Через несколько дней надену на Мунисэ чаршаф. Ей исполняется четырнадцать лет. Ростом она уже с меня. Моя малышка расцвела, как роза. У нее светло-рыжие, почти соломенные волосы, белое личико, темно-синие глаза, которые меняют оттенок в зависимости от освещения — утром они одни, вечером — другие. Мунисэ похожа на сказочную пери, у которой, когда она улыбается, на щеках распускаются розы, а если плачет — из глаз струится жемчуг.

Хайруллах-бей решительно возражает против чаршафа. Я сама знаю, что девочка еще слишком мала. Но что делать? Я боюсь. Кое-кто из знакомых говорит: «Феридэ-ханым, пора уже прятать Мунисэ от мужских глаз, а то ты преждевременно станешь тещей».

На сердце у меня неспокойно. Я и радуюсь, и злюсь. Недаром говорят, что тещи злы.

Вчера, когда мы возвращались из школы, я обратила внимание на симпатичного школьника лет шестнадцати-семнадцати, который шел по противоположной стороне. Мне показалось странным, что юноша посматривает на нас. Я украдкой взглянула на Мунисэ. И что же я увидела! Противный рыжий скорпион исподтишка дарил улыбки молодому человеку. Я была так поражена, что едва не лишилась чувств прямо на улице. Дернув негодницу за руку, я принялась ругать ее. Мунисэ ни в чем не сознавалась,

_____

* О н б а ш и — ефрейтор, капрал.

но, увидев, что я ни капли ей не верю, притворно захныкала. Вот хитрая, ведь знает, что я не переношу слез и могу сама разреветься.

Я сказала:

— Знаю, как тебя наказать! Я купила на базаре темнозеленый шелк и начала шить тебе чаршаф.

Сегодня утром мы опять поссорились с Мунисэ из-за розового масла. Несколько месяцев назад я в разговоре между прочим упомянула, что очень люблю розовое масло. Через три дня старый доктор раздобыл где-то маленький флакончик и принес мне. Я очень экономно его расходую, трясусь над каждой каплей. Но моя шалунья словно сошла с ума. Стоит ее на час оставить дома одну, как все комнаты начинают благоухать. Я выговариваю ей, а она отказывается: «Не брала, абаджиим, клянусь Аллахом!»

*Кушадасы, 5 мая*

Сегодня Мунисэ проснулась вялой, бледной, с красными глазами. В школе меня ждало множество дел, поэтому остаться дома было нельзя. Я попросила нашу соседку-старушку присмотреть за больной и побежала к доктору, чтобы попросить его зайти к нам. Но мне не повезло: полчаса назад он уехал на своем Дюльдюле в какую-то деревню.

Когда я вернулась домой, Мунисэ по-прежнему лежала в постели. Соседка (большое ей спасибо) весь день до самого вечера не отходила от моей девочки, вязала у кровати чулок.

У Мунисэ был сильный насморк, голова ее горела как в огне. Голос охрип, кашель усилился. Девочка жаловалась, что ей трудно дышать. Я взяла ее за подбородок, чтобы посмотреть горло, и вдруг ощутила под пальцами плотную опухоль. Вокруг маленького язычка был белый налет. От света лампы, которую я держала у самого лица Мунисэ, у нее болели глаза.

Девочка посмеивалась над моей тревогой:

— Подумаешь, кашель!.. Что тут страшного, абаджиим? В Зейнилер я тоже простужалась... Ты забыла?

Мунисэ была права. Разве она не кашляла в Зейнилер после той ночи, когда мы нашли ее в снегу?.. Дети так час-

332

то простужаются. Что тут страшного?.. Одно меня сильно тревожило: я не могла посоветоваться с доктором. Только что заходил онбаши и сказал, что его господин заночевал в деревне. Если Аллаху будет угодно, моя крошка к его возвращению поправится.

*Кушадасы, 18 июля*

Сегодня утром я подсчитала: прошло ровно семьдесят три дня с тех пор, как я предала земле свою девочку.

Постепенно я сживаюсь и с этим, начинаю привыкать к тяжелой утрате. Чего только человек не вытерпит!

Днем мы гуляли с моим старым доктором по песчаному берегу моря. Я подбирала перламутровые ракушки, плоские камешки и кидала их, чтобы они скользили по воде.

Хайруллах-бей радовался, точно ребенок. Его простодушные голубые глаза под белесыми ресницами искрились смехом.

— Ах, молодость! — восклицал он. — Слава Аллаху, мы и это горе победили. Ты посмотри, к тебе возвращается твой прежний цвет лица, ты повеселела...

Я улыбнулась.

— Чему удивляться? Ведь у меня есть такой доктор, как вы. Что же здесь неестественного?

Хайруллах-бей медленно покачал головой.

— Нет, крошка, неестественно. Все это — и профессия доктора, и люди, и книги, и правда, и верность — фантастика, нереальность. Надо плюнуть на науку, раз мы не смогли спасти нашу маленькую девочку...

— Что же делать, доктор-бей? Не огорчайтесь... Как захотел Аллах, так и случилось.

Доктор печально взглянул на меня.

— Моя бедная крошка, сказать, почему мне так жалко тебя? Стоит случиться беде, как ты забываешь, что сама нуждаешься в утешении, и принимаешься успокаивать других. Твои кротость и смирение до слез трогают меня... — Доктор помолчал и добавил: — Я сам становлюсь каким-то никчемным, никудышным... Наверно, из ума выживаю. Ну, крошка, вставай, пойдем.

Мы возвращались домой пожелтевшими падями, на которых работали крестьяне. Все они хорошо знали доктора. Около копны пшеницы стояла пожилая женщина. Мы разговорились. Недавно Хайруллах-бей вылечил ее внука. Старуха долго возносила благодарность Аллаху, потом окликнула крепкого паренька, который гонял волов на току под жарким июльским солнцем.

— Поди сюда, Хюсейн! Поцелуй руку своему благодетелю. Если бы не доктор, ты бы сейчас лежал в земле.

Хайруллах-бей погладил загорелую потную щеку Хюсейна:

— Не надо, юноша, для меня поцелуй руки ничего не значит. А ну-ка покатай нас...

Мы прыгнули на раму, которую тянули два сильных вола, и минут десять медленно плыли по желтым волнам пшеничного моря.

Сегодня я уже в состоянии рассказать обо всем.

На следующее утро после того, как я в последний раз сделала запись в дневнике, Мунисэ стало еще хуже. Опухоль в горле уже мешала ей говорить. Бедная девочка задыхалась, ей не хватало воздуха. Надо было во что бы то ни стало вызвать доктора. Любого.

Я надела чаршаф, как вдруг появился Хайруллах-бей. Он осмотрел больную и сказал, что серьезного ничего нет. Но лицо у него было угрюмое, глаза озабоченные.

Я робко заметила, что мне не нравится выражение его лица. Доктор пожал плечами и раздраженно ответил:

— К чему придираться? Я только что с дороги. Ехал четыре часа... Умираю от усталости. Мало того, что я вам служу, вы еще хотите заставить меня угодничать?

Я знала: когда Хайруллах-бею приходилось иметь дело с тяжелобольными, он всегда становился раздражительным и грубым.

Избегая смотреть мне в лицо, он распорядился:

— Быстро дай бумагу и перо. Особой необходимости нет, но осторожность никогда не мешает. Пожалуй, приглашу несколько врачей — своих приятелей.

В тот день все складывалось неудачно. С утра из школы присылали уборщицу: туда прикатили два члена сове-

334

та Министерства образования и инспектор. Они хотели поговорить со мной. Когда уборщица прибежала в третий раз, я чуть ли не в шею прогнала ее.

Хайруллах-бей рассердился на меня:

— Что тебе здесь надо? Иди на работу. И без тебя смертельно устал. Мало у меня дел! Не хватало только с тобой нянчиться. А ну живо! Надевай чаршаф — и марш! Сидишь дома и меня с толку сбиваешь. А то уйду, клянусь Аллахом!

Старый доктор говорил так сердито и решительно, что невозможно было не повиноваться. Я не посмела возразить и, обливаясь слезами под чадрой, пошла в школу.

Если даже Министерство образования одарит меня всеми земными благами, все равно ему не рассчитаться за мою самоотверженность в тот день. Чиновники ходили по классам, устраивали ученикам экзамены, требовали их тетради, задавали самые неожиданные вопросы.

В голове у меня был сумбур, не знаю, как я отвечала на их вопросы. Было уже далеко за полдень, а чиновники все не уходили. Наконец один из них обратил внимание на мой удрученный вид.

— Вы нездоровы, мюдюре-ханым? У вас такое огорченное лицо.

Нервы мои не выдержали, я потупилась, сжала на груди руки, словно молила о пощаде, и сказала:

— Дома умирает ребенок...

Чиновники пожалели меня, принялись утешать обычными бессмысленными словами и разрешили уйти.

От школы до дома пять минут ходьбы. В тот день я тащилась полчаса, если не больше. Все утро я мучилась, страдала, рвалась к Мунисэ, а сейчас ноги не шли домой. Я останавливалась и прислонялась к заборам на пустых улицах, садилась на камни у источников, как усталый путник.

В открытом окне нашего дома я увидела незнакомых мужчин. Калитку мне отворил онбаши. Я боялась что-либо спрашивать и глазами, всем своим видом молила ничего мне не говорить.

Он встретил меня неожиданными словами:

— Бедная девочка больна... Но если Аллах захочет, он исцелит ее.

Раздался грохот: на лестничной площадке появился Хайруллах-бей. Грудь его была обнажена, голова непокрыта, рукава засучены.

— Кто там, онбаши? — закричал он.

Я в изнеможении опустилась на ступеньку. В каменном дворике было темно. Разглядев наконец меня, доктор растерянно спросил:

— Это ты, Феридэ? Отлично, дочь моя, отлично...

Он медленно спустился с лестницы и взял меня за руки. На моем лице было написано, что я все знаю.

— Дочь моя, стисни зубы и крепись, — прерывистым голосом сказал доктор. — Если Аллаху будет угодно, девочка поправится. Мы ввели сыворотку. Делаем все, что в наших силах. Аллах велик. Нельзя терять надежду.

— Доктор-бей, позвольте мне взглянуть на нее...

— Не сейчас, Феридэ, подожди чуточку... Она только что забылась... Клянусь Аллахом, ничего не случилось. Честное слово... Девочка просто в забытьи, клянусь тебе!..

Я сказала спокойно и настойчиво:

— Мне непременно нужно ее увидеть! Вы не имеете права, доктор-бей... — В моем голосе звучали слезы; я перевела дыхание и добавила: — Я гораздо сильнее, чем вы думаете. Не бойтесь, я не совершу глупость.

Хайруллах-бей молча слушал меня, потом кивнул и согласился:

— Хорошо, дочь моя, только не забывай: бесполезные причитания могут испугать больную.

Примирившись с неизбежностью, какой бы ужасной она ни была, человек становится спокойным и покорным. Я прижалась виском к плечу Хайруллах-бея и вошла в комнату без волнения в сердце, без слез на глазах.

С тех пор прошло семьдесят три дня, длинных, как семьдесят три года, а я помню каждую деталь, каждую мелочь.

В комнате находились два молодых доктора, в распахнутых халатах, с засученными рукавами, и пожилая женщина.

Солнце пробивалось сквозь листву деревьев, наполняло комнату светом и жизнью. За окном слышалось щебетание птиц, стрекот кузнечиков. Вдали заливался граммофон. В комнате царил беспорядок. Повсюду стояли пузырьки, лежали пакеты ваты. По полу были разбросаны вещи Мунисэ. У зеркала в вазе одиноко торчал букетик цветов, девочка нарвала их в саду Хайруллах-бея. На комоде я увидела горсточку разноцветных камней и перламутровых ракушек, которые она подобрала на берегу моря. Под стулом валялась туфелька. На стене висел акварельный портрет моей дорогой девочки, сделанный мной в Б... (на голове венок из полевых цветов, в руках — Мазлум). На столе — множество разных бус, лоскутки, еловые шишки, открытка с изображением невесты в дуваке, — словом, всевозможные безделушки, дорогие ее сердцу.

Дней за десять до этого я купила Мунисэ настоящую никелированную кроватку, украсила ее кружевами, словно постельку для куклы. Ведь она была уже взрослой девушкой, которая скоро наденет чаршаф!

Мунисэ лежала на этой белоснежной постели под шелковым одеялом, бледная как призрак. Голова ее чуть склонилась набок. Казалось, она спала. Со спинки свешивалась пелерина ее темно-зеленого чаршафа, которую я еще не закончила. Наверху на полке сидела кукла, купленная мной в Б... Краска на ней поблекла от поцелуев моей крошки. Она смотрела на свою хозяйку широко раскрытыми, неподвижными голубыми глазами.

Лицо моей девочки не выражало ни боли, ни мук. В усталых складках около рта теплились последние признаки жизни. Губы, приоткрытые, словно для улыбки, обнажали ряд жемчужных зубов. Бедняжка! Это красивое личико делало меня счастливой все время, начиная с той минуты, когда я впервые увидела его в мрачной школе Зейнилер.

Птицы по-прежнему щебетали за окном. Граммофон продолжал наигрывать. Солнечные лучи пробивались сквозь листву деревьев и окрашивали бескровное детское лицо в светло-розовый цвет, похожий на золотистую пыльцу, какая остается на пальцах, державших за крылья бабочку. Солнце переливалось в рыжих локонах, упавших на лоб девочки.

Я не закричала, не забилась, не бросилась к ней. Сомкнув руки вокруг шеи старого доктора, прижавшись головой к его плечу, я как зачарованная, с болью в сердце, любовалась этой необыкновенной красотой.

Смерть осторожно подкрадывалась к моей крошке и, стараясь не разбудить ее, нежно, как мать, целовала в лоб и губы.

Врачи подошли к кровати. Один откинул край шелкового одеяла и поднес шприц к обнаженной руке Мунисэ.

Хайруллах-бей повернулся боком, чтобы я не видела всю эту процедуру.

— Одеколону, немного одеколону... — сказал молодой доктор.

Хайруллах-бей кивнул на полку.

А птицы все щебетали и щебетали. Весело играл граммофон.

Вдруг в комнате резко запахло розовым маслом. Видимо, одеколон не нашли.

Розовое масло... Я сердилась и отнимала его у моей девочки. Неужели в благодарность за то счастье, которое она мне дарила, я, бессердечная, ревновала к ее любимому запаху.

— Доктор-бей, вылейте весь флакон на постель... — простонала я. — Моя крошка умрет спокойней, если будет дышать этим ароматом.

Старый доктор гладил мои волосы и говорил:

— Ступай, Феридэ, ступай, дитя мое... Давай уйдем.

Я хотела в последний раз поцеловать Мунисэ. Но не осмелилась. Девочка иногда целовала мои ладони. Я тоже взяла ее голую руку и покрыла поцелуями маленькую сморщенную ладошку. Я благодарила девочку за все добро, которое она сделала своей «абаджиим».

Больше я не видела Мунисэ. Меня увели, уложили в постель и оставили одну.

Я дрожала, обливалась холодным потом. Острый запах розового масла разливался по всему дому, волной захлестывал меня, мешал дышать. Казалось, на свете существуют только этот терпкий запах, этот неяркий свет угасающего дня и щебетание птиц. Часы тянулись медленно, как годы. Наконец пришли сумерки... Перед глазами стояла Мунисэ, одетая в лохмотья, дрожащая от холода, как в ту темную вьюжную ночь, когда мы нашли ее у порога нашей школы

338

в Зейнилер. Я слышала, как она скребется в дверь и стонет тоненьким голоском под завывание снежной бури.

Не знаю, сколько прошло времени. Сильный свет ослепил меня. Чья-то рука тронула мои волосы, лоб. Я приоткрыла глаза. Старый доктор со свечой в руках наклонился к моему лицу. В его тусклых голубых глазах и на белесых ресницах дрожали слезы.

Я спросила как во сне:

— Который час? Все кончено, да?

Сказав это, я опять медленно погрузилась во тьму черной, как в Зейнилер, ночи.


Очнувшись, я не поняла, где нахожусь. Незнакомая комната, незнакомое окно... Попыталась приподняться. Голова, словно чужая, упала на подушку. Я растерянно огляделась и вдруг снова увидела голубые глаза доктора.

— Узнаешь меня, Феридэ?

— А почему бы нет, доктор-бей?

— Слава Аллаху, слава Аллаху... Хорошо, что все это осталось позади...

— Что-нибудь случилось, доктор?

— Для девушки твоего возраста это не страшно. Ты немного заснула, дочь моя. Это не страшно...

— Сколько же я спала?

— Много, но это ничего... Семнадцать дней.

Спать семнадцать дней! Как странно! Свет беспокоил меня, и я опять закрыла глаза. Забавно: вот это сон! Я засмеялась каким-то незнакомым смехом. Казалось, он исходил из чужой груди, срывался с чужих губ. И опять заснула.


Я перенесла тяжелую форму нервной горячки. Хайруллах-бей перевез меня в свой дом и семнадцать дней не отходил от моей постели. Впервые в жизни я болела так серьезно.

Прошло еще около полутора месяцев, пока я не окрепла окончательно. Целыми днями я валялась в постели. После болезни у меня стали выпадать волосы. Однажды я попросила ножницы и обрезала косы.

Как приятно выздоравливать! Человеку кажется, будто он только что родился. Его радуют любые пустяки. Он на все смотрит счастливыми глазами, словно маленький ребенок на разноцветные игрушки. Бабочка, бьющаяся о стекло, луч солнца, нарисовавший радугу на краешке зеркала, легкий перезвон колокольчиков бредущего вдали стада — все это заставляло приятно замирать мое сердце.

Болезнь унесла всю горечь, скопившуюся в сердце за последние три года. Я вспоминала свое прошлое, и мне казалось, что оно принадлежит другому человеку, так как не пробуждает в моей душе ни печали, ни волнения. Время от времени я удивленно спрашивала себя: «Может, это только отголоски каких-то далеких снов? Или я прочла все это в каком-нибудь старом романе?» Да, мне казалось, что вся эта грустная история только сон, а лица, участвующие в ней, я когда-то видела на запыленных картинах с потускневшими красками.

Хайруллах-бей ухаживал за мной, как преданный друг, и ни разу за это время не отлучался из дома Он рассказывал мне разные занимательные истории, читал книги — словом, изо всех сил старался развлечь меня. Представляю, как он, бедный, измучился.

— Ты только поднимись, окрепни... Клянусь Аллахом, если я даже не заболею, все равно ради твоего удовольствия сошью себе батистовую рубашку и три месяца проваляюсь в постели, буду перед тобой кривляться, жеманничать.

Иногда я впадала в забытье, похожее на сон. Сквозь прозрачные веки солнечный свет казался розовым. Хайруллах-бей читал книгу или дремал в кресле у моего изголовья. В такие минуты казалось, что душа моя отделяется от тела и, как свет, как звук, несется в пустоте. От страшной скорости в ушах свистит ветер. Куда, в какие края я мчалась? Не знаю. Иногда, вздрогнув, я просыпалась, замирая от страха, словно вот-вот должна была свалиться в пропасть. Мне чудилось, будто я только что вернулась из каких-то далеких стран. Перед глазами плыли смутные, неясные очертания туманных облаков, которые неслись мне навстречу.

Позавчера я сказала Хайруллах-бею:

— Дорогой доктор, я уже совсем здорова. Теперь мы можем навестить ее.

Сначала он не соглашался, просил потерпеть еще полмесяца или хотя бы неделю. Но капризам и упрямству больных противостоять невозможно, и в конце концов мой старый друг сдался. Мы нарвали в саду два больших букета цветов, собрали у моря много разноцветных камешков (моя крошка их любила даже больше, чем цветы).

Мунисэ похоронили на холме у берега Средиземного моря под таким же тоненьким, как она сама, кипарисом. Мы долго сидели у надгробного камня и впервые за все это время говорили о ней. Я хотела знать все: как умирала моя девочка, как ее хоронили. Но Хайруллах-бей не стал рассказывать подробностей. Одно только я узнала... Когда Мунисэ хоронили, имам спросил имя матери. Этого, конечно, никто не мог сказать. Доктор, зная, что я ей заменяла мать, назвал меня. Так имам предал девочку земле, произнеся в молитве: «Мунисэ, дочь Феридэ...»

*Кушадасы, 1 сентября*

Сегодня утром Хайруллах-бей сказал мне:

— Крошка, меня снова вызывают в деревню. Поручаю тебе моего Дюльдюля. У него на ноге рана. Перевязывай сама, ты ведь умеешь, не доверяй этому медведю онбаши. Негодный старик, видимо, хочет, чтобы лошадь, как и он, осталась без ноги. Дюльдюля пора уже выводить на прогулки. После перевязки минут десять поводи его по саду. Если возможно, заставь его даже побегать рысцой. Только немного. Понятно? Во-вторых, сегодня булочник Хуршид-ага должен принести арендную плату. Кажется, двадцать восемь лир, что ли... Примешь деньги от моего имени. В-третьих... Что я еще хотел сказать? Совсем из ума выжил... Да, вспомнил! Вели перенести мою библиотеку вниз. Я отдам тебе ту комнатку с видом на море. Она гораздо приятнее. Да и зимой там дует лодос, тебе будет теплее.

Настал момент сказать Хайруллах-бею все, о чем я уже давно думала:

— Дорогой доктор, за Дюльдюля не беспокойтесь. Плату от булочника тоже приму. В остальном же надобности нет. Мое пребывание у вас в доме и так слишком затянулось. С вашего позволения я уеду.

Доктор уперся руками в бока и сердито, тоненьким голоском, передразнил меня:

— «Мое пребывание у вас в доме слишком затянулось... С вашего позволения я уеду...» — Затем, нахмурившись, погрозил мне кулаком: — Что ты сказала? Уедешь? А это ты видела? Я раздеру тебе рот до ушей, будешь тогда улыбаться до самого светопреставления!

— Помилуйте, доктор-бей, я так долго живу у вас...

Хайруллах-бей снова подбоченился:

— Хорошо, ваше превосходительство барышня. Вы хотите уехать? Отлично. Но qvo vadis?*

Я ответила с улыбкой:

— Милый доктор, я сама себя спрашиваю, куда мне ехать? Но ясно одно: ехать надо. Не могу же я оставаться у вас до бесконечности... Не так ли? Вы оказали мне помощь в самую трудную минуту жизни. Я этого никогда не забуду. Но...

— Нечего болтать, девчонка. Мы с тобой стали приятелями-чавушами**. Вот и все. Брось молоть ерунду!

Хайруллах-бей потрепал меня по щеке.

Я продолжала настаивать:

— Доктор-бей, остаться здесь — большая милость для меня. Уверяю, рядом с вами я очень счастлива. Но сколько можно быть обузой для вас. Вы очень гуманны, самоотверженны...

Доктор разлохматил мои короткие волосы и принялся опять передразнивать меня. Он вытянул губы дудочкой, втянул щеки и запищал тоненьким голоском:

— Гуманность, самоотверженность!.. Мы что, трагедию здесь с тобой играем, сумасшедшая девчонка?! Не понимаешь, что ли? Плевал я на гуманность и самоотверженность! Я всегда жил ради собственного удовольствия и за тобой ухаживал ради собственного удовольствия. Стал бы я смотреть на твою физиономию, если бы ты мне не нравилась! Услышишь, что я кинулся с минарета, — не верь. Тем, кто скажет, будто я совершил самоотверженный поступок, можешь возразить: «Откуда вам известно,

---

* Куда идешь? *(Лат.)*
** Ч а в у ш — сержант, унтер-офицер.

какое удовольствие получил этот старикашка эгоист!» У Мольера есть один герой, очень мне нравится. Человека колотят палками, ему кто-то приходит на помощь, но этот герой гонит всех и кричит: «Продолжайте, сударь, свое дело. Господи, Господи!.. Может, мне нравятся побои!» Оставим болтовню. Если к моему возвращению твои комнаты не будут приведены в порядок, горе тебе, пеняй на себя. Клянусь Аллахом, у меня есть знакомый молодой сторож — настоящая дубина; я позову его и насильно выдам тебя за него замуж. Понятно, какое наказание тебя ждет?

Я знала, что Хайруллах-бей сейчас начнет, как обычно, непристойно шутить, и тотчас убежала.

Хайруллах-бей стал для меня настоящим отцом и хорошим другом. В его доме я не чувствую себя чужой, даже бываю счастлива, насколько может быть счастлива девушка, у которой, как у меня, разбито сердце, искалечена жизнь. Я придумываю себе тысячи всевозможных дел, помогаю старой кормилице Хайруллах-бея, копаюсь в саду, прибираю дом, просматриваю счета доктора, готовлю обед и так далее и тому подобное.

Что я буду делать, если уеду отсюда? Ведь я теперь инвалид. Правда, здоровье постепенно восстанавливается, но я чувствую: что-то во мне надломилось. У меня никогда уже не будет прежней силы, прежнего оптимизма, и мир не будет казаться мне таким счастливым.

Настроение часто меняется. Смеясь, я начинаю плакать, плача — смеюсь. Вчера вечером я была очень весела. Ложась спать, чувствовала себя совсем счастливой, а под утро, когда было еще темно, проснулась в слезах. Почему я плакала? Не знаю. Мне казалось, будто этой ночью я обошла все дома на свете, собрала все горести и печали и наполнила ими свое сердце. Объятая такой беспричинной, необъяснимой тоской, я дрожала, всхлипывая: «Мамочка! Мамочка моя!» — и зажимала рот, чтобы не закричать.

Неожиданно из-за двери раздался голос Хайруллах-бея:

— Феридэ, это ты? Что с тобой, дочь моя?

Старый доктор со свечой в руках вошел в комнату и, не спрашивая, почему я плачу, принялся утешать меня самыми обыкновенными, даже бессмысленными ласковыми словами:

— Все это ерунда, дочь моя. Чепуха. Обыкновенный нервный припадок. Пройдет, дитя мое. Ах, дочь моя...

Меня трясло, я всхлипывала, широко раскрывала рот, словно подавившийся птенец. По щекам текли слезы.

Доктор повернулся к окну и в темноте погрозил кому-то кулаком:

— Да покарает тебя Аллах! Сделал несчастной такую замечательную девушку!

Что же я буду делать одна в часы подобных приступов тоски и отчаяния? Ну да что там... Зачем думать об этом сейчас? Этот месяц, а может быть, даже больше доктор не оставит меня одну.

*Поместье Аладжакая, 10 сентября*

Вот уже с неделю я в Аладжакая. Дней десять назад доктор Хайруллах-бей сказал:

— Феридэ, у меня есть поместье в Аладжакая, я давно не бывал там. Не годится оставлять хозяйство без присмотра. Недели через две я отвезу тебя туда. Перемена климата пойдет на пользу твоему здоровью. Развлечешься немного. А то ведь скоро начнутся занятия, снова запрешься в школе на целый год.

Я ответила:

— Доктор-бей, я очень люблю свежий воздух, но ведь до начала занятий остались считанные дни. Не знаю, как быть...

Доктор сердито пожал плечами:

— Милая, я же не спрашиваю, поедешь ты или нет. Твое мнение меня не интересует. Я сказал: отвезу тебя в Аладжакая. Чего вмешиваешься в дела медицины? А то напишу рапорт и увезу насильно. Быстро собирайся. Возьми две-три смены белья и несколько книг из библиотеки.

Хайруллах-бей командовал мной, как школьницей. Наверно, болезнь сломила мою волю, я не могла противиться. Впрочем, я и не жалуюсь. Мне даже нравится повиноваться.

Усадьба доктора запущена. Но какое это чудное место! Говорят, здесь даже зима напоминает весну. Особенно восхитительны скалистые холмы. Я не могу налюбоваться ими. Они, как хамелеон, меняют цвет в зависимости от того, какая погода — пасмурная или солнечная, утро ли это, полдень или вечер. И кажутся они то малиновыми или красными, то розовыми или фиолетовыми, то белыми или даже черными. Потому и местечко назвали Аладжакая*.

Хозяйство увлекло меня больше, чем я могла предположить. Вместе с работниками дою коров, объезжаю окрестные рощи верхом на Дюльдюле, который стал уже моим верным другом. Словом, это та самая жизнь на вольном воздухе, о которой я так мечтала.

И все-таки на сердце у меня неспокойно. Через несколько дней начинаются занятия. Мне необходимо быть в школе, привести в порядок здание. А Хайруллах-бей и слушать ничего не хочет. По вечерам он заставляет меня читать романы, при этом ворчит:

— Какие бессвязные, глупые слова! Кошмар! Но в твоих устах даже это звучит приятно.

Вчера вечером я опять читала какую-то книгу. Попадались бесстыдные слова. Я конфузилась, на ходу заменяла их или пропускала целые предложения.

Хайруллах-бея очень веселило мое смущение, он громко хохотал, так что дрожал потолок.

Вдруг во дворе залаяли собаки. Мы открыли окно. В ворота усадьбы въезжал всадник.

— Кто это? — окликнул Хайруллах-бей.

Раздался голос онбаши:

— Свои...

Странно, зачем онбаши прискакал в такой поздний час из города?

— Да будет угодно Аллаху, все к добру, — сказал доктор. — Я спущусь вниз, узнаю, в чем дело, крошка. Если задержусь, ложись.

Хайруллах-бей около часа разговаривал с онбаши. Когда он поднялся наверх, лицо у него было красное, брови насуплены.

— Зачем приехал онбаши? — поинтересовалась я.

Доктор чуть ли не зарычал на меня:

_____
* А л а д ж а к а я — буквально: Пестрые скалы.

— Я ведь сказал: ступай ложись! Тебе что за дело? Эти девчонки просто спятили... Какое безобразие! Это касается только меня.

Я хорошо уже изучила характер Хайруллах-бея. Противоречить ему в такие минуты было бесполезно. Пришлось взять подсвечник и отправиться к себе. Так я и сделала.

Проснувшись на следующий день, я узнала, что Хайруллах-бей уехал спозаранку в город по важному делу и велел передать, чтобы я не беспокоилась, если он сегодня не вернется.

Очевидно, известие, которое привез онбаши, сильно встревожило доктора.

Днем, прибирая комнату, я наткнулась на обрывок конверта с министерским штампом и подняла его. Мне удалось прочесть: «Кушадасы. Школа. Для мюд...» Очевидно, конверт предназначался мне. Этот клочок заставил меня глубоко задуматься. Вероятно, вечером онбаши привез письмо. Но почему Хайруллах-бей утаил его от меня? Какое он имел право скрыть официальное письмо, адресованное мне? Невероятно! А может, я ошибаюсь? Конверт мог попасть между книгами и приехать со мной из Кушадасы.

*Кушадасы, 25 сентября*

Как все-таки правы те, кто говорит, что жизнь — это пакостная вещь.

Описываю на последней страничке дневника последнее событие, как оно было. От себя не хочу добавлять ни слова протеста, ни капли слез.

Хайруллах-бей заставил меня ждать в поместье два дня. На третий день, под вечер, мое беспокойство достигло предела. Я твердо решила: утром отправляюсь на повозке в Кушадасы. Но когда я встала на другой день, мне сказали, что доктор вернулся.

Не помню, чтобы спокойный, хладнокровный Хайруллах-бей выглядел еще когда-нибудь таким угнетенным и усталым. Поцеловав меня, как всегда, в волосы, он внимательно глянул в лицо и сказал:

— Эх, да покарает их Аллах! Будь они неладны!..

Я чувствовала, над моей головой нависла новая опасность, но не решалась ничего спрашивать.

Хайруллах-бей долго расхаживал по комнате, задумавшись, сунув руки в карманы. Наконец он остановился передо мной, положил руки мне на плечи и сказал:

— Крошка, ты что-то знаешь.

— Нет, доктор-бей.

— Знаешь... Во всяком случае, чувствуешь неладное. Ты хочешь что-то спросить у меня?

Охваченная тревогой, я грустно ответила:

— Нет, доктор-бей, я ничего не знаю. Но вижу: вы расстроены чем-то, мучаетесь. У вас беда. Вы мой покровитель, даже отец. Значит, ваше горе — мое горе. Что случилось?

— Феридэ, дочь моя, чувствуешь ли ты себя достаточно сильной?

Любопытство во мне взяло верх над страхом. Стараясь казаться спокойной, я ответила:

— В моей стойкости вы могли не раз убедиться, доктор-бей. Говорите!

— Возьми в руки это перо, Феридэ, и пиши то, что я скажу. Доверься старому другу.

С паузами, словно еще раз все взвешивая и обдумывая, Хайруллах-бей продиктовал мне следующее:

«Глубокоуважаемому правлению совета образования города Кушадасы.

Состояние здоровья не позволяет мне продолжать педагогическую деятельность. Прошу отстранить меня от должности заведующей женским рушдие города Кушадасы».

— А теперь, дочь моя, — продолжал доктор, — ни о чем не думай, ничего не спрашивай, подпишись внизу и дай мне эту бумагу. У тебя дрожат руки, Феридэ? Ты боишься посмотреть мне в лицо? Тем лучше, дочь моя, тем лучше... Ведь если ты глянешь на меня своими чистыми глазами, мне будет стыдно. Произошло нечто необычное. Ты не догадываешься? Так слушай меня, Феридэ. Но если ты начнешь волноваться и расстраиваться, я буду вынужден замолчать. Ты должна знать все. Думаешь, за три года самостоятельной жизни ты распознала людей? Ошибаешься. Я почти шесть десятков лет живу на этом свете и то не могу их понять. Сколько мерзости мне пришлось видеть на своем веку, но такое никак не укладывается у меня в голове!..

Есть ли вещь в мире чище и прекраснее, чем наша дружба? Неделями я выхаживал тебя, словно родную дочь. А знаешь, что про нас думают, что про нас болтают? Нет, ты не можешь себе этого представить! Говорят, будто я твой возлюбленный. Не закрывай лицо руками! Держи выше голову! Посмотри мне в глаза! Лица закрывают те, у кого совесть нечиста. Разве в наших отношениях есть что-нибудь постыдное?..

Слушай, Феридэ, слушай до конца. Эта гнусная клевета родилась в вашей школе. Ее распустили твои коллеги-учительницы. Причина ясна: почему директрисой назначили какую-то Феридэ, а не их? Полгода назад, ничего тебе не говоря, я ходатайствовал о твоем повышении и написал письмо в Измир своему приятелю дефтердару, желая оказать тебе маленькую услугу. Но мое действие лишь подлило масла в огонь. Клевета тлела, как угли, и разгоралась в течение многих месяцев. Дело дошло до совета образования, до ушей самого каймакама*. В канцеляриях принялись строчить пространные официальные бумаги, произвели расследование. Дирекция отдела образования вилайета занялась изучением твоей биографии и обнаружила в ней много темных пятен. Твой отъезд из Стамбула, а затем из центрального рущие Б..., где ты подала в отставку, они расценили как подозрительное бегство. Два с половиной года назад неизвестная рука оказала тебе помощь. Ты продвигалась по служебной лестнице с невиданной в Министерстве образования скоростью и от сельской учительницы поднялась до преподавателя женского педагогического училища. Затем опять таинственная отставка. Ты уезжаешь в другой город, но и там тебе удается продержаться недолго. Запросили совет образования Ч... Я прочел ответ, словно яду глотнул. Если бы ты знала, Феридэ... Будто ты там... Нет-нет, не могу повторить. Мой бесцеремонный солдатский язык не поворачивается, чтобы произнести слова, которые так легко вылились из-под пера этих воспитанных, высокообразован-

---

* К а й м а к а м — начальник уезда.

ных, культурных людей. Ты знаешь меня, я человек грубый, невыдержанный, могу ругаться как угодно... Короче говоря, Феридэ, мне это напомнило охотничьих псов, загоняющих раненую лань. Вот так и тебя загнали...

Твой самый невинный поступок расценивался как нечто ужасное и в протоколах, следственных бумагах оборачивался против тебя. Когда кто-нибудь из учениц заболевал, ты приглашала в школу меня. Когда умирала наша крошка, ты прижалась своей бедной головкой к моему плечу. А потом заболела сама, и я часами сидел у твоей постели. Во всем этом они усмотрели преступление. Они возмущаются нашим бесстыдством, считают, что мы насмеялись над нравами, обычаями, честью и целомудрием этого края, плюем на людей, которые нас окружают. Мы якобы говорили всем, что ты больна, а сами под ручку разгуливали по полю, катались на молотилке. Возмущаются, что ты прогуливала лошадь в моем саду, вместо того чтобы подготавливать школу к занятиям. А теперь еще говорят: «Мало того, они уединились в загородном имении»...

Милая Феридэ, я рассказываю тебе все без прикрас, напрямик. Можно обманывать и утешать тебя еще некоторое время, разрушая постепенно одну за другой все твои надежды. Но я этого не сделал. Моя профессия, мой жизненный опыт убедили меня: яд нужно глотать сразу, человек или умирает, или остается жить. А смешивать его с сиропом, пить по глоточку — это скверная, отвратительная вещь. Сообщать о несчастье потихоньку да помаленьку — все равно что резать человека пилой...

Да, Феридэ, ты получила от жизни тяжелую оплеуху. Будь ты одна, такой удар убил бы тебя. Подумать только, десятки людей обрушились на маленькую, как птичка, девочку! Скажи спасибо, что случай свел тебя со стариком, выброшенным на свалку. Часы моей жизни вот-вот пробьют двенадцать. Но ничего. Для того чтобы помочь тебе, много времени не потребуется. Лишь бы только удалось это сделать... Я не пожалею дней, которые пропадут в этой бессмысленной неразберихе. Не бойся, Феридэ, и это минет. Ты молода. Не отчаивайся. Еще увидишь прекрасные дни.

Я хотел сам отнести твое прошение об отставке, но теперь передумал. Нельзя оставлять тебя одну в таком состоянии. В жизни детей иногда даже пустяки имеют большое значение. А ну, Феридэ, выйдем на свежий воздух. Давай займемся нашими овцами и коровами. Честное слово, животные лучше умеют ценить оказанное им добро.

Старый доктор сунул в конверт мое прошение об отставке и передал его онбаши. В этом клочке бумаги заключалась не только частичка моей жизни, но и последнее утешение бедной Чалыкушу.

О, как тоскливо! Я оберегала свои мечты, как наседка защищает птенцов от коршуна. Но надежды мои рушились, все, кого я начинала любить, умирали. Осенним вечером, три года назад, умерли девичьи сны Чалыкушу, а вместе с ними мечта о моих малышах. Потом я потеряла Мунисэ, затем учениц. А я мечтала, что они утешат мое одинокое сердце.

Так осенью по одному увядают и осыпаются листья. Мне еще не исполнилось двадцати трех лет, мое лицо и тело еще сохранили следы детства, а сердце уже не горит, оно погасло вместе с гибелью моих дорогих...

Три дня Хайруллах-бей не отходил от меня ни на шаг. Он не верил моему спокойствию и выдержке, которыми я встретила новое несчастье. Даже ночью он подходил к дверям моей комнаты и спрашивал:

— Феридэ, тебе что-нибудь надо? Если не спится, я войду.

На третий день я поднялась очень рано. Было теплое ясное утро. Казалось, наступил май. Я надоила молока для Хайруллах-бея, приготовила завтрак.

Когда я, держа в руках поднос, вошла в его комнату с веселой, можно сказать, счастливой улыбкой на лице, доктор просиял:

— Браво, Феридэ! Как я рад! Не принимай близко к сердцу. Неужели ты одна должна страдать за несправедливости этого мира?

Я открыла окно, прибрала комнату и завела разговор о делах имения, о наших овцах, пастухах. Улыбка не сходила с моего лица, а иногда я даже принималась насвистывать, как прежде в пансионе.

Нельзя описать радость Хайруллах-бея. Я видела, что он доволен, и расходилась все больше и больше.

Наконец, решив, что время настало, я пододвинула кресло доктора к окну, укрыла его колени пледом, а сама взобралась на подоконник.

— Мне надо с вами поговорить, доктор, — сказала я.

Хайруллах-бей закрыл глаза рукой и ответил:

— Говори, только спустись вниз. А то, не дай Аллах, свалишься.

— Не волнуйтесь. Я свое детство провела на деревьях. Видите, как я спокойна?.. Вчера вечером я приняла очень важное решение. Оно вам понравится.

— Какое?

— Жить.

— Что это значит?

— Очень просто. Я не покончу с собой. Несколько дней я думала об этом, и даже очень серьезно.

Я говорила весело, с беспечностью ребенка, который шутит.

Старый доктор заволновался:

— Что ты мелешь чушь какую-то? Что это значит? Если бы я сейчас сидел на твоем месте, то, наверное, свалился бы от удивления вниз и разбился в лепешку. Но ты все-таки спустись. Ради Аллаха... Мало ли что может случиться.

Я засмеялась и ответила:

— Разве это не бессмысленно, доктор-бей, бояться, что я брошусь в окно, когда уже принято решение жить? Почему я приняла это решение? Сейчас объясню. Есть много причин. Во-первых, у меня не хватит смелости поднять на себя руку. Не смотрите, что я иногда говорю о смерти. Как бы там ни было, умирать — очень страшно. И хотя сейчас у меня нет другого выхода, я все-таки никак не могу осмелиться, доктор-бей.

Я говорила это просто и спокойно, не поднимая головы.

Хайруллах-бей взволнованно схватил меня за руки, насильно стащил с подоконника и грубо усадил на маленькую скамейку.

— Какое ты непонятное существо, Феридэ! Посмотришь на тебя — кукла куклой, ростом с мизинец, а как ты все глубоко чувствуешь, столько в тебе странностей, и какое невиданное мужество... Хорошо, Феридэ, продолжай, я слушаю.

— Вы мой единственный товарищ, мой покровитель, мой отец. После того как я поняла, что у меня нет смелости умереть, я хочу только жить. Но каким образом? Укажите путь. Как было бы чудесно, если бы вы что-нибудь придумали.

Хайруллах-бей задумался, нахмурил брови, потом заговорил:

— Феридэ, я тоже размышлял об этом, но хотел немного оттянуть наш разговор. Сейчас вижу: ты в состоянии владеть собой... Прежде всего тебе надо навсегда расстаться с мыслью о том, что ты будешь учительствовать. Сегодня могу сообщить тебе кое-какие подробности. Десять дней назад из вилайета приехал инспектор; морда страшная, изо рта торчат клыки, точно у моржа. Под председательством этого инспектора образовали следственную комиссию. Прежде чем уволить, тебя хотели вызвать на допрос. Письмо, которое в ту ночь привез онбаши, было чем-то наподобие повестки. Представляешь, Феридэ, как бы ты чувствовала себя перед такой комиссией? Как бы ты отвечала на чудовищные обвинения, исходящие неизвестно от кого? Одна только мысль об этом едва не лишила меня рассудка. Я вообразил себе комнату, где заседает комиссия, увидел тебя в черном чаршафе, твою склоненную головку, твое несчастное бледное лицо, а потом хищные зубы инспектора, который, словно зверь из сказки «Волк и ягненок», хочет тебя растерзать, и представил, как в поисках вздорного повода этот тип повторяет отвратительную, как он сам, клевету. Допустить, чтобы твоя славная детская мордочка, которая вспыхивает даже от невинных ругательств выжившего из ума солдата, твои испуганные глаза остались один на один с этим моржом!..

В кротких ясных глазах Хайруллах-бея появился страшный блеск, которого я раньше никогда не видела. Лицо его передернулось, челюсти сжались, он умолк, погрозил кому-то кулаком и сказал:

— Ну конечно, я не выдержал, открыл свой чудесный рот и так отчитал этого моржа, что, прихлопни его в ту минуту пулей, из него не вышло бы ни капли крови. Позавчера я узнал, что на меня подали в суд. С нетерпением жду этого дня. Хочу в присутствии суда рассказать людям начистоту все, что они натворили.

Старый доктор замолчал. В глазах его погас страшный блеск, и от лица отхлынула кровь, только тогда он заговорил прежним голосом, ласково глядя на меня:

— Тяжелее всего тебе. Ты попала в беду. Я не хочу, чтобы в будущем ты думала обо мне плохо, — ведь я почти насильно заставил тебя подать в отставку. Но ты должна решительно рвать все связи с прошлым. Аллах создал твои глаза, губы, чтобы они смеялись и делали всех вокруг счастливыми, а не для того, чтобы они плакали и дрожали перед страшным моржом. Феридэ, должен тебе сказать еще кое-что. Сейчас моя ответственность перед тобой возросла вдвое: я виновник всех твоих несчастий. И я обязан все исправить. Повторяю, тебе надо расстаться с мыслью о работе. Если даже нам сегодня удастся как-нибудь выкрутиться, завтра тебя втопчут в землю новой клеветой. А вдруг меня тогда уже не будет в живых? Давай подумаем вместе... Может, ты вернешься домой, к своей семье?

Я потупилась и ответила:

— Нет, доктор-бей, они для меня умерли навсегда.

— Тогда другой вариант... А не можешь ли ты выйти замуж за хорошего молодого человека?

— Нет, доктор-бей, я твердо решила умереть старой девой.

— Я тоже не верю, Феридэ, что, выйдя замуж, ты будешь счастлива. Тот проклятый так влез в твое сердце, что никакая сила не вырвет его оттуда!

— Доктор-бей, умоляю, говорите обо всем, но этот вопрос...

— Хорошо, крошка, хорошо.

— Благодарю вас.

Хайруллах-бей некоторое время раздумывал, покусывая кончики седых усов.

— Так что же нам тогда делать? Нужда тебе не угрожает. Этого бояться не надо. Моего скромного состояния хватит нам обоим. Я как раз думал, куда мне расходовать деньги. Могу же я истратить их для твоего счастья?

Я знала, что мой ответ рассердит доктора. Но что поделаешь? Робко погладив рукой его по колену, я сказала:

— Но подумайте, доктор, в качестве кого должна я принять от вас денежную помощь? Смогу ли я после этого чувствовать себя человеком?

Хайруллах-бей не рассердился, только грустно, даже жалобно взглянул на меня:

— Стыдно, Феридэ, стыдно!.. Стыдно говорить такие слова. Ведь мы так привязались друг к другу. Но ничего не поделаешь. Ты только кажешься свободной, независимой и смелой, а на самом деле в тебе живут ограниченность и бессердечность маменькиной дочки. Ты из той породы, про которых говорят: «крашеная овечка». Ты попала в беду... Но может ли жить одинокой такая гордая девушка, как ты, которая не хочет принять малую помощь даже от старого искреннего друга? Особенно после этой истории, после всех сплетен. Потому-то, Феридэ, я и решил, что тебе лучше выйти замуж. Ты не желаешь ни от кого принимать помощь, хочешь работать, но это невозможно. Если я предложу тебе не расставаться, жить вместе, ты и с этим не согласишься, не так ли? Опускаешь голову? Боишься ответа?.. Честно говоря, я и сам не считаю это выходом из положения. Будем в эту минуту говорить откровенно. Жители квартала отправили к каймакаму делегацию, которая заявила, что у меня в доме живет посторонняя молоденькая девушка, не имеющая никакого отношения к моей семье. Они сказали, что считают это противозаконным, безнравственным, и даже потребовали выслать тебя куда-нибудь подальше. Ты знаешь, я человек прямой, откровенный, каждому в глаза говорю то, что думаю, за это меня недолюбливают. Как уж тут упустить случай пнуть меня, не так ли? Короче говоря, милая Феридэ, ты не имеешь возможности жить ни вместе со мной, ни одна. Беспричинные подозрения будут преследовать тебя и отравлять твою жизнь везде, куда бы ты ни поехала. Каждый твой сомнительный поступок в прошлом дает право любому проходимцу, любому ничтожеству оскорблять тебя. Что же будем делать, Феридэ? Как нам действовать? Как защитить тебя?.

Я взглянула на доктора грустно, как смотрят осужденные на смерть, и попыталась улыбнуться. На сердце было непередаваемо тоскливо.

— Наконец-то и вы признали за мной право думать о смерти. Доктор-бей, посмотрите на это солнце, на эти деревья, на это море вдали... Захочет ли человек, который не попал, подобно мне, в беду, расстаться с этим прекрасным миром?

Хайруллах-бей зажал мне рот ладонью.

— Довольно, Феридэ! Хватит. Ты сейчас заставишь меня сделать глупость, какую я не совершал ни разу в жизни. Я могу заплакать... — Доктор протянул руку к осеннему солнцу, которое сияло сквозь голые сухие ветки деревьев. — Я уже стар. Мне пришлось видеть на своем веку много людского горя, нищеты. Сколько глаз я закрывал вот этими руками! Но когда прекрасный ребенок, чьи шаловливые губы вздрагивают, словно ищут повод рассмеяться, так спокойно говорит о необходимости смерти, разве это не страшная трагедия! Такой я еще не видел.

Хайруллах-бей сорвал с коленей плед и долго ходил по комнате. Наконец он остановился передо мной и сказал:

— В таком случае надо обратиться к последнему средству. Я оставлю тебя в своем доме по закону, как того требует шариат*, и буду защищать! Готовься, Феридэ. Это будет в следующий четверг.

Вот уже неделя, как мы в Кушадасы. Завтра я стану новобрачной. День назад Хайруллах-бей уехал в Измир по своим делам, а также чтобы купить для дома кое-какие новые вещи. Сегодня он сообщил в телеграмме, что вернется вечером.

Я говорила доктору, что тратиться совершенно незачем. Он возражал, приводя очень странные доводы:

— Нет, милая невеста, ничего не купить — значит расписаться в том, что я глубокий старик. Да, природа совершила ошибку, поставив между нами преграду в сорок лет. Но это не имеет никакого значения. Истинная молодость — молодость души. Ты не смотри на мой возраст. Я крепче двадцатилетнего юноши. К тому же я хочу тебя видеть красивой и нарядной невестой. Я тверд в своем решении: привезу тебе из Измира невиданный свадебный наряд.

---

* Ш а р и а т — религиозное право мусульман.

Я молчала, глядя прямо перед собой.

Хайруллах-бей продолжал:

— Кроме того, я делаю тебе свадебный подарок. И это будет невиданный подарок. А ну отгадай: серьги, кольцо, жемчуг, алмазы?.. Нет, нет и нет. Не ломай голову напрасно. Не отгадаешь. Я подарю тебе сиротский дом.

Я удивленно посмотрела на Хайруллах-бея. Лицо его светилось радостной улыбкой.

— Видишь, я знал, как тебе угодить. Превратим наше имение Аладжакая в сиротский дом на сорок детей. Мы соберем туда сирот из окрестных деревень. Я буду доктором, а ты — учительницей и матерью.

Эти строки пишутся у окна в комнате, где я лежала в период своего выздоровления.

В саду листопад. Ветки деревьев наполовину оголены Порывы ветра заносят сухие листья в окно, они ложатся на пожелтевшие страницы моей тетради.

Ласка в тусклых голубых глазах моего старого друга, сострадание, чистая, бескорыстная и отеческая любовь согревали мое сердце. Это был последний зеленый лист на облетевшем дереве. Но и он увял в тот день, когда мне пришлось смотреть на старого доктора как на жениха. Что делать? Такова жизнь. И я должна покориться.


Вот и последняя страница моего дневника. Он исписан крошечными закорючками, похожими на следы муравьиных лапок.

Вместе с моими мытарствами кончается и тетрадь.

Какое грустное совпадение! Ни за что не стану заводить новый дневник, никогда не стану описывать новую жизнь. Мне уже не о чем рассказывать. Завтра я стану женой Хайруллах-бея, и у меня не будет ни права, ни смелости говорить о другой жизни. Что общего у женщины, которая послезавтра утром проснется в комнате старого доктора, с Чалыкушу, вся жизнь которой — простенькая песенка да несколько слезинок?..

Сегодня Чалыкушу навсегда умрет под осенними листьями, что легли на страницы дневника, омытые ее слезами.

К чему скрывать правду в последний час разлуки? Этот дневник, который ты никогда не прочтешь, я вела для тебя, Кямран. Да, все, что я говорила здесь, все, что писала, — это только для тебя! Сегодня наконец пора сознаться: я совершила непоправимую ошибку! Да, несмотря ни на что, я была любима, я могла бы быть счастлива с тобой и, конечно, знала об этом. Этого мне показалось мало. Я захотела быть очень, очень, очень любимой, даже если не так, как люблю сама (такое невозможно), то хотя бы почти так. Имела ли я право на такую любовь? Не думаю, Кямран. Я маленькая невежественная девчонка. Ведь ты любишь по-своему, по-своему и влюбляешь в себя. Не так ли, Кямран? А я не понимала этого.

Кто знает, какой обаятельной женщиной была твой «желтый цветок»! Говорю это не для того, чтобы упрекнуть тебя, Кямран. Верь мне. Если она сделала тебя счастливым, я готова помириться с ней в мыслях своих. Кто знает, какие прекрасные слова говорила она тебе, какие прекрасные письма она умела писать! А я... Возможно, я стала бы хорошей матерью твоих детей, наших детей... Только и всего.

Кямран, о том, что я люблю тебя, я узнала после того, как мы расстались. Дело не в том, что я познала жизнь или любила других. Нет. Я поняла это, так как продолжала любить твой образ в своем сердце.

Долгими ночами в Зейнилер, когда ветер до самого утра стонал и плакал на темном кладбище, и в бескрайней степи, где звенят тоненькие грустные колокольчики крестьянских подвод, и на тропинках Ивовой рощи, полной теплого, душистого запаха моха, — я всегда чувствовала тебя рядом, всегда жила в твоих объятиях.

Бедный старик, женой которого я стану, считает меня безгрешной девочкой, белой лилией. Как он ошибается! Любовь к тебе иссушила, вымучила мою душу и тело.

Только сегодня мы с тобой расстанемся, Кямран! Да, только сегодня я становлюсь вдовой... Несмотря на все, что случилось, ты все-таки всегда был немножко моим, а я всем сердцем — твоя.

*Конец дневника Феридэ*

# Часть пятая

## I

— Клянусь Аллахом, Кямран, быть твоим спутником — просто пытка. За два часа я задал, наверное, сто вопросов, а кроме «да» и «нет», иных ответов не получил. Опомнись, сынок!

Коляска тряслась по избитой дороге. Вечерело. Дул ветер. Кямран сидел в углу, подняв воротник пальто, задумчиво глядел на Мраморное море.

Наконец он оторвал взгляд от водной глади, улыбнулся и сказал:

— Мне кажется, дядя, дать за два часа двести ответов на двести вопросов — не так мало, даже если только говорить «да» и «нет».

— Хорошо, сынок, но ведь ты отвечал не думая, механически.

— Что и говорить, дядюшка, у вас на курорте чудесный метод лечения больных! Кажется, вы специально задались целью утомить меня, заставляя думать.

— Ах, бессовестный! На тебя не угодишь. Да, я действительно хочу заставить тебя думать. Но цель моя — не утомить тебя, а помешать думать о другом. Впрочем, уже потерял надежду. Тебя невозможно расшевелить. Вот три дня назад мы ездили на деревенскую свадьбу. Сколько впечатлений, сколько разных людей! Мы слушали давул*, зурну, смотрели, как пляшут парни, как борются пехливаны. Мне было весело, а тебе — нет. Не отрицай! У меня есть глаза, я вижу.

— Как вам объяснить, дядя? Видно, я устроен иначе.

---

\* Д а в у л — большой барабан.

— Нет, сынок, ты просто не следишь за собой. Хоть брал бы с меня пример. Мне скоро шестьдесят, а я с каждым днем молодею.

— Как бы тетя Айше не узнала...

— Пусть знает, мне что? Я выглядел более пожилым, когда приехал сюда.

Кямран улыбнулся:

— Последний раз я был в Текирдаге лет десять назад. До сих пор помню... Был такой же августовский вечер...

Азиз-бей хлопнул в ладоши.

— Да, смотри, как быстро летят годы! Ведь твоему сынку уже скоро четыре, а пять лет назад ты был женихом Феридэ. Эх, Кямран, я и сейчас не могу понять, как ты мог быть таким безжалостным к ней! До сих пор болит сердце, стоит мне вспомнить волшебный голос нашей Чалыкушу, ее милое личико, похожее на розу. Да, прошло десять лет, а мое сердце все еще болит, когда я смотрю на сад за нашим домом. Даже умирая, я не прощу тебя, Кямран.

— Дядюшка, можно ли говорить такие вещи больному, которого вы сами же пригласили отдыхать?

— Ты прав. Но ведь твое горе не имеет к моим словам никакого отношения. Ты женился на женщине, которую любил, но не смог даже года наслаждаться счастьем. Мюневвер заболела. Три года ты был сиделкой у ее постели. Куда ее только ты не возил... На Принцевы острова, в Швейцарию... Однако от судьбы не уйдешь. Она умерла минувшей зимой, а ты не можешь оправиться после этой потери, прямо как больной выглядишь. Только к Феридэ это не имеет никакого отношения. Ты же любил другую.

Кямран горько усмехнулся:

— Нет, дядя. Никто мне не верит, и вы, конечно, не поверите, посчитаете за странность. Были в жизни у меня увлечения, даже серьезные, но, уверяю вас, никогда никого я не любил на свете больше, чем Феридэ.

— Роковая любовь, роковая страсть... — процедил сквозь зубы Азиз-бей.

— Я же сказал, дядюшка, что вы не поверите. Никто не верит. Мюжгян ужс много лет сердится на меня и не позволяет даже произнести имени Феридэ. Она только и твердит: «Ты не имеешь права говорить о Феридэ». Вот и мама, и тетя — словом, все. Только с одной Нермин я могу здесь разговаривать о Феридэ. Сейчас Нермин семнадцать лет, а когда приезжала Феридэ, ей было только семь. Она помнит Феридэ очень смутно, говорит о ней: «Моя сестричка в красном платье, которая катала меня на качелях...» Сколько красноречия мне приходится иногда тратить, чтобы заставить ее поговорить со мной о своей сестренке в красном платье.

— Странный ты человек, Кямран. Хорошо, ну а та, другая?

— Та была больная женщина. Она могла умереть. Потеряв всякую надежду быть вместе с Феридэ, я поддался чувству жалости и соединил свою судьбу с Мюневвер. Только и всего.

— Не так-то легко в этом разобраться. Запутанный ты человек, Кямран.

— Верно, дядюшка. Я сам никогда не знаю, чего хочу, что делаю. Есть только одно, в чем я твердо уверен: это моя любовь к Феридэ. Она оставила в моем сердце неизгладимую память. Мне кажется, даже умирая, я буду плакать, вспоминая ее... Когда врачи заявили, что мне необходимо переменить климат, отдохнуть, я прежде всего подумал о Текирдаге. Вы вот считаете, что я приехал сюда по вашему приглашению, чтобы развлекаться, гулять на деревенских свадьбах? Не обижайтесь, но я приехал сюда за осколками разбитой мечты.

— Хорошо, ты совершил глупость, но неужели не было никакой возможности поправить положение?

— Я поступил очень плохо, дядюшка, даже подло. Феридэ уехала от нас глубоко возмущенная. Напав на ее след, я вдруг испугался встречи. У Феридэ было ранено не только сердце, но и самолюбие. Кто знает, как тяжко было ей уезжать одной в чужие края! Увидев меня так скоро, когда не прошло еще и полгода, она могла совсем обезуметь и наделать всяких глупостей. Я с трудом дождался весны и уже готовился в дорогу, надеясь поймать ее в деревенской школе, где она работала, но тут меня свалила проклятая болезнь, и я три месяца провалялся в постели. Когда же я поехал за Чалыкушу в Б..., было уже поздно. Мне рассказали, что она полюбила больного композитора. Рассказали, как она заставила его играть на тамбуре у водопада, как клала свою неверную голову на колени возлюбленного и смотрела ему в глаза. Подумайте, дядюшка, сколько лет я мечтал об этих глазах, думал, что они мои, только мои, и вдруг в один прекрасный день...

Кямран умолк, втянул голову в воротник пальто, как бы прячась от ветра, дующего с моря, снова уставился на песчаный берег, где уже пылали костры рыбаков.

У Азиз-бея тоже испортилось настроение.

— Кямран, сынок, — сказал он, — боюсь, что тогда ты совершил вторую глупость. Если бы Чалыкушу была из тех девушек, которые могут так поступить, так быстро все забыть и утешиться, она обрела бы счастье. Но я уверен в обратном.

Кямран опять горько усмехнулся и покачал головой:

— О, можете не волноваться, дядя. Уже два года Феридэ очень счастлива. Мне говорили те, кто видел и знает ее. Муж ее, старый доктор, очень богатый человек. Одна из подруг Феридэ, жена моего приятеля, инспектора школ по подготовке гражданских чиновников, встретила ее как-то в Кушадасы. Чалыкушу не изменилась, по-прежнему болтает, смеется, шутит. Она рассказала подруге, что воспитывает сирот, которые живут в усадьбе в нескольких часах езды от города. Их у нее около двадцати человек. Сказала, что очень счастлива. Говорят, она не может расстаться с мужем даже на полчаса. Подруга попыталась заговорить о Стамбуле, о родных. Но Феридэ не стала слушать, заявив: «Не могу вспоминать ни этого города, ни этих людей». Знаю, я виноват перед Феридэ, дядя, был несправедлив к ней. Но будьте справедливы хоть вы. Как быстро она забыла меня! Впрочем, кому нужны мои жалобы? Молчу. Я, пожалуй, сойду, пройдусь до дому пешком. Дорога скверная, меня растрясло. Счастливого пути.

— Ох уж эти чиновники — вечно они ноют! Много лет назад я добился постройки этой дороги. Я сам, как подрядчик, жарился на солнце. Нет, не дорога тебя растрясла, не клевещи. Господи, как хорошо сделали, что семь лет назад уволили меня с поста мутесаррифа. Пойди пройдись, сынок. Только не задерживайся. Старость изменила и твою тетку, и меня: если ты запоздаешь, она сойдет с ума от беспокойства, а я — от голода.

Кямран слез с экипажа у моста. Десять лет назад в такой же августовский вечер он был на этом же мосту и сидел на прогнивших досках, свесив ноги вниз. Вот уже три недели он гостил в Текирдаге и каждый день под вечер приходил сюда, а в сумерках медленно возвращался домой, погруженный в свои мысли.

Однажды вечером Мюжгян (муж ее был на время откомандирован в Анатолию, поэтому она с детьми приехала в Текирдаг) сказала Кямрану:

— Ты выглядишь очень усталым. Наверно, далеко ходил?

Кямран грустно улыбнулся:

— Ты угадала, Мюжгян. Я ходил очень далеко... В прошлое десятилетней давности.

Он хотел еще что-то добавить, но Мюжгян поджала губы, желая показать, что она все равно ничего не понимает.

— Вот как?.. — и тут же повернулась к кузену спиной.

Уже много лет Мюжгян сердилась на Кямрана, сердилась упорно, как только способно женское сердце. В его присутствии она ни разу не обмолвилась о Феридэ.

Кямран медленно возвращался через сады. Смеркалось, но горы еще были озарены слабым багрянцем. Приближалась ночь. Небо походило на позднюю фиалку, у которой уже поблекли края лепестков.

Молодой человек остановился на тропинке, бегущей меж деревьев, и долго вглядывался в зеленоватую тьму, туда, где изредка вспыхивали звезды светлячков. Однажды на этой тропинке он увидел Феридэ. Она была в коротенькой матроске, из-под ее шапочки выбивались завитки волос. Он как сейчас видел: вот Чалыкушу идет впереди него, поддевая камни носками маленьких туфель без каблуков.

Минуты бежали. Кямран знал, что домашние беспокоятся, но не спешил, нарочно замедлял шаг, словно искал на этой тропинке следы минувшего счастья.

Вдали у ворот белел женский силуэт. Это была Мюжгян. Почти каждый вечер она гуляла со своим маленьким сыном и, держа малыша под мышки, учила его ходить.

Увидев кузена, Мюжгян замахала рукой:

— Кямран, почему так медленно плетешься? Где ты застрял?

— Так, Мюжгян... Погода славная...

Мюжгян была без малыша и вела себя не совсем обычно. Ее лицо, всегда такое спокойное, казалось возбужденным.

— Что с тобой, Мюжгян? — удивился Кямран.

Молодая женщина промолчала, хотя видно было, что ей хочется что-то сказать.

Они вошли во двор, освещенный голубоватым светом фонаря, висевшего на воротах.

Мюжгян сделала шаг назад, протянула руку к забору и сказала:

— Посмотри, кто приехал.

Кямран обернулся и увидел рядом с собой смеющиеся глаза Феридэ. Зрачки светились голубоватыми искорками, губы улыбались, но лицо было усталым.

Да, перед Кямраном стояла Феридэ. Такой он представлял ее всегда, стоило ему только закрыть глаза. От неожиданности он даже пошатнулся, зажмурившись на мгновение, словно боялся расстаться с прекрасным сном, потом растерянно стал озираться, будто искал точку опоры.

Они молча смотрели друг на друга, охваченные внутренним волнением. Губы их пытались улыбнуться, а на глаза навертывались слезы.

Видимо, Мюжгян почувствовала всю трудность этой минуты, она схватила Феридэ за руку, подтолкнула к Кямрану и сказала шутливо:

— Вы же двоюродные брат и сестра. Кямран, ты по праву можешь считаться старшим братом Феридэ. Поздоровайся со своей сестренкой.

Кямран подался вперед, коснулся губами волос Феридэ и тихо, будто на ухо, сказал:

— У меня нет слов, Феридэ-ханым, чтобы выразить, как я рад увидеть вас снова.

Эти слова вернули Феридэ силы.

— Благодарю вас, Кямран-бей, я тоже очень рада.

В чистом, мелодичном, как прежде, голосе Чалыкушу послышалась жалобная нота. Так звучит надтреснутый хрусталь.

— Когда вы приехали?

— Сегодня около полудня. Я приехала в Стамбул десять дней назад и узнала, что никого из наших нет. А мне так захотелось увидеть тетушек, всех родных! Я подумала: может быть, кто-нибудь из вас соскучился по мне? Да и что значит для человека, который привык путешествовать, доехать до Текирдага? Не так ли, Кямран-бей?

Мюжгян опять вмешалась:

— Хорошо, но к чему все эти церемонии, ханым-бей? Ведь я сказала: вы брат и сестра. Поэтому самое правильное, если ты, Феридэ, назовешь Кямрана агабеем*.

Молодые люди смутились.

— Действительно, Кямран, позволь мне называть тебя так... — робко промолвила Феридэ.

Ожидая его ответа, она вглядывалась в темноту, словно хотела увидеть кого-то.

— Пусть будет, как ты хочешь, Феридэ, — подавленно ответил Кямран. — Как подсказывает тебе сердце.

Наконец разговор принял спокойный характер. Феридэ в нескольких словах рассказала о своем путешествии.

— В Стамбуле у меня были кое-какие дела. Потом, как я уже сказала, очень хотелось увидеть вас. Доктор предоставил мне отпуск на два месяца. Как я рада, что вы все здоровы! Вот только твое горе, Кямран... Я узнала об этом в Стамбуле и очень расстроилась. Какое несчастье — так рано овдоветь! Но у тебя — сын. Пусть Аллах дарует Недждету те годы, что взял у его матери. Какой красивый мальчик, Кямран! Как он мне понравился! Мы сразу же подружились, и он до самого вечера не слезал у меня с колен. Я вообще быстро завожу дружбу с малышами.

Постепенно Феридэ пришла в себя. Ее слова и жесты стали свободными, легкими и, как прежде, походили на повадки шаловливого ребенка.

---

* А г а б е й — старший брат.

Кямран наслаждался, слушая ее голос, глядя на ее улыбающиеся губы, любуясь светлыми, искрящимися в полутьме глазами. Он уже ни о чем не думал, он даже забыл, что Феридэ — жена другого, что через месяц-полтора это счастье снова превратится в сон.

Кямрану так не хотелось, чтобы домашние узнали о его возвращении. Но, увы, его уже заметила Нермин и возвестила об этом во весь голос. Затем она кинулась к воротам, обняла Феридэ:

— Мой братец Кямран тоже свидетель, что я тебя не забывала. Милая Феридэ, мы с ним больше всех разговаривали о нашей сестренке в красном платье. Разве не правда, Кямран?

## II

В этот вечер ужин превратился в праздничное пиршество. Азиз-бей резвился за столом, как ребенок.

— Ах, Чалыкушу, — воскликнул он, — ты сделала меня совсем несчастным! Вспомню твой голос — и чуть не плачу. Вот, оказывается, как я любил тебя!

Чалыкушу вернулась в родное гнездо через много лет, когда все уже потеряли надежду увидеть ее. Она словно принесла на своих крыльях радость и тепло прежних дней, полных любви и счастья. Все были веселы, у каждого в сердце что-то трепетало. Так трепещут крылья мотыльков и ночных бабочек, которые залетают в комнату через распахнутые окна и кружат вокруг лампы. Только к концу ужина тетка Бесимэ, говорившая о каких-то пустяках, вдруг неожиданно расплакалась.

— Не обращайте внимания, — сказала она. — Просто я вспомнила твою мать Гюзидэ.

Феридэ угощала виноградом Неджмета, который сидел у нее на коленях. Она потупилась и спрятала лицо в светлых кудряшках малыша. Только и всего. Через минуту к ней снова вернулась прежняя веселость.

Бесимэ-ханым заговорила с мужем о Неджмие, которая жила в Трапезунде:

— У бедняжки такое горе... В прошлом году она потеряла девочку... Дифтерит...

Феридэ глубоко вздохнула и сказала:

— Я знаю, как это ужасно, тетя. Моя крошка тоже умерла от дифтерита.

— Значит, у тебя был ребенок? — удивилась тетка Айше. — Мы не знали.

Феридэ грустно кивнула:

— Ах, видели бы вы, какая это была девочка! Красавица! Малышку не удалось спасти.

— Сколько ей было лет, Феридэ? — опять спросила тетка Айше.

Феридэ уныло вздохнула:

— Мунисэ исполнилось ровно тринадцать. Я шила ей первый чаршаф, собиралась стать тещей...

За столом раздался дружный смех.

— Ах, Чалыкушу, — воскликнул Азиз-бей, — ты всю жизнь будешь шутить и выдумывать.

Рассказ о тринадцатилетней дочери развеселил всех. А у Феридэ глаза наполнились слезами, она еще сильнее прижала к груди Недждета и принялась рассказывать историю Мунисэ, голос ее звучал все печальнее, все грустнее.

В этот вечер засиделись допоздна.

Азиз-бей волновался:

— Феридэ, дочь моя, ты устала с дороги, ступай ложись.

Феридэ лишь смеялась в ответ, крепче прижимая к груди Недждета, который давно уже спал.

— Ничего, дядюшка, я ведь отдыхаю с вами. Меня так утомило одиночество.

Голубые блестящие глаза Феридэ, ее симпатичная верхняя губа улыбались. Она болтала без умолку. В ней проснулась прежняя Чалыкушу. Видя, что ее слушают, любуются ею, она коверкала слова, мило, кокетливо кривила губы, высовывала кончик языка, втягивала щеки, как ребенок, знающий, что его любят и простят ему все, и говорила не переставая. Дело дошло до того, что старый дядюшка Азиз, опьянев от радости, не удержался и повторил старую шутку. Когда Феридэ была маленькой, он хватал ее за подбородок и насильно целовал в губы, приговаривая: «Ах, негодница Чалыкушу! Ты воровала мою черешню? Отдавай назад!» Под хохот присутствующих он поймал Феридэ за подбородок и, несмотря на отчаянные протесты, повторил то же самое. Затем пристально глянул в глаза племянницы и сказал:

— Ничего не поделаешь, Чалыкушу! Сама виновата. Стала солидной дамой, семейной, а душой по-прежнему ребенок. Даже личико детское. Кто скажет, что это молодая женщина?

Кямран побледнел. В эту минуту он впервые почувствовал, что Чалыкушу принадлежит другому.


III


Прошло два дня. Кямран совсем не видел Феридэ. Десять лет назад она сдружилась в Текирдаге со многими девушками, своими сверстницами. Теперь это были замужние дамы. Они не давали ей покоя, без конца приходили в гости, сидели часами, а потом забирали ее с собой, водили по знакомым или в парк на прогулку.

Мюжгян торжествовала, видя, что кузен тайно страдает. Она говорила ему жалобно, хотя глаза ее смеялись:

— Увы, нет, они не оставляют в покое Феридэ. Впрочем, прежде всего Чалыкушу должна развлечься, встряхнуться.

За это время Кямран видел Феридэ всего лишь дважды: один раз за ужином, второй раз на улице, в чаршафе, когда она возвращалась из гостей.

Настало утро третьего дня. Вопреки обыкновению Кямран проснулся на рассвете. Особняк еще спал. Кямран распахнул окно и увидел в саду Феридэ. Она услышала скрип открывающихся ставен, подняла голову, приставила ладонь козырьком ко лбу, прищуривая глаза от лучей восходящего солнца, и сказала:

— Проснулись, Кямран-бей? Как изменились ваши привычки! Прежде, чтобы разбудить вас, приходилось швырять в окно горсти камней, а зимой — снежки. Вы, оказывается, тоже стали немножко анатолийцем. Когда я в Анатолии просыпалась в этот час, меня стыдили: «Лентяйка, как можно вставать после восхода солнца?»

Сейчас Феридэ очень походила на прежнюю легкую и веселую Чалыкушу. Ее голос напоминал журчание прозрачного родника, дающего сердцу ощущение свежести и прохлады.

Кямран робко спросил:

— Можно мне выйти в сад, Феридэ?

Продолжая прикрываться рукой от солнца, Феридэ ответила насмешливо, скрывая издевку в голосе, как в прежние времена:

— Что ж, это неплохо, если только вы не боитесь, что сырость принесет вред вашему изнеженному телу. Я устрою вам анатолийское угощение.

Феридэ привела Кямрана к развесистому ореховому дереву и усадила на стул, забытый с вечера.

— Подождите меня чуточку, Кямран-бей.

— Мы же собирались бросить церемонии.

— Капельку терпения. Это придет само собой. У меня не хватает смелости сразу дойти до такой непочтительности.

Кямран улыбнулся.

— Но ведь это еще большая непочтительность, Феридэ. Запрещаю тебе. Когда я слышу: «Вы, Кямран-бей...» — мне кажется, что ты насмехаешься надо мной.

Феридэ тоже улыбнулась:

— Это верно, вы правы... Ты прав. А теперь позволь, я подогрею тебе молоко.

— Не надо, прошу тебя, Феридэ.

— Напрасно ты упрямишься. Самая большая любезность для анатолийской женщины — это позволить ей оказать услугу, разрешить сделать то, что она хочет... — Шутливо, но в то же время с грустью Феридэ продолжала: — Ведь у нас только одна возможность понравиться, заслужить одобрение мужчин — это хорошо вести домашние дела.

Феридэ ушла. Слышно было, как она болтает с садовником, который только что поднялся и бродил по саду с медным кувшином в руках, подбирая сухие ветки. Наконец она появилась с чашкой дымящегося молока.

— Молоко не такое, каким бы я хотела тебя угостить, Кямран. Но через три дня... Что у нас сегодня? Да, в четверг утром приглашаю тебя на угощение. Напою молоком от той же овцы, но увидишь: это будет волшебный, ароматный напиток. Как я это сделаю? Секрет. Тебе неинтересно? Какая бесчувственность! Тогда открою тебе тайну.

Три дня подряд я буду кормить овцу грушами... Мне кажется, ты замерзаешь. Свежо немного. Или хочешь, чтобы тетя Бесимэ отругала меня? Скажет: «Сумасшедшая девчонка, простудила моего сына!» Постой, я привыкла к холоду и сырости. Возьми мою шаль.

Феридэ сняла с себя красную шерстяную шаль и накинула ее на плечи Кямрана, который легонько вздрагивал, словно жаловался на утреннюю сырость. Ему вспомнился другой вечер. Это было десять лет назад. Маленькая школьница в коротеньком платье, черном переднике... Они стоят в саду у большого камня. Она сняла свое темно-синее пальто... Детские пальчики запачканы фиолетовыми чернилами. Девочка сказала: «Охранять тебя от болезней — это теперь моя обязанность...»

— Кямран, да ты как старик! Уронишь чашку, обожжешь колени... Почему такой задумчивый?

— Так, вспомнил что-то...

— Вот и я тоже... — быстро перебила Феридэ, словно хотела помешать Кямрану высказаться. — Увидела эту шаль на твоих плечах и вспомнила, как дразнили тебя «Кямран-ханым».

Феридэ села напротив на кухонную скамейку. На ней было просторное платье из плотного матового шелка, что делают в Бурсе, сшитое на провинциальный манер, все в легких широких складках, скрывавших фигуру женщины. Она положила локти на колени, уперлась подбородком в ладони так, что закрыла щеки пальцами, и принялась говорить.

Кямран впервые так близко видел ее лицо, такое светлое и чистое. Он нашел его слегка похудевшим, осунувшимся. От этого глаза Феридэ казались еще больше, а едва заметная тень в уголках делала их даже темными. Пять лет назад голубые глаза Чалыкушу были полны светящегося блеска, а сейчас они напоминали цветы, опаленные огнем. Глаза, как прежде, смеялись, смотрели без смущения, с невинной смелостью, но Кямрану показалось, что он уже не видит, как прежде, всей их глубины, их дна.

Причесана Феридэ была тоже как-то по-провинциальному: впереди пробор, сзади две толстых косы, заплетенных так туго, что стягивали кожу на лбу и висках, слегка приподнимая кончики бровей. От этого тонкие голубоватые жилки под ее прозрачной, нежной кожей проступали еще яснее.

Кямран почти не понимал, о чем говорит Феридэ, он только вслушивался в ее голос, любовался ею. Он обратил внимание, что цвет лица у Феридэ совсем не такой, какой бывает у молодых женщин, счастливых в семейной жизни. Он разглядел на ее лице болезненную прозрачность, скрытый огонь, похожий на лихорадочный румянец, который встречается у роз, увядших на кусте несорванными, да у девушек, обреченных стариться без любви.

Утренний свет делал это лицо таким тонким, таким выразительным... Молодой человек сидел как зачарованный. Ему хотелось плакать. Кямран никогда не думал, что страдание может сделать девичье лицо таким прекрасным.

Улыбка не сходила с губ Феридэ. Чистый голос опять зазвучал печально, как хрусталь, в котором невидимая трещина. Феридэ вспомнила детство.

Кямран осмелел и спросил, как она жила последние годы. Феридэ сделалась серьезной и покачала головой.

— Этого я не помню, Кямран. Помню все до того, как мне исполнилось пятнадцать лет, помню, как я впервые приехала в Текирдаг, а все остальное точно в тумане. Ничего не вижу.

Казалось, и глаза Феридэ застилал туман. Она склонила голову набок и смотрела куда-то вдаль.

И все-таки Феридэ заговорила о последних годах своей жизни. Она рассказала про Хаджи-калфу, мухтара Зейнилер, странного Реджеба-эфенди. Лицо ее смеялось, но в глазах и жестах проскальзывала непонятная усталость, и тогда чуть заметное дребезжание надтреснутого хрусталя в ее голосе усиливалось, словно слышался стон раненого сердца.

Когда Феридэ упомянула о береге реки, Кямран невольно зажмурился и подумал: «Может, это и есть то самое место у водопада, где она клала голову на колени возлюбленного, играющего на тамбуре, и смотрела ему в глаза?»

Чалыкушу рассказала еще несколько пустячных эпизодов из своей жизни, потом как бы невзначай добавила:

— Кямран, а ведь ты еще не видел карточки Хайруллах-бея.

Она сняла золотой медальон, висевший у нее на шее, и протянула кузену. Молодой человек побледнел и взял фотографию. Феридэ вытянула шею, чтобы посмотреть вместе с ним.

— Взгляни на это лицо, Кямран. Какая красота, какое благородство! Не правда ли?

Молодой человек бросил взгляд на Феридэ. Она задумчиво и с такой нежностью любовалась фотографией, что не заметила его взгляда. Пожалуй, в жизни Кямрана эта минута была самой горькой, самой мучительной и жестокой. Значит, тонкая, невинная, изящная красота Феридэ досталась огромному седоволосому старику с грубым лицом!.. Воображение рисовало страшные картины. Ему представилось, как Феридэ бьется в руках этого старика. Из ее полузакрытых глаз на порозовевшие от стыда щеки катятся слезы. Детские невинные губы подрагивают, словно молят о пощаде.

Чалыкушу не смотрела на Кямрана, но, наверно, уловила ход его мыслей, вздрогнула, медленно спрятала медальон на груди и сказала:

— А теперь, Кямран, извини, я пойду... Кажется, у нас сегодня гости.


IV


Прошло только десять дней с тех пор, как Чалыкушу вернулась в родное гнездо. Но каждый вечер Азиз-бей повторял:

— Замечаете, дети?.. Дом словно преобразился. На этот раз Чалыкушу, как ласточка, принесла на своих крыльях весну. Жаль, что прошел еще один день!

Феридэ смеялась:

— Это не страшно, дядюшка. Через несколько лет я опять получу разрешение и приеду. Не горюйте. К тому же впереди у вас еще столько дней... Зачем же заранее омрачать нашу радость?

Чалыкушу сделалась прежней Чалыкушу. Она ожила, словно распустившийся цветок под лучами солнца после бури. Она опять верховодила детворой — юными обитателями дома. Все, начиная от трехлетней дочери Мюжгян и Недждета и кончая Нермин, которой уже шел восемнадцатый, очень привязались к Чалыкушу, с утра до вечера бегали за ней по пятам, наполняя особняк радостью, весельем и хохотом. Иногда они так расходились, что старшим приходилось делать им замечания. Впрочем, резвость Чалыкушу всех радовала. Ведь как-никак в прошлом они с Кямраном были женихом и невестой и все вначале боялись, как бы не открылись старые раны, кажется, зарубцевавшиеся за последние пять лет. Но необузданная веселость Феридэ и тихое, безмятежное счастье Кямрана, которому словно нужно было только одно — издали смотреть на нее, всех успокоили. Одни лишь тетушки считали, что осторожность никогда не мешает, и старались изо всех сил восстановить между молодыми людьми стародавние отношения «старшего брата» и «младшей сестренки». Как не говорят громко в комнате, где заснул больной ребенок, так и в их присутствии не вспоминали о грустном прошлом.

Иногда Азиз-бей вдруг спрашивал у Феридэ:

— Нельзя ли погостить у нас подольше?

Но в ответ она только мрачнела.

— Это невозможно, дядюшка, — отвечала она. — Чалыкушу — мать другого гнезда, ее там ждут.


Кямран ревновал гостью к маленькому Недждету. Чтобы их разлучить, приходилось ждать, пока ребенок заснет на руках у Чалыкушу.

Однажды Кямран был свидетелем такой сцены. Феридэ огорченно говорила малышу:

— Ну-ка, Недждет, скажи... Скажи еще раз: тетя, тетя, тетя...

Мальчик не повиновался, мотал белокурой головкой и твердил:

— Мама, мама, мама...

— Оставь, Феридэ, — робко сказал Кямран. — Пусть говорит «мама». Что здесь плохого? Может, мальчуган испытывает в этом потребность.

Феридэ ничего не ответила, наклонилась и долго гладила волосы Недждета.


# V

Как-то утром Кямрана разбудил легкий стук в окно. Он сразу догадался. Так поднимать с постели могла только Феридэ.

Чалыкушу снова приглашала его к большому ореховому дереву на ранний завтрак. На столике уже стояли молоко, которое, как она обещала, ароматно пахло грушами; рядом — маленькие провинциальные чуреки и блюдечко с чем-то розовым, похожим на варенье.

Феридэ помазала чурек этим вареньем и протянула Кямрану:

— Любуйся искусством моих рук. Не знаю названия чуреков, но варенье зовется гюльбешекер.

Феридэ опять взяла низенькую кухонную скамейку и села у ног Кямрана.

— А теперь скажи, Кямран, нравится тебе гюльбешекер?

— Нравится, — улыбнулся молодой человек.

— Ты любишь гюльбешекер?

— Люблю.

— Нет, не так, Кямран... Скажи: «Я люблю гюльбешекер».

— Я люблю гюльбешекер, — повторил Кямран и засмеялся, не понимая смысла этой странной прихоти.

Щеки Феридэ горели румянцем, глаза искрились, ресницы смущенно подрагивали. Она наклонилась к Кямрану и взволнованно спросила:

— Ну, еще раз, Кямран: «Я люблю гюльбешекер!»

Молодой человек восторженно смотрел на ее вздрагивающие губы; они даже чуть кривились, как у ребенка, который готов заплакать, если ему не дадут то, чего он просит.

— Я очень люблю гюльбешекер. Очень люблю... Так, как ты хочешь...

Феридэ радостно хлопала в ладоши. Губы ее смеялись, а из глаз текли слезы. Она подтрунивала над собой, словно стыдила кого-то чужого, расстроившегося из-за пустяка:

— Как глупо, как глупо так радоваться оттого, что похвалили твое искусство!

Феридэ вытирала слезы, но они все текли и текли. Вдруг она приглушенно вскрикнула, закрыла лицо и, плача, побежала в дом.


Через несколько дней под вечер Кямран и Азиз-бей возвращались с рынка. У ребятишек вошло в обычай, заметив их издали, выстраиваться у ворот в ожидании подарков: фруктов, конфет, шоколада.

Кямран одарял попрошаек, и вдруг кто-то бросил ему под ноги горсть мелких камней. Наделив последнего малыша, он оглянулся. Это была Чалыкушу. Она стояла чуть поодаль под большим каштаном и делала рукой какие-то знаки.

— Вам, должно быть, понятен смысл, Кямран-бей? Ведь существую еще и я...

Как всегда, собираясь пошутить или наказать кузена, Феридэ обращалась к нему на «вы».

— Выходит, вы раньше времени дали мне отставку, — с улыбкой продолжала она. — А где же моя доля? Думаете, ваши старые проделки забыты, эфендим? Или — плата за молчание, или — сегодня вечером за столом я оглашу историю, которая произошла у чинары.

Феридэ смеялась, показывая Кямрану кончик розового языка, как она делала десять лет назад у этих же ворот. Кямран достал из кармана пальто коробку.

— Разве я еще не рассчитался, Феридэ? — спросил он. — Вот так совпадение! Как раз сегодня я купил шоколадные конфеты с ромом. Хотел сам съесть тайком... Но если мне угрожают разоблачением, что поделаешь...

Лицо Феридэ озарилось детской радостью.

— Ах, как чудесно, как чудесно! — воскликнула она.

— Но с одним условием, Чалыкушу: я сам положу их тебе в рот.

— То есть как это?

— Очень просто. Как я хотел это сделать десять лет назад.

Кямран поднес конфету к губам Феридэ. Она на мгновение заколебалась, затем подалась вперед и взяла ее губами.

Съесть подобным же образом вторую конфету Чалыкушу отказалась, несмотря на настойчивые просьбы Кямрана.

— Дай сюда, — сказала она. — После ужина мы съедим ее вместе с Недждетом.

— Феридэ, давай пройдемся до той изгороди. Посмотрим на море. Оно такое прекрасное! Будем разговаривать и любоваться им.

— Хорошо. Только надо отнести домой коробку. Одну минуту.

Впервые Кямран осмелился дотронуться до Феридэ, он схватил ее за руку:

— Нет, Феридэ, я не верю. Скажешь: «Подожди минуту...» — и не придешь. А если придешь, то кто знает, когда и как... Знаешь, я потерял уже к тебе доверие.

Феридэ ничего не ответила, лишь потупилась и медленно пошла рядом с Кямраном.

В этот вечер Кямран был грустен, рассеян. Он уже не мог сдерживаться и все время жаловался, отрывисто, бессвязно.

На море уже опускались вечерние сумерки, вдали показалась стая птиц.

— Посмотри, Феридэ, — сказал Кямран, — скоро и ты улетишь, как они... Да?

Феридэ молчала.

— Скажи, неужели ты без сожаления расстанешься с тетушками, двоюродными братьями, сестрами, со своими друзьями, с этими местами, где проходило твое детство?

И опять она ничего не сказала.

— Неужели, если ты счастлива в своем доме и несешь счастье другим, тебе не будет больно за наше гнездо, которое осиротеет без тебя?

Феридэ не отвечала, даже не слушала. Она писала что-то огрызком карандаша на коробке, что-то зачеркивала.

— Не хочешь отвечать? — спросил Кямран.

В голосе его звучала обида. Чалыкушу задумчиво посмотрела на кузена.

— Прости, Кямран. Мысли мои блуждали далеко. Я прослушала, что ты сказал. Мне вспомнилась старинная песня, которую я некогда слышала, но потом забыла. Не знаю почему, именно сейчас я вспомнила ее. Вот слова, я записала, чтобы опять не забыть. Хочешь, прочти. Извини меня, я продрогла, пойду домой.

Кямран прочел четыре строчки, написанные неразборчивым почерком Феридэ:

Моя светлая любовь, не открывай мне уста, не надо!
Не проси меня петь никогда, сердце полно муками ада.
Жестокая, не перечь мне. В тебе лишь отрада.
Не проси меня петь никогда, сердце полно муками ада.


## VI

Феридэ стала избегать Кямрана. Она угадывала все его хитрости, разрушала все ловушки, которые он расставлял, стремясь остаться с ней наедине. А разговаривая с кузеном в присутствии посторонних, она не смотрела ему в лицо, отводила глаза.

На четвертый день под вечер все домашние вместе с детьми ушли в гости. Вернуться они должны были не раньше вечернего эзана.

На улице сердитый ветер гнал тучи пыли, свистел и завывал на окрестных холмах. Но Кямрану не сиделось дома, и он вышел побродить.

Деревья шумели и дрожали, словно по ним барабанил невидимый дождь. Дорогу, убегающую вдаль, перерезали песчаные вихри.

Пыль била Кямрану в лицо, попадала в глаза. Через каждые пять шагов приходилось останавливаться и поворачиваться к ветру спиной.

На вершине небольшого голого холмика Кямран увидел несколько каменных глыб. Рядом билось, сгибаясь на ветру, размахивая оголенными ветвями, тощее низкорослое деревце. Кямран свернул с дороги, подошел к скалам и сел с подветренной стороны. Кругом было безлюдно, как в пустыне. Никогда еще природа не представлялась такой безжизненной, ее прелести — такими никчемными, а жизнь — лишенной всех надежд.

Вдруг вдали на дороге, которая словно пролегала по морю, появился человек. Судя по пестрому одеянию, это была женщина. Сам не зная почему, Кямран спустился с холма и пошел навстречу. Через несколько минут он узнал светло-розовый чаршаф Нермин. Девушка тоже его увидела и замахала зонтиком.

«Странно, — удивился Кямран. — Почему Нермин не вместе со всеми? Почему она одна?» — и зашагал быстрее.

Девушка шла, наклонив голову, придерживая одной рукой юбку, другой — пелерину чаршафа, которая рвалась вверх и билась на ветру, как крыло хищной птицы.

Наконец Кямран разглядел лицо девушки, и сердце его учащенно забилось: под светло-розовым чаршафом Нермин была Феридэ.

Их разделяло уже несколько шагов. Неожиданно ветер вырвал из рук Феридэ зонтик. Она вскрикнула и хотела кинуться за ним, но тогда ветер взметнул ее юбку, поднял пелерину, растрепал волосы. Кямран подоспел вовремя. Он поймал зонтик возле кустов, подбежал и прикрыл Феридэ от ветра полами своего пальто, помог поправить чаршаф.

— Как хорошо, что я встретила тебя, Кямран. Ветер, словно стая настоящих чалыкушу, налетел на меня и чуть не унес.

Она хотела сказать еще что-то, но порыв ветра заставил ее опять пригнуть голову, закрыть глаза и рот.

Они зашагали по дороге. Кямран по-прежнему пытался защитить ее от ветра своим пальто.

Феридэ уже пришла в себя и могла говорить. Впрочем, ей больше хотелось смеяться. Она заливалась безудержным хохотом, пока наконец, запинаясь, срывающимся голосом с трудом могла сказать:

— Знаешь, почему я смеюсь, Кямран? Сидим в гостях — и вдруг я вспомнила, что мне надо обязательно забежать на базар. Я была в ельдирме и, конечно, не могла так появиться на улице. Нермин выручила. И вот, когда я в ее чаршафе выходила с базара, за мной увязался какой-то офицер. Он догнал меня и сказал: «Нермин-ханым, вы здесь? Какое неожиданное счастье, ханым-эфенди!» Девушка хотела оказать мне услугу, а вместо этого выдала себя с головой. Мне было так смешно, что я не выдержала и фыркнула. Офицер понял ошибку и кинулся бежать. Я думаю, все ясно: увидеть вместо Нермин пожилую особу!..

Кямран улыбнулся. Феридэ продолжала:

— Впрочем, я очень плохо поступила, выдав тебе чужую тайну. Просто я не могу вовремя остановить свой болтливый язык. Милый, ради Аллаха, никому не говори. Хорошо? Только кто знает... Может, в будущем Нермин его полюбит. Если сможешь им как-нибудь помочь...

— Обещаю, Феридэ. Но ведь Нермин еще совсем ребенок.

— Возможно. — В голосе Феридэ зазвучала жалобная нотка. — Но в детских сердцах так легко ошибиться.

Некоторое время молодые люди шли молча. Ветер утих. Они замедлили шаг. Ах, как им не хотелось, чтобы дорога кончилась!

Кямран грустно размышлял:

«Только что природа казалась мне безжизненной, никчемной, себя я считал человеком ненужным, а сейчас, защищая от ветра красивую женщину в светло-розовом детском чаршафе, я испытываю невыразимое счастье. И так могло быть всегда! Стоило только захотеть, и я сделал бы эту красивую маленькую женщину счастливой и был бы счастлив сам. Ах, как жаль!»

Феридэ шла медленно, задумавшись. Вдруг она снова заговорила, уже спокойно, словно о каких-то пустяках:

— Как бы там ни было, а это маленькое путешествие развлекло меня. Впечатлений теперь хватит на несколько лет. Когда я опять сильно соскучусь по своим тетушкам, по всем вам, я снова приеду. Пройдут годы, мои волосы начнут седеть. И твои тоже, конечно. Встречаясь, мы по-прежнему будем радоваться, а расставаясь, меньше грустить. Кто знает, возможно, когда-нибудь я даже приеду навсегда. Не так ли? Ведь это жизнь. Все может случиться. И ты уже станешь моим настоящим старшим братом. Старики по одному будут уходить от нас, и мы станем больше ценить друг друга, будем более снисходительно относиться к недостаткам в людях. Наши последние годы пройдут в тех местах, где мы провели свое детство.

Звон надтреснутого хрусталя в ее голосе звучал все явственнее, делал его таким грустным, печальным.

По дороге брела нищенка с ребенком. Босоногий мальчуган запрыгал вокруг Феридэ, стал теребить высохшими ручонками подол ее платья.

Кямран остановился и протянул женщине монетку. Феридэ, привыкшая возиться с маленькими сиротами, ласково погладила мальчика по голове.

Когда они снова двинулись в путь, нищенка сказала им вслед:

— Да не разлучит вас Аллах!.. Да сделает Аллах красивую ханым твоей!..

Молодые люди невольно остановились. В глазах Кямрана, как в зеркале, отражалась горечь, накопившаяся в сердце.

— Феридэ, слышишь, что она сказала?

Феридэ не ответила, по щекам ее катились крупные слезы. Они шагали дальше, но уже на расстоянии друг от друга.


К особняку они подошли в сумерках. Ветер стих. Деревья, утомленные продолжительной борьбой, погрузились в дрему.

Скалы на берегу отливали перламутровым блеском, словно светились изнутри.

— Еще рано, Феридэ, — сказал Кямран. — Наши не вернулись из города. Может, пройдемся к скалам?

Феридэ колебалась:

— Извини, Кямран, я пойду переоденусь. Ветер совсем растрепал мои волосы.

В голосе звучала усталость. Полчаса назад ее светлорозовый чаршаф казался живым существом, страстно обнимал грудь, колени, нежно трепетал, сейчас он безжизненной тряпкой повис на плечах женщины.

Феридэ бессильно опустилась на большой камень у ворот и принялась зонтиком чертить на песке линии, запутанные и изломанные, как ее жизнь. Немного погодя Кямран сел рядом, коснувшись плечом ее плеча, и взял ее руку. Феридэ встрепенулась, растерянно оглянулась по сторонам, словно желая убежать. Она несколько раз глубоко вздохнула, глаза ее на мгновение как-то дико вспыхнули и сразу погасли, сделались робкими, покорными. Она протянула Кямрану вторую руку, дрожащую и холодную как лед. Так они сидели рядом, прижавшись, зажмурив глаза. У Кямрана стучало в висках. Он думал: «Вот пальцы Феридэ дрожат в моей руке. Неужели волшебные сны могут сбыться?» Наконец он открыл глаза.

Феридэ снова вздохнула, точно ребенок, всхлипывающий во сне, и опустила на плечо Кямрана отяжелевшую голову.

Кямран чувствовал, как при каждом движении Феридэ еще крепче прижимается к нему, еще сильнее стискивает его руку.

Неожиданно его губы сами собой шепнули:

— Я люблю Гюльбешекер...

Скрип калитки заставил очнуться молодых людей от сна. Чалыкушу вскочила с легкостью птицы, вспугнутой выстрелом. Первой шла Нермин. Феридэ кинулась к ней, взволнованно обняла ее и покрыла поцелуями лицо и волосы девушки.

Никто не понимал причину столь бурной радости. От недавней усталости Чалыкушу не осталось и следа. Она хватала на руки малышей и подбрасывала вверх. Те оглушительно визжали.

Когда все входили в дом, она чуть отстала в темном коридоре, поджидая кузена, и тихо шепнула:

— Спасибо, Кямран.


VII


На следующий день Феридэ опять пошла в город одна и вернулась после полудня усталая, измученная. Несмотря на это, она, как всегда, собрала всех ребят и принялась сооружать в саду за домом качели.

Когда Кямран сбежал от старого болтливого гостя Азиз-бея и пришел в сад, на качелях уже сидели Феридэ и

Неджет. Феридэ раскачивалась что было сил, Неджет пронзительно визжал и карабкался ей на шею, словно котенок.

Как десять лет назад, тетка Айше закричала:

— Феридэ, дочь моя, перестань безумствовать! Уронишь ребенка!..

Непослушная Чалыкушу весело закричала в ответ:

— Ой, тетя, что вы волнуетесь? Ведь главный хозяин Неджета не жалуется. Верно, Кямран?

Феридэ по очереди качала ребят, чтобы доставить удовольствие каждому. Самой отчаянной трусихой оказалась семнадцатилетняя Нермин. Всякий раз, когда качели взлетали вверх, она громко вскрикивала.

Наконец Феридэ спрыгнула на землю. Волосы ее растрепались и прилипли к потному лицу. Отряхивая с рук ворс от веревки, она спросила:

— Ну кажется, все катались?

Кямран нерешительно сказал:

— Ты забыла обо мне, Феридэ.

Чалыкушу беспомощно улыбнулась. Отказывать не хотелось, а согласиться она не решалась. Взгляд ее скользнул по веревке качелей, веткам дерева. Она ждала, что кто-нибудь со стороны поддержит Кямрана.

— Как же быть? Не знаю... — пробормотала она. — Мне кажется, качели не выдержат нас. Как ты думаешь, Мюжгян?

Мюжгян схватила рукой веревку и спокойно посмотрела в глаза Кямрана.

— Дело не в веревке... — сказала она. — Феридэ совсем замучилась. Взгляни на нее, Кямран. Мне кажется, грешно еще утруждать уставшую женщину.

Феридэ хотела возразить, но, поняв тайный смысл слов и взглядов Мюжгян, смущенно и робко, как провинившийся ребенок, опустила голову:

— Да, я очень устала.

И действительно лицо Феридэ сразу потускнело, в глазах погасли задорные огоньки.

Продолжая пристально смотреть на Кямрана, Мюжгян тихо сказала:

— Ты еще более бессердечен, чем я думала.

— Почему? — так же тихо спросил молодой человек.

Мюжгян отвела Кямрана в сторону.

— Не видишь, в каком она состоянии? Разве мало того, что ты разбил ей жизнь и сердце?

— Мюжгян...

— Мы столько лет не виделись. Феридэ не выдержала горечи разлуки, забыла обиду, боль и приехала. Она почти выздоровела. А ты снова бередишь рану, которая только что затянулась... — На глаза Мюжгян набежали слезы. — Я думаю о том, как будет мучиться несчастная завтра, уезжая. Да, Кямран, завтра Феридэ уезжает. Все уже готово. Теперь она больше не рассказывает мне ни о своей жизни, ни о том, что у нее на душе. Внезапный отъезд для меня тоже неожиданность. Когда я спросила, к чему такая спешка, Феридэ сослалась на письмо, полученное от мужа. Уверена, это неправда. Она бежит от тебя, сколько же бедная будет страдать? Я говорю это не просто так, Кямран. Боюсь, расставание будет для нее очень мучительным. Феридэ сильная, удивительно сильная, но она ведь женщина. Ты в долгу перед ней! За разбитую жизнь! Сделай все, чтобы в последние часы перед разлукой она была мужественной и спокойной. Постарайся.

Кямран стоял бледный как стена.

— Ты говоришь только о разбитой жизни Феридэ. А как же моя?

— Ты сам этого хотел.

— Не будь такой жестокой, Мюжгян!

— Пойми, если бы было иное положение, я бы и говорила иначе. Но что мы можем сейчас поделать?! Феридэ — жена другого, она связана по рукам и ногам. Да, вижу, ты тоже очень несчастен. Я уже не сержусь на тебя. Но делать нечего...

Весть об отъезде Феридэ быстро разнеслась по дому. Но никто об этом не говорил вслух. Ужин прошел в гробовом молчании. Азиз-бей выглядел еще более старым, разбитым. Он посадил Феридэ рядом, гладил ее плечи, брал за подбородок, смотрел в глаза и приговаривал:

— Ах, Чалыкушу!.. Ты разбила на старости лет мое сердце!..

В этот вечер все разошлись рано.

## VIII

Уже за полночь, когда особняк спал, Мюжгян вышла из своей комнаты. На плечах у нее была тонкая шаль, в руках — маленький подсвечник. На цыпочках, то и дело останавливаясь, она добралась до комнаты Кямрана. За дверью было темно и тихо. Молодая женщина осторожно постучала и шепотом позвала:

— Братец Кямран, ты спишь?

Дверь открылась. На пороге стоял Кямран. Он даже не раздевался. Тусклое пламя свечи осветило его бледное, усталое лицо. Он часто моргал глазами, словно слабый свет слепил его.

— Ты еще не лег, Кямран?

— Как видишь...

— А почему потушил лампу?

— Этой ночью свет жжет мне глаза.

— Что же ты делаешь в потемках?

Кямран горько усмехнулся:

— Ничего. Пережевываю да перевариваю свое горе, свою боль. А почему ты пришла так поздно? Что тебе надо?

Мюжгян заметно волновалась.

— Ты знаешь, удивительная новость! Не горюй, Кямран, возьми себя в руки. Сейчас узнаешь...

Мюжгян вошла в комнату, поставила свечу на стол и осторожно прикрыла дверь. Она молчала, словно раздумывала, с чего начать. Наконец заговорила:

— Не бойся, мой дорогой Кямран. У меня нет дурных вестей. Напротив, это очень хорошо. Но если ты будешь так волноваться...

Мюжгян старалась успокоить брата, а сама волновалась еще больше. На ее глазах блестели слезы, голос дрожал.

— Слушай, Кямран. Вечером ко мне пришла Феридэ, странная какая-то, необычная... «Мюжгян, — сказала она, — только тебе одной могу я открыть свое сердце. Ближе тебя у меня нет никого. Хочу, чтобы ты знала еще одну тайну. Храни ее до утра, пока я не уеду. Потом расскажешь всем. Знаю, вы были поражены моим неожиданным приездом. Я объяснила его тем, что сильно тосковала и не могла перенести разлуку. Да, это верно... Но не это главная причина.

Я приехала сюда, чтобы выполнить обещание, которое дала самому дорогому мне человеку, когда он лежал на смертном одре. Мюжгян, я была вынуждена сказать вам неправду. Мой муж умер три месяца назад от рака...»

Сказав это, Феридэ прижалась головой к моему плечу и зарыдала. С трудом сдерживая слезы, она продолжала рассказ: «Перед смертью доктор вызвал меня и сказал: "Феридэ, теперь я не боюсь, что ты будешь нуждаться, все мое наследство переходит к тебе. Скромному человеку этих денег хватит на всю жизнь. Но меня волнует другое. Женщине нельзя жить одной, даже если она богата. Деньги — одно, а любовь, теплота — совсем другое. Феридэ, если хочешь, чтобы я умер спокойно, поклянись, что после моей смерти ты поедешь в Стамбул к своим родным. Если даже не захочешь остаться с ними навсегда, то поживешь там хоть два-три месяца. Жизнь бесконечна. Может, когда-нибудь родные будут нужны тебе. Или случится, что в один прекрасный день ты затоскуешь о семейном тепле... Словом, милая Феридэ, если я буду твердо знать, что ты помиришься с родными, то умру спокойно, не буду тревожиться за твою судьбу..."

Я, плача, обещала доктору выполнить его последнее желание. Но и этого ему показалось мало. Он просил меня помириться с моим бывшим женихом, говорил, что Кямран когда-нибудь станет для меня старшим братом. Доктор передал мне запечатанный сургучом пакет, который я должна была своей рукой вручить Кямрану.

"В этом пакете, — сказал он, — старая тетрадь, которая когда-то очень огорчила меня. Я хочу, чтобы и твой бывший жених непременно прочел ее. Поклянись, что передашь..."

Теперь ты все знаешь, Мюжгян... Мой милый доктор был честным, искренним человеком. Он считал, что для меня примирение с родными — единственное спасение от одиночества в жизни. Но он не мог знать, как это будет мучительно. Я похоронила доктора рядом с Мунисэ и приехала в Стамбул. Только там я поняла, как трудно выполнить это завещание: мне сообщили о смерти Мюневвер. Там же я узнала, что обо мне очень плохо говорят. Если бы жена Кямрана была жива, мой приезд на несколько дней к родным выглядел бы вполне естественно: ведь я вдова, мой муж только что умер... Но теперь все вы, даже Кямран, даже ты, Мюжгян, которая знает меня лучше других, можете подумать обо мне ужасно плохо. Скажете: "Ездила, годами бродяжничала; какие только не перенесла приключения; кто знает, наверно, низменные расчеты заставили ее продать себя старику... А теперь, узнав, что Кямран свободен, вернулась в родной дом, который покинула и прокляла пять лет назад. Опять расчет!.." Возможно, некоторые из вас, добрые и сострадательные, думали бы иначе, но даже перед ними я чувствовала бы себя неловко...»

Мюжгян волновалась все больше и больше, лицо ее было печально.

— Ах, Кямран, — продолжала она, — слышал бы ты ее рассказ. Как Феридэ плакала, убивалась. Не могу забыть ее последних слов: «Невозможно передать, в каком я была ужасном состоянии, убегая из родного дома! Сколько горечи я испытала в жизни. Разве можно рассказать, какая жестокая необходимость заставила меня выйти замуж. Если двадцатипятилетняя женщина, у которой в жизни было много приключений, да еще побывавшая замужем, станет утверждать, что она чистая, невинная девушка, что лица ее и тела никогда не касались мужские губы, люди засмеются, скажут: "Какая лгунья!" Не так ли, Мюжгян? Невозможно доказать обратное. Больше я ничего не скажу. Мне не известно, что лежит в пакете, который доктор предназначил Кямрану. Может, там что-нибудь необыкновенное! Я выполнила последнее желание умершего, хотя это мне стоило многих страданий и мук. Но у меня нет сил сделать последний шаг. Завтра все кончится. Отдай пакет Кямрану, когда я сяду на пароход...»

Мюжгян замолчала. Молодая женщина умела сохранять присутствие духа, держать себя в руках даже в самые трудные минуты жизни, но сейчас она плакала, как ребенок.

— Кямран, мы больше не оставим Феридэ одну, — сказала она, протягивая к брату дрожащие руки. — Если надо, мы удержим ее силой. Каким бы ни было ее прошлое, вы не должны расставаться. Я вижу, вы оба не перенесете...

Кямран находился в каком-то оцепенении. Сколько надежды! Сколько боли!.. Это было слишком для впечатлительного мечтателя. Очнувшись от задумчивости, как больной, много дней пролежавший без сознания, он оглядывался по сторонам и часто моргал.

Мюжгян достала из-под шали пакет, запечатанный красным сургучом.

— Вопреки обещанию, которое я дала Феридэ, вручаю его тебе сейчас.

Молодая женщина поправила шаль и хотела выйти. Кямран удержал ее.

— Мюжгян, у меня к тебе просьба. Ты больше всех принимаешь участие в этой истории. Вскроем пакет и прочтем вместе.

На столе стояла лампа. Мюжгян зажгла ее. Кямран распечатал конверт. В нем оказались еще один плотный пакет и письмо, написанное жирным размашистым почерком.

«Сын мой, Кямран-бей!

Вам пишет отошедший от мирской суеты старик, посвятивший одну часть своих дней на этом свете книгам, а другую — раненным в запутанной драке, именуемой жизнью. По-видимому, задолго до того как письмо попадет в ваши руки, старик уже распрощается с бренным миром. Только надежда, что я совершу последнее доброе дело для несчастного, дорогого моему сердцу существа, заставляет меня писать эти строки на смертном одре.

Однажды в ветхом домишке далекой деревни я встретил маленькую стамбульскую девочку, чистую, как свет, красивую, как мечта. Представьте суровую зимнюю ночь, когда вовсю валит снег; вы открываете окно, и вдруг из тьмы к вам доносится пение соловья. В ту минуту я ощутил нечто подобное. Какая проклятая судьба или случайность забросила эту изящную невинную девочку, это редкое прекрасное творение природы в темную деревню? Я видел, сердце ее обливается слезами, а глаза и губы смеются. Она попыталась обмануть меня наивными рассказами о самопожертвовании. Я подумал: "Ах, бедная маленькая девочка! Можно ли поверить твоим сказкам? Ведь я не тот глупый, невежественный возлюбленный, которого ты оставила в Стамбуле!" Ее глаза, томные как у ребенка, которого разбудили, не дав ему досмотреть сладкий сон, неловкие, нерешительные движения, подрагивающие губы рассказали мне все.

Раньше я часто с нежностью и восторгом вспоминал про Меджнуна, который прошел пустыню в поисках своей Лейлы*. Встретив Феридэ, я забыл эту старинную легенду и стал вспоминать другую Лейлу, маленькую, благородную, невинную, прекрасную, с чистыми голубыми глазами, Лейлу нового времени, которая в темных деревнях с бесчисленными могилами искала утешение в несбыточных снах о любви. Через два года мы опять встретились. Та же болезнь подтачивала силы девочки. Ах, почему в тот день, когда мы впервые увиделись, я не увез ее, перекинув через седло впереди себя? Почему я насильно не приволок ее в Стамбул, в родной дом? Какая оплошность!

Когда мы встретились с ней вторично, случилось непоправимое: вы женились. Я думал, она еще ребенок, вся жизнь впереди, забудет вас. Во время болезни Феридэ в руки мне случайно попал ее дневник. Тогда я понял, насколько глубока была рана в этом юном сердце. Девушка записала всю свою жизнь. Нет никакой надежды, что она разлюбит вас.

Но мне хотелось вылечить ее, как своего родного ребенка. Козни, интриги ничтожных людишек помешали сделать и это. Тогда у меня появилась мысль выдать ее замуж за порядочного человека. Но это было опасно. Каким бы хорошим человеком ни оказался ее муж, он потребовал бы от Феридэ любви. Моя девочка родилась для любви, из-за любви страдала, но любить нежеланного было бы для нее невыносимой пыткой. Любить одного, а попасть в объятия другого!.. Это могло убить ее. Надо было спасать девушку. Я сделал Феридэ своей невестой и был полон решимости защищать ее, пока жив. А после моей смерти небольшое состояние, несколько имений, вполне смогло бы ее прокормить. Вдове жить гораздо легче, чем девушке, на которую косо смотрят.

Я никогда не терял надежду, что в один прекрасный день ее мечта сбудется. Чего только не случается в жизни! Кончина вашей супруги дала мне новый повод думать, что все может перемениться. Я непрерывно получал

---

*Л е й л а и М е д ж н у н — имена влюбленных; легенда об их любви очень популярна на Востоке, легла в основу поэмы «Лейла и Меджнун» великого азербайджанского поэта Низами (XII в.).

информацию о вас из Стамбула. Возможно, эта утрата сильно огорчила вашу семью, но я буду лицемером, если скажу, что и меня тоже. Я ждал удобного случая, чтобы освободить Феридэ от фиктивного брака и вернуть ее вам. Не знаю, как расценили бы мой поступок люди, но я давно уже махнул рукой на все сплетни. Как раз в это время моя болезнь начала прогрессировать, и я понял, что через несколько месяцев вопрос разрешится. Мне кажется, нет надобности вдаваться в подробности. Под каким-нибудь предлогом я пошлю Феридэ в Стамбул, и она передаст вам мое письмо. Я хорошо изучил ее. Это странная девушка! Возможно, она будет капризничать, придумывать что-нибудь. Не обращай внимания, ни за что не отпускай ее от себя. А понадобится, будь с ней диким и грубым, как горцы, которые похищают женщин. Знай, если она умрет в твоих объятиях, значит, она умерла от счастья.

Могу добавить, что я меньше всего думаю о тебе. Лично я не отдал бы тебе в руки даже свою домашнюю кошку. Но что поделаешь? Этим сумасшедшим девчонкам невозможно ничего втолковать. Не знаю, что их привлекает в таких пустых, бессердечных людях, как ты.

*Ныне покойник Хайруллах*

*P.S.* В пакете дневник Феридэ. В прошлом году, когда мы приехали в Аладжакая, я незаметно унес из коляски ее сундучок, а потом сказал, что его украли извозчики. В сундучке лежал дневник. Я видел, что она очень расстроена, хотя виду не подала. Как я был прав, думая, что этот дневник когда-нибудь пригодится!»


IX


Когда молодые люди перевернули последнюю страницу дневника в голубом переплете, за окном уже светало, в саду проснулись птицы.

Кямран опустил отяжелевшую от усталости и переживаний голову на пожелтевший листок тетради и несколько раз поцеловал дорогие строчки, размытые во многих местах слезами.

Они уже хотели отложить дневник, как вдруг Мюжгян поднесла к лампе голубой переплет, присмотрелась и сказала:

— Это не все, Кямран. На обложке тоже что-то написано. Но на голубом трудно разобрать чернила.

Молодые люди поправили у лампы фитиль и снова склонились над дневником. С трудом можно было прочесть следующее:

«Вчера я навсегда закрыла дневник. Думала, что утром, после брачной ночи, я не осмелюсь не только писать воспоминания, но даже смотреться в зеркало, даже говорить, слышать свой голос. Однако...

Итак, вчера я стала новобрачной. Я покорно отдалась течению, словно сухой лист, попавший в водоворот. Я делала все, что мне скажут, ничему не перечила, даже позволила надеть на себя длинное белое платье, которое доктор привез из Измира. Разрешила вплести в свои волосы серебряные нити. Но когда меня подвели к большому зеркалу, я на мгновение зажмурилась. И только. В этом выражался весь мой протест.

Приходили люди посмотреть на меня. Заглянули даже мои бывшие коллеги по школе. Я не слышала, что они говорили, только старалась всем улыбаться однообразной жалкой улыбкой.

Какая-то старушка сказала, увидев мое лицо:

— Повезло старому хрычу! Подстрелили журавушку прямо в глаз!

Хайруллах-бей вернулся домой к ужину. Он был одет в длиннополый сюртук, корсетом стягивавший его полную фигуру. Совершенно фантастический галстук ярко-красного цвета сбился набок. Мне было очень грустно, и все-таки я не смогла удержаться и тихонько засмеялась. Я подумала, что не имею права делать старика посмешищем, сняла с него этот галстук и надела другой.

Хайруллах-бей смеялся и приговаривал:

— Браво, дочь моя! Из тебя выйдет замечательная хозяйка. Ну, видишь, как тебе полезно было стать моей женой!

Гости разошлись. Мы сидели друг против друга у окна в столовой.

— Крошка, — сказал Хайруллах-бей, — знаешь ли ты, почему я запоздал? Я ходил к Мунисэ, отнес на могилку цветы и несколько золотых нитей. Тебе девочка не смела говорить, но, когда мы оставались одни, она часто твердила: "Моя абаджиим станет невестой, вплетет себе в волосы золотые нити, и я тоже вплету..." Я бы сам украсил этими нитками рыженькие волосики нашей канареечки. Но что поделаешь...

Я не выдержала, отвернулась к окну, заплакала. Слезы были легкие, еле заметные, как туман за окном в этот грустный вечер. Это были тайные слезы, которые тут же высыхали у меня на ресницах.

Как всегда, в этот вечер мы долго сидели внизу, в столовой. Хайруллах-бей устроился в углу в кресле, надел очки и раскрыл у себя на коленях какую-то толстую книгу.

— Госпожа новобрачная, — сказал он, — "молодому" мужу не надлежит заниматься чтением. Но ты уж меня прости. И не беспокойся, ночи длинные, еще будет время прочесть тебе любовную сказку.

Я еще ниже склонила голову над платком, который обвязывала.

Ах, этот старый доктор! Как я его любила раньше и как ненавидела в эту минуту! Значит, когда я, обеспамятев от горя, прижималась головой к его плечу, он... Значит, эти невинные голубые глаза под белесыми ресницами смотрели на меня как на женщину, как на будущую жену!..

Я мучилась, предавалась этим горестным мыслям до тех пор, пока часы не пробили одиннадцать. Доктор кинул книгу на стол, потянулся, зевнул, поднялся с кресла.

— Ну, госпожа новобрачная, — обратился он ко мне, — пора ложиться. Пошли!

Шитье выпало у меня из рук. Я встала, взяла со стола подсвечник, подошла к окну, чтобы закрыть его, и долго-долго всматривалась в ночную тьму. У меня мелькнула мысль: что, если сейчас тихо сбежать, умчаться по темным дорогам?

— Госпожа новобрачная, — позвал доктор, — ты что-то слишком задумчива. Иди, иди наверх. Я дам онбаши кое-какие распоряжения и тоже поднимусь.

Дряхлая кормилица доктора вместе с соседкой переодели меня, сунули опять в руки свечу и отвели в комнату моего супруга. Хайруллах-бей все еще был внизу. Я стояла у шкафа, сжимая в кулаке подсвечник, скрестив на груди руки, словно защищалась от холода. Я дрожала, и плясавшее пламя свечи то и дело подпаливало кончики моих волос.

Наконец в коридоре на лестнице раздались шаги. В комнату вошел Хайруллах-бей, мурлыча под нос какую-то песенку, снимая на ходу сюртук.

Увидев меня, он поразился:

— Как, девочка, ты еще не легла?

Я открыла рот для ответа, но у меня только застучали зубы.

Доктор подошел вплотную и посмотрел мне в глаза.

— В чем дело, девочка? — спросил он изумленно. — Что ты делаешь в моей спальне?

И вдруг комната задрожала от громкого хохота.

— Девочка, да, может, ты...

Доктор задохнулся от смеха. Потом он хлопнул себя по коленям, зажал пальцами рот и промычал:

— Так, значит, ты сюда... Ах, распутница! Думаешь, мы с тобой действительно стали мужем и женой? Ах ты, бессовестная! Ах, бесстыдница! Да накажет тебя Аллах! Человек в отцы тебе годится, а ты...

Стены комнаты зашатались, потолок словно обрушился мне на голову.

— Ах ты, распутница с испорченным сердцем! Ай-ай-ай!.. И ты не постеснялась прийти ко мне в спальню в ночной рубашке!

Хотела бы я взглянуть на себя в ту минуту! Кто знает, какими цветами радуги полыхало мое лицо.

— Доктор-бей, клянусь Аллахом... Откуда же я знала? Так сказали...

— Ну пусть они подумали глупость, а ты?.. Я мог представить себе что угодно, только не это! В мои-то годы! Бессовестная женщина посягает на мое целомудрие, на мою невинность!

Господи, какая это была пытка! Я кусала до крови губы, готова была провалиться сквозь землю. Стоило мне шевельнуть рукой, как насмешник-доктор подбегал к окну и, вытягивая шею, кричал:

— Не подходи ко мне, девочка, я боюсь. Клянусь Аллахом, открою сейчас окно. На помощь, друзья! В моем возрасте... На меня...

Я не стала больше слушать и бросилась к дверям. Но тут же вернулась. Не знаю почему. Я повиновалась голосу сердца.

— Отец! — рыдала я. — Мой отец! — И кинулась на шею старому доктору.

Он обнял меня, поцеловал в лоб и голосом, идущим из самой глубины души, сказал:

— Дочь моя, дитя мое!

Никогда не забуду я этого отеческого поцелуя, этих добрых дрожащих губ.

Вернувшись к себе, я плакала и смеялась, и так расшумелась, что доктор постучал ко мне в стенку из своей комнаты:

— Ты дом разрушишь, девчонка! Что за шум? Ведь сплетники-соседи обвинят меня: "Старый хрыч заставил до утра кричать новобрачную!"

Но и сам доктор порядком шумел. Он расхаживал по комнате, притворно бранился:

— Господи, упаси мою честь, мою невинность от современных девиц!

В эту ночь мы просыпались с доктором раз десять, он в своей комнате, я — у себя. Мы стучали в стенку, кукарекали по-петушиному, свистели, как птицы, квакали.

Вот и весь рассказ о том, как я стала новобрачной. Мой славный доктор был таким чистым, таким порядочным, что не счел даже нужным предупредить меня о фиктивности нашего брака. Господи, да я по сравнению с ним просто легкомысленная кокетка. В нашей святой дружбе Хайруллах-бей забыл, что он мужчина, но я не забыла, что я женщина.

Мужчины в большинстве своем плохие, жестокие — это несомненно. А все женщины хорошие, кроткие — это тоже несомненно. Но есть мужчины, пусть их очень мало, у которых чистое сердце, честные помыслы. И такой чистоты у женщин никогда не найдешь».


## X


Когда Феридэ проснулась еще более усталая и разбитая, чем накануне, было уже двенадцать часов, солнце стояло высоко. Она испугалась, как школьница, опаздывающая на урок, спрыгнула с кровати.

— Ну и молодец же ты, Мюжгян! Ведь я сегодня уезжаю. Почему вы меня не разбудили?

Мюжгян ответила, как обычно, спокойно:

— Я несколько раз заходила, но ты спала. Лицо у тебя было такое утомленное, что я не решалась будить... Не бойся, сейчас не так уж поздно, как ты думаешь. Да и неизвестно, будет ли сегодня пароход. На море шторм.

— Мне надо уехать непременно.

— Я попросила папу сходить на пристань и узнать, как там обстоят дела. Он велел быть наготове. Если пароход придет, он пришлет экипаж или сам приедет за тобой.

День своего отъезда Феридэ представляла себе совсем иначе. Мюжгян возилась с малышами, тетки, как всегда, болтали и смеялись. Кямран куда-то исчез. Феридэ загрустила. Ей было очень обидно, что на нее обращают так мало внимания.

Мюжгян тихо сказала:

— Феридэ, я оказала тебе услугу: выпроводила Кямрана из дому. И он согласился на эту жертву, чтобы не доставлять тебе лишних волнений.

— И он больше не придет?

— На пристань, может быть, заглянет проститься с тобой. Ты, конечно, рада?

Глаза у Феридэ были грустные, губы вздрагивали. В висках мучительно ломило, и, чтобы унять боль, она сжимала их пальцами.

— Да, да, спасибо. Очень хорошо сделала.

Феридэ бессвязно бормотала слова благодарности, ей казалось, что теперь она навеки умерла для сердца любимого друга детства и больше никогда с ним не примирится.

Перед самым обедом принесли приглашение от соседа, председателя муниципалитета. Он давал прощальный обед по случаю возвращения всей семьи в город на зимнюю квартиру, а также в честь Феридэ.

— Как это так! — запротестовала Феридэ. — Ведь за мной должны сейчас приехать.

Тетушки принялись ее успокаивать:

— Нельзя не пойти, Феридэ. Стыдно. Тут всего-то идти пять минут. Да и что тебе собираться? Накинь только чаршаф.

Что случилось? Если раньше тетки всегда проявляли материнскую заботу, то теперь волновались о ней не больше, чем о больной кошке. Феридэ отвернулась, чтобы не видеть их.

— Хорошо, я согласна, — сказала она.


Было около трех часов. Феридэ стояла под навесом, увитым уже желтеющим плющом, всматривалась в дорогу. Вдруг она воскликнула:

— Мюжгян, я вижу экипаж. Кажется, это за мной.

И как раз в этот момент вдали, за деревьями на набережной, показался пароход.

Сердце отчаянно забилось, готовое выпрыгнуть из груди.

— Идет! — закричала Феридэ.

В саду поднялся переполох. Служанки засуетились, побежали за накидками для дам.

Феридэ сказала теткам:

— Я выйду пораньше, а вы потом подойдете.

Они с Мюжгян кинулись напрямик через сад, но у ворот неожиданно столкнулись с поварихой.

— А я за вами, барышня, — сказала старуха. — Господа приехали на экипаже, просят вас...

— Пароход пришел.

Азиз-бей и Кямран встретили молодых женщин в коридоре на втором этаже.

— Ну вот, прибежали две сумасшедшие гостьи. Не шумите! — сказал Азиз-бей. Затем он оглядел Феридэ с головы до ног и добавил: — В каком ты виде, милочка? Вся взмокла...

— Пароход пришел.

Азиз-бей улыбнулся, подошел к Феридэ, взял ее за подбородок и пристально глянул в глаза.

— Пароход пришел, но тебя это не касается. Твой муж не согласен...

Феридэ сделала шаг назад и растерянно пробормотала:

— Что вы сказали, дядюшка?

Азиз-бей указал пальцем на Кямрана.

— Это он, твой муж, дочь моя. Я ни при чем.

Феридэ вскрикнула и закрыла лицо. Она готова была упасть, но чья-то рука поддержала ее за локоть. Открыв глаза, она увидела Кямрана.

Азиз-бей радостно засмеялся:

— Наконец наша Чалыкушу попала в клетку. Ну как! Я хочу посмотреть, как ты будешь биться! Увидим, поможет ли это.

Феридэ пыталась закрыть лицо, но не могла вырваться из цепких рук Кямрана. Она отчаянно вертела головой, стараясь куда-нибудь спрятаться, и все время натыкалась на плечи и грудь молодого человека.

Азиз-бей, все так же смеясь, продолжал:

— Твои родные подстроили тебе западню, Чалыкушу. Эта изменница Мюжгян выдала тайну. Да благословит Аллах память усопшего Хайруллах-бея, он прислал твой дневник Кямрану. Я взял эту тетрадь и пошел к кадию*, показал ему некоторые страницы. Кадий оказался человеком умным и тотчас скрепил ваш брачный договор с Кямраном. Понятно, Чалыкушу? Отныне этот молодой человек — твой муж, и я не думаю, чтобы когда-нибудь еще он оставил тебя одну.

Феридэ зарделась, даже ее голубые глаза порозовели, а в зрачках вспыхнули огоньки.

— Не капризничай, Чалыкушу! Мы же видим, что ты счастлива. А ну говори за мной: «Дядюшка, ты все очень хорошо устроил. Именно так я хотела».

Азиз-бей почти насильно заставил Феридэ повторить эти слова. Затем он распахнул дверь в комнату и, победоносно улыбаясь, воскликнул:

_____

\* К а д и й – духовный судья.

— Я уполномочен действовать именем шариата. От лица Чалыкушу... извиняюсь, от лица Феридэ-ханым заявляю о согласии на брак с Кямран-беем. Читайте молитву, а мы провозгласим: «Аминь!» — Он обернулся к Феридэ: — Что скажешь, Чалыкушу? Ах ты, проказница! Ростом с ноготок, а сколько лет всех нас мучила! Ну что? Как я тебя на этот раз обвел вокруг пальца?

Из сада донеслись детские голоса.

— Сейчас начнутся длинные поздравления, поцелуи рук, — продолжал Азиз-бей. — Отложим все это до вечера. Я сам приготовлю невиданный свадебный стол. Ну, живей, сынок! Какой вам прок от нашей болтовни? Мне кажется, у вас есть что сказать друг другу. Видишь черный ход? Веди жену по этой узкой лесенке, умчи ее далеко-далеко, куда захочешь. Потом вернетесь вместе.

Кямран с силой потянул Феридэ за руку, увлекая за собой к лестнице. Но тут к ним подскочила Мюжгян. Подруги, плача, расцеловались.

Азиз-бей громко высморкался, стараясь скрыть слезы, которые катились по его лицу, и потряс рукой с видом настоящего оратора:

— Эй, Чалыкушу, таскавшая мою черешню! Если ты и других будешь учить воровать, достанется же тебе! Ну-ка отдавай мне ее! Мы сведем счеты! — Азиз-бей поднял в воздух Феридэ, которую Кямран все еще держал за руки, крепко поцеловал и снова толкнул в объятия молодого человека. — Этой ночью тебя ждала морская буря. Мы спасли тебя от нее. Но теперь тебе угрожает рыжая «буря», мне думается, она пострашнее. Да поможет тебе Аллах, Чалыкушу!

Молодые люди кинулись вниз по узкой лесенке. Казалось, за спиной у них выросли крылья. Кямран обнял Феридэ, он сжимал ее в своих объятиях так, словно хотел задушить, стискивал до боли ее пальцы.

Феридэ зацепилась платьем за лестничные перила. Они на мгновение остановились, тяжело дыша. Молодая женщина пыталась высвободить подол платья. Кямран сказал взволнованно:

— Феридэ, я не могу поверить, что ты моя!.. Чтобы заставить сердце верить этому, я должен в своих руках

396

ощутить тяжесть твоего тела! — И он, как ребенка, подхватил девушку на руки.

Феридэ задыхалась, дрожала, стараясь вырваться. Из-под чаршафа выбились волосы. Кямран прижался к ним лицом, от близости девичьего тела вспыхнула кровь. Силы его удвоились. Кямран понес ее вниз. Девушка замерла, у нее захватило дыхание, как у человека, падающего в пропасть. Она и смеялась, и плакала.

У ворот в маленьком каменном дворике Феридэ взмолилась:

— Посмотри на меня, Кямран. Можно ли в таком виде появляться на улице? Позволь, я на минутку поднимусь к себе, переоденусь и тут же вернусь.

Кямран, не отпуская девушку, говорил смеясь:

— Это невозможно, Феридэ. Такое бывает только раз в жизни. Отпустить тебя после того, как ты попала ко мне в руки!..

Казалось, у Феридэ больше не было сил сопротивляться, она спрятала лицо на груди Кямрана и стыдливо призналась:

— Ты думаешь, я сама не раскаялась в том, что ушла тогда?

Кямран не видел лица Феридэ. Он только чувствовал, что его пальцы, гладившие щеки и губы любимой, обжигают горячие слезы.

Молодые люди шли по дороге, обнявшись. Увидев, что навстречу идут два рыбака, они отпрянули друг от друга.

Они почти не разговаривали. Какое счастье идти рядом! Близость тел опьянила их. Вот и дорожка через виноградник, та самая, где десять лет назад Кямран увидел Феридэ.

— Ты, наверно, не помнишь это место, Феридэ? — спросил молодой человек, нежно трогая Феридэ за плечо.

Девушка глянула вдаль, туда, где исчезала дорожка, и улыбнулась.

— Значит, ты помнишь? — допытывался Кямран.

Феридэ тихо вздохнула и задумчиво, словно улыбаясь мечте, посмотрела в лицо Кямрану.

— Разве можно забыть, как я обрадовалась в ту минуту!

Кямран взял Феридэ за подбородок, боясь, что она отвернется и он не сможет видеть ее глаз, и заговорил медленно и тихо:

— Все наши злоключения начались здесь, моя дорогая Феридэ. Я знаю, твои глаза столько страдали, столько видели всего, что смогут меня понять. Когда я полюбил тебя, ты была легкомысленной, шаловливой девочкой, у которой на уме одни только шутки да забавы. Ты была неугомонной, неуловимой Чалыкушу. Я полюбил тебя горячо. Просыпаясь каждое утро я чувствовал, что любовь к тебе становится все сильнее. Я и стыдился этого, и боялся. Иногда ты так смотрела на меня, говорила такие слова, что я впадал в отчаяние. Однако настроение у тебя быстро менялось. Порой в твоих детских, всегда смеющихся и лукавых глазах вспыхивало что-то новое: это пробуждалось девичье сердце, нежное и чувственное. Мгновение — и все исчезало. Я говорил себе: «Нет, невозможно, этот ребенок не поймет меня! Она разобьет мою жизнь!» Мог ли я надеяться, что ты окажешься такой верной и посвятишь мне всю свою жизнь, отдашь все свое сердце? Возможно, потому ты и убегала от меня при встречах, чтобы я не заметил, как бледнеет твое лицо, как дрожат твои прекрасные губы. Я думал, это просто птичье легкомыслие, и страдал. Скажи, Феридэ, как могли уместиться в маленькой груди Чалыкушу такая глубокая верность, такая тонкая душа? — Кямран на минуту умолк. На его прозрачных, нежных висках выступили капли пота. Он ниже опустил голову и заговорил еще тише: — На этом мои муки не кончились, Феридэ. Я ревновал тебя даже к своей тени. Ведь на свете нет таких чувств, которые не ослабевают, не стареют со временем. Я говорил: «А вдруг потом я не буду любить Феридэ, утрачу это сладостное, волшебное чувство?» Как гасят костер, боясь, что он прогорит и больше не запылает, так и я старался изгнать твой образ из своего сердца. Феридэ, в горах цветет одна трава, не помню ее названия. Если вдыхать аромат этой травы непрерывно, то человек уже ничего не ощущает... Вот так иногда, желая вновь вернуть способность чувствовать волшебный аромат, мы начинаем искать другие цветы, вдыхать другой запах, пусть то будет даже запах «желтого цветка»...

Я знаю, ту волшебную траву губит ее же благоухание; люди срывают и мнут ее в руках. Феридэ, твои глаза, которые стали такими глубокими от страданий, твое милое личико, утомленное грустными думами, напоминают мне о том цветке, что благоухает сильнее, когда его губят. Ты понимаешь меня, не правда ли? Ведь твои глаза уже не смеются, ты не потешаешься над моими словами, наверно, такими бессмысленными.

Феридэ закрывала глаза, как ребенок, которому хочется спать. На ее ресницах дрожали слезинки. Она устала от всех переживаний, колени ее подкашивались. Только руки Кямрана не давали ей упасть.

Как во сне, одними губами, она прошептала:

— Ты видишь?.. Чалыкушу умерла навеки...

Кямран еще крепче обнял Феридэ и так же тихо ответил:

— Это ничего. Всю свою любовь, принадлежавшую Чалыкушу, я отдаю другой. Ее зовут Гюльбешекер.

Кямран почувствовал, как до того безвольное, обессиленное тело женщины вдруг ожило и затрепетало.

— Кямран, не говори так, умоляю!

Голова Феридэ по-прежнему покоилась на груди молодого человека. Она чуть откинулась назад и подняла лицо к Кямрану. От порывистого дыхания шея ее вздрагивала, голубые жилки трепетали и бились, щеки горели, в глазах вспыхивали блестящие искорки.

Кямран упрямо твердил:

— Гюльбешекер... Моя Гюльбешекер... Только моя...

Дрожа всем телом, Феридэ привстала на цыпочки, обняла плечи молодого человека. Казалось, вся кровь ее прилила к губам, она тянулась вверх.


Вырвавшись из объятий Кямрана, Феридэ оживала, словно птица, которая после сильной жажды вдоволь напилась из прозрачного родника. Она шумно встряхивалась, отворачивалась, чтобы не встречаться глазами с Кямраном, по-детски приговаривая:

— Как стыдно, Господи, как стыдно! Это ты виноват... Честное слово, ты виноват!..

Рядом на ветке заливалась чалыкушу.

**Решад Нури Гюнтекин**

# КОРОЛЕК — ПТИЧКА ПЕВЧАЯ

Ответственный редактор *О. Мещерякова*
Технический редактор *С. Камышова*
Корректор *Е. Щербакова*
Дизайнер обложки *И. Тарачков*
Компьютерная верстка *М. Гариной*
Модель на обложке *Э. Сабирова*
Фотограф *И. Примак*


ООО «Торговый дом «Издательство Мир книги»
111024, Москва, ул. 2-я Кабельная, д. 2, стр. 6.

Каталог «Мир Книги» можно заказать по адресу:
111116, г. Москва а/я 30 «МИР КНИГИ»,
тел.: (495) 974-29-74 e-mail: order@mirknigi.ru

Подписано в печать 28.11.2012.
Формат 84x108 1/32. Печать офсетная.
Гарнитура NewBaskerville. Печ. л. 12,5. Усл. печ. л. 19,50.
Тираж 13 000 экз. Заказ № 1214590.

arvato
ЯПК

Отпечатано в полном соответствии с качеством
предоставленного электронного оригинал-макета
в ОАО «Ярославский полиграфкомбинат»
150049, Ярославль, ул. Свободы, 97